比较文学与世界文学名家讲堂

王向远 主编

探赜索幽

王立新教授讲希伯来文学与西方文学

王立新 著

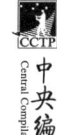

中央编译出版社
Central Compilation & Translation Press

作者简介

王立新(1962—)，生于内蒙古包头市。文学硕士、历史学博士。南开大学文学院比较文学与世界文学专业教授、博士生导师。天津市外国文学学会会长，中国高等教育学会外国文学专业委员会副会长。曾在以色列希伯来大学、美国明尼苏达大学等高校学习、研究。

著有《潘神之舞》、《古代以色列历史文献、历史框架、历史观念研究》、《欧洲近现代文学艺术史论》（合著）、《古犹太历史文化语境下的希伯来圣经文学研究》等学术专著；主译《剑桥插图宗教史》、《耶路撒冷三千年》等多部译著；主编《欧美文学史传》、《外国文学史》（西方卷、东方卷）、《西方文化简史》等书；在《外国文学评论》、《外国文学研究》、《国外文学》等刊物和各类论文集中发表论文近百篇。

《比较文学与世界文学名家讲堂》前言

"比较文学与世界文学"学科,顺应改革开放的时代潮流,在上世纪最后二十年开始起步发展,到现在为止的三十多年时间里,已经有了丰厚的知识产出和思想建树。它的异军突起,是当代中国一道引人瞩目的学术文化景观,是中国走向世界、世界走进中国的鲜明印证,也是当代中国学术文化繁荣的一个重要表征。

三十多年的学科建设和学术发展史已经表明,要在人文研究及文学研究中建立世界观念和视野,要把中国文学置于世界文学背景下加以考察和研究,要把外国文学放在中国文化立场上加以审视和阐发,要连接中外文学,要打通文学研究与其他学科的壁垒,要把细致微观的实证研究与高屋建瓴的理论建构相结合,那必然会走向比较文学与世界文学。

在这里,"比较文学"与"世界文学"两者相辅相成、互为依存。"比较文学"是学术观念、研究范式与研究方法,"世界文学"则是学科资源与研究视野。它在贯中外、跨文化、通古今、越科界的学术视阈与研究方法上的优势,使其无可替代地成为当代中国学术文化中最有时代性、最有包容性、最有创新性的高端学科之一。

事实上,近二十年来,中国的比较文学不仅在中外文学关系史研究等方面生产了大量的新知识,而且逐步建立了既有中国特色又具有理论普适性的学科理论系统,逐步完善了比较诗学、中西比较文学、东方比较文学、翻译文学等分支学科,在学术成果的质与量上已居世界各国之首，还全面进入了大学中文系、外文系文学专业的课程体系，从而使中国比较文学成为当代世界比较文学的重心和中心，代表着世界比较文学兼收并蓄、超越学派的第三个发展阶段。

收在这套《比较文学与世界文学名家讲堂》的作者，在当代中国比较文学学术史上，是继季羡林、乐黛云等老一辈学者之后的第二代学人。这些作者固然只是第二代学者中的一部分，却有相当的代表性。他们现年多在四十五至六十五岁之间，从学术年龄上说大体属于中壮年，都是各大学的教授、博士生导师和学术带头人，大都在1980年代后走上比较文学与世界文学之道，1990年代后崭露头角或脱颖而出，进入21世纪后的十几年里，更成为我国比较文学与世界文学学术界的中坚力量。他们有幸拥有了可以安心治学的环境，赶上了数字化、信息化的新时代。既抬头看世界，又埋头务笔耕，既坚持学术的严谨，也保持思想的活跃，充分展示了中国学者的文化立场，充分发挥了中国学者的学术优势和想象力、思考力、创造力，取得了与时代要求相称的成果。这些成果不仅是个人学术履历的证明，也是对中国学术文化史上的一份奉献，更成为新时代"国人之学"即"国学"的重要组成部分。

《比较文学与世界文学名家讲堂》二十卷，选题上以比较文学与世界文学的学科理论为主，以讲述和示范学术方法为要，涉及比较文学与翻译文学基本理论、比较诗学、东方文学及东方比较文学、西方文学及中西文学关系、世界文学总体研究等方面。各卷均按一定的范围和主题，将作者有原创性、有特色的成果收编起来，将大学讲堂搬到书本上来，以读者为听众，以写代"讲"，以言代"堂"，深入浅出，以雅化俗，汇集中国比较文学第二代学者中的代表人物，以使五指成拳、十指合掌，形成大型丛书的规模效应，得以占书架之一角，入读者之法眼，从一个侧面展示近年来中国比较文学的新进展和新成果。而且，不同作者及著作之间也可以相互显彰、相互映照、相互补充，读者也可以在异中见同、同中见异，在参读和比照中领略五彩缤纷的文学世界和世界文学，得窥比较文学殿堂之门径。

《比较文学与世界文学名家讲堂》的编辑出版，得到了北京师范大学的资助和中央编译出版社的支持，编者和作者深表谢意！

愿"讲堂"满座，愿比较文学与世界文学学术事业更加繁荣！

王向远

2014年4月20日

自　序

　　一个人日后走上一条什么样的学术之路，其实并不是偶然的。对我们这些出生于上世纪 60 年代初的学人来说，恐怕都曾有过少年时代精神食粮极度匮乏的经历。幼时赶上"文革"，家中被抄的印象，模糊地存留在记忆里，稍长之后，才意识到家里原本满满的书架上，只留下马克思主义经典作家各种版本的选集、单行本，鲁迅先生的作品和一些中国历史、哲学以及不多的古代文学的书籍。这些书如今仍静静地存放在家乡母亲的住处，每当春节探亲时，我时常会怀着某种复杂的感情取出来再翻看一下。感谢我的父亲母亲，即便在那样一个对他们来说政治生活上颇有压力、担惊受怕的年代里，仍然关注对子女的培养。因为有一个中学语文教师的母亲，小学和初中的时候，我不但能够半懂不懂地去借阅中学图书馆里的各类书籍，还有幸在外语教学极不受重视的当时，跟着母亲的同事，一个因不知什么具体问题下放到中学的北京外国语学院的毕业生较早地学习英语。正是在那个时候，我开始阅读到了外国文学的作品。而我那位"文革"开始不久即遭到运动冲击的父亲，在支持子女学习的要求上从未有过犹豫。小时候喜欢音乐的我，常常在小区一户有二胡声飘扬的人家的窗下驻足聆听，直到人家收起琴来，才恋恋不舍地离开。父亲发现后，不但为我购琴，还为我找了专业教师。我一学就是好几年，练琴、回琴，现在回想起来，不知父母在背后付出了怎样的心血。对文学艺术的兴趣和喜爱，就在那时深深扎下根来。

1980年，应届高中毕业后考上大学的我，独自背着简单的行囊，从塞外青城呼和浩特来到渤海之滨的天津，进入南开大学。南开园中，涌动着学习的激情，没课的下午、晚上和周末，总能看到图书馆外提前排队等着开门的学生，也常常能看到为了听一次学术名家（不是学术明星）的讲座，学生们挤爆大教室和礼堂的情景。那是一个如饥似渴的读书年代，也是爱书成癖的年代，很多外地考入南开的学生几年间可能也没弄清楚海河两岸那些方向曲折的街道，但却为了淘书走遍了津门大大小小的书店。那也是一个思想解放的年代，一批劫后余生的老一代著名学者走上为本科生授课的讲台，恨不得将多年备受压抑的传道热情一股脑地倾斜给学生们，他们广博、精深的学识深深感染着我们，中、青年教师们在课堂上也都各具风采，让我们在思考中读书，在读书中思考。我至今怀念那心无旁骛听课、读书的四年本科生活，大量的外国文学名著和各种人文社科的理论著作，都是在那时仔细阅读的。如今我常常告诉自己带出的即将走向高校讲台的博士毕业生们，讲好一门外国文学史基础课，如若没有大量的亲身阅读经验作基础是根本不可能的。应该说本科生时的自己对系内各专业领域内知识的学习兴趣都不弱，但因为一个今天看来或许很简单的原因，遂与日后从事的外国文学教学与研究结下了不解之缘：大二时，自己下了一番工夫后写了一篇稚嫩的论文参加系里举办的"五四"学术节（论文是关于法国作家司汤达《红与黑》的分析），老师们认为写得不错，不但给评了个奖（奖品是一个厚厚的、漂亮的笔记本），还被推选出来，正儿八经地在学术节上给同学们宣读了论文。参加者中不但有本年级和低年级的同学，还有老师和与我们八零级年龄差距不小的学兄学姐们，并且得到了他们的点评和赞扬。多年以后，回想起当时的情景，常常为曾经的那点"小自豪"偷偷地脸红，但是对于一个上世纪80年代初的19岁的年轻学子来说，从这件小事中获得的极大的激励却是不言而喻的。后来自己成了大学教师，认真地讲好每一堂课，及时地肯定学生们论文中那些闪烁着火花的有价值的思考和观点，就成了我对自己工作的要求。因为我从自己的亲身经历中明白，教师的一句鼓励的话语，一个欣赏的眼神或微笑，一次开放性的、无拘无束的座谈，无形中就会给学习、探索、成长中的学生们带来重要的影响。

1984年6月本科毕业后，我被分配回家乡，进入内蒙古大学汉语系，在外国文学教研室当了一名助教。当时的内大外国文学学科人才济济，我这样的年轻教师只能被安排给自考的学生们上课。尽管转年的9月份，我就又考回母校南开攻读世界文学专业的硕士研究生，也就只在内大工作了一个学年，但还是很有收获，不但锻炼了自己的授课能力，还在内蒙古师范大学一份有影响的刊物上发表了自己第一篇正式的学术论文，并且居然被人大报刊复印中心的《外国文学研究》全文转载，一时让我这个老教师眼中的"小毛头"大受鼓舞。

我读硕士生时的研究方向是英美文学。上世纪八九十年代，南开大学中文系外国文学教研室名家荟萃，不但有朱维之、臧传真、张镜潭这样的老一代学者，还有多位出色的中青年学者执教。我的导师是著名的翻译家、学者臧传真教授，精通英、俄两门外语，他所讲授的英国文学、俄罗斯文学专题以及英美文学原典翻译课程，让所有听课的同学们都大开眼界。朱维之教授更是学界泰斗级的人物，我在本科生时就聆听过他的圣经文学课程和对约翰·弥尔顿《失乐园》的精彩讲解，如今更能经常受益于他的指点和教诲。三年的研究生生活紧张而又忙碌，这期间让我难忘的另一件事情是游学的经历。臧传真先生带着我们三个研究生一路坐火车南下，在南京拜访了许如祉和张月超教授，在上海拜访了李毓珍和王智量教授，在广州拜访了戴镏龄和顾绶昌教授。这些著名的前辈学者们每个人都拿出了专门的时间为我们解疑释惑，认真的态度令人感动。

先生们还设宴款待我们师生，印象最深刻的是在李毓珍先生家里吃师母亲手烹饪的栗子鸡，在顾绶昌先生位于白云山下住处的小院里，一边喝茶一边听他悠悠地讲莎士比亚的戏剧和第一对开本。读研期间还曾参加了一次对我而言意义重大的学术盛会——1986年在成都召开的"全国外国文学中青年学者研讨会"。那真是一次质量很高的学术会议，所有年轻参会者的论文都提前寄到了会议秘书处，在老一代学者审定达标后才能接到正式的会议邀请。会上不但见到了多位仰慕已久的著名老一代学者，而且结识了许多各高校的青年才俊。他们如今都是学界非常活跃的优秀中年学者，至今大家都保持着深厚的友谊，在学术研究上互相学习和帮助。也是在这次会议上，我提交的论文被参会的《文艺报》编辑李维咏老师看中，不久即发表在《文艺报》的"世界文坛"专版。正是这篇论文引起的反响为我带来了好运，时任《光明日报》评论部主任的一位老师为她策划主编的一套丛书找我约稿，这促成了我的硕士学位论文《潘神之舞》得以在毕业后出版。

　　自己真正开始研究希伯来文学是在1988年硕士研究生毕业留校任教之后。当时朱维之教授年事已高，即将退休，系里指派我做他的助手。朱先生很正式地和我谈过一次话，指出希伯来文学与文化是南开大学外国文学教学与研究的特色之一，在当时国内还很少有别的高校开设这样的课程，希望我作为教研室最年轻的教师，能将这一传统继续下去。能跟着他老人家在这样一个有重要价值的学术领域继续学习和研究当然令我兴奋不已，此后我即在继续从事西方文学教学与研究的同时，在朱先生的指导下进入了希伯来文学与文化的研究领域。1993年我通过了教育部公派留学师资计划的英语考试，在确定去英国还是以色列学习《希伯来圣经》时，朱先生一锤定音地说当然是去以色列，因为那里是希伯来文化的发源地。为了能在出国前先有一些古希伯来语基础，朱先生特意为我联系了南京金陵协和神学院，使我幸运地能在1994年跟随古希伯来语和《旧约》专家许鼎新教授学习这门古老的语言。临行之际，我到朱维之先生家中辞行，朱先生一番鼓励的话后，还让范德莹师母拿出一些"盘缠"，说让我买一些出国用的东西。我再三推辞，先生和师母再三坚持，我只得感动不已地收下这一份沉甸甸的恩情。1995年，在中以建交刚刚四年后，我终于踏上了以色列的国土，进入耶路撒冷希伯来大学，一边继续学习古希伯来语，一边在导师Prof. Irene Eber的指导下，研究希伯来文学与文化。尽管后来为了学习、研究和交流希伯来文学与文化，我还曾长期或短期地到过不少国内外的学府和研究机构（如在美国明尼苏达大学古典与近东学系学习、研究一年，在香港中文大学崇基学院、香港道风山基督教文化研究所和德国海德堡大学的相关机构访学等），但是，我仍然认为在耶路撒冷的那段时间收获最大，感受最深。置身于庄严、肃穆的圣城，徜徉于处处古迹的圣地，倾听着犹太会堂中诵读经文的声音，注视着"哭墙"前流泪祷告的人们，古老的犹太传统精神和《圣经》中的文字似乎都变得鲜活起来。归国之后，经过一段时间准备，我在南开正式开始讲授"希伯来文学"课程，受到同学们的热烈欢迎。1999年，朱维之先生不幸辞世；六年后的2005年，南开大学文学院与中国比较文学学会、香港中文大学崇基学院联合在南开举办了"纪念朱维之教授百年诞辰国际学术研讨会"，来自国内外的近百名学者从不同方面高度评价了朱维之教授的杰出学术贡献；会后，还出版了由我和香港中文大学卢龙光教授主编的《〈圣经〉文学与文化：纪念朱维之教授百年诞辰论集》。

以《希伯来圣经》为主要文字载体的古希伯来文学与文化，是个研究难度比较大的领域。在自己的学习和研究过程中，我日益感到相关研究决不能只从某个单一的角度进行，而应将古代的文本置于其所产生的历史文化语境中，以一种有机整体的文化观念去予以文学的、诗学的探索，这也是为什么国外许多大学将古希伯来文明的相关研究放在古典学科内的重要原因。古典学研究最重要的支撑除了语言之外，就是历史学科，因此，我又考入南开大学历史学系世界史专业，师从一代史学宗师雷海宗先生的弟子、世界古代史的著名老一辈学者王敦书教授攻读博士学位，研究方向为古代以色列民族史。王先生不但在古代文献课上以其极佳的专业外语功底，让我领略了如何考证、辨析古代资料的精深功力，而且在他对古希腊罗马史以及对古代地中海世界文化的深入阐释中，让我认识到了如何在有据可循的史料基础上，合理地"激活"沉默的历史文献，走近古代的人物与事件。毕业时我的博士学位论文得到了来自史学界的各位评审专家的肯定，修改后以《古代以色列历史文献、历史框架、历史观念研究》为题出版，并在2005年出版的《中国社会科学年鉴》中被予以了重点介绍。数年较为系统的世界史学习，至今对我从事的希伯来文学与文化研究产生着深刻的影响。在所有人文学科中，历史学是最重资料和"实证"精神的学科，我个人认为，在从文学角度研究像《希伯来圣经》这样的古代文本时，其研究方法可以很好地与文学研究的方法有机结合。尽管在后现代文化语境下，历史被视为文本的历史和话语的历史，但历史学拒绝空洞、任意的阐发，这对我们合理地从文学角度解读和诠释古代文本仍然具有重要的借鉴价值。在某种意义上，这种不同领域相结合的研究路径，也正是比较文学研究中的跨学科研究方法。

按照本套丛书的设计要求，必须要写一个类似学习和研究经历的"自序"。对一直生活于高校中的我来说，这个经历实在平淡无奇。本人资质愚钝，用功不勤，所幸的是，在求学和工作的过程中，一直能够得到名师的教导，并且得益于先生们所创造和提供的转益多师的机会。如今我在培养学生时努力地向自己的老师们学习，在做好自己的教学工作的同时，尽可能地多为同学们开阔学术视野、博采各家所长营造好的学习条件,并通过学术研究来尽快提高他们的研究能力。教育本就是薪火相传的事业,一代人有一代人的使命。我相信,我们的学生未来一定能够做得比自己的老师更好。

收入这个集子中的文字反映了自己对某些学术问题的思考,不当之处敬希读者批评指正。

目 录

《比较文学与世界文学名家讲堂》前言 …………………… 王向远 1
自　序 ……………………………………………………………… 1

希伯来文学与文化论 ………………………………………………… 1
古典时代与东方文学研究中的古典学品质与方法
　　——以古典希伯来文学研究为例 …………………………… 3
特质、文本与主题：希伯来神话研究三题 …………………… 21
应许、磨难与拣选：
　　文化诗学视野下希伯来族长故事的意义与叙述模式 …… 29
"出埃及"史诗叙述：以《出埃及记》为中心的文学考察 …… 50
论以色列君主制发展的三个阶段 ……………………………… 69
历史叙述、人物塑造与话语权力：
　　文化诗学观照下的扫罗与大卫王形象 …………………… 88
文本的结构与《圣经》的文学阐释
　　——以《约伯记》的复调式文本结构分析为例 ………… 106
谈谈古希伯来诗歌的形式特征与《诗篇》的总体结构特点 …… 120
古代以色列民族的历史文化语境与希伯来智慧文学 ………… 137
《路得记》与《以斯帖记》的历史文化意蕴与诗学风格 ……… 159

西方文学与文化论 ………………………………………………… 181
论比较文学中的纵向发展研究与横向发展研究 ……………… 183

20世纪外国文学史书写的理论与方法反思 …… 197
古代地中海文化圈内部的文学与文化交流及相互影响 …… 211
漫谈希伯来文化、基督教文化与中世纪欧洲的文学艺术 …… 224
《赵氏孤儿》与《中国孤儿》：两种思想与艺术的时话 …… 260
文明与人的悲剧性冲突
  ——谈谈劳伦斯的四部长篇小说 …… 274
D. H. 劳伦斯与犹太神秘主义 …… 307

序言选编 …… 329

一个人文主义者笔下的"圣书"
  ——房龙著《圣经的故事》译者前言 …… 331
神奇与现实
  ——《耶路撒冷三千年：石与灵》译后 …… 338
浪漫主义时期苏格兰小说研究的独特思考
  ——《婚姻与联盟：浪漫主义时期的苏格兰小说》序言 …… 346
诗学与诗
  ——欧洲现代主义诗歌运动一瞥
   （从19世纪中期到20世纪中期） …… 351
劳伦斯：一位真诚而迷失的"预言家"
  ——《爱的祭司：劳伦斯传》中译本前言 …… 362
基督教文化诗学与福克纳小说创作研究的新论
  ——《文化诗学视域下的福克纳小说人学观》序 …… 366
奇幻小说研究的重要成果
  ——《符号的魅影：20世纪英国奇幻小说的文化逻辑》
   序 …… 371

后　记 …… 376

希伯来文学与文化论

古典时代与东方文学研究中的古典学品质与方法[①]

——以古典希伯来文学研究为例

"古典学"是西方学界对主要研究古希腊罗马文化的学术研究的称谓，由此也形成了一个专门的学科。与后世所细化出的各种学科分类不同，古典学囊括了语言学、文学、历史学、宗教学与哲学、考古学与铭文学乃至文化人类学等各方面的内容，坚持以一种有机整体的意识去探讨西方古典时代的知识和观念谱系与深层文化结构，力图以实证的学术研究精神去"再现"古典时代人们的精神与物质生活的方式及其意义。正如德国著名古典学家维拉莫威兹对其定义的那样：

> 古典学术的本质——虽然古典学这一头衔不再暗示那种崇高的地位，但人们仍旧这样称呼它——可以根据古典学的主旨来定义：从本质上看，从存在的每一个方面看都是希腊—罗马文明的研究。该文明是一个统一体，尽管我们并不能确切地描述这种文明的起始与终结，该学科的任务就是利用科学的方法来复活那已逝的世界——把诗人的歌词、哲学家的思想、立法者的观念、庙宇的神圣、信仰者和非信仰者的情感、市场与港口热闹生活、海洋与陆地的面貌，以及工作与休闲中的人们注

[①] 本文原载《东方丛刊》2010 年第 1 期。

入新的活力。就像每一门知识所使用的方法一样——或者可以用希腊的方式,用一种完全的哲学方式说——对现存事务并不理解的敬畏之感是研究的出发点,目标是对那些我们已经全面理解的真理和美丽事物的纯洁的、幸福的沉思。由于我们要努力探询的生活是浑然一体的,所以我们的科学方法也是浑然一体的。把古典学划分为语言学和文学、考古学、古代史、铭文学、钱币学以及稍后出现的纸草学等等各自独立的学科,这只能证明是人类对自身能力局限性的一种折中办法,但无论如何要注意不要让这种独立的东西窒息了整体意识,即使专家也要注意这一点。①

古典时代的文学当然也是古典学研究的一个组成部分,维拉莫威兹的话至少可以引发我们的三点思考:其一,就西方古典学的研究范围来说,限定在古代希腊和罗马文明时期,因此,正像古典学研究的对象并非存在于所有时代一样,文学领域的研究也主要是以古典时代的文学为对象。其二,古典学的研究方法从根本上说,是要求在研究具体领域和个别对象时,坚持从对其所从属的历史文化的有机整体认识出发,因此,对古典时代文学予以研究时,同样需要以对其生成的历史文化语境的把握和认知为前提。其三,古典学方法所坚持的有机整体观,其合理性是建筑于古典时代人类生活以及表现这种生活的精神产物及其形式的"浑然一体"特征基础上的,因此,为了更好地理解和阐释古典时代的文学,古典学方法所要求的这样一种有机整体观也是必要的。

客观地说,西方古典学研究的丰富成果,对于我们了解和认识

---

① 维拉莫威兹:《古典学的历史》,陈恒译,北京三联书店,2008年6月,第1页。原文见 Wilamowitz-Moellendorff, *History of Classical Scholarship*, Johns Hopkins University Press, 1982, p.1.

古希腊、罗马时代的文学起到了巨大的作用。例如美国古典学家帕里通过对"荷马史诗"中的词组、短语、诗句和句组的分析，发现两部史诗具有一整套极其广泛复杂又经济节约的程式化语句，它们依据韵律的需要而被编制，被重复使用，形成不同长度的词组和诗句。这不但深化了我们对"荷马史诗"结构特点和作品成因的认识，而且也强化了我们对史诗语言风格和文体特征的了解。而围绕史诗与爱琴文明关系所进行的"荷马考古"所取得的丰硕发现，则使我们认识到，"荷马史诗"那种雄浑壮丽又质朴率真的审美风貌，很大程度上来源于史诗所具有的克里特—迈锡尼时代与"荷马时代"两种不同文明因素的混合和双重印迹。

那么，建立于西方学术传统中的古典学研究方法对于特定时代东方文学的研究是否同样是有效的？笔者认为答案是肯定的。因为，在东方各个文明区域内不仅同样存在着类似的"古典时代"，而且在这一时代中产生的经典也具有类似的品质（这事实上也早已被西方学者所认识），需要我们以有机整体的意识和视野去予以探究。

一、古典时代：从西方到东方

无论在西方文化史还是文学史上，古代希腊和罗马时代都被称作"古典时代"。尽管对于紧随其后的西方中世纪来说，古典时代是一个异教文化的世界，但经过文艺复兴时期人文主义者的再次发掘，希腊—罗马文化中的人本主义、反抗命运的自由精神和崇尚个人价值的英雄主义，与希伯来—基督教的神本主义、以"罪感"为基础的虔敬驯服精神的合流，却造就了近代以来西方文化的辉煌。因此，就"古典时代"文化内涵的一个核心要义而言，是其对后世文化的奠基意义。这意味着古典时代的精神遗产不但是原发性的，而且是构造性的。即便我们单纯从文学史的角度看，后世西方文学中最基本的样式和各种文学体裁的基本审美风格同样是在这一时期形成的。

如果我们在更为宽泛的视野下看待东西方文化的演进过程,就会发现,在世界几大文明体系形成的初期,都存在着类似于古代希腊罗马文化与文学之于西方文化与文学意义上的"古典时代"。或者,我们可以借用德国哲学家亚斯贝斯的看法,在公元前800年至公元前200年之间的人类文明"轴心时代",从古代希腊到古代以色列,从古代印度到古代中国,无论东方还是西方,都出现了对各自文明体系具有奠基意义的伟大精神导师和伟大经典。这些不同地区的人们用理智和道德以及宗教信仰的方式实现了对原始文化的超越和突破,超越和突破类型的不同也就决定了直至今天的西方、印度、中国,乃至后来的伊斯兰世界的不同文化形态。需要指出,亚斯贝斯所言的"轴心"隐含着这样的逻辑——只有其基本范型及其观念形态持续到现代乃至今天的文化形态才起着轴心的作用,而如巴比伦文化、古埃及文化,虽然规模宏大,但却因没有实现本质的超越和突破,难免成为文明化石的历史命运。在相当的意义上说,亚斯贝斯的观点是正确的,但正如我们从埃及学和对两河流域古文明研究的成果中看到的那样,即使那些成为"化石"的文化,在当时也对那些后来的轴心地区文化产生过重要的影响,例如古代两河流域和埃及文化对希腊文化、古代巴比伦文化对古代希伯来文化就是如此。且不说人类对过去的求知欲望决定了对已然消逝的文化形态必然的热情,即便我们要深入了解轴心时代的文化,对文明初露时期的文化遗产也必须予以认真对待,埃及学、亚述学等学科的存在就充分证明了这一点。我们谈到亚斯贝斯,是因为他的轴心学说打破了长期存在的"西方文明中心论",给予东方古老的文化形态以同样重要的地位,这对正确认识古老的东方文学传统具有重要的意义。

正如我们已经知道的那样，与西方古典时代的文化一样，上述东方古典时代的文化遗产同样对后来东方各文明区域的文化具有伟大的奠基意义和构造性的深刻影响。不但在人们的思维方式、基本价值观念和道德观念上如此，在形成东方诸文化区域内文学艺术的审美风貌和特征上亦如此。只要我们想一想以色列—犹太人的《塔纳赫》（《希伯来圣经》），古代印度的《吠陀》、《摩诃婆罗多》、《罗摩衍那》，中国先秦诸子的典籍、《诗经》和楚辞，阿拉伯人的《古兰经》等等，这个问题就是不言而喻的。

就东西方古典时代精神创造的特点来看，反映出的一个共同品质是知识谱系学上的有机整体性，而这也正是古典学研究方法的学理依据。福柯的研究显示，现代学科分类的产生，最早起源于文艺复兴时期。那时，欧洲的贤哲们以人本身为中心，塑造了诸如现代语文学、法学、生物学和政治经济学等学科。启蒙运动以来，随着现代大学制度的发展和知识生产体制的不断细化，人类的知识和认识方式在这一基础上，被不断分割和归并进越来越复杂细致的学科门类中。从这一意义上讲，我们现有的知识体制和学科体制，本质上是一种权力塑造的产物。然而，我们对这一点却少有反思。相反，在我们的学术研究中，常常将这种可选择的体制和这种体制生产出来的知识，误认为是真理本身。在文学研究领域，这种认识的局限，同样极大地限制了我们对古典作品的理解和研究。事实上，那些在后世被分别纳入不同门类以使其从属于不同学科研究对象的伟大典籍，其作者未必就有如此明确的门类意识，《吉尔伽美什》和"荷马史诗"的作者固然采用了诗体的形式，但它们同时也具有现代历史学和宗教学意义，是今天的历史学家和宗教学家研究古代美索不达米亚和古代希腊"黑暗时代"历史与宗教的珍贵资料；《希伯来圣经》与《老子》、《庄子》固然分别是古代犹太教的宗教经典和中国道家哲学的经典，但我们却被它们所具有的强烈的诗意所感染。这就正如今人谈到"文学"一词,头脑中出现的立刻是小说、诗歌、戏剧等形式主义色彩鲜明的文类,但在古代世界,与其相近或相似的词汇表示的却是与我们今天所说的"文献"的含义更加接近一样,毋宁说,包括了古代世界人们创造的诸多知识和精神活动的记录。

  黑格尔曾提到,对美和艺术的科学研究方式,要建基于两种方法:一是经验的,一是理念的。经验的研究告诉我们,"每种艺术作品都属于他的时代和它的民族,各有特殊环境,依存于特殊的历史的和其它的观念和目的",[①]这就要求研究者既具有广博的历史知识,又具有专门的艺术知识。理念的研究,则要求我们对艺术本身的普遍性内涵进行深入的思考。黑格尔认为,只有将这两种研究方法统合起来,我们才有可能对艺术和美有准确的认识。实际上,黑格尔的研究方法背后就隐含着一种从整体的、历史的维度上把握艺术和美的思路。特定时代的文学,是特定时代的社会、历史、文化和思想观念综合作用的产物,脱离开这个广阔的文化背景,我们对古典作品的认识、研究和阐释,就只能是随意的和缺乏有效性的,这种研究不仅离真理本身相去甚远,甚至也很难说是一种严肃的学术研究。

二、文学的疆界:现代诗学视野中关于文学观念的两种对话

  由此引发的进一步思考是,应该如何看待古典时代的文学作品?这实际上是一个如何理解"文学"的观念问题。今天的文学研究当然需要从当今的学术语境出发,那么,在现代诗学视野中,有关文学观念的两种对话,就可以成为对我们富有启发性的讨论前提。这

---

① 黑格尔:《美学》第一卷,朱光潜译,商务印书馆,1996年,第19页。

两种对话概括而言，一是指文化诗学与形式主义诗学文学观念的对话；二是指东方与西方文学观念的对话。提出这样一个问题，不但符合整个文学史发展的实际，而且对古代东方文明区域内古老文学传统的探讨是有益的。

从前者来看，20世纪以来愈演愈烈的西方形式主义文学理论，发展到今天已然将"何为文学"的问题，转变为"何为文学性"的问题，并且认为所谓"文学性"的探讨，究其实质是一个"文本学"范畴内的课题，无论是俄国形式主义、英美新批评，还是法国结构主义都可以归入这一类。这一派的批评家认为，文学性是建筑在具体文本基础上的一切文学作品的普遍性。曾给予后来形式主义批评诸流派以深刻影响的波兰现象学美学家罗曼·英加登就提出："文学作品是一个多层次的构成"[1]，认为文学作品是由字音和建立在字音基础上的高一级的语言构造，不同等级的意义单元，多种图示化观相、观相连续体和观相系列，以及再现的客体及其各种变化构成这四个异质而又相互关联和依存的层次构成的立体结构。美国文学批评家韦勒克、沃伦在合著的《文学理论》一书中尽管对这一层次划分提出了某些异议，但仍然肯定了文学作品的存在方式是一种多层次的立体结构的思想[2]。在该书的第十二章中，作者明确指出："对一件艺术品做较为仔细的分析表明，最好不要把它看成一个包含标准的体系，而要把它看成是由几个层面构成的体系，每一个层面隐含了它自己所属的组合。"[3]形式主义文学理论在批评实践上强调文学的"内部研究"，我们发现，在对具体的文本进行分析时，对象却大多是近代以来、尤其是20世纪以来的作品，这其中，现代

---

[1] 罗曼·英加登：《对文学的艺术作品的认识》，陈燕谷、晓未译，中国文联出版公司，1998年，第10页。
[2] 韦勒克、沃伦：《文学理论》，刘象愚等译，三联书店，1984年，第164页。
[3] 韦勒克、沃伦：《文学理论》，刘象愚等译，三联书店，1984年，第158页。

诗歌和某些具有实验性与先锋性的小说又成为被重点青睐的对象。与此形成对照的是，从神话原型批评理论，到女权主义理论、新历史主义批评、后殖民批评乃至各种意识形态批评，更多地仍然考虑到了文学与文化、文学与历史、文学与社会语境的关系，呈现出一种文化诗学的特色。而且，这一状况无论在国内外都呈方兴未艾之势。"正如 J. 希利斯·米勒所指出的，自从 20 世纪 70 年代后期以来，西方文论的整体格局经历了翻天覆地的变化，文学研究的兴趣已发生大规模转移，即从文学的内部研究转向了文学的外部研究，试图重新确定文学在心理学、历史或社会学语境中的位置。随之而起的则是一次普遍的回归，即回到新批评之前的研究方法上去。"①

其实，形式主义与文化诗学之于文学的认识都自有其合理性，毕竟文学需要有自身的疆界，将文学研究混同为其他学科的研究必然模糊文学自身的品质，但一切文学作品都必然是在一定的历史文化语境之中生成的，割断了其与这种特殊社会历史文化语境的联系，同样不能揭示出其丰富的审美意蕴。例如，我们研究《希伯来圣经》文学，就不能不考虑希伯来历史、宗教文化与基督教历史、宗教文化语境的不同，否则根本无法揭示出希伯来文学的民族特质。

从后者来看，东西方文学观念的对话，是基于东西方文学在审美形态上客观存在的差异性。如果说，东西方古典时代文学由于各自文化土壤的不同，造就了其表现内容和审美韵味的必然不同，那么某些文学样式的不同也同样是必然的。在对古典时代东西方文学予以审视的过程中，这尤其是两种不同文学观念对话的核心问题。

文学研究的基础是文本，而对文本探讨的前提是文类的划分。

---

① 杨冬：《文学理论——从柏拉图到德里达》，北京大学出版社，2009 年，第 324 页。

东西方古代文学中当然有相同的文类,但也有不能完全对应的文类。这种深刻的差异性早在东西方文化与文学史上的古典时代就已然出现了。古代希腊神话历来包括神的故事与英雄的故事两个部分,从第一代地母神盖亚和天空神乌拉诺斯到第三代的奥林匹斯诸神的活动固然属于神话,而大英雄赫拉克勒斯的故事、伊阿宋的故事、忒修斯的故事等等同样是其神话的有机组成部分,而我们考辨这些英雄的身份则可以知道,他们原本是氏族部落的首领。但是,当我们考察古代希伯来神话时,却并不能将其氏族部落时代首领,也即希伯来祖先们如亚伯拉罕、以撒、雅各等人的故事包括在其神话的文类之中。原因在于,希腊神话的英雄们按其自身的文化传统属于半神半人的血统,这与古代希腊神话神人同形同性、诸神具有生殖功能的观念密切相关。而希伯来文化传统在神与人之间划出了一条不可逾越的界限,希伯来的族长们不但不具备神性,而且古代以色列民族所信奉的耶和华神更被视为一个没有性别、不具生殖功能的灵体存在。因而,希伯来的祖先们不但不可能通过半神半人的血统来与耶和华建立起某种神圣家族的谱系,更不可能将自己的世俗事迹提升到神话的范畴。从具体的体裁来看,同样存在着这样的问题。著名的荷马史诗,无论是《伊利昂纪》还是《奥德修纪》,都是用六音步的韵文体写成的,如果我们严格按照西方文学关于史诗的形式标准,在古希伯来文学中,就根本不存在史诗这样一种类型的作品。但是除却诗体这一形式外,史诗在内容上还有自身更重要的要求,例如它以氏族社会为背景,以氏族部落领袖为中心人物,以民族征战、迁徙等重大事件为题材,具有彰显民族精神特质、构建民族身份特征的显著功能。此外,作为非文人史诗,它还具备神人混杂的场景、由口头传诵到记录成书这一漫长历史过程中必然出现的拼接、镶嵌等文体特色等等。如果从这些方面来看,主要采用散文体夹杂少量诗体写成的《出埃及记》,就应该被视为希伯来文学中的民族史诗。

或许我们可以在这样一种关于文学为何的定义中找到东西方文学观的共同点：文学是以某种艺术形式对人类经验所做的阐释性表现。由此出发，我们自然会得出三方面的结论：第一，文学一定会对一个民族的社会生活和集体意识做出反映，因为对生存环境的体验、对生存状态的认知无疑是人类经验最根本的内容。第二，文学不仅是这种经验的结晶，而且是这种经验的阐释，这个过程是在某种或明或暗、或统一或矛盾的观念指导下完成的。正是这种阐释才使一个民族的文学得以对具体的人、对人与他人、人与社会、人与自然、人与其所信靠的信仰对象的关系做出价值判断，进而提出其人生的和社会的理想。也是这种阐释，使得一个民族的文学具有了独特的民族属性。第三，文学对人生经验的阐释性表现是以审美的形态实现的。换言之，它要求通过一定的结构布局、叙述手法、音律节奏、对比、夸张、重复、变形、反讽、异象等修辞手段，将经验题材纳入到某种具体的艺术形式之中，最终营造出一个能够感染读者的艺术世界。这样一种看待文学的标准，可能是更符合从古至今东西方文学史的客观实际的。在笔者看来，这一看法与我们所强调的借鉴古典学的学术方法去研究古典时代的东方文学，在学术精神上是一致的。通过对古典时代文本多层面的了解，达至对文学生成历史文化语境的整体把握，以审美的眼光进入对具体文本的探讨和分析，强调外部研究和内部研究的统一，坚持最终研究结果的诗学品质，从而实现我们对古典东方文学探讨的深化。这对有效地避免以"阐释自由"的名义过度诠释和暴力肢解古典文本是十分重要的。

三、从希伯来文学研究看古典学方法对古典东方文学研究的意义

任何学术研究的前提,是了解研究对象的特质。《希伯来圣经》首先是以古希伯来语言为载体的,而作为一种古老的拼音语言,无论其语音韵律、语法结构,还是词汇意义的丰富性,从文学角度看都具有复杂、精妙的意蕴,传达着作者的情感和观念。

国际学术界认为,《希伯来圣经》中存在的最古老的文献不早于公元前12世纪,但就反映的历史时空范围来看,其时间跨度则从以色列民族起源的约公元前18世纪,到这部经典正典化过程完成的约公元前1世纪末、2世纪初,而在地理空间上,则与古代美索不达米亚文化、古代埃及文化和迦南本土文化有着密切的关系。可以说,正是在吸收、借鉴和超越上述三个地理空间范围内文化的基础上,希伯来文化才在漫长的历史进程中形成了自身的民族文化的特质,也为世界文明做出了自己独特而意义重大的贡献。

作为古代以色列民族文化百科全书性的文献总汇,尽管《希伯来圣经》包含了丰富多彩的内容,可以被从不同的角度予以解读和研究,但不能否认的是,其以现今的面目流传下来,是因为它是一部宗教经典。根据希伯来—犹太文化的传统,最初它只被分作三个大的部分——律法(Torah)、先知(Nevi'm)和作品集(Kethuvim)。三个部分被认为具有内在的逻辑关联:"妥拉"是耶和华神的律法,其基本原则是不可改变的;"先知"的预言是耶和华在不同时期、针对不同的时代特点和具体情况"默示"给一代代先知们的;"作品集"则是以色列人受神的灵感动而创作的。三者的关系是,律法是既定的、传统的、不因时而变的;预言是因时而生、督劝和警示百姓的;作品集则是以色列人信靠耶和华在精神和现实生活中各个方面

的形象反映。

从《希伯来圣经》各卷类的性质而言，则包括了从法律条例的汇集、民族历史的记录、宗教先知的预言，以及历代产生的其他作品。在文体上，则在散文与韵文两大类别中包含了丰富多彩的具体体裁。从一个方面说，《希伯来圣经》具有高度的文学性和特色鲜明的审美风貌，而从另一个方面说，在它的各个部分、甚至同一经卷的不同章节，其文学性的强弱又具有显著的差别。

那么，我们借鉴古典学的研究方法，从文学角度来研究古代希伯来文学又该如何进行？在宏观上，我们当然要尽可能地以对这部经典中各卷、各个部分生成的整体历史文化语境的了解为前提，而从上述我们对《希伯来圣经》的四方面性质和特征出发，笔者认为，语言形式、文化影响、神权观念和现代诗学是我们探讨古代希伯来文学的四重视野，或曰四个最重要的维度。诚然，如今我们已经拥有了多种《圣经》译本，但对古希伯来语言特征一定程度上的了解，无论对于《希伯来圣经》中韵文体的诗歌形式特点还是散文体的叙述形式特点的分析仍然具有不可替代的重要意义。古希伯来文学从内容观念到各种具体的文类形式都不是凭空产生的，将其与古代近东、北非相关文献进行比较研究时，可以充分得出这一结论，因此，文化影响的因素在我们的研究中是必须予以关注的。虽然《希伯来圣经》的各卷完成时间不一，甚至在某些经卷的不同章节，都可以在结构上区分出不同资料的来源，然而，就最终的形态而论，无论是整部经典，还是某一具体的经卷，都呈现出神意决定论主导下的一种"有目的性"叙述的鲜明特征，因而，希伯来传统中的神权观念的丰富内涵必然要进入我们的视野。在这一点上，笔者不认同某些学者所主张的可以不考虑《圣经》的宗教维度，纯然将其作为一般文学作品对待的做法。而立足于当代诗学理论的话语资源，与时俱进地探讨《希伯来圣经》的审美品格，是使我们的研究不失去文学自身焦点的保证。笔者认为，将这四个方面有机结合起来，是一种相对理想的研究途径。

为了说明上述看法，笔者在此仅选取《希伯来圣经》中的第一创世神话中在语言形式和词汇使用上的某些用法，从这一个小小的角度切入稍作分析。希伯来第一创世神话指《创世记》第1章第1节到第2章第4节a的叙述内容①。从原文来看会发现，在由第1章至第11章构成的整个希伯来神话部分的叙述中，第一创世神话首先在文体上就与其他神话的叙述不同，属于典型的"祭司体文本"。无论是语言特点、结构形式还是所表达的观念以及其被置于整部《希伯来圣经》卷首的特殊地位，都显示出了这一神话在整个古典希伯来文学中的特殊意义。但是正像我们在某些学者的著述中所看到的那样，假如只是或者将之只进行故事性的文学鉴赏，或者将之只视为犹太教或基督教神学观念的体现，是并不能深入探究出它丰富的意蕴和文学品质的。

事实上，希伯来第一创世故事的内容和形式是高度统一的典范文本。

从语言上看，无论是在国内使用最广、影响最大的官话和合本《圣经》译本，还是现代中文译本《圣经》，甚至也包括几种《圣经》英文译本，都因为自身语言与希伯来语特征的不同，未能充分表现出这一神话在总体叙述结构形式和关键词汇上的特点和意义。

首先，词汇学上的证据显示了这则神话与闪族创世神话的联

---

① 《创世记》2：4a指第2章第4节中的第一个句子。中文《圣经》将整个第4节译为："创造天地的来历，在耶和华神造天地的日子，乃是这样。"这一译文看不出第4节实际上是由两个句子构成的。但原文则是：אֵלֶּה תוֹלְדוֹת הַשָּׁמַיִם וְהָאָרֶץ בְּהִבָּרְאָם בְּיוֹם עֲשׂוֹת יְהוָה אֱלֹהִים אֶרֶץ וְשָׁמָיִם，直译的意思为："这就是天地被创造时的过程。在耶和华神造地并造天的时候"。现代《圣经》学者认为，此节中的第一个句子属于第一创世神话的结尾，第二个句子，也即2：4b才是第二创世神话的开始。

系，神话的开篇叙述：

"起初，神创造天地。地是空虚混沌，渊面黑暗；神的灵运行在水面上。"（创1：1—2）。

这里所说的"渊面"在希伯来文中的语词是פְנֵי תְהוֹם，意思是"深渊的表面"，其中תְהוֹם（tehom）一词的意思是"深渊"。"深渊"一词指的是"海、洋"，保留了巴比伦神话的残迹，它与巴比伦创世神话《埃努玛—埃利什》中的女神"提阿玛特"（Tiamat）从语词和观念上，都有着直接的联系①。提阿玛特是巴比伦神话中与海和深水有关的咸水神，主神马尔杜克将之杀死后，用她身体的两半分别创造了天地。著名神话学家 S. H. 胡克说："希伯来词汇中用来表示混沌之水、即'深渊'的词是 tehom，一般认为，这个词是对马尔杜克开始从混沌中创造秩序前所杀的那混沌—龙的名字的希伯来语讹用。"② B. W. 安德森也指出："希伯来语表示'深渊'的词汇（tehom），就相当于巴比伦语表示'提阿玛特'的词汇，在此，我们听到了那个古代世界神话的遥远的回声。"③

其次，与人们通常看到的通篇散文体的第一创世故事不同，实际上，它的开篇和结局部分以及涉及上帝创造人类的部分，使用的都是带有韵律的文字。例如第 1 章第 1 节和第 2 节使用的词汇采用的就是以压头韵为主的方式：

---

① H. Gunkel, *Legends of Genesis*, pp. 109 – 112, New York：Schocken, 1964, tr. from German version, Gottingen, 1895.

② Sidney H. Hooke, *Middle Eastern Mythology*, p119, Baltimore：Penguin, 1963.

③ Bernhard W. Anderson, *Understanding the Old Testament*, p. 385, New York：Prentice-Hall, 1957.

א בְּרֵאשִׁית, בָּרָא אֱלֹהִים, אֵת הַשָּׁמַיִם, וְאֵת הָאָרֶץ.
ב וְהָאָרֶץ, הָיְתָה תֹהוּ וָבֹהוּ, וְחֹשֶׁךְ, עַל-פְּנֵי תְהוֹם;
וְרוּחַ אֱלֹהִים, מְרַחֶפֶת עַל-פְּנֵי הַמָּיִם.

如果用拉丁字母将这两节拼写出来是：

b^{e}reishit bara elohi'm eit hashamay'm vieit ha'arets. (1：1)

viha'arets hay^{e}tah tohu vavohu vihoshekh 'al pinei t^{e}hom viruach elohi'm mirachefet 'al pinei hamayim. (1：2)

再如关于造人的一段叙述：

כז וַיִּבְרָא אֱלֹהִים אֶת-הָאָדָם בְּצַלְמוֹ
בְּצֶלֶם אֱלֹהִים בָּרָא אֹתוֹ
זָכָר וּנְקֵבָה בָּרָא אֹתָם.

用拉丁字母拼写出来为：

vayiv^{e}ra elohi'm eit haadam b^{e}tsal^{e}mo

b^{e}tselem elohi'm bara oto

zachar un^{e}keivah bara otam.

"神按祂的形象创造了人，

按自己的形象祂创造了他

男人和女人祂创造了他们。"（创·1：27）

只要读出这些音节，就会感受到其中回环往复的精妙韵律特征。

进一步考察这一神话在语词使用上的特点时，我们还会发现有两个词汇是具有特殊意义的。一个是"神创造天地"所用的动词"创造"（בָּרָא），另一个是首先出现在第4节的动词"分开"（וַיַּבְדֵּל）。在这个神话里，后者一共出现了五次，除在第4节使用之外，还以不同的形式分别出现在第6、7、14、18节中。

最后,我们发现在这个神话的结尾,安息日被予以了特别的强调:

"神赐福给第七日,定为圣日,因为在这日神歇了他一切创造的工,就安息了。"(2:3)。

"定为圣日"原文的表达是וַיְקַדֵּשׁ אֹתוֹ,是"使其(这个日子)圣洁"的意思。

希伯来第一创世神话在语言词汇上的上述几个例子的意义何在?从文学研究的角度说,语言形式与意义密不可分。"深渊"一词与"提阿玛特"这一巴比伦创世神话形象在词源学上的关联,证明希伯来创世神话是在古代近东文化土壤的基础上生成的,但是,在希伯来神话中,"深渊"已不具有凶暴生命的属性,成为耶和华神创世时原始宇宙状态的一个描述性词语,这是希伯来神话与两河流域神话影响与超越关系留下的痕迹之一。开篇和结尾部分带有韵律的叙述文字,是对神创世之功的庄严赞美。笔者已经说过,第一创世神话是典型而完整的祭司体文本,因此,这一神话的叙述形式与祭司阶层的特点及其关于神的观念是一致的。祭司在古代以色列是个特殊的阶层,维护耶和华的权威、注重秩序和神圣的律法传统是祭司阶层所特别强调的。所谓"律法",根据以色列人的古老传统就是耶和华要求作为"选民"的以色列人必须遵守的神的话语。这话语是命令,只有不折不扣地听从,万事万物的秩序才可能被建立。为什么神的话语必须被遵从?因为世界万物、包括人类本身都是神所创造的。出现在这个文本中的"创造"一词,不是表示普通"创造"意义的动词,考察整部《希伯来圣经》,它共出现了五十多次,但它永远是与"神"而不是人联系在一起。这明确告诉我们,只有神才能创造宇宙万物,人作为受造之物是没有这个意义上的能力的。

神用"话语"创世,这个原本混沌黑暗的存在完全听命于他的命令。神作为强有力的、至高的创造者的特征得到了完全的体现。"分开"这个动词所代表的行为之所以被强调了五次,是因为在祭司阶层看来,它不但是创世活动中建立秩序的过程,也预表了神将以色列民同万族分开,使其成为"选民"的历史意图。神的创世活动从宇宙的创造开始,但创造活动很快就聚焦在了人所赖以生存的大地和人类本身之上。从第三日开始,我们就看到对创世活动叙述的视角是以"地"和"人"为中心来描述的:陆地和植物(第3日),普照大地、为人定节令和时序的天体(第4日),大地之上的雀鸟和地面水中的生物(第5日),陆地上的动物和人类本身(第6日)。可以说,人类被造前一切的创造都是在为人类的存在预备条件。而且,只有当人类被创造出来后,这个世界才被给予了"甚好"的最终评价。因此,六天的创造过程中,只有涉及创造人类的一个段落,才再次使用了带有精妙韵律特征的诗体,人的创造是整个创世活动中不折不扣的高潮。笔者已经说过,"定为圣日"原文是"使其(这个日子)圣洁"的意思。以色列的祭司对于节期和圣洁的观念是极为看重的,安息日在祭司的律法体系中尤其重要①。在整部《希伯来圣经》中,第一次提出了"圣洁"这个概念,并将之与神的话语和行为相联系就是在此。安息日这一独属以色列民族的"圣日"在第一创世神话中被特别强调,预设了这样的前提:神固然创造了整个人类,但只有以色列民族将听从神的话语、接受神的律法,进而成为"选民"。

从整个希伯来神话来说,第一创世神话作为一个完整的祭司体文本,实际上出现时间比其他神话都晚,但它却恰恰被置于了所有神话、乃至整部《希伯来圣经》之首。原因就在于,包括《创世

---

① 参《出埃及记》31:12—17。在此,以色列人要守安息日被特别强调。

记》在内的整个"摩西五经"成书于祭司阶层当政的第二圣殿初期，这一充分表达了祭司阶层观念的文本因而成为统领"摩西五经"、也即"律法"部分的序幕，换言之，这一结果是祭司阶层掌握了叙述话语权力的必然反映。

我们仅从上述几个例子就可以看出，希伯来第一创世神话的语言形式与其所要表达的内容关系是如此的密切，牵涉到古代希伯来文化多方面的内容。这也正是我们提出借鉴以知识谱系的有机统一观念为基础的古典学方法，进行古典东方文学研究重要性的原因所在。在笔者看来，在对东方古典时代产生的丰富文学遗产进行研究中，那种脱离历史文化语境，任意进行自由阐释的做法并不足取。尽管一切历史都是当代史，但人类精神发展的轨迹却并非没有可以追寻的足迹。如果我们的研究中多一点"实证性"的古典学品质，我们的结论或许能建立在更坚实的基础上。

特质、文本与主题：希伯来神话研究三题[①]

一般而言，学者们认为神话的产生早于系统化的宗教，但就具有完整体系的各民族神话来看，这些神话实际上又是附着在一个民族的古代信仰和宗教之上的。正像古代希腊神话离不开古希腊的多神崇拜信仰及其祭祀礼仪体系一样，希伯来神话也是在古代希伯来人特有的宗教信仰产生之后逐渐形成的，其现存的神话文本也是经过祭司文士的修订而成型。神话是一个民族在童年时期对宇宙、自然及其与人类关系质朴无华的理解。它的一个显著功能，是用上古时代发生或想象的"历史"解释已然存在的自然现象、社会现象和文化现象，并以此为据对现存的体制性秩序予以阐释和肯定。因此，我们完全有必要在历史和宗教文化的语境下进行神话研究，否则神话就会成为仅供后人赏析的单纯的故事性文本，失去其丰富的文化内涵。本文想就希伯来神话的三个重要问题谈谈自己的思考，希望引起国内学术界对有关问题的重视，将希伯来神话研究引向深入。

一、希伯来神话与异教神话的关系及其特质

从 19 世纪后半期到上个世纪，古代近东地区的考古发现层出不

[①] 原载《外国文学评论》2003 年第 2 期，选入时略有删节。

穷，希伯来神话研究也随之走出了原来的封闭式和类比式研究。以克雷默（S. N. Kramer）、胡克（S. H. Hooke）为代表的一些西方学者对希伯来神话与近东各民族神话的关系做了卓有成效的探讨。①例如，如今我们已经清楚，希伯来创世神话本身就是古代近东文化圈中古老的、不断变化的口头叙事传统的一个组成部分。在这一传统中，创世故事具有多种形式，从流传下来的苏美尔人、巴比伦人、亚述人乃至较晚的希腊人的记录中，我们都能够追溯这一创世母题的历史。②因此，像《创世记》第一章与巴比伦史诗《埃努玛·埃利什》（*Enuma Elish*）之间、希伯来洪水神话与《吉尔迦美什》（*Gilgamesh*）之间有无关系，有什么样的关系等等早已不再成其为问题。重要的是，在承认希伯来神话接受了近东其他民族神话影响的前提下，它有无原创性？如果有，它是什么？此外，这种特质是整体上决定了希伯来神话的叙述方式，还是作用于个别的神话叙述。我们知道，希伯来民族文化经典《塔纳赫》③是一部24卷本的整体，《妥拉》部分第一卷第一至十一章中的神话是《塔纳赫》的开篇，对于这一部分的认识会直接影响到对整部希伯来文学史的看法。

与那些内容丰富、神族成员众多的其他民族神话相比，希伯来神话最突出的特征是没有神的谱系，因为它以独一神信仰为思想基

---

① 可参考下列著作：S. N. Kramer, *History begins at Summer*, New York, 1959；S. H. Hooke, *Middle Eastern Mythology*, Penguin Group, 1988；Alexander Heidel, *The Gilgamesh Epic and Old Testament Parallels*, Chicago, 1963；H. W. F. Saggs, *The Encounter with the Divine in Mesopotamia and Israel*, Athlone, 1978；Gwendolyn Leick, *A Dictionary of Ancient Near Eastern Mythology*, London & New York, 1991.

② 参见 James B. Pritchard, ed. *Ancient Near Eastern Texts: Relating to The Old Testament*, Princeton University, Press, 1955, pp. 37 – 149.

③ 即基督教所称的《旧约》，国际学术界也称之为《希伯来圣经》（*The Hebrew Bible*），犹太民族则称自己的民族经典为《塔纳赫》（Tanach）。塔纳赫由三部分构成：律法（Torah）、先知（Nevi'm）和作品集（Kethvim）。《塔纳赫》的读音即由这三部分名称的首字母加两个元音而来。

础，而独一神信仰是伴随着希伯来民族的形成和发展确立的。它的根本出发点在于耶和华是具有道德属性的、公义的、独一的神。耶和华神创造和统治万有，那种在本体论意义上，以"二元对立"结构所言说的与耶和华对立统一存在的邪恶神灵，或是以"阴阳平衡"结构呈现出的男性神与女性神相互依存的观念，均不符合希伯来神学的传统。的确，在希伯来神话中，仍然存在着冲突和紧张的关系，但它不是诸神之间的较量，而是耶和华神与人之间的冲突和紧张关系。按照以色列民族的传统，耶和华的神圣意志是在人类自身发展过程中启示给人的。作为个体的人的最高理想是成为一个"义人"，人类社会的最高理想则是成为一个公义的社会。而所谓"公义"（tzedek），希伯来语的原意就是"正"和"直"。公义原则的源头来自于神，对公义与否的评判在神而不在人，因此，听从神的话语，"与神同行"，既是达到公义的保障，也是审断人与一个社会是否公义的标准。神赋予了人以自由选择的权力，人可以选择与神同行，也可以选择悖逆神，陷入罪中，遭到神的惩罚。这一明确的神意决定论，在希伯来神话中就已萌芽。我们可以看出，从异教神话到希伯来神话，实际上完成了一个重大的认识飞跃和一次质的转变。神话领域从诸神活动的舞台转变为与人紧密相连的历史—道德范畴。这样，在异教神话土壤中生长出来的希伯来神话，从本质上消除了异教神话中自然神与生殖神崇拜的痕迹，将以诸神为主人公的神的悲喜剧，转变为以一位具有道德属性、创造和统管万有的神，与被造的、具有服从与悖逆矛盾属性的人共同作为主人公的历史正剧。这正是希伯来神话在上古各民族神话中所独具的特质，并显然决定了神话的叙述方式。

二、希伯来神话的文本资料构成

各自相对独立、整体上又自成体系的希伯来神话，是由不同时代的神话资料组合而成的，这些资料产生的年代先后，甚至相差四五百年之久。摆在我们面前无法回避的一个重要问题是：具有漫长口传历史，后来被记录、组合而成的希伯来神话，历经一千余年的流传直至被书写定型，何以能在观念上保持统一性呢？如果说是后来的编定者们使希伯来神话具有了观念上的一致性，他们又是如何做到的？古代希伯来—以色列人是在两河流域、埃及以及迦南所构成的文化地理范围内活动和生存的，这一民族文化的独特性之一即表现为对周边民族文化的选择性利用和超越。

对希伯来《塔纳赫》的文本考据，在国外学术界有着悠久的历史。18世纪初叶，德国路德教会牧师汉宁·伯哈德·维特（Henning Bernhard Witter）首次将Elohi'm（希伯来语"神"）和Jehovah（耶和华）这两个称呼神的不同方式用于区分《创世记》中不同板块的叙述资料。1753年，法国学者让·阿斯楚克（Jean Astruc）在《摩西据以编著〈创世记〉初本考》中，以确凿的证据指出此卷书中存在着内部叙述上的差异，认为其中的两个创世故事出自A、B两种不同的资料来源。此后经由德·威特（W. M. L. de Wette）、格拉夫（Karl Heinrich Graf）等学者的继续努力，至19世纪后期，终于形成了集前人之大成的威尔豪森（Julius Wellhausen）"五经四底本说"经典理论。按照这一理论，包括《创世记》在内的整个"摩西五经"①，也即"妥拉"部分，都是由J、E、D、P四种底本资料构成的。②J底本是南

---

① "摩西五经"即指《塔纳赫》中的"妥拉"部分，包括《创世记》、《出埃及记》、《利未记》、《民数记》和《申命记》五卷书。古代犹太教和基督教都认为摩西是它们的作者。

② JEDP指四种底本资料。按照威尔豪森学派的观点，"摩西五经"是由以"耶和华"（Jehovah）为神名的第一种底本、以"神"（希伯来文读作Elohi'm）为名称的第二种底本、以《申命记》（Deuteronomy）为代表的第三种底本和内容注重叙述献祭仪轨、家谱世系，风格带有祭司体（Priest）特征的第四种底本结合而成，故被称为"五经四底本学说"。JEDP是这四种底本名称的首字母。

北分国时期在南国犹大形成的一种叙述，约完成于公元前850年左右；E底本是分国时期在北国以色列形成的另一种叙述，约完成于公元前750年左右；D底本是以公元前621年犹大国王约西亚在整修耶路撒冷圣殿时发现的律法书为核心的一种叙述资料，约完成于公元前600年左右；P底本是最晚出的一种资料，但却是"五经"编辑的基础底本，它贯穿于《申命记》以外的四卷书中，约形成于公元前500年至前400年间。北国以色列于公元前722年被亚述帝国灭亡后，具有北国特色的文献E流入南国犹大，与犹大原有的文献J结合而成JE。公元前621年后（公元前7世纪末的最后二十余年内），《申命记》作为单独的一卷律法书编成，它的叙述虽以JE律法为基础，但对JE资料进行了加工和提炼，代表了分国时期先知们注重伦理道德，要求信仰纯洁和集中敬拜的思想观念，它构成了D底本并影响到了其后多部历史书卷的编写。公元前6世纪，JE和D开始融合，在公元前586年至前538年的"巴比伦俘囚"时期，三种底本结合形成了JED。公元前5世纪，犹大遗民自巴比伦回归时代，尼西米和以斯拉回到耶路撒冷实行社会与宗教改革，随后"摩西五经"开始了正典化的过程。代表祭司观点的编订者以P底本为基础，将P资料穿插于JED中，形成了JEDP的合编。约在公元前400年左右，主要由四种资料组合的"摩西五经"最终完成。威尔豪森学派的经典理论尽管在后世受到质疑，但它至今在整个古代希伯来文化研究领域仍具有深刻影响。后代学者对"摩西五经"所作的文本资料分析归结起来主要是从两个方面入手：一是将威氏经典理论对四种资料产生的时间定位后移，或是讲四种资料作进一步细化区分；二是用不同主题的叙述传统来代替经典理论的底本学说，但是在诸多问题上，各种观点并不能得到学术界的一致认可。笔者认为，如若从历史—文化的角度研究希伯来神话的文本资料构成，威氏学说仍不失为一种具有典范意义的学说。从底本批评的角度对这一理论的另一颇具影响力的挑战，是来自犹太学者考夫曼（Yehezkel Kaufmann）的质疑。考夫曼仍然承认"妥拉"中有四种主要的底本资料，只是对 J、E、D、P 资料的产生顺序提出疑问，认为正确的顺序应该是 JEPD，而且这四种资料是各自独立发展的，彼此之间并无影响。考夫曼的观点得到了一部分追随者的拥护，但同样并不能从根本上推翻威尔豪森理论的经典地位。①

如果我们能够辨别希伯来神话的资料构成，就会发现不同资料的叙述之间的确存在着差别，而且这种差别是必然的。比如在较早的 J 资料中，对耶和华神的形象描述带有明显的拟人化特征，神的形象不仅直接出现在叙述中，而且像人类一样说话和行动；而在 P 底本资料中，则根本不会出现类似的情况，神所说的话以"命令"的语气呈现出来，描写神的行为的动词都具有抽象的性质。我们可以比较第一创世故事（《创世记》1：1—2：3）、第二创世故事（即"伊甸园神话"的前半部，《创世记》2：4—25）与失乐园故事（"伊甸园"神话的后半部，即《创世记》3：1—24），即可发现三者间的不同。第一个故事为典型的 P 底本资料，后两个故事则由 J 底本资料所构成。在第一创世故事中，描写神的行为主要用了五个带有抽象性质的动词来标示，即 Yomer（He said）、Kara（He called）、Yore（He saw）、Bara（He created）和 Yishebit（He rested）。而在后两个神话故事中，描写神的行为则多为具体性质的动词，如 Yotzer（He formed）、Yipah（He breathed）、Yita（He planted）、Yashim（He put）、Yitso（He commanded）、Yave（He brought）、Mitehleh（walking）、Yishaleheh（He sent）等。这种差异显然是由于 P 底本资料晚于 J 资料数百年，以色列民族宗教观念进一步发展，神的形象

---

① 有关威尔豪森和考夫曼的理论，分别参见 Otto Eissfeldt, *The Old Testament*: *The History of the Formation of The Old Testament*, tran. Peter R. Ackroyd, Oxford: Basil Blackwell, 1974; Yehezkel Kaufmann, *The Religion of Israel*, New York, 1972.

由具象进一步走向抽象化,以描写神的行为为核心的神话叙述也随之超越了原有的异教神话土壤所致。

三、希伯来神话的总体结构和基本观念

在了解了希伯来神话的基本特质和资料构成情况后,我们如何来看待现存面目的希伯来神话总体结构的意义呢?它是如何经过虔敬的文士和祭司之手,体现一种一以贯之的思想观念?这种观念又是什么呢?如上所言,在《创世纪》中有两个不同底本的创世故事,分别属于P底本和J底本资料。J底本早于P底本,其中包含有古老的口传历史的成分。因此,第二个创世故事实际上是早出的。这个被称为"伊甸园神话"的创世故事一直延伸到第三章,表现了古代希伯来祖先对于天地、人类和人类社会中恶的起源的一种朴素理解。

按照这个创世故事,万物尚未完全创造好之前,耶和华就亲自动手用泥土造了第一个人亚当,将生气吹入他的鼻孔之中,又用他的肋骨为他造了配偶夏娃,这就是人类的始祖。但第一个创世故事的叙述却与此不同:首先,神用五天的时间创造天地万物,在第六天才创造了人,凸显了神为了人类生存安排必要的物质环境的准备工作。其次,万物和人是神用自己的"话语"创造的,这为神的命令的不可抗拒奠定了基础。再次,人是按照神的"形象"和"样式"创造的,分享有神某些的属性,这是人得以从罪中悔改,得到拯救的基质。由P底本构成的第一创世故事被冠于整部"摩西五经"之首后,P底本资料又被代表祭司观点的编辑者插入或混入《创世记》第一至第十一章的希伯来神话整体叙述中,以求对原有各神话故事予以进一步解释并在各个神话之间予以有目的性的关联。我们来看一下希伯来各神话在《创世记》中的安排顺序:

A. 创世故事(第一个故事为P资料,第二个故事为J资料)。

B. "失乐园"故事(J资料,为第二创世故事的延续)。

C. 该隐和亚伯故事(J资料) +该隐的后裔(J资料) +从亚当到挪亚的谱系(P资料)。

D. "伟人"故事(J资料) +对人类作恶的叙述(JP资料合编)。

E. 洪水故事(JP资料合编)。

F. 巴别塔故事(J资料)。

《创世记》中的神话资料原本都是通过口耳相传的历史传说保存在J底本中的,P底本资料的介入一方面是要赋予各神话故事之间一种内在的逻辑关系,另一方面是要强化神的作为的道德色彩。按现有的希伯来各神话顺序,不难看出,其逻辑关系是:神是万物的创造者,创世活动以人的创造为最高潮;但始祖悖逆神的旨意,陷入干犯神的罪中,因此被逐出乐园;始祖的后代继续犯罪,发生了该隐杀弟的血腥暴行;当人在地上多起来后,陷入了普遍的、无法自拔的罪恶泥沼,因此神以洪水来灭绝邪恶的人类,只留下了"义人"挪亚一家;但洪水过后的人类(挪亚的后裔)又陷入与神比高的新的"僭妄"之罪中,神于是变乱了人的语言,人类背负着神眼中的"罪"分散居住于世上。

这一逻辑充分说明了耶和华作为造物主和万物统治者的基本神学观念,由此,希伯来神话的"神的创造"——"人的悖逆"——"神的拯救"线索清晰地凸现出来。实际上,整部《塔纳赫》体现出的古代以色列民族的宗教历史观,可以表述为"历史就是耶和华神对其特选子民以色列民族的拯救史"[1]。在这一基本观念下,神对人的要求与人悖逆神的律法之间形成的张力和紧张关系,人从罪中的悔改和神对人的拯救,也就成为整部希伯来文学史的基本主题。

---

[1] 参阅拙文《试论古代以色列民族的历史观:从资料构成、史书编集到观念的形成》,《史学月刊》2001年第2期,第88—97页。

应许、磨难与拣选：文化诗学视野下希伯来族长故事的意义与叙述模式[①]

希伯来族长生活的记录，载于《希伯来圣经》的第一卷《创世记》中，在狭义上说，主要是指第12至35章的亚伯拉罕、以撒和雅各三代族长的记述；从广义上讲，则可将考察的范围一直延伸到本卷的最后一章也即第50章，把雅各之子约瑟在埃及的记述包括进来。对这一部分叙述应该如何看待，《希伯来圣经》界，包括来自学术界和宗教界的学者们，从各种角度进行了讨论，焦点围绕着它到底是历史的"实录"，还是后人的想象和虚构。但就学术界自身的研究来看，这种探讨则完全不是一个简单的"真实"与"不真实"的问题，而是面对《希伯来圣经》文本与"经外"相关的文本和实证资料，如何解读、评价其丰富的文化含义的问题。笔者认为，希伯来族长的叙述，从文化诗学的理论视角看，提供了一个具有"历史"与"文学"双重品质的典型文本。一方面，它构成了后来的以色列民族族源学上的证据，也即以色列人的祖先是希伯来人；另一方面，这一段历史是被以特殊的"诗性"逻辑叙述出来的历史，换言之，它是一种"有目的性的叙述"。特别是当我们考虑到，整部《希伯来圣经》被正典化于公元100年左右，族长故事被包括其中的"摩西五经"部分，编成时间也在公元前400年左右，这一问题就更为明显。因此，对希伯来族长故事的探讨，不但需要将其置于

[①] 原载《外国文学评论》2008年第4期。

文学与历史学的双重视野中,而且既要关注个别故事特定的文化意蕴,又要在整体结构的情节叙述模式中,透视隐喻于其中的特定观念和意识形态意义。

一、历史与"被叙述的历史":
族长叙述的文学类型与基本特征

以色列民族的祖先属于闪米特语系西北语族的一支,也即希伯来人,学术界对此并无异议。但是,《创世记》中关于亚伯拉罕、以撒、雅各为代表的希伯来人在迦南地区的早期历史记载,是否就是族长时期以色列祖先生活的实录?从不同的立场和学术倾向出发,却会得出截然不同的结论。众所周知,作为犹太教和基督教的经典,《塔纳赫》(Tanah)或《旧约》(分别为犹太教和基督教对《希伯来圣经》的称谓)在各自严格的宗教文化语境中都是神圣的启示话语,因此,相关记录的真实性是不言而喻的。20世纪初期以来的古代以色列地考古发掘以及《圣经》之外的古代近东地区其他资料的发现,提供了关于族长时代历史文化环境的某些重要印证。例如,有关《创世记》第12至50章中一些风俗制度的叙述;出现于楔形文字文献中像"以撒"、"雅各"、"约瑟"、"以实玛力"这样一些闪语系中常见的人名;在死海周围地区发掘出的、与族长时期年代相当的城镇遗址及其曾遭受自然灾害的痕迹等等[①]。某些圣经学者和历史学家据此得出了十分引人瞩目的观点。德·沃克斯就宣称,族

---

① 集中讨论有关《希伯来圣经》考古发掘资料的两部不错的著作,可参考 Shalmon M. Paul and William G. Dever: *Biblical Archaeology*, Jerusalem: Keter Publishing House, 1973 和 Leah Bronner: *Biblical Personalities and Archaeology*, Jerusalem: Keter Publishing House, 1974。关于《创世记》第一章族长故事经外文献资料的中文叙述和探讨,也可参拙著:《古代以色列历史文献、历史框架、历史观念研究》,北京大学出版社,2004年5月,第128—132页。

长时期的"这些传说具有坚实的历史基础"①。布莱特甚至说:"我们完全有把握肯定,亚伯拉罕、以撒和雅各是现实的历史人物。"②这些发现和结论不但给予基于宗教立场、似乎也给予学术语境下对族长叙述真实性的确证以合理性。另外一些学者对此则予以激烈的否定,其中的代表人物有 T. L. 汤普森、J. V. 塞特斯和 D. B. 雷德福德等人。按照肯尼思. A. 基钦的说法,上述三位学者坚持认为:"族长时代的叙述只是虚构的创作——它们出现的时间是在巴比伦俘囚时期③甚或更晚——毫无历史真实的价值可言"。④对于这种完全否认以色列民族早期历史记录的观点,笔者并不无条件地赞同,因为这些学者尽管可以质疑考古发现以及近东地区其他经外文献对于阐明《创世记》的有效性,却并不能提出新的实证性的证据来彻底颠覆这种有效性。正像 J. 布兰肯索普所说:"后移资料定期的趋势在近期某些著作中表现十分明显,但却并非没有问题。它必须依赖于这样一种原则:不能肯定为早期资料的,就一定是晚期资料,这已经到了一种令人不快的程度。它也将那些否认早期各种资料存在的人置于必须填充由于他们置换资料定期使前流放时期出现空白的位置上,换言之,这使他们必须提供一种或者口头、或者书写、或者二者兼具的对传统发展的替代叙述,但是几乎没有哪个晚期资料的拥

---

① Pere Roland de Vaux, *The Early History of Israel*, trans. D. Smith, Philadelphia: Westminster Press; London: Darton, Longman& Todd, 1: 200, 1978.

② John Bright, *A History of Israel*, p.91, 2nd edition, Philadelphia: Westminster; London: SCM Press, 1972.

③ 以色列民族史上的"巴比伦俘囚时期",指公元前586年犹大王国被新巴比伦帝国灭亡后,国民被掳至巴比伦地区的历史,至公元前537年,波斯国王居鲁士下诏允许犹大遗民回归故土,达半个世纪之久。希伯来族长时代被认为是在公元前18世纪,如按照文中所提到的这些学者的意见,则《创世记》中的相关资料完全是后人杜撰出来的。

④ Kenneth A. Kitchen, "The Patriarchal Age: Myth or History?", Biblical Archaeology Review 21(March/April1995), p.48.

护者已经说明了这个问题。"①对《创世记》族长生活叙述的历史真实性问题，笔者以为应采取一种更为辨证的态度。以色列民族史上的族长时期，属于任何一个民族都必然会经历的传说时期。这一历史阶段有两个鲜明的特征：首先，它的原初形态是一种"口传历史"，相关记录一定是后人在前人口耳相传的叙述基础上编写的，而且，这样的"编写"必定带有后人从自己时代对祖先时期的理解。其次，由于传说产生的时期与神话产生的时期一样，都处在人类认识水平相对低下的氏族部落时代，其记述必然只是对历史的一种"反映"，而不会是直接的历史记录。换言之，它的"历史性"包含在看似凌乱、神奇的叙述之中，这从世界各民族流传下来的关于祖先的传说均带有强烈的传奇色彩上看得十分清楚。理解了上述两个特点，我们就会认识到，与希伯来族长生活相关的记录，一方面"反映了"那一时代的真实，另一方面它的叙述必定受到了后来编纂者意图的影响。

卡尔·波普尔曾指出："不可能有一部'真正如实表现过去'的历史，只能有各种历史的解释，而且没有一种解释是最后的解释，因此每一代人都有权利去做出自己的解释。……历史虽然没有目的，但我们能把这些目的加在历史上面；历史虽然没有意义，但我们能给它一种意义。"②对照希伯来族长叙述的特点，波普尔的话无疑是正确的。这一段希伯来族长们的记录，是在真实的历史与文本的历史互动下，古代以色列民族生存状况与宗教意识形态融合为一的一个隐喻。那么在一种文化诗学的视野下，又应该如何定义这样一种以人物为中心，以事件的记叙而非人物性格的刻画为主要叙述

---

① Joseph Blenkinsopp: *The Pentateuch, An Introduction to the First Five Books of the Bible*, p.26, Doubleday, 1992.

② 卡尔·波普尔:《公开社会及其敌人》，引自《当代西方文艺理论》，朱立元主编，华东师范大学出版社，1997年，第394页。

方式的文本类型呢？笔者以为，最恰如其分的称呼应该是"远古历史故事"，因为这直接关系到希伯来族长叙述的三个基本特征：传奇性、历史性和情节单元的完整性。

在整部《希伯来圣经》中，《创世记》属于其三大部分的第一部分"律法"（Torah）中的第一卷，尽管它有着后世修订的明显印记，但总体色彩和叙述风格不但与其他两部分（Nevi'm——"先知书卷"和Kethuvi'm——"作品集"，亦称"圣录"）大不相同，甚至也与"五经"中的另四卷不同。其中的族长故事，紧接在第1至11章的神话叙述之后，表现的是一个神、人混杂的世界。神以直接、具体的方式介入族长们的生活，无阻碍地来到地上，与人面对面地说话，成全人的具体愿望。雅各甚至与神角力，要求神必须祝福于他①。这一类带有"拟人化"特征的神与人互动的神奇描写，在其他各卷中都是见不到的，它呈现出的是一幅更为古老、遥远的图景。

族长故事叙述的是"过去"，尽管充满了神奇的因素，但却不能否认包含有真实的因素和久远的民族记忆。例如它以神谕的形式包装了希伯来人由两河流域迁徙至迦南的史实；以神的使者在最后一刻阻止亚伯拉罕用儿子以撒献祭的方式显明了古代巴比伦地区流传久远的"替罪羊"宗教祭祀文化等等。但是，与《希伯来圣经》中那些后出的、通常被归为"历史书卷"的作品（如《列王记》、《历代志》等）相比，出现于前者中的诸如毁灭所多玛、蛾摩拉，亚伯拉罕和撒拉夫妻分别在100岁和90岁时得子等等众多的"神迹"，在后者中是不存在的。正因为如此，我们说族长故事具有反映古老时代的"历史性"，而不是历史的实录。

从情节结构上我们则会发现，如果以每位族长为中心，每个人的叙述都可构成独立而完整的系列故事单元；如果将四代族长的故

---

① 参创·17：1，22：22，11：15，35：9，13，32：22—32。

事视作一个整体，整个叙述又体现出一种内在逻辑的整一性，在它的背后，深藏着编定者明确的观念意图。美国学者海登·怀特说过，历史叙述者对于历史话语具有三种解释策略：形式论证、情节叙事和意识形态意义。①我们将会看到，在文化诗学的理论视野下，作为个体的希伯来族长故事，与作为民族历史一个阶段象征的希伯来族长们的整体叙述，表现出的族长形象特征并不是完全一致的。

二、错位的诠释：不同时代文化语境下族长形象的意义

任何一个民族对传说时代的祖先都会抱有崇敬的态度，后来的犹太民族也并不例外。而当《希伯来圣经》成为基督教的《旧约》后，希伯来族长故事同样受到特别的关注，通过新的阐释，族长形象作为某种文化符号不但进入基督教的、进而也存在于整个西方的文化语境中。在后人的理解中，最普遍的一种看法是，族长形象作为原型意义上的典范人物，提供给后人某种值得效法的榜样。在犹太教语境下，人们一再强调的故事因素如：耶和华多次与亚伯拉罕立约，应许他的子孙多如"海边的沙"、"天上的星"，赐给他们迦南美地；雅各不仅是构成后来的以色列民族十二支派的先祖，而且，连"以色列"这个族名都是因雅各与神摔跤得胜，神给雅各改名而来的。在《希伯来圣经》的其他经卷里，每当强调以色列人作为耶和华"选民"的特殊关系时，通常都会使用一个程式化的套语，要敬畏"亚伯拉罕的神、以撒的神和雅各的神"，以此表达一种强烈的呼吁：以色列的子孙必须恪守早在先祖时代就与他们立约的这位大能的神的律法。在基督教文化语境中，我们同样看到，通过

---

① 参《当代西方文艺理论》，朱立元主编，华东师范大学出版社，1997年，第408页。

对族长故事中某些因素的特别强调,彰显人对神所应具有的绝对敬畏、驯服、谦卑的态度。例如通过对亚伯拉罕献祭以撒的解读,这位老族长被冠以了"信仰之父"的符号化称谓,在基督教影响下的西方文化中,亚伯拉罕作为"义"和"信"的象征性形象,可谓深入人心。

从审美心理机制看,随着时间的推移,这种无论对实际祖先还是精神祖先的推崇都有其必然性。但是,正如笔者已经指出的那样,希伯来族长们生活在氏族部落时期,那个久远的年代与后来时代在道德观念、文化习俗上有着巨大的差异,这种差异并被真实地记载在族长们的生活中。仔细阅读文本,任何不带先入为主观念的人对此都会印象深刻,由此,希伯来族长们作为值得后人效法的"典范"的看法也就值得进行重新审视了。

亚伯兰(亚伯拉罕)两次指妻为妹和驱逐夏甲与以实玛利母子的行为,以后世的标准来看,无论如何都应该被视为道义上有瑕疵的举动:

> 那地(指迦南——笔者)遭遇饥荒。因饥荒甚大,亚伯兰就下埃及去,要在那里暂居。将近埃及,就对他妻子撒莱说:"我知道你是容貌俊美的妇人。埃及人看见你必说:'这是他的妻子,'他们就要杀我,却叫你存活。求你说,你是我的妹子,使我因你得平安,我的命也因你存活。"及至亚伯兰到了埃及,埃及人看见那妇人极其美貌;法老的臣宰看见了她,就在法老面前夸奖她。那妇人就被带进法老的宫去。法老因这妇人就厚待亚伯兰,亚伯兰得了许多牛羊、骆驼、公驴、母驴、仆婢。耶和华因亚伯兰妻子撒莱的缘故,降大灾与法老和他的全家。法老就召了亚伯兰来,说:"你这向我做的是什么事呢?为什么没有告诉我她是你的妻子?为什么说她是你的妹子?以致我把她

取来要做我的妻子。现在你的妻子在这里,可以带她走吧!"于是法老吩咐人将亚伯兰和他妻子,并他所有的都送走了。(创·12:10—20)

亚伯拉罕的妻子撒拉(撒莱)起初不育,于是她主动提出要丈夫与自己的使女夏甲同房,以便"我可以因她得孩子"。但是当撒拉自己生了以撒后,竟要丈夫将夏甲母子赶走,亚伯拉罕竟然同意了。当然,和前一个故事一样,这一切都经过了神的"允许"。

当时,撒拉看见埃及人夏甲给亚伯拉罕所生的儿子戏笑,就对亚伯拉罕说:"你把这使女和她儿子赶出去!因为这使女的儿子,不可与我的儿子以撒,一同承受产业。"(创·21:9—10)

亚伯拉罕清早起来,拿饼和一皮袋水,给了夏甲,搭在她的肩上,又把孩子交给她,打发她走。(创·21:14)

如果我们检视雅各的行为,那就更成问题,他以自己的"诡计多端"而显得形象十分鲜明。这位出生之时就抓着孪生哥哥以扫脚跟出了母腹的未来族长,果然与其名字的含义"抓住"所暗示的那样,善于精明地为自己谋取最大利益。雅各利用哥哥以扫累昏的机会,用一碗红豆汤和饼骗买了以扫的长子权(创·25:29—34),又趁父亲以撒年老,眼睛昏花看不见的机会,把自己装扮成哥哥的模样,骗取父亲本该给哥哥的祝福(创·27:1—29)。以扫的悲愤之言"他名雅各岂不是正对吗?因为他欺骗了我两次,他从前夺了我长子的名分;你看,他现在又夺了我的福分!"(创·27:36)实在是一点也没冤枉这位同胞兄弟。

我们其实能发现更多有关族长们的"斑斑劣迹"。比如,雅各的儿子流便玷污父亲的妾辟拉(创·35:22);几个哥哥出于嫉妒,先是合伙要把自己弟弟约瑟害死,后又把他卖给米甸的商人得了二十舍客勒银子(创·37:18—28);犹大与冒充妓女的儿媳他玛同寝生子(创·38:1—30)。这些令人惊异的描写,连同亚伯拉罕和雅各的上述行为,如果在古代近东文化和氏族部落制度的背景下,并非无法得到合理的解释,但是从后世道德观念来看,却决不能说是"公义"的和值得"效法"的。因此,将族长们的形象视作典范是根本不合适的。即便是被人们作为亚伯拉罕信仰坚定最强有力的例证——捆绑以撒献祭——实际上也违背后世犹太教的律法。这一极端的事件记载在《创世记》第22章第1至19节,其中明确说明,以撒要被献为"燔祭",但在《申命记》中,却明确规定了以色列人不可效法迦南地的原住民,用子女来献祭:

你不可向耶和华你的神这样行,因为他们向他们的神,行了耶和华所憎嫌所恨恶的一切事,甚至将自己的儿女用火焚烧,献与他们的神。(申·12:31)

你们中间不可有人使儿女经火,也不可有占卜的、观兆的、用法术的、交鬼的、行巫术的、过阴的。(申·18:10—11)

我们也很难想象,后世的以色列人会以自己的子女献祭去效法这位老族长。

笔者将会以亚伯拉罕为例,给出在对希伯来族长生活经历的选择性解读中,上述的一类记载何时被遮蔽,淡化出后人视野的文本证据,但是起码在《希伯来圣经》时代,我们不能明确找到以色列人将族长们作为可资仿效的榜样的观点。检视整部《希伯来圣经》,在《创世记》之外,其他经卷中经常提到三代族长或是其中的某一个族长。例如,《出埃及记》记述,当摩西上西乃山接受耶和华的律法时,以色列百姓见他迟迟不下来,就铸造金牛犊祭拜,耶和华发怒要灭绝百姓。摩西向耶和华恳求时说,"求你纪念你的仆人亚伯拉罕、以撒、以色列。你曾指着自己起誓说:'我必使你们的后裔像天上的星那么多,并且我所应许的这全地,必给你们的后裔,他们要永远承受为业。'"(出·32:13)。《申命记》以摩西重申律法的形式,再次提到当年的这一幕,仍然说"求你纪念你的仆人亚伯拉罕、以撒、雅各,不要想念这百姓的顽梗、邪恶、罪过。"(申·9:27)在属于先知文学的《以赛亚书》中,以赛亚传达神要求百姓"要追想你们的祖宗亚伯拉罕和生养你们的撒拉,因为亚伯拉罕独自一人的时候,我选召他,赐福与他,使他人数增多。"(赛·51:2)在这些经卷以及其他提到族长们的文本里,始终强调的是要遵守祖先和耶和华所立的圣约,但却没有一处提到要以色列的子孙去仿效自己的族长们。特别应该指出的是,笔者认为希伯来先知文学最重要的特征之一,就是先知们以一种"厚古薄今"的历史观,通过警醒以色列子孙们"回心转意"到耶和华与列祖们所立圣约的立场上,来悔悟自身的罪,以重获耶和华的眷顾。因此,先知文学本该最方便地要求效法这些祖先,但事实上先知们却从没有这样做过。

  族长形象,特别是亚伯拉罕的形象在重新诠释中被美化,是在《希伯来圣经》时代之后才发生的,有几个例子可以说明问题。公元前2世纪后期产生的《伪经》中的一篇《僖年书》,重述了《创世记》中亚伯拉罕为保自己性命指妻为妹的故事,但是却将亚伯拉罕主动设计的这个举动解释为是埃及法老依仗权势抢走了撒拉,耶和华于是降大瘟疫于埃及:

  他到了南地的贝阿劳特,那地有饥荒。于是,亚伯兰在第三年的那一周里进入了埃及,在他的妻子被从身边夺去前,他在埃及住了五年。那时,埃及的坦纳斯城才兴建,是在希伯仑兴建的七年后。当法老抢夺了亚伯兰的妻子撒莱的时候，这事发生了，神因亚伯兰之妻撒莱之故降大瘟疫于法老和他的全家。亚伯兰因拥有了羊、牛、驴、马、骆驼和男仆、女仆以及大量的金银之故就得了大荣耀。他兄长的儿子罗得也是如此。法老送回了亚伯兰的妻撒莱，并将他送出了埃及地……①。

希腊化时代的犹太学者菲洛，也在其《论亚伯拉罕》中说：

> 可是缺少援助的她[指撒莱——笔者]在外国的土地上，面对一个不知节制、心肠残酷的统治者（她的丈夫因恐惧比他更强大的王子们带给自己的迫在眉睫的危险而无力保护她），最终只好与他一道在这无法逃脱的与她的联姻中寻求神助的庇护②。

法老想要亲近撒拉的企图在神的干预下当然是不会得逞的，罗马时代的犹太史学家约瑟福斯在其《犹太古事记》中，是这样叙述这个故事的：

> 现在，当他刚一进入埃及，事情就像他料想的那样发生了，由于他妻子美丽的名声被广为传扬，法老，那埃及王，不满足于只听取关于她的报告，而是要亲眼看到她，而且准备享有她；但是神却通过降给他疫病和政治上的叛乱阻止了他不义的企图③。

---

① See, *The Book Of Jubilees*, 13：10 – 15, reviewed by R. H. Charles, Filiquarian, 2007.

② Philo, *On Abraham*, VI. v. 95, trans. F. H. Colson, Cambridge, MA：Harvard Univer. Press, 1954.

③ Flavius Josephus, *Antiquities of the Jews*, Book I, 8：1, trans. William Whiston.

可以看到,《僖年书》和两位经典作家从两个方面为亚伯拉罕举动的原因和后果进行开脱:亚伯拉罕迫于情势,本人也是受害者;尽管撒拉被掳入法老后宫但他却不能得逞,撒拉的贞洁没有受损。如此,亚伯拉罕和撒拉一道成为强权之下无辜的牺牲品。那么,亚伯拉罕通过指妻为妹最终毫发无损地得到大量财富,就不但不该受到谴责,反而成了受害者应该得到的补偿,是"得了大荣耀"的表现。然而,在《希伯来圣经》本身的文献中,这种通过类似后世拉比学者"密德拉西"式的阐发,使族长们理想化的证据是不存在的。我们注意到,后世犹太作者们为亚伯拉罕所做的诠释,是在希腊化时代后才大量出现的。希腊化时代是希腊异教文化在巴勒斯坦地区广为传播的时期,在那之后的罗马时代,犹太人的民族信仰——犹太教——的地位,同样受到严峻的挑战,因此民族祖先亚伯拉罕坚守与耶和华所立之约的形象特征,被一再加以强调,这是合乎逻辑的。可是,在《创世记》编定的公元前5世纪末,由巴比伦回归耶路撒冷的犹大遗民及其后裔建立的民族共同体,所面对的却是完全不同的历史文化环境。他们拥有半自治的政治权利和完全的宗教自由,关于亚伯拉罕以及其他族长的叙述,因而也就具有了不同的意义。

三、"应许"重申与"延宕型"故事叙述模式

马克·茨维·布莱特勒曾说过:"已知的《创世记》是被不同的作者在一个漫长的时期中写成的,我们不能期待所有的祖先故事都具有同一目的。例如,在《创世记》第14章中,亚伯兰被表现为一个了不起的勇士,一个与亚伯拉罕的其他资料并不一致的形象,这体现出了保存在圣经文本中关于亚伯拉罕在古代以色列的一种单独

而特殊的看法。"①确实，如果我们把亚伯兰勇救侄子罗得的故事，与他为自保性命指妻为妹的故事并置，两个形象的差别就太明显了。不仅如此，如果我们将亚伯拉罕、以撒、雅各和约瑟的故事各自独立来看，它们实际上原本就是围绕着这三个人物各自独立的故事系列，在最初产生、流传中具有各自的文化含义。比如亚伯拉罕指妻为妹的故事，我们发现不只是在埃及发生了一次，在迦南同样发生了一次，构成故事情节的要素一模一样，只是法老换成了基拉耳王亚比米勒②。更令人惊奇的是，这个故事以细节上稍微变动一些的形式，在以撒和妻子利百加与非利士人的王亚比米勒之间，又发生了一次③。《希伯来圣经》之外的"努兹文献"记载，在古代近东胡里安人的社会中，就存在着这种"妻—妹"制度，它是给予婚姻关系中的女方更高地位的一种具有法律意义的形式。一旦妻子获得丈夫姐妹的身份，婚姻关系将受到更严格的保护④。发生在亚伯兰和撒莱以及以撒和利百加身上的这个故事，从一个方面体现出了这一风俗制度的影响。而雅各的系列故事，按苏珊·尼狄齐的说法，表现了一种"骗人者必被人骗"的民间文学主题模式⑤：他欺骗了哥哥以扫和父亲以撒，结果随后分别被舅舅拉班、妻子拉结和儿子们所欺骗⑥。再如约瑟故事系列中提到的约瑟拒绝法老护卫长波提乏妻子引诱的叙述，让我们立刻就联想到公元前 13 世纪古埃及第 19 王朝

---

① Marc Zvi Brettler, *How to Read the Bible*, p. 53, Philadelphia: The Jewish Publication Society, 2005.

② 可比较创·12：10—20 与 20：1—16。

③ 参创·26：6—11。

④ See, Leah Bronner, *Biblical Personalities and Archaeology*, p. 18, Jerusalem: Keter Publishing House, 1974.

⑤ See, Susan Niditch, *Underdogs and Tricksters: A Prelude to Biblical Folklore*, pp. 70 - 125, San Francisco: Harper and Row, 1987.

⑥ 分别见创·29：23—27；31：19—32；37。

出现的《两兄弟的故事》,基本情节模式几乎是一样的①。这样来看,希伯来族长们的故事,在古代以色列社会中,原本很可能是作为具有道德训诫和智慧文学特征的故事被看待和流传的。

然而,正如笔者已经指出的那样,作为迟至公元前5世纪末才最后编定的"摩西五经"中的一卷,《创世记》中的希伯来族长故事既然以这样的结构顺序出现于从巴比伦回归后的第二圣殿时期②,一定会具有与其正典化时的社会文化语境相一致的意图。当我们将整个希伯来族长们的故事作为一个整体来考察时,这一点就得到了充分的说明。从第12章亚伯拉罕受到神的启示往迦南地去的故事开始,到第50章雅各的儿子、亚伯拉罕的重孙约瑟在埃及地辞世结束,连续四代人的故事呈现出了一种"延宕型"的叙述模式③,而贯穿在这一宏大叙述过程中的意图,通过一再重申的"应许"清晰地凸显出来。这一"应许"的内容始终不变地强调两点:土地和繁多的子孙。与这一叙述模式相伴随的,是隐含在内的"拣选"主题的展开。

所谓"延宕型"叙述模式,是指根据文本的叙述,族长们的行为在"应许"的神示下不断校正,但在实际的生活经历中,却又不

---

① 分别参创·39:6—20 和 Ancient Near Eastern Texts, Relating to the Old Testament, ed. James B. Pritchard, 2nd edition, p.23, Princeton University Press, 1955.

② 公元前516年,自巴比伦回归的犹大遗民在耶路撒冷重建圣殿。因历史上有所罗门王建殿在先(此殿于公元前586年新巴比伦王国灭亡犹大王国时被毁),故称重建的圣殿为"第二圣殿"。从此时到公元70年罗马人毁灭这一圣殿时的历史时期,在以色列民族史上被称为"第二圣殿时期"。

③ 需要指出,笔者关于"延宕型"叙述模式的提法,受到 M. Z. Brettler 教授所引述和认同的 Peter F. Ellis 在 The Yahwist: The Bible's First Theologian (London: G. Chapman, 1969, pp.136 - 138) 中"障碍故事"观点的启发。但正如这个称呼所表明的,这两位学者均将希伯来族长叙述看作族长们不断遇到障碍的故事而不是一个"延宕型"的叙述模式,也没有将"拣选"主题和整个"摩西五经"的整体叙述框架考虑进来。参 Marc Zvi Brettler, How to Read the Bible, pp.58 - 59, Philadelphia: The Jewish Publication Society, 2005.

断遇到重重阻碍，应许的实现也不断被延宕。作为第一代族长的亚伯拉罕的叙述，是这一模式的完整体现，其余三代族长的叙述，则是对这一模式的回应。因此，笔者在此将这一模式在亚伯拉罕叙述结构中的线索表现如下：

第一次应许（创·12：1—3、7），亚伯兰迁徙至迦南地（12：4—9）

第一次阻碍：亚伯兰因饥荒避居埃及，第一次指妻为妹（12：10—20）

第二次阻碍与第一次拣选：罗得与亚伯兰分开（13：8—13）

第二次应许（13：14—17）

第三次应许（15：5—7）

第三次阻碍：撒莱不育，夏甲为妾（16：1—3）

第四次应许（17：4—8）

第四次阻碍：亚伯拉罕到基拉耳，第二次指妻为妹（20：1—16）

第二次拣选：夏甲与以实玛利母子被逐（21：9—14）

第五次阻碍：亚伯拉罕捆绑以撒献祭（22：1—10）

第五次应许（22：16—18）

第三次拣选：亚伯拉罕遣开庶出的众子（25：1—6）

上述结构的内容可以简略地这样陈述：

亚伯兰在哈兰得到耶和华的神谕，要他往迦南地去，于是迁徙至迦南，神应许他"成为大国"，"要把这地赐给你的后裔"。第一次阻碍来临了：亚伯兰在迦南遭遇饥荒，不得不离开神应许给他的土地避居埃及。他可能成为大国的前提当然首先是要有众多的子嗣，但作为子嗣未来母亲的妻子撒莱却被法老带入宫中。由于神的干预，危险解除，亚伯兰带着财富回到迦南。第二次阻碍来到：侄子罗得本应属于亚伯兰家族后裔，但是却与叔叔争地，两人只好分开，"亚伯兰住在迦南地，罗得住在平原的城邑，渐渐挪移帐篷，直到所多玛。所多玛人在耶和华面前罪大恶极。"这一举动也使得亚兰在迦南唯一的亲族与其分道扬镳。随后,神两次应许,内容仍然是子嗣多如"地上的尘沙"或天上的"众星",并让他们承受迦南的土地。接着,第三次阻碍又到了:撒莱不育,只好让自己的埃及使女夏甲给丈夫为妾,这意味着庶出的以实玛利要成为亚伯兰产业的继承人。神再次应许亚伯兰,"我必使你的后裔极其繁多","我要将你现在寄居的地,就是迦南全地,赐给你和你的后裔永远为业"。神并且给夫妇二人分别改名为亚伯拉罕和撒拉,并要赐给已经100岁的亚伯拉罕和90岁的撒拉一个儿子。随后是第四次阻碍:游牧到基拉耳的亚伯拉罕为保住自己的性命,再次指妻为妹,撒拉也再次重蹈覆辙被基拉耳王亚比米勒带走。神当然仍会干预,亚伯拉罕也再次如在埃及一样,得了大量财产安全离去。随后撒拉生了以撒,庶出的以实玛利和他母亲一道被赶走。接着,最后也是最大的一次阻碍降临了:神要亚伯拉罕用身边唯一的儿子以撒献祭,他二话没说,就照着要求去做了。在唯一指望承受家业的儿子命悬一线时,耶和华的使者出手拦住了他。于是,神再次给他以应许:"论福,我必赐大福给你;论子孙,我必叫你的子孙多起来,如同天上的星,海边的沙,你子孙必得着仇敌的城门。"这之后叙述亚伯拉罕又娶了一妻名基土拉,生下了五个儿子,但亚伯拉罕却"趁着自己还在世的时候,打发他们离开他的儿子以撒往东方去。"

  我们了解到,直至亚伯拉罕去世时,他在迦南实际拥有的土地,不过是从赫人那里买来的一块坟地(妻子撒拉和他本人都埋葬于此);身边的子嗣,也不过只有一个嫡出的以撒。即便算上被赶走的以实玛利和基土拉的儿子们,也远不是多如天上的星和海边的沙,况且,亚伯拉罕显然没把这些庶出的子嗣们真正看作是应该承受应许的后裔。显然,神的应许还没有实现。

  沿着这个模式,以撒、雅各乃至约瑟的叙述可以看作是神给予第一代希伯来族长应许的一个延续。在以撒这一代中,神对他重申了应许的有效性：

> 耶和华向以撒显现，说："你不要下埃及去，要住在我指示你的地。你寄居在这地，必与你同在，赐福给你，因为我要将这些地都赐给你和你的后裔，我必坚定我向你父亚伯拉罕所起的誓。我要加增你的后裔，像天上的星那样多，又要将这些地都赐给你的后裔，并且地上万国必因你的后裔得福，都因亚伯拉罕听从我的话，遵守我的吩咐和我的命令、律例、法度。"（创·26:2—5）

我们还看到，在以撒时代完成了第三次拣选：雅各不但得了长子的名分，还以得到父亲祝福的方式，获得了继承正统的地位，以扫被排除在亚伯拉罕家族的直系之外。

到雅各这一代，神在雅各面临不同的境遇时，先后三次对他重申应许的有效性。第一次是在他欺骗了哥哥和父亲后，哥哥以扫要杀他，他逃往舅舅拉班家的途中，神在梦中向他显现：

> 耶和华站在梯子以上，说："我是耶和华你祖亚伯拉罕的神，也是以撒的神，我要将你现在所躺卧之地赐给你和你的后裔。你的后裔必像地上的尘沙那样多，必向东西南北开展；地上万族必因你和你的后裔得福。我也与你同在，你无论往哪里去，我必保佑你，领你归回这地，总不离弃你，直到我成全了向你所应许的。"（创·28:13—15）

第二次是雅各回到迦南地后：

> 神又对他说："我是全能的神，你要生养众多，将来有一族

和多国的民从你而生，又有君王从你而出。我所赐给亚伯拉罕和以撒的地，我要赐给你与你的后裔。"（创·35：11—12）

第三次是在雅各因迦南饥荒要迁居埃及地之前：

夜间，神在异象中对以色列说："雅各！雅各！"他说："我在这里。"神说："我是神，就是你父亲的神。你下埃及去不要害怕，因为我必使你在那里成为大族。"（创·46：2—3）

第四代的代表是在埃及贵为宰相的约瑟。在约瑟这里，一方面完成了构成后世所谓以色列十二支派的民族基础①，另一方面，以他在临终前重述应许的方式，使得这个"延宕型"的总体叙述结构依然保持着一个开放的结局：

约瑟对他弟兄们说："我要死了，但神必定看顾你们，领你们从这地上去，到他起誓所应许给亚伯拉罕、以撒、雅各之地。"（创·50：24）

亚伯拉罕以下三代人的叙述，尽管详略不同（以撒的相对简略，雅各和约瑟的更为丰富），却都有一个共同的特点：在各自的故事系列中不断出现阻碍"应许"实现的各种事件，但当我们考察希伯来族长们的整体叙述时，却毫无疑问可以看出，在这个过程中强调的重点是神的应许，而不是这些阻碍。这一方面表现为，即使在最艰难的时刻，例如捆绑以撒献祭、以扫和雅各之间似乎不可调和的矛

---

① 约瑟的两个儿子以法莲和玛拿西被雅各都归在自己名下，成为数百年后以色列人出埃及并进占迦南后得占地业的十二支派祖先中的两个。

盾、约瑟被诬告下监,甚至在整个家族都到了埃及,返回迦南遥遥无期之时,应许都在被一次次确认其有效性。另一方面,应许的内容从未因时而变,始终围绕着赐予的土地和子孙的繁多。这一结构特征明白无误地告诉我们,希伯来族长们的故事反映着叙述者的明确意图。在笔者看来,这一"意图"除了神的应许中明确被提到的土地和子孙之外,还有一个隐藏着的重要因素,就是我们已经提到过的"拣选"。从亚伯拉罕到约瑟四代人的过程,不只是从一个家族到一个未来民族雏形形成的过程,依照这一总体叙述逻辑,也是一个以色列后世子孙确立民族谱系"合法性"的过程。亚伯拉罕驱逐长子以实玛利和以撒将祝福给予次子雅各的背后,其实都隐藏着一个重要原因,就是"正统性"。以实玛利的母亲夏甲不仅地位是妾,而且是埃及人而非希伯来人;以扫与雅各虽然均为一母利百加所出,但在雅各获得以撒祝福之前,文本已经提到,以扫"娶了赫人比利的女儿犹滴与赫人以伦的女儿巴实抹为妻。她们常使以撒和利百加心里愁烦。"(创·26:34—35)而雅各却是从他娘舅家里娶亲的。因此我们看到,耶和华给予雅各的第一次应许,恰恰是在他骗取了父亲原本该给哥哥以扫的长子祝福后,在逃亡途中发生的。笔者也注意到,按照文本的记载,约瑟在埃及所生的两个儿子玛拿西和以法莲,出自埃及安城的祭司波提非拉的女儿亚西纳①,但最终,却特意以直接归为雅各的形式获取了后世以色列诸支派中同样的开派祖先的合法地位。正如雅各在埃及临终前为自己的十二个儿子代表的十二支派分别所做的"预言"那样,这一切都说明,族长时期的历史是以一种"后观"的视角被重新叙述的。我们已经提到,直至约瑟辞世,整个"延宕型"的故事叙述模式依然是开放的。其根本原因就在于,希伯来族长的"历史"在"摩西五经"这样一个更

---

① 参创·41:50—52。

大的叙述框架下，只是从耶和华神开天辟地，到以色列人在摩西带领下出埃及、重返迦南的宏大早期历史叙述中极为重要的中间部分①。耶和华关于土地和后裔的应许，要到"五经"中其他四卷《出埃及记》、《利未记》、《民数记》和《申命记》共同表现的以色列人出埃及、返回"应许之地"，甚至在《约书亚记》所叙述的征服迦南、十二支派得到了各自的地业时，才算是真正实现。

"摩西五经"最后编撰完成的公元前5世纪末，正处于以色列民族史上的"第二圣殿"时期，也是古代以色列宗教转化为犹太教的关键时期。在祭司阶层领导下，回归者们焕发出了民族复兴的巨大热情。历经半个世纪"巴比伦俘囚"生活的犹大遗民，将重新回到故国家园看作是耶和华将自己从异族轭下拯救出来的大能的明证，这一回归的壮举如同历史上以色列人出埃及重返迦南一样具有重大的意义。在这一认识主导下，圣化民族历史，强化选民观念的民族主义意识成为普遍的社会思潮。于是，对民族早期历史传说记录的重新整理和"有目的性的"再叙述就成为一种必然的结果。在"五经"的大背景下我们看到，《创世记》第1至11章的神话部分在叙述了耶和华创造天地和人类之后，经伊甸园故事、该隐杀亚伯故事、洪水故事和巴别塔故事，逐渐将叙述的范围缩小到了闪的族系。闪的族系一直叙述到亚伯拉罕的父亲他拉，随后抛开了对他拉的另两个儿子的叙述，从第12章开始叙述亚伯兰（亚伯拉罕）得神谕往迦南，正式开始了希伯来族长的叙述。经过四代人的拣选过程和不断重申的应许后，到《出埃及记》时代，已经人口众多的以色列后裔们开始重返"应许之地"。在回归途中的西乃山下，耶和华通过摩西将对祖先的应许进一步丰富、具体为律法，与全体以色列人订立了"圣约"，以色列人从此拥有了"选民"的身份。这"圣约"的

---

① 参出·3：6、8、15、16—17。

核心要义即是：如果以色列人独尊耶和华，坚守耶和华的律法，神就必将佑护他们，赐给他们迦南地为业，使他们子孙繁盛，兴旺发达；反之，如果他们悖逆耶和华，不守律法，就将被逐出迦南这一"应许之地"，遭到耶和华的惩罚。成为"选民"的以色列人于是在摩西的带领下到了迦南地界，随后又在摩西的接班人约书亚领导下占领了迦南。数百年前神对希伯来族长们的应许终于实现了，一切磨难和险阻不过是"延宕"了这个应许，但决不能阻挡这个应许成为现实。在"延宕"的漫长历史过程中，耶和华从"亚伯拉罕的神、以撒的神、雅各的神"成为"以色列的神"；最初带着妻子撒莱和侄子罗得形单影只进入迦南的亚伯兰一家，成为出埃及时由十二个支派组成的庞大民族；亚伯拉罕时在迦南只拥有的一小块坟地，此时变为了以色列人所占有的几乎迦南全地。第二圣殿时期"摩西五经"的编纂者以这样的叙述逻辑在告诉自己的同胞和子孙们：那曾与祖先立约、拣选了这个民族的神是信实的，无论道路多么曲折，耶和华都不会抛弃他们，他的应许终将变为现实！

　　第二圣殿时期主导"摩西五经"编定的，是虔敬的祭司和文士们。从文化诗学的角度说，是他们以自己所拥有的"话语权力"，决定了希伯来族长故事的情节结构和观念。它的确不是历史的"实录"，而是借助久远时代流传下来的历史传说所做的一种"有目的性的"叙述。它具有象征和神话意义上的双重功能。从前者看，"延宕型"的故事叙述模式象征了历经磨难而永存盼望的民族历史发展图景；从后者看，它则在民族发轫之初就建构了后世整个希伯来民族文化的三块重要基石："应许"、"圣地"与"圣民"，从而将一种"圣约"观念下的神意决定论的文化历史观鲜明地呈现在我们面前。

"出埃及"史诗叙述：以《出埃及记》为中心的文学考察①

《出埃及记》是"出埃及史诗"的主体与核心，而按照"摩西五经"提供的时间框架，除《创世记》外，《出埃及记》、《利未记》、《民数记》和《申命记》这四卷，事实上具有相同的历史背景，内容都是围绕着摩西率以色列人出埃及这个中心展开的。从文学的角度看，《出埃及记》的主体内容是对"出埃及"这一以色列民族史上重大事件过程集中、艺术化的叙述，文学性最强；而其他三卷、特别是《利未记》和《申命记》的文学性相对较弱。但是，尽管这四卷文本的叙述在客观上存在着上述的差别，但我们在以《出埃及记》为主要探讨对象时，仍然不能忽略对其他三卷的考察，因为后者的某些故事性叙述不但可以补足前者的叙述脉络（如摩西之死的情节是记录在《申命记》的第三十四章中），而且它们基于律法叙述所呈现出的观念，也有助于我们对《出埃及记》进行文学性的探讨。许多圣经研究者无论是否明确提及这一点，其实在他们的相关论述中都包含了这样的理解。例如，朗文认为："由于《出埃及记》描述了以色列如何逃离埃及的奴役，如何得到将其定义为一个民族的律法，如何建造一个中央敬拜场所——会幕"而在整个《希伯来

---

① 原载香港中文大学《卢龙光教授荣休纪念文集》。

圣经》中具有巨大的意义"。①米耶斯则认为:"在《希伯来圣经》的所有书卷当中,或许,《出埃及记》具有最为强大的影响力,这已经超出了孕育它的古代群体的范围",因为作为希伯来圣典一部分的《出埃及记》关于从压迫中逃离的记述"成为全世界各民族追求希望的一种伟大叙述",而关于律法的传统"反映在众多国家的法典里",关于道德与侍奉神的思想成为"回荡在各地教堂的主旋律"。②

"出埃及"叙述紧密联系着"西乃立约"这一整个希伯来宗教文化历史传统中无与伦比的民族形成的特殊"事件"。如何从实际出发定位以《出埃及记》为中心的出埃及叙述的文类性质,考察故事中核心人物形象的特征及其与神的互动关系是怎样的,如何看待整个故事的思想主旨,分析"出埃及"故事是被如何叙述的等一系列问题,显然是我们探讨的关键所在。

一、希伯来民族史诗的特征

尽管《出埃及记》的内容主要是以散文而非韵文形式写就,但它仍然具有史诗类作品的品格。在圣经学界,从广义和文本内涵比较的意义上将整部《圣经》与史诗类作品相联系的看法是很普遍的。利兰·莱肯就认为,"圣经所体现出来的超自然背景、历史根源性、全民族性、表达整个社会基本价值与习俗的愿望、恢弘的规模等这些创作特点使圣经作为整体来看与荷马的《伊利亚特》和《奥德赛》、弗吉尔的《埃涅阿斯纪》和弥尔顿的《失乐园》这些西方

---

① 朗文:《怎样阅读〈出埃及记〉》,段素革译,北京:宗教文化出版社,2010年,第1—2页。

② 米耶斯:《〈出埃及记〉释义》,田海华译,上海:华东师范大学出版社,2009年,英文版前言第1页。

最著名的史诗相似。"①但是，如若再对整部圣经叙述的各个部分予以考察，那么《出埃及记》则毫无疑问是其中最典型的篇章。

史诗是属于英雄人物和民族精神叙事范畴内的一种重要的文体。艾伯拉姆斯在《文学术语汇编》一书中曾这样定义史诗："在严格的意义上，史诗或英雄史诗是指至少符合下列标准的作品：长篇叙事体诗歌，主题崇高庄重，风格典雅，集中描写以自身行动决定整个部落、民族或全人类命运的英雄或近似神明（quasi-divine）的人物。"②尽管艾伯拉姆斯的结论主要是针对荷马史诗和欧洲的文人史诗展开讨论所得出的，但他所总结的史诗应具备的基本诗学特征是具有普遍适用性的。结合他的观点我们进一步思考，以下四个方面应为史诗类作品的核心构成要素：

首先，史诗的故事性及其与核心人物塑造的统一。史诗由故事和具有特殊意义的英雄的行为组成。"史诗"一词在希腊语中原初的意义决定了其首要的构成要素是故事和故事的叙述，即如黑格尔所言，要通过特定的英雄人物把"内容是什么和内容经过怎样都说出来"，要把内容的"具体的精神意蕴体现于具有个性的形象"之上。③也就是说，史诗故事叙述的前提是要有统摄全篇的核心人物，其情节要围绕这一核心人物的英雄行为充分展开。

其次，史诗的民族性。瑞奇蒙德认为，"早期的伟大史诗通常表现各种原始的关键时刻的民族文化"。④按照笔者的理解，这一方面

---

① 利兰·莱肯：《圣经文学导论》，黄宗英译，北京：北京大学出版社，2007年，第117页。

② M. H. Abrams, *A Glossary of Literary Terms* (Seventh Edition), New York: Holt, Rinehart and Winston, 1999, p.76.

③ 参黑格尔：《美学》（第三卷下册），朱光潜译，北京：商务印书馆，1996年，第102、107页。

④ Hugh M. Richmond, *The Christian Revolutionary: John Milton.* Berkeley: University of California Press, 1975, p.124.

体现为史诗中所呈现的那一时代与一个具体民族相关的文化人类学范畴的内容,另一方面则表现为史诗核心人物所具备的民族共同体文化精神符号的功能。通过核心人物,史诗得以完成民族"传奇故事"、"民族经典"或"民族圣经"的功能,而"一种民族精神的全部世界观和客观存在,经过由它本身所对象化成的具体形象,即实际发生的事迹"显现出来,并成为史诗真正的内容。①

再次,史诗的超自然性。这主要指向史诗整体结构中的"超自然语境"和在具体情节中的神奇事件的叙述。史诗中存在着一个神或诸神在场的空间,并在情节叙述中呈现出"神迹"与"人迹"混杂、交汇的特征。换言之,史诗的舞台是一个人与神互动的世界。

最后,史诗的宏大规模与仪式化的语言风格和具体的艺术修辞手法。史诗所涉及的重大题材决定了无论其空间的转换、场景的描写还是情节的丰富性都与其他文类作品不同,必须在叙述上具有一定的长度,在内容上具有伟大而厚重的品格。与此相应的是,史诗也必定具有独特的语言和修辞风格,并通过重复、比喻、例举、影射等艺术修辞手段来处理具体的情节叙述,因为这类艺术手法符合早期民族文学叙事、特别是非文人史诗具有"民间性"和重视"故事性"的特点。上述内容与形式的结合,形成了史诗庄严而崇高的叙事风格。

从史诗的基本诗学构成要素来看,以《出埃及记》为中心的出埃及叙述的确堪称是《圣经》中"最具史诗特征的部分"。②这是一个关于古代以色列人如何离开埃及前往迦南之地艰苦卓绝的漫长旅程的故事,围绕一个核心人物展开,记录了以色列民族的形成过

---

① 参黑格尔:《美学》(第三卷下册),朱光潜译,北京:商务印书馆,1996年,第107—108页。

② 利兰·莱肯:《圣经文学导论》,黄宗英译,北京:北京大学出版社,2007年,第118页。

程，并刻画了以色列民族在早期形成过程中的一些关键性事件，体现了与以色列人游牧、半游牧生活方式相一致的部落制时代的文化风俗、信仰观念、部族组织形式等多方面的内涵，突出了一个民族所独具的精神特质。故事的叙述被置于了一个广阔的历史时空范围内，以相当大的篇幅讲述了耶和华神如何引导与教育以色列民众，并赐予他们律法的过程，充满浓厚而神秘的超自然氛围与色彩。此外，整个故事的叙述的确体现出了"仪式化"的表现形式并采用了富有特色的艺术修辞手段，从而在整体上形成了庄严、崇高的总体风格。因此，除却不是诗歌体这一点外，出埃及叙述所体现出的宏伟规模、恢弘气势以及极高的历史文化价值，都无愧于一部史诗性作品的评价。

谁是"出埃及"这一重大历史事件的主导者？这是一个直接关系到出埃及史诗与欧洲传统史诗作品之间精神特质上有无根本差别的问题。莱肯认为，尽管出埃及史诗与欧洲传统史诗之间有很大的相似性，但这些相似之处"不能够遮蔽圣经史诗与传统史诗之间的重要差别"。①的确，以荷马史诗为代表的欧洲传统史诗的基调是人本主义的，它的目的是赞美和歌颂人类的英雄。在欧洲英雄史诗中，主导叙事是英雄人物的丰功伟绩，他们的一切行动无不包含着自身的独立性和作为人的自觉性。诚如瑞典学者、古希腊罗马文化专家安·邦纳所说："全部希腊文明的出发点和对象是人。它从人的需要出发，它注意的是人的利益和进步。为了求得人的利益和进步，它同时既探索世界也探索人，通过一方探索另一方。在希腊文明的观念中，人和世界都是另一方的反映，都是摆在彼此对立面

---

① 利兰·莱肯：《圣经文学导论》，黄宗英译，北京：北京大学出版社，2007年，第121页。

的、相互映照的镜子。"①

与欧洲英雄史诗不同的是,出埃及叙述无论是总体的叙述框架,还是具体的情节意蕴与人物描写,都显现出基于宗教神学观念的价值评判与审美倾向,不但作为一个民族整体出现在史诗中的六十万以色列百姓因屡屡干犯神的旨意被称作"悖逆的民",而且作为民族领袖的摩西也成为了"神仆式"的英雄。摩西在史诗中并非一个主动的、具有独立主体性的领袖形象。他被动地、甚至有些不情愿地接受神的呼召返回埃及去完成任务,依靠神的大能与法老斗智斗勇,每当危难之际他呼求神的帮助,因而,以色列民族史上这波澜壮阔的一幕,从根本上被解释为耶和华救赎之功的见证。神以强大的意志处处彰显着自己的在场,完全掌控着出埃及的"历史进程"。"神仆式"的英雄摩西离开了神所赐予的一切,或耶和华不"与摩西同在"的话,他是根本不可能去完成这一神圣的伟业的。因此,如果说欧洲传统的英雄史诗是人本主义的史诗,希伯来的出埃及史诗则是典型的神本主义史诗。

二、摩西的形象与耶和华的形象

在叙事作品中,人物形象占据重要的地位。黑格尔曾颇为深刻地论述了塑造人物形象和性格的重要意义:"人物性格必须把它的特殊性和它的主体性融会在一起,它必须是一个得到定性的形象,而在这种具有定性的状况里,必须具有一种一贯忠实于它自己的情致所显现的力量和坚定性。"②也就是说,人物只有具备了忠实于自己

---

① 转引自鲍·季·格里戈里扬:《关于人的本质的哲学》,汤侠声、李昭时译,北京:三联书店,1984年,第28—29页。

② 黑格尔:《美学》(第一卷),朱光潜译,北京:商务印书馆,1997年,第307页。

的这种坚定性才能根据自己的意志出发而行动,才能为自己的行动负责,其形象才有意义和价值。西蒙·巴埃弗拉特在《圣经的叙事艺术》一书中着力强调了圣经人物之于圣经叙事的关键作用:"叙事中所体现的众多观点都是通过人物表现出来的,或者更准确地讲,是通过人物的言语跟命运得以表现的。人物不仅充当了叙事者的代言人,而且不管是跟他们有关的还是无关的、他们的哪些特点得到了强调哪些未强调、其过去的哪些言行被记载下来而哪些没有,以上这一切都揭示出故事中的价值标准。"①

考察出埃及史诗的文本,我们会发现其中两个形象贯穿始终,影响着故事叙事情节的发展,决定着叙事的基本方向以及价值倾向的表达。这两个形象一个是摩西,另一个则是耶和华神。

史诗给人留下印象最为深刻的人物无疑是民族英雄摩西,他是"统合全篇的因素"和"贯穿所有事件的举足轻重的核心人物"。②在史诗叙事中,摩西的人生阶段逐一向读者展开,其性格特征和形象也逐渐发展变化。从个人"成长"的角度看,摩西具有典型的古代史诗英雄人物的基本特征。摩西是在以色列人于埃及地陷入极为悲惨的奴隶命运的生存状况下出世的,也是在一个原本无法存活的险恶条件下来到这个世界上的,而他又被埃及法老的女儿所救、收养并取名"摩西",这一切都暗示了摩西身份的"卑贱"——奴隶和水中(边)弃儿。在许多民族的史诗或英雄故事中,"水中(边)弃儿"或其变体的形象都曾出现过。在古代美索不达米亚,亚述国王萨尔贡二世的身世传奇就成为摩西出生故事的一个参照。这则传奇叙述以第一人称的口吻,讲述了"我,大能的、阿加德的王,萨尔

---

① 西蒙·巴埃弗拉特:《圣经的叙事艺术》,李锋译,上海:华东师范大学出版社,2006年,第42页。

② 利兰·莱肯:《圣经文学导论》,黄宗英译,北京:北京大学出版社,2007年,第119页。

贡",家乡在幼发拉底河岸边的阿狙皮拉奴,其母怀孕后将他秘密生下,但他不知生父为谁。其母亲将他置于一个用灯芯草编成的篮子里,以沥青封住篮口,然后将他抛到了河中。他被一个名叫阿基的拉水的人"像拉起他的水罐一样捞起",收为养子并抚养长大,让他作了自己的园丁。其后伊什塔尔女神给予他眷爱,他奋斗而为国王,征服了大片土地。①作为"原型形象",这类人物一般具有以下特征:婴儿刚出生不久就被抛弃;一般被放置在能容身的容器中漂泊于河海之上或被弃置在河边湖畔;最后在厄运即将临头之际被拯救,随后命运发生变化,长大后最终成为杰出的领袖人物。英国人类学家弗雷泽认为,这类故事及人物的叙事是为了"增强主人公经历的传奇性",虽然在普通人看来这种情形可能纯属"偶然",但却"实际证明是出于天意干预之手的某个事件",天意"保护了这个无助的孩子,因为崇高的命运正在等着这个孩子"。②摩西的故事基本遵循了这一叙事框架,其后发生的一系列事件使摩西的身份发生了巨大的转变。他先是成了埃及的王子;后率领以色列人出埃及,成为民众的首领;再后来到西乃山与耶和华神立约,成为集先知、立法者和领袖三重身份于一身的英雄人物,达到了人生的光辉顶点。在这一过程中,摩西正直、谦和的个性素养,勇于担当的无畏精神,坚持原则、无私奉献的高贵质量获得了完美的展现,一个古代以色列民族崇高英雄的角色身份也逐渐确立并丰满起来。

从史诗对英雄人物所要求的反映一个民族的集体普遍性、对民族共同体行为的发生具有直接的功能性作用等方面看,摩西不但是铸造以色列民族精神和民族品格的灵魂人物,也是以坚定的信念和

---

① James B. Pritchard, ed. *Ancient Near Eastern Texts, Relating to the Old Testament*, Princeton University Press, 1955, p.119.

② 弗雷泽:《〈旧约〉中的民俗》,童炜钢译,上海:复旦大学出版社,2010年,第322页。

坚忍不拔的意志，推动着出埃及行动得以实现的领导核心。出埃及史诗叙述的关键意义，即在于对民族身份的建构，而这个建构的过程，必须要通过以色列人在旷野中的漂泊之旅得以实现。对于逃出埃及的以色列人来说，这既是一次面对无数现实威胁之旅，也不啻是一次精神上脱胎换骨之旅。没有一个杰出的领导者，这样的壮举是无法完成的。摩西之所以能够承担起这一使命，是因为他具有超越常人的优秀质量。正是坚定的信仰，赋予了摩西强大的精神力量，让他在一个个逆境中临危不惧，巍然屹立，其伟大的品格和人格魅力感染着每一个以色列的普通民众。摩西的伟大功绩最重要的是为以色列民族与耶和华神之间立下了"圣约"，这为以色列民族成为"选民"提供了根本的法律基础。"圣约"观念是古代以色列民族立法的基石，是《希伯来圣经》中表达神与以色列人之间独特关系的重要隐喻。摩西充当了立约中间人的重要角色，面对百姓，他是神的代表；面对神，他又是百姓的代表，这充分表明了他特殊而不可替代的重要地位。"约"就是"将彼此立下誓言要遵从的双方束缚在一起的一种法律文本"。[①]耶和华承诺佑护遵守其律法的以色列百姓，而以色列民族承诺在未来的发展中将以律法来规范和要求自己的生活方式和社会理想。因此，"圣约"观念不但具有鲜明的法律含义，也必然具有明确的政治含义和伦理道德含义。它不但使以色列人与天下万族区分开来，具有了自己的民族属性和民族身份，而且对以色列民族其后的历史影响深远，正如威廉姆森所言："西乃山之约清楚地说明了耶和华想要以色列成为什么样的国家。"[②]如果说希伯来先祖时代的亚伯拉罕、以撒、雅各仅仅是家族意义上的祖先，

[①] 米耶斯：《〈出埃及记〉释义》，田海华译，上海：华东师范大学出版社，2009年，第212页。

[②] P. Williamson, "Covenant", in *Dictionary of the Old Testament: Pentateuch*, ed. T. D. Alexander and D. W. Baker, Downers Grove: InterVarsity Press, 2003, p.150.

那么摩西就是以色列民族的真正缔造者。在他的身上，集中体现了以色列民族的精神特质和理想。他的"神仆式"形象，不但是未来以色列民族精英们（如祭司、君王、先知）面对神时的形象，也是未来一个民族在言说自己信仰对象时自我定义的形象，更是希伯来文化传统对民族和神的关系的基本理解。从此，一个具有独特精神意识和品格的民族浮出了古代世界的地平线。

如果说摩西的形象是出埃及史诗叙述所需要的"动态角色"，那么耶和华神的形象就是史诗叙述所必需的"静态角色"。永恒性不只是存在论意义上的神的本质属性，①也是神以不变的意志和大能的作为发动、引领、训诫和保障以色列民，使出埃及伟业得以实现和成功的根本保证。因此，在从神本主义观念出发的出埃及史诗叙述中，耶和华神的形象同样是极为鲜明的。"现实的"历史叙述意义上的史诗主人公摩西，不过是"超现实的"神学叙述意义上的史诗主人公耶和华意志的执行者。出埃及之举最终取得胜利，归根结底并非人力所为，乃是靠着耶和华的大能。史诗中充满了神迹和神的话语，神的行为同样也对史诗情节的发展具有直接推动的功能。

除了在整体的叙述上显示出神的大能之外，史诗中神的在场表现在许多意象和具体情节上。例如火柱、云柱和烟三种意象在《出埃及记》的叙事中就被赋予了特别的意义，是神出现和在场的标志，也是神与以色列人同在的象征。神更以赐给自己的仆人摩西超人权柄的方式来证明自己与摩西和以色列人同在。"杖"作为神的大能与以色列同在的高潮，出现在以色列人过"红海"之时。摩西按神的吩咐举起手中的杖将海水一分为二，让以色列人通过"干地"而过海，埃及人则被重新合拢的海水淹没。史诗的核心情节也是显

---

① 对此，出埃及史诗叙述中有明确的表达，当在米甸牧羊的摩西被神呼召，要其返回埃及，承担将百姓带出的使命时，摩西询问神叫什么名字，神回答说："אֶהְיֶה אֲשֶׁר אֶהְיֶה 我是自有永有的。"见《出埃及记》3：14。

示神的在场与大能的载体。神降十灾于埃及地、与以色列人立约和以色列人为神建造会幕就是出埃及史诗中最显著的三个核心情节单元。神降十灾可以被视作神为拯救以色列人对埃及法老发动的一场"战争"。西乃立约更是整部史诗的重心所在，神的"话语"以律法的形式永存于以色列民族之中，也就保证了神对以色列的永久所有权和永恒的临在。弗瑞特伊姆指出，"约"的确立体现了出埃及史诗的一个重要的与神相关的主题："从被奴役进展到敬拜，从以色列受法老的奴役进展到受耶和华的约束。更加特别的是，这本书从被强迫为法老建城，进展到百姓顺服地、心甘情愿地为建造一个敬拜神的建筑奉献自己的劳动。"①他所说的敬拜神的建筑，在史诗中指的就是会幕。史诗特别描绘了当会幕建立起来后，"当时云彩遮盖会幕，耶和华的荣光就充满了帐幕。"（《出埃及记》40：34）的壮丽一幕。旷野中的会幕是以色列民族后来在迦南立国后所罗门王所建圣殿的"原型"，是"神之家"，约柜就安置在其中，因此，不但在建造会幕的过程中神始终在场，会幕的完工和建立更凸显出耶和华君临以色列、与百姓同在的深刻意义。

　　出埃及史诗展现了一个神、人互动的壮阔舞台，耶和华与摩西共同扮演了这一气势恢弘的历史戏剧的主角。正因为如此，我们不但能看到史诗中存在着彼此交织的神、人互动的情节和场景，而且能够看出这种互动中深刻地隐含着后世以色列子孙对本民族早期这段传奇历程的特殊理解："出埃及"不只是一个被奴役的族群逃亡、迁徙的故事，也是一个关于选择和寻求的故事。以色列人在旷野中曾不只一次因艰苦的生计企图选择走回头为奴的道路，也曾选择去敬拜异教的神祇，但最终仍然选择了服从"神的仆人"摩西的意志，也即神的意志，去成为耶和华的子民。这样，他们也就在相当

---

① T. E. Fretheim. *Exodus*. Louisville: John Knox, 1991, p.1.

的意义上艰难地超越了古代世界中人们关于信仰的通常认识水平——以色列人不再在信仰对象与人的现实物质利益的关系中去寻求信仰之于集体命运和个人生命的价值,而是寻求在圣约的约束下去实践一种更加富含道德意义和精神品格的个人与集体生活。的确,当后世虔敬的子孙们企图将出埃及时期的这样一种选择和寻求描述为一个民族与一位神之间建立起了"一劳永逸"式的关系时,显然是带有理想化色彩的,因为不能否认的是,独尊耶和华成为全民族不折不扣的自觉信仰,还要经过其后漫长的战胜宗教调和主义和信仰驳杂的过程。然而,同样不能否认的是,在希伯来文化的叙述传统中,正是出埃及的故事,将一个民族的形成与对耶和华的信仰联系在了一起,开启了二者之间以圣约形式共存于以色列民族未来发展的进程,这决定了出埃及史诗的双重主题意蕴:

从历史叙述的层面看,出埃及史诗是一幅民族形成的壮丽画卷。"摩西五经"的后四卷告诉我们,进入旷野之后,这个在沙漠和绿洲之间游荡的原本人口庞杂的族群,在以摩西为代表的领导层主导下,制定和颁布统一的律法,完善了以十二支派为基础的部落制社会组织,建立起以独尊耶和华为根本信仰、以大祭司亚伦为首的利未支派为专职神职人员的民族宗教制度和以"营"为基本单位的军事建制,从而形成了一个新的民族。

从宗教神学的层面看,史诗则是一曲耶和华神拯救以色列民的颂歌。这体现在史诗将出埃及之举视为耶和华掌控下的一个历史过程的基本定位上。耶和华强调他是曾与以色列祖先立约的那位神,这就将西乃之约置于了一个历史与现实的交汇点上,从而凸显了立约的特殊意义。耶和华曾让以色列的先祖亚伯拉罕从两河流域美索不达米亚的本族、本家离开,往迦南地去,如今神又佑护着亚伯拉罕、艾萨克和雅各布的子孙离开为奴之地埃及,返回流奶与蜜的迦南地。耶和华的佑护和救恩在此前怎样临到祖先,如今也怎样临到子孙。耶和华是信实的,从古到今不曾有过改变!西乃之约是耶和华神与已经成长为一个民族的以色列人之间特殊关系的一个确认,成为"选民"的以色列由此具有了特殊而永久的民族身份。

三、出埃及史诗的叙事艺术

罗伯特·阿尔特在《圣经叙事的艺术》一书中曾提醒我们要注意《圣经》的独特叙事艺术,他说:"《圣经》所展示的叙述事件是独特的。它与希腊史诗和传奇以及更晚时期的西方叙事文学有明显的区别。我们对希伯来文描述方式的独特性保持清醒的认识,这将意义重大,因为它有助于理解那些有差别化的细微、间接、强调的甚至公开的启示意义。"[①]朗文在讲述如何阅读《出埃及记》文本时也曾提示读者说:"我们也必须记住,《出埃及记》同样是一部文学著作。因此,在探究它的神学与历史问题的时候,我们同样需要处理文学问题,否则就可能误解作者就上帝在历史当中的行动想要告诉我们些什么。"朗文接着强调说,他在这里所说的"文学问题"主要包括"作品的体裁、风格、布局和结构"[②]等要素。

出埃及史诗叙事艺术特征最重要的是三个方面:编年体结构、叙事时间与场景的艺术化处理,以及宏观叙事与微观叙事相结合的手法。

所谓"编年体",就是以时间为中心要素,按照时间的顺序来结构整个故事的叙事线索,安排事件发展的一种书写方式。那么出埃及史诗的整体时间跨度有多长,其间连带着诸多事件的时间顺序又

---

① 罗伯特·阿尔特:《圣经叙事的艺术》,章智源译,北京:商务印书馆,2010年,第88页。
② 朗文:《怎样阅读〈出埃及记〉》,段素革译,北京:宗教文化出版社,2010年,第8页。

是怎样的？如果从摩西的身世来看，摩西从出生、成为埃及公主的养子，到逃到米甸娶妻生子，再到奉耶和华之命返回埃及面见法老，一共是八十年。出埃及地后，以色列人三个月后到达西乃旷野，在西乃旷野的停驻时间约为十一个月。从西乃旷野出发直至亚伦在何珥山去世，经历了三十八年又两个月左右。从离开何珥山到进入摩押地，以色列人在约旦河东安营扎寨准备攻入迦南，摩西向百姓讲话，这之间有六个月的时间，再加上以色列百姓为摩西辞世哀哭三十天，大约恰好就到了出埃及地后第四十年的末尾。厘清了这样一个编年体式的时间框架，出埃及叙述中大大小小的事件，基本上也就能够被纳入各个时段之中。

  读者在阅读出埃及故事的过程中，常常会有时空不够清楚的感觉。这就牵涉到出埃及叙述的另一更重要的特点——在总体的编年体结构下，对叙事时间和重要场景关系的处理。叙事与时间密不可分，从文学叙事的角度看，叙事时间是由外部时间和内部时间两个维度构成的。外部时间指故事发生过程的现实物理时间，内部时间则是指事件如何被展开的文本时间。通过外部时间，叙事逐渐向读者展开自身；通过内部时间，事件的意义、人物形象的特征将随着叙事者叙述方式的不同处理得以彰显。因此，叙事的性质、结构和意义在相当程度上都要通过时间来予以表现和塑造。法国学者托多洛夫曾论及这两个相互关联的时间概念：他的说法是一个是被描写世界的时间，另一个则是描写这个世界的语言的时间。[1]前者是指讲述之事的时间，即叙事性作品中事件按发生、发展的先后顺序排列而成的时间，后者是指在叙述文本过程中所呈现的时间状态，这种时间状态可以与故事中事件实际发生的先后顺序不同，其时间长短

---

[1]　托多洛夫：《文学作品分析》，黄晓敏译，见张寅德编选：《叙事学研究》，北京：中国社会科学出版社，1989年，第61页。

（通常反映为叙事在文本中所占的篇幅长短）与故事实际发生时间的比率亦可以不同。

出埃及史诗的故事时间与文本时间呈现出明显的不对称状态。整个故事本身拥有一个极大的时间跨度，摩西由生到死横跨了一百二十年。一百二十年的漫长岁月里发生了无数事件，而这些事件在文学叙事中的价值和意义并不相同，因此它们不可能全部在文本中得以呈现。那么，文本时间就必然需要凝缩，也就是说讲故事的时间不可能与故事本身的时间相等。于是，我们看到史诗在时间处理上主要采用了"时间空白"和"时间中顿"这两种方式。巴埃弗拉特在谈及圣经的叙事时间问题时，曾谈到"时间空白"这种典型的对时间的处理方式。他认为，"时间空白"是圣经叙事时间的一个显著特点，而这种"空白"又可分为"填补的空白"和"未填补的空白"两种。确实，《希伯来圣经》的整体叙述，并不刻意追求时间线索的精细性，所不同的是，这种"空白"在不同的叙事部分达到了何种程度。我们对照圣经文本就会明白，"填补的空白"和"未填补的空白"两相比较，前者意味着在一个叙事单元内，叙事上相对而言具有时间的"连贯性"，尽管并不意味着时间的必然"连续性"；而后者则意味着在一个叙事单元内，叙事上时间的"间断性"。"填补的空白"在圣经叙事中常见，例如对摩西从出生到被埃及公主收养并成年的叙事单元内，尽管省略了许多内容，但仍通过简单的过渡性叙述，①体现出了时间的连贯性，属于典型的"填补的空白"。而以色列人出埃及后的史诗叙事，重在一头一尾，也即大量重要的

---

① 如《出埃及记》第二章叙述法老女儿从水中救起摩西，并接受摩西姐姐的建议同意让摩西的母亲来做孩子的奶妈，这之后略去了摩西婴儿期的记述，紧接着写道："孩子渐长，妇人把他带到法老的女儿那里，就作了她的儿子。"随后又略去了摩西在法老女儿身边成长的过程，直接写"后来摩西长大"，故事随即过渡到了摩西打死一个苦待希伯来人的埃及人，被迫逃亡米甸生活的下一个叙事单元。参《出埃及记》2：1—15。

事件，都发生在出埃及后的前两年和最后一年的几个月内，那么，以色列人在旷野中所遭受的磨难，与他们第四十年的遭遇之间，究竟发生了什么？三十八年的经历竟然几乎是一片空白！这种处理叙事时间的方式则属于典型的"未填补的空白"。①

无论是"填补的空白"还是"未填补的空白"，都会在圣经文本的审美效果上造成叙事上"时间中顿"的显著特征，其中"未填补的空白"尤其会造成这样的效果。所谓"时间中顿"就是让故事时间暂停而文本时间延宕的一种时间处理方式，它意味着叙事时间被集中在了某些重要的时段与时刻，而并未按照这些事件本身的时间在整个故事时间中所占的实际比率来进行叙事。就出埃及史诗来看，这一特征从两个层面上被凸显出来。首先从编年史的角度看，文本的叙事时间在出埃及事件发生前，相对集中在了四个故事单元上，即摩西出生、摩西于米甸接受耶和华在燃烧的荆棘丛中的召唤、摩西和亚伦与法老斗法、耶和华降十灾于埃及地。在出埃及事件发生后，文本的叙事时间则集中到了开始的两年和最后一年的约六个月这两个时段里。其次，在这两个时段中，叙事时间又被集中到了某些重要事件的叙事上。这些事件包括以色列人出埃及过红海、耶和华在旷野中赐下鹌鹑和吗哪、西乃立约、亚伦造金牛犊、以色列人造会幕（《出埃及记》'、以色列第一次核点民数、摩西派探子侦查迦南地、可拉党叛逆、亚伦辞世、以色列人击败亚摩利王西宏和巴珊王噩、先知巴兰三次作歌祝福以色列、以色列第二次核点民数、摩西选定乔舒亚做接班人（《民数记》），摩西逝世（《申命记》）等。显然，上述这些事件，在整个出埃及的故事里，被认为是最具有重要意义的，文本的叙事时间不但慷慨地集中分配给了它

---

① 参见西蒙·巴埃弗拉特：《圣经的叙事艺术》，李锋译，上海：华东师范大学出版社，2006年，第167—168页。

们，这些事件的过程也被叙述得相对完整。进一步聚合这些事件，就会自然地形成几个鲜明而突出的"场景"，每个场景都包含了一组具体的故事。这些场景有：摩西的身世叙述、摩西在米甸的经历、耶和华助以色列人与法老斗争的过程、以色列人过"红海"的神奇叙述、进入旷野后百姓艰难生活的描述、西乃山立约的壮观情景、建造会幕的详细记录、关于以色列人中新、旧信仰观念的斗争和反摩西部族势力与摩西较量的叙述、以色列人在摩押平原战事的胜利，以及对摩西在最后日子里的作为及其离世时情景的描绘。当我们串联并审视上述的场景时，就有了更多的发现：首先，这些场景的出现不但整体上符合以色列人部族社会的内部特点，而且诸多相关细节的描述，也向我们传达了与那一时期相一致的历史、文化信息。这些细节包括人物的行为方式、信仰和崇拜方式与心理情感的特点，普通百姓面对改变旧有生活方式和身临困苦生计时的反应，对地理环境的记述，以色列人这一庞大群体突然闯入该地区后，引发的原住民的恐慌以及各邦、各族政治实体首领对以色列人的警惕和敌对态度，以及流行于该地区的某些民间风俗等等。正是这一切，让我们感受到了出埃及故事所具有的久远时代的浓郁气息，也是形成其粗犷、古朴的审美风貌的重要因素。其次，由"时间中顿"所形成的这些场景却并不缺少两方面的统合性要素——摩西生平的完整性和以色列人由埃及地出走到旷野中漂流再到安营于约旦河东准备进入迦南地的叙事线索，这是出埃及史诗在被阅读时依然能够给读者提供在叙事效果上的统一性的原因所在。

出埃及史诗的宏大叙事场景是与精心设置的微观叙事联系在一起的，而重复叙事手法就是史诗在宏观叙事背景下推进微观叙事最明显和最突出的手法。重复叙事是圣经叙事艺术最重要、最直接的特点之一，这已为众多的圣经研究者所公认。巴埃弗拉特指出根据词语重复现象发生的位置和功能来看，词语重复主要包括复制、关键词、再现、套层等多种类型，它们直接反映圣经叙事中的某些重大主题。①罗伯特·阿尔特则从口头文学、民间传说背景以及流传下来的复合文本三个方面展开对圣经重复叙事的全面研究，不仅雄辩地分析了圣经重复叙事的原因、功能等问题，而且还按照从小到大、从简到繁的顺序对圣经重复叙事手法进行了细致的分类。他认为圣经重复叙事可以归纳为五大类，分别是主导词重复、题旨重复、主题重复、情节次序重复和典型场景重复。《圣经》通过以上重复叙事手法的具体运用，形成一个精心设计的完美系统，不仅显示出了同中之异和异中之同的微妙，起到了"透明外壳"和"漂亮粉饰"的作用，而且使得叙事更加完整，富于生命力。弗莱则更注重对圣经结构的整体重复，即篇章间的互文重复的考察。在《伟大的代码：圣经与文学》一书中，他将《新旧约全书》作为一个整体，明确指出《圣经》从《创世记》到《启示录》的叙事在本质上就是"由一系列反复出现的意象组成的统一体"。②

　　我们看到几乎每一种重复方式在史诗中都有所涉及和表现。主导词重复自不必说，史诗中反复出现的水、火、云和烟则属于典型的题旨重复，四十年旷野经历的顺从与背叛、神的反复帮助与教导等则可归入主题重复的范畴，神反复晓谕摩西则属于典型的情节次序重复，而旷野、山等则在史诗中充当了典型场景重复的范例。史诗不仅在细节上反复重复，而且将史诗放在整部《希伯来圣经》之中加以考察，我们会发现其与许多篇章和情节具有重复互文的关系。例如出埃及史诗的主要内容和意蕴不断在《诗篇》当中回响，《诗篇》第69首、第77首等章节中都能找到它的影子和痕迹；史诗

---

① 参见西蒙·巴埃弗拉特：《圣经的叙事艺术》，李锋译，上海：华东师范大学出版社，2006年，第238—244页。

② 弗莱：《伟大的代码：圣经与文学》，郝振益等译，北京：北京大学出版社，1997年，第287页。

中记载的以色列人为上帝建造的会幕,从《圣经》整体空间诗学维度的历史线索中来考察,可以看出它与以色列在迦南得地定居后的祭坛、所罗门时代建造的圣殿跨越历史时空的一脉相承。①

除了重复叙事的手法,隐喻、暗示、原型等圣经修辞手法的运用也在史诗的微观叙事中发挥了不可替代的作用,如"硬着颈项的民"是对以色列人悖逆神、不肯悔改的暗示,"金牛犊"成为整部《希伯来圣经》中偏离独尊耶和华的信仰、崇拜异教神的隐喻,而摩西的两种身份和形象——作为神与以色列民族之间的中介者、作为集军、政权力于一身的民族领袖,则分别成为后世先知与君王的原型人物的源头。

---

① 关于会幕场景的互文重复问题,可进一步参考朗文《怎样阅读〈出埃及记〉》一书中第189页的结论以及第189页之前的相关分析。

论以色列君主制发展的三个阶段[①]

长期以来,我国史学界对古代以色列民族历史的研究相对薄弱,近年来虽出现一些介绍犹太文化的著作和文章,亦多少触及以色列君主制及其产生前后的历史,但明显缺乏集中深入的论述和史学意义上的考辨,其结果是在一定程度上造成了不少似是而非的认识。这些问题的出现,与对古代以色列君主制产生和发展的历史特点认识不清有直接和间接的关系。本文的目的即是想就此作一些探讨,以求教于方家。[②]

古代以色列民族在迦南(今之巴勒斯坦)建立君主制王权统治始于公元前11世纪末,终于公元前586年。国际学术界把这段历史分为"统一王国时期"和"分国时期"两个阶段。根据推算,以色列的第一王扫罗称王是在公元前1028年[③],至第三王所罗门统治末年

[①] 原载《南开学报》1999年第1期。

[②] 本文所引《圣经》资料采用我国学术界通用的官话和合本《新旧约全书》译本,个别引文参照马索拉文本希伯来文《圣经》(M. T. Printed by The British And Foreign BibleSociety, 1992)。经文章节出处按通用缩写形式在文中标出,所代表的各卷书名如下:创:《创世纪》,出:《出埃及记》,利:《利未记》,民:《民数记》,申:《申命记》,书:《约书亚记》,士:《士师记》,得:《路得记》,撒上:《撒母耳记上》,撒下:《撒母耳记下》,王上:《列王纪上》,王下:《列王纪下》,代上:《历代志上》,代下:《历代志下》,诗:《诗篇》,不再一一注出。必须说明的是,《希伯来圣经》并不单纯只是一部宗教经典,它亦是研究古代以色列民族史最重要的文献。

[③] 另一说为1020年。

的公元前933年为以色列统一王国时期,共约98年。分国时期的北方以色列王国从耶罗波安一世(933—912BC)始至亚述王撒尔贡攻陷撒玛利亚时的末王何细亚(733—722BC)止,历19王凡212年。南部犹大王国自罗波安(933—917BC)始至耶路撒冷陷落时的末王西底家(597—586BC)止,历20王凡298年。从君主制形态与王权特征等内在根据上分析的话,这一历史过程也可分为三个阶段:氏族部落制遗风大量保留的扫罗王朝阶段;君主制走向集权的大卫——所罗门王朝阶段;秉承不同君主制传统的南北分国阶段。马克思曾精辟地指出:"人们自己创造自己的历史,但是他们并不是随心所欲地创造,并不是在他们自己选定的条件下创造,而是在直接碰到的、既定的、从过去承继下来的条件下创造。"①以色列民族因早年特殊的生活方式和经历,形成了带有强烈宗教色彩的文化传统,即"妥拉"②律法传统,其君主制的产生和发展特点是建筑在这一既定的历史条件基础之上的。

一、从王权产生到君主制的初步确立
——扫罗王朝(1028—1013BC)

在王权出现前的士师时代,以色列是个松散的部落联盟,各支派各自为政,甚至兄弟阋墙,相互残杀。面对周围异族、特别是非利士丁人咄咄逼人的进攻,以色列人无法组织起有效的抵抗。情况

---

① 《路易·波拿巴的雾月十八日》,《马克思恩格斯选集》第1卷,人民出版社,1972年,第603页。

② 妥拉(Torah,意为"律法")是《希伯来圣经》三大部分中的第一、也是最重要的部分,即所谓"摩西五经",指《希伯来圣经》的头五卷书。《妥拉》最后编定虽然约在公元前5世纪,但却拥有悠久的传统,是随着历史的发展逐渐丰富完备起来的,其中的某些部分有着相当古老的根源。

最危急的时候,竟连约柜①都被敌人掠去(撒上·4:1—11)。正是因社会生活的需要,特别是因为抵抗异族侵袭的迫切情势的需要,以色列王权应运而生。《圣经》中记载了以色列人立扫罗为王的过程:"以色列的长老都聚集,来到拉玛见撒母耳②,对他说:'你年纪老迈了,你的儿子不行你的道。现在求你为我们立一个王治理我们,像列国一样'"(撒上·8:4—5)。于是撒母耳以耶和华神的名义膏立扫罗为王(撒上·9:15—17)。值得注意的是,在另一处记载中,寻求立王的行为又被视为对神不够虔信的表现(撒上·8:7)。以色列人亦对此诚惶诚恐:"众民对撒母耳说,求你为仆人们祷告耶和华你的上帝,免得我们死亡,因为求立王的事,乃是罪上加罪了"(撒上·12:19)。这看似歧义的记载是以色列民族在社会进程的转折关头对是坚持传统的氏族部落民主制还是接受君主制两种不同思想的激烈交锋的反映。由此可见,扫罗称王实是大敌当前一种别无选择的结果,是在否定权力垄断的氏族部落民主观念与现实对王权的需要之间达成妥协的产物。这就决定了登上王位的扫罗,其王权必然会受到相当程度的限制。

扫罗登基时年40岁,在位约15年。纵观这十余年的历程,可以看出扫罗只是初步奠定了君主制的基础,他虽然拥有王的称号,但实际上距一位享有充分权力的国王的标准还差得很远。

1.扫罗的权力主要体现在率军征战方面。以色列人立王的原因首先是军事上的:"我们定要一个王治理我们,使我们像列国一样:有王治理我们,统领我们,为我们争战"(撒上·8:19)。扫罗作王的主要功绩也是军事上的,他南征北战,抵御四邻之敌,最终战死沙场。

---

① 约柜(Aron ha-Berit):古代以色列民族宗教圣物,内置刻有律法的石板,是以色列人与耶和华神特殊关系的象征。

② 撒母耳是士师时代末期到民族国家建立前这一时期的以色列民族宗教领袖。

2. 扫罗保留着士师时代注重氏族本家的习惯和士师作战的特点。以色列立国是在吉甲（撒上·11：14），该城位于玛拿西支派的境内西部，但出身于便雅悯支派的扫罗却不愿将此城作为真正的首都，而将其常驻之地设在便雅悯地北部与以法莲地交界处的密抹和伯特利山，有时也住在便雅悯地境内的基比亚，扫罗王朝根本没有固定的设防都城。在军事上他只有常备军三千人，每逢战事均需临时召集百姓。

3. 扫罗的政权机构不完善，除元帅押尼珥、长子约拿单外，未见司职其他工作的重要官吏，而且这两人也均为军事首领。

4. 氏族部落民主制的权力基础未被触动，民意仍不可违。扫罗欲降罪于约拿单，百姓却口气强硬地说："约拿单在以色列人中这样大行拯救，岂可使他死呢？断乎不可！我们指着永生的耶和华起誓，连他的一根头发也不可落地，因为他今日与神一同做事"（撒上·14：45）。

5. 王权受到神权的极大限制，撒母耳常借神的名义对扫罗发号施令。与亚玛力人一战，扫罗未完全听从撒母耳的指示，后者竟"直到死的日子，再没有见扫罗"（撒上·15：35），这等于撤销了对扫罗王权合法性的支持。正是撒母耳在扫罗仍在位的情况下，又膏立大卫为王，形成奇特的双王并存的局面。

6. 扫罗无力解决王位继承权问题。不是他不想把王位传给儿子，他千方百计要剿灭大卫，个中缘由对约拿单说得再清楚不过："耶西的儿子（大卫）若在世间活着，你和你的国位必站立不住"（撒上·20：31），而是以色列人不接受王族血统神圣的观念。扫罗战死后，其子伊施波设在位仅两年即被两个军长利甲、巴拿所杀（撒下·4：5—7）。

总括上述各点可以看出，扫罗时代的以色列君主制还保留有大量氏族部落制的残余，王权受到各方面的限制，扫罗王实际上是一个拥有王号的统一国家的大士师的角色。以色列在扫罗的君主制下,不过是将各支派以国家的名义更紧密地结合在一起,权力结构并未发生质的变化。扫罗时代君主制的这一特点,与以色列人进入君主制前已形成的妥拉律法传统有密切的关系。希伯来——以色列人在由氏族、部落到民族的发展过程中,从美索不达米亚接受了契约观念,把这种人与人之间的契约关系改造、推演为人与神的契约关系,即所谓"圣约"。

与神立约的记载存在于这个民族早期发展的各个阶段。族长时代,神与亚伯拉罕、以撒、雅各立约;出埃及时期,摩西在西奈与神立约,西奈立约被视作以色列民族真正形成的开端,以色列独特的民族性至此展露而出。约书亚完成对迦南的征服后,率众在示剑与神立约(书·24:25—26)。与神所立的约以最初的律法形式在得地定居的以色列人中固定下来,如西奈立约便形成了以"摩西十诫"为核心的律法。在"十诫"之外,《出埃及记》的第21—23章被认为是妥拉律法中最早出现的部分,即所谓"约书"(The Book of the Covenant),除23章20节以下部分是神再次应许以色列民进占迦南的内容外,"约书"的律例显示出的是以色列定居初期的社会特征,可见在以色列进入君主制社会前,就已有了约定俗成、为各支派所接受的律法。一个民族的法律观念与其所处的社会阶段应是一致的。实行军事民主制的以色列人,其律法也必然具有民主化的色彩。在《民数记》中载有两个颇具说服力的事件,它们表明了在以色列民族形成过程中对权力垄断的否定性观点。其一是可拉一党对摩西和亚伦权威的挑战。这是一场"以色列会中二百五十个首领,就是有名望选入会中的人"起而反抗摩西、亚伦专权的举动,其理由是"你们擅自专权,全会众个个既是圣洁,耶和华也在他们中间,你们为什么自高,超过耶和华的会众呢?"(民·16:1—3);其二是摩西本人否定了由七十个长老垄断发预言的记载(民·11:24—29)。按照"五经四底本说"理论,这两个故事均属J底本,资料来源相同,发生的历史时期一致,符合当时的社会背景,应有较强的可靠性。它们不仅对早期律法关于权力的认识作了注脚,而且作为口传历史的一部分后来被记入妥拉,其自身亦有了律法传统的意义。需要指出的是,在氏族部落时期的认识方式和认识水平上,以色列人对律法产生的认识并不准确,在他们看来律法不是这个民族为适应新的历史条件和发展的需要而创造的,而是由神所"启示"的:这"启示"不是针对民族领袖(包括后来的"王")或一小撮特权阶级,而是针对整个民族的。在这一特殊的契约中,立约双方的关系是不平等的:神是立法者,人是遵行者,恪守律法将蒙神保佑和祝福,违背律法破坏契约则将受到神的惩罚。契约所带有的强制性色彩,决定了妥拉传统在以色列民族进入君主制时代后仍具有持久的影响力。

与上古时期许多其他民族不同的是,妥拉传统中内含两个独特的观念。其一:我们可称之为"世俗之民与世俗之王"的原则。希伯来—以色列人不曾将民族的血统与神联系在一起,在这个民族留下的神话传说和历史文献中,很少能找到民族优越的内容,相反,他们倒是常常表明自己卑微的地位,把成为"上帝的选民"的原因完全归结于所谓"神的恩典"。这一原则在以色列人与神之间划出一条不可逾越的界限,也就不会去神化自己的领袖或王——他们不是神的儿子或后裔,如自称拉神和阿蒙神之子的埃及法老或"天子"的中国帝王,甚至也不是道德上完美的圣徒,而只是具备尘世之人一切弱点的凡夫俗子。不独从亚伯拉罕到摩西到诸士师是如此,以色列进入君主制时期后的诸王也是如此。其二可称之为"民族之约"的律法思想。《撒母耳记·上》10章25节载,当撒母耳立扫罗为王时,"将国法对百姓说明,又记在书上放在耶和华面前",这"国法"的内容就是自摩西时代传承下来的律法。建国前部落制时期的以色列人,其契约观念必然也是以带有平均主义色彩的民主思想为基础的,作为以色列历史上第一个全民族的领袖,摩西确立的律法传统正折射出了这一观念。我们不妨作一个小小的比较。同样是颁布法律,《汉谟拉比法典》的"导言"部分充斥了汉谟拉比王的自我夸耀,并明确指出:"当马尔都克命我统治万民并使国家获得福祉之时,使我公道与正义流传国境,并为人民造福。自今而后:……"①。其逻辑是蒙神赐王权,我颁布如下法律。而妥拉律法简短的开场白却是:"神吩咐这一切的话,说……"(出·20:1)或"耶和华晓谕摩西说:'你告诉以色列人……'"(出·25:1)因此所谓 Torat Mosheh——"摩西的律法",在以色列人看来实际上是耶和华的律法。在神的眼中,每个人都是平等的,是否恪守律法是神评判人的唯一标准,无论他是首领,还是普通百姓。妥拉律法传统将宗教祭祀权与军事统率权、民事裁判权分开,使得未来的以色列民族诸王不可能将神权与王权集于一身,成为如后世阿拉伯帝国哈里发式的绝对集权的君主;又将所谓"受神感动发预言"的权利赋予了每一个会众②,同时剥夺了祭司集团(包括做祭司的亚伦及其子孙和做圣幕之工的利未人)的经济基础,③这就避免了神职集团辖制百姓,或出现美索不达米亚那种神庙经济势力强大辖制世俗统治权的局面。由此可见,妥拉传统否定绝对的专制集权,作为现实需要与妥拉律法传统妥协而产生的以色列第一王扫罗,其王权受到限制,王朝只是初具君主制的特点实属必然。

---

① 《世界通史资料选辑》(上古部分),商务印书馆1974年重印版,第62页。

② 这从后世以色列历史上的"先知"现象中可以清楚地得到证实。在以色列民族思想史上起过重要作用的先知们来自各个阶层。

③ 按妥拉律法,亚伦一脉和利未支派在以色列人中不可有地业,其日常所需由其他支派按地业所出的十分之一供奉(民·18:20、23—24)。史载以色列人征服迦南后,只11个支派分地,利未支派散布于各支派中,所得仅是居住和生活的几座城邑。

二、趋向集权的君主制
——大卫—所罗门王朝(1013—933BC)

君主制真正作为国家政体被接受和确立始于大卫统治时期(1013—973BC),大卫是个能够审时度势的成功的政治家。与扫罗称王的过程不同,尽管有撒母耳膏立的记载,大卫主要是通过自己军事上的成功,以强力登上王位的,它实际上经历了从与北部的扫罗对峙到统一南北以色列全地、迫使北方各支派承认他的统治地位的曲折过程。大卫彻底根绝了以色列的外患,而且将扫罗时期的以色列版图扩大了三倍,使以色列一跃成为西亚的地区性大国,这是他能够对内实行一系列政治改革,强化王权的基础。在大卫王朝,君主制的优越性才开始真正体现出来。在这一过程中,古老的传统不可避免地遭到破坏。

大卫30岁登基,在位40年,在统一以色列全境后,除晚年因姑息三子押沙龙导致其掀起一场几乎危及自己王位和性命的大叛乱外,他采取的各项经过深思熟虑的政策基本上都是成功的,而且均带有集权化的色彩。

1.定都耶路撒冷,使之成为全国政治中心。扫罗时代以色列没有真正的首都,政令不畅。大卫统一全国后做的第一件大事就是攻取耶路撒冷,将王国政权机构设立于此,并拓展和加固城防,提高它在全国的地位,使政令集中①。

---

① 大卫以耶路撒冷为首都的举措颇具匠心。此城本为耶布斯人之地,以色列人征服迦南时未能攻陷,成为以色列境中一块异族人的飞地。该城为一座山城,位于犹大山地北部中央,城东隔汲沦溪与橄榄山相望,城南和西南则有欣嫩子谷,地势险要,易守难攻;南扼通往犹大山地的主要贸易通道,北出以法莲山地与北方各支派相接,战略、交通和经济地位均十分重要。另因该城本不属以色列任何一个支派,不易引发争地矛盾,而它又处在犹大地内,使出自犹大支派的大卫处于对内对外均十分有利的地位。

2. 迎"约柜"入耶路撒冷①，建立全国性宗教中心。此举一是为加强全国的凝聚力，二是为避免宗教中心与政治中心争权的局面出现。

3. 设立百官，健全政府机构。在征服之地委派国家官吏，同时给诸王子以特权，增强王室家族的势力。

4. 控制宗教管理权。大卫设祭司长职位，但又将祭司长列于廷臣之内，实际上等于置教权于王权之下。心思绵密的大卫立撒督和亚比亚他（亚西米勒）两人同为祭司长，以使他们相互制衡，不致坐大（撒下·8：16—18，20：23—26，王上·2：27）②。

5. 强化军事机器。大卫王朝的国家常备军的确切数字虽无记载，但无疑颇具规模，而且训练有素，因为元帅以下尚有"众军长"统领军队（撒下·24：4），且每年"到列王出战的时候"，军队常常出征（撒下·11：1），鲜有败绩。这支军队成为大卫对外开疆拓土，对内施行集权化统治的有力保障。

6. 以谋略清除隐患，安抚北方支派。扫罗王出自北方支派，死后影响犹存。大卫对已构不成威胁的扫罗之孙、约拿单的残废儿子米菲波设施以恩惠，令其住在首都，与王"同席吃饭"（撒下·9：7）；却借基遍人之手将扫罗的另两个儿子、五个外孙尽数除灭（撒下·21：1—9）。

7. 确立王位继承原则，将王权顺利地传给儿子所罗门。

---

① 约柜自撒母耳时代起一直在以法莲地的基列耶琳。
② 关于祭司长的记载在不同章节略有出入。除《撒下》8：17 记撒督与亚比亚他的儿子亚西米勒同作祭司长外，《撒下》20：25 和《王上》2：27 均作撒督与亚比亚他同为祭司长。以色列的传统是祭司职位世代相传，亚西米勒承父职从理论上讲是有根据的，但既然所罗门登基时亚比亚他仍为祭司长，亚西米勒在大卫王朝就不可能已是祭司长。《撒下》8 章和 20 章出现两个大同小异的大卫诸臣职官表，故两处祭司长人选的差异基本可断定为因两种不同资料来源所致。又，大卫以两祭司长相互牵制的策略是有效的，撒督与亚比亚他的矛盾在拥立不同的王位继承人的斗争中暴露无遗。

以上几个方面充分反映出,大卫是有计划、有步骤地将权力集中到自己手中,扫罗王朝时强大的氏族势力遭到有效的抑制,祭司阶层的权力被架空,王权成为凌驾于氏族部落权力之上的国家意志的代表,一种初具集权化特征的君主制度终于产生。

大卫强化王权的政策为所罗门(973—933BC)所继承,这位在以色列历史上以智慧著称的国王,书写了以色列王国史上最辉煌的篇章,但也为君主制的由盛而衰埋下了种子。所罗门初登王位之时,根基并不牢固。王族内部有得到元帅约押和祭司长亚比亚他等人支持的异母兄长亚多尼雅觊觎王位,地方上宗族势力则有抬头的倾向。为了巩固统治基础,所罗门王毫不手软。以亚多尼雅谋求曾侍奉大卫王的亚比煞为妻作借口诛杀亚多尼雅(王上·2:25);按先王密诏将老帅约押杀于圣幕之内(王上·2:31—34),以莫须有的罪名处死扫罗一族的长老示每(王上·2:39—46);废亚比亚他的祭司长之职(王上·2:25)。王位既固,所罗门开始进一步加强中央政府的权力和对地方的控制。他将全国划分为12个行政区,由朝廷直接任命政府官吏、而不是委派氏族长老施行管理,保证国家收取足够的赋税(王上·4:7);在全国建基色、夏琐、米吉多等六座防城,又在各地营造积货城、军马和战车储备地(王上·9:17—19)①;拓展首都属地,扩展耶路撒冷城墙,在城中建起庄严的圣殿和富丽堂皇的王宫建筑群(王上·6,9:17—19,代下·3)。所罗门内政外交上的政绩带来了后世以色列人念念不忘的"黄金时代"②,他为巩固王

---

① 所罗门王在米吉多建要塞城防已为考古发掘所证实。参 The Glory of The Old Testament, p.135, ed. Georgette Corcos, Atomium Books Inc. U.S.A. 1990.

② 史载所罗门王朝时期经济、文化发达,国富民强,国际地位提高。以色列发展起金属冶炼和航海业,船队依托以旬迦别港(今之伊拉特港),入红海和地中海,甚至远达非洲和俄斐(此地具体指何处不明,一说是印度)进行贸易;示巴女王率大批官员来觐,多国敬献贡物。另,所罗门王的辖地亦扩展到叙利亚之北。

权所采取的某些政策,对国家和民族的未来产生了双重深远的影响。一方面他秉承大卫的遗愿建起圣殿,①巩固了耶路撒冷的圣城地位,进一步凝聚了全民族的向心力,这不独在当时有利于王权的巩固,约九百年后,当这个民族最终开始向世界各地流散时,对"圣城"的回忆和向往长久地保存在犹太人的意识中,耶路撒冷成为民族家园和民族信仰的象征。圣殿的宗教权威逐渐造就出了在社会生活中作用日益明显的、以大祭司为首依附于圣殿的祭司贵族阶层,同时也为他们的没落、为日后宗教生活的转型埋下了伏笔。②另一方面所罗门王废亚比亚他祭司长职位,专立撒督为大祭司,以及他宠爱"外邦女子"的行为(王上·11),从长远观之则对民族凝聚力产生了不利后果。所罗门娶埃及法老的女儿为妻,又广立摩押、亚扪、以东、西顿、赫人女子为妃嫔,她们将各自民族的宗教信仰带入耶路撒冷;所罗门甚至同意"为摩押可憎的神基抹和亚扪人可憎的神摩洛,在耶路撒冷对面的山上建筑丘坛"(王上·11:7)。显然,作为政治家的所罗门无论是与埃及和亲,还是立征服地的公主们为妃,都是出于统治国家的需要,是一种典型的政治、外交策略,但客观上却带来了信仰的驳杂。撒督与亚比亚他本代表不同的祭司系统,撒督派具有宗教调和主义倾向,亚比亚他一派则强调耶和华信仰的独一性。后者见逐的结果,遂使异教信仰、风俗在以色列流行,其恶果在分国时期的民族历史上得到突出的体现。

较之扫罗王朝,大卫、所罗门两代国王对君主制进行了一场意义重大的革新,以色列君主制的形态和内涵均发生了重要的变化,国家的权力集中到了王的手中,对王负责的国家官吏取代了对宗族

---

① 又称"第一圣殿",以区别于回归后所建的"第二圣殿"和大希律扩建后的"第三圣殿"。

② 公元70年,当圣殿最终毁于罗马人之手时,以主持献祭仪礼为业的祭司集团失去了对民众精神生活的控制特权,犹太人的宗教生活由此进入"拉比犹太教"时期。

负责的地方领袖。如果说大卫时代还能多少看到对氏族长老权力的尊重的话，到了所罗门时期他们的活动已较少见诸于史了。在这一符合历史发展逻辑的过程中，权力结构的改变使弱小的以色列民族迸发出巨大的活力，成为国富民强的地区性大国。但我们必须看到，大卫和所罗门的集权化君主制的建立和强化，只是相对而言的，否定权力垄断的律法传统虽遭到无情的破坏，但"圣约"观念却依然有着深刻的影响。在人们的意识中，王所拥有的权力仍然出于神的恩典和神的宽容，王的行为的好坏要以神所要求的绝对的"公义"为标准。因此王权的合法性和合理性是不断受到质疑的，不存在"君王无谬"的理论①。这与同时期埃及法老的集权君主模式显然有别。

三、分国时期两种不同的君主制类型

（北国：933—722BC；南国 933—586BC）

所罗门王崩，其子罗波安继位，统一的以色列王国迅速分裂为南北两国。统一王国分裂的导火索是政治上不成熟的罗波安企图以威权压服北部百姓（王上·12：4），另外早在统一王国时期，大卫、所罗门实行偏袒南方的政策，使犹大和北部诸支派成了两个不同的利益群体。这些都是造成分国的原因。分裂后，南国犹大仍都耶路

---

① 如《撒下》12：7—14 载，大卫与拔示巴私通并以阴谋手段杀害其夫乌利亚，大卫的廷臣拿单无畏地以神的名义对他宣示了"判决"。又，绝对权力属神之思想，亦反映在如下的诗句中："但耶和华的慈爱，归于敬畏他的人，从亘古到永远，他的公义也归于子子孙孙，就是那些遵守他的约，纪念他的训词而遵行的人。耶和华在天上立定宝座，他的权柄统管万有"（诗·103：17—19）；"若不是耶和华建造房屋，建造的人就枉然劳力，若不是耶和华看守城池，看守的人就枉然警醒"（诗·127：1）。这两首诗的作者，传统上分别被归于大卫和所罗门，但无法得到确认。然而就诗的内容分析，产生时间在大卫、所罗门时期应无问题。

撒冷；北国以色列经数迁都城最后定都撒玛利亚。分国后的以色列和犹大两国虽都实行君主制，却表现出两种迥然不同的君主制形态，北方以色列王国是以氏族部落权力为基础的君主制，南方犹大王国是以王室统绪为基础的君主制。

南北君主制形态决定了两国政治传统的差异。其一是北方以色列王朝更迭的频繁和南方犹大王权继承的稳定。在北国256年的历史上，曾经历了九次改朝换代；而在南国445年历史上却只有一次篡位的记录。其二是北国王室统绪的混乱和南国统绪的一脉相承。以色列的九次王朝易主实际上是由不同支派背景的九位强人实现的；而犹大诸王则几乎都是大卫王室的直系后裔①。犹大王国只有一次重新立王的记载，即亚他利雅篡位被杀后祭司耶何耶大膏立约阿施为王（王下·11：12），此举意在恢复中断的大卫王室统绪。这一切表明，以大卫王室血统作为立王标准和君主制基础的原则为犹大所接受而为以色列所否定。在这背后则是古老的妥拉律法思想在南北两地的不同命运。自大卫时代起，在以色列统一王国强盛现实的催化下，生发出一种我们可称之为"圣约"观念下的"特殊恩宠论"思想，即大卫王室的统治特权得到了耶和华神的特别祝福和恩准，②这是对妥拉"全民立约"中平等观念的突破，这一思想在分国后的犹大被认可和强化，但却无疑遭到了北部以色列诸支派的拒绝。在涉及以色列诸王的史籍中，我们找不到维护正统王权的记

---

① 唯一的篡位者亚他利雅是犹大王亚哈谢的母亲，不属犹大支派；巴比伦王尼布甲尼撒所立之王西底家为约雅斤王之叔父，其余犹大诸王均为父子相传。

② 如《代上》17：7有耶和华命拿单告诉大卫的话："万军之耶和华如此说：我从羊圈中将你招来，叫你不再跟从羊群，立你做我民以色列的君。"17：11说："你寿数满足归你列祖的时候，我必使你后裔接续你的位，我也必坚定他的国。"这一"特殊恩宠论"最凝练的表述，出现于《创》49：10雅各对12支派祝福时，对犹大支派的"预言"中："王必不离犹大，杖必不离他两脚之间，直等细罗来到，万民都必归顺。"这些记述显然都是在分国后的犹大人中产生的。

载，相反，第一王耶罗波安和第六王暗利都是由民众拥立的；其他诸王凡能在王位上坐定的，也应该是得到了氏族部落力量的支持。①这表明，在北方以色列，人们不独是不接受大卫家族的统治，也不承认任何一个王室的统治特权，王权和君主制是建立在氏族部落制度的基础之上的。北方诸支派的势力在大卫—所罗门时期无疑是受到极大的压制，但这两位有为君主的威权和政绩只是暂时掩盖了地方氏族分权与中央政府集权的矛盾，却并没有从根本上解决这一矛盾。大卫为王尽管是以强力实现的，但他最终得到北方的承认，仍经过了7年多之久，②所罗门为王虽为大卫所圈定，但大卫在充分利用自己权威的同时仍然表现出对民意的尊重。③所罗门之子罗波安在耶路撒冷继位，只表明他在犹大被视作王，并不意味着其王位的合法性已获得全国普遍的认同，于是"罗波安往示剑去，因为以色列人都到了示剑，要立他作王"（王上·12：1）。④罗波安此行目的，就是要履行传统的与民立约登基仪式，以获得北方对自己的拥戴，但这位年幼无知的新王却"不听老人听从少年"，以恶语待以色列人，因而理所当然地被秉承妥拉传统不接受"特殊恩宠论"的北方

---

① 如以撒迦支派的巴沙杀以法莲支派的前王拿答，作王24年（王上·15：27—28）。

② 大卫在扫罗王死后先在希伯伦作犹大王，7年零6个月后，北方诸支派长老又接受他为以色列王。参《撒下》5：1—5节。

③ 遵照大卫王的旨意，祭司长撒督、先知拿单和军队首领比拿雅"都下去使所罗门骑大卫王的骡子，将他送到基训。祭司撒督就从帐幕中取了盛膏油的角来，用膏膏所罗门。人就吹角，众民都说：'愿所罗门王万岁！'"（王上·1：38—39）。

④ 示剑位于12支派中最大的支派玛拿西在约旦河西岸的领地之内，与第二大支派以法莲领地相邻，自约书亚时代即是全民族的宗教圣地，在大卫定都耶路撒冷前其地位冠全以色列地之首，统一王国形成后，亦为北部最重要的中心地之一。

百姓所抛弃。①至于犹大王国为什么能接受"特殊恩宠论",其实不难回答。首先是犹大支派是犹大王国的主体,而大卫家族攫取了对犹大支派的控制权,②也就是说氏族部落权力与王室权力实际上是合二为一的。其次是大卫、所罗门的功绩令犹大人充满自豪感,使他们对耶和华与大卫家同在的信念坚定不移。从以上分析中可以看出,氏族势力在以色列进入君主制后虽时强时弱,但却始终未曾失去其影响,而统一王国建立前即已形成的妥拉律法中有关权力的思想传统在以色列民族中一直拥有广泛的群众基础,其在南北两国的不同命运使犹大和以色列王国的君主制具有了不同的特点。问题到此并没有结束,为什么在近四百年的君主制时期内,氏族势力始终存在,而妥拉传统也一直被继承下来呢?这是因为以色列民族的土地占有制度是典型的以血缘关系为基础的层层分割的土地所有制,正如马克思所言"物质的生产方式制约着整个社会生活、政治生活和精神生活的过程。"③这种以血缘关系为基础的土地所有制是以色列氏族制度赖以存在的经济基础,是妥拉律法传统得以流传的必要条件。从《希伯来圣经》提供的资料来看,约书亚时按支派(氏族)为单位分地,各支派内又以宗族为单位分地,宗族之内再以家族为

---

① 官中长老的进言是:"现在王若服事这民如仆人,用好话回答他们,他们就永远作王的仆人"(王上·12:7)。换言之,王只有公义待民,才能换来民事王如仆,这是"全民立约"中的民本思想的反映。而与王一同长大的官廷贵族少年们的进言却是:"我的小拇指头,比我父亲的腰还粗。我父亲使你们负重轭,我必使你们负更重的轭!我父亲用鞭子责打你们,我要用蝎子鞭责打你们"(王上·12:10—11)。罗波安依此言而行,说明他对以色列民族的社会权利基础一无所知。以色列众民于是说:"我们与大卫有什么分儿呢?与耶西的儿子(耶西为大卫之父)并没有关涉!以色列人哪!各回各家去吧!大卫家啊!自己顾自己吧!"(王上·12:16)。

② 《代上》27章记各支派的领袖,犹大支派的领袖是大卫的一个哥哥以利户(见27:18)。

③ 马克思《〈政治经济学批判〉导言》,《马克思恩格斯选集》第二卷,人民出版社,1972年,第82页。

单位分地,各支派的地产受到律法的保护,不得随意在支派之间转让。①士师时期,土地在宗族内部的转让须按血缘关系的远近进行,只有在近亲放弃购买的情况下,土地才能转让给远亲(得·4:3—4)。这种血缘意识浓厚的土地占有制直到君主制时代仍是这个民族土地制度的基础。《利未记》17—26章是该卷书中具有相对独立性的一组律法,被称"圣典"(The Holiness Code),其形成年代,学术界向有争论,但综合各家所言,则最早不早于犹大王玛拿西时期(约692—638BC),最迟不晚于自巴比伦回归前后。②"圣典"中在"禧年"的律法中有关于地产的律例,其意在于保护各家族以及氏族的土地所有权,限制土地的集中,③既然这个民族在君主制后期乃至回归时期仍然接受并强调这些律例,则说明原有的土地所有制形式在整个君主制时代至少在理论上仍得到肯定,是其土地制度的基础。当然在那时社会条件下权贵对普通百姓土地的巧取豪夺的行为是不可避免的。然而仍有两点需要引起我们的注意:首先,土地的兼并似乎很少越出氏族的范围,分国时期以色列王亚哈欲得拿伯在王宫

---

① 为此,律法甚至规定凡承袭地产的以色列女子只能嫁与同宗支派的男子(民·36:8—9)。当然,随着社会的发展,这一规定并不可能得到严格的遵守。

② Fohrer认为"圣典"晚于公元前700—650年间形成的"申典",但早于流放巴比伦时期,Elliott-Binns认为早于"申典"时期,具体时间或许在玛拿西当政时期,另外一些学者则认为是流放时期形成的。参Otto Eissfeldt, The OldTestament: The history of the formation of The OldTestament. tr. by Peter R. Ackroyd, Oxford, Basil Blackwell, 1974。笔者认为,考虑到"圣典"受祭司观点的影响,应是在"第二圣殿"时期最后形成的。

③ 如,"第五十年,你们要当作圣年……这年必为你们的禧年,各人要归自己的产业,各归本家"(利·25:10)。"地不可永卖,因为地是我(耶和华)的……在你们所得为业的全地,也要准人将地赎回。你的弟兄渐渐穷乏,卖了几分地业,他至近的亲属就要把弟兄所卖的赎回。若没有能给他赎回的,他自己渐渐富足,能够赎回,就要算出卖地的年数,把余剩年数的价值还那买主,自己便归回自己的地业。倘若不能为自己得回所卖的,仍要存在买主的手里,直到禧年;到了禧年,地业要出买主的手,自己便归回自己的地业"(利·25:23—28)。

附近的葡萄园，被拿伯以神的名义拒绝，只好通过王后耶洗别串通与拿伯"同城居住的长老贵胄"害死拿伯，霸占其葡萄园。这暗示出身为国王的亚哈其夺地之举是因得到氏族贵族的支持而得逞的。其次，王室在法律上似乎并没有任意占有本氏族内部或其他氏族土地的权力依据。大卫王只将他从耶布斯人手中攻取的耶路撒冷视作自己的产业，称其为"大卫城"（撒下·5.9）；暗利作北国以色列王时，为将首都从得撒迁往撒玛利亚，特意以二他连得银子从主人撒玛手中购得此山。因此，我们可以认为，以家族为基本单位的氏族土地所有制仍然是以色列民族君主制时期的根本土地制度。只要氏族制度赖以存在的经济基础不改变，氏族势力就不会消失，古老的律法思想也就不会失去存在的土壤。大卫、所罗门的改革主要是限制氏族领袖和宗教祭司阶层权力的上层建筑领域中的革新，并没有变革氏族制度赖以存在的经济基础，因而氏族贵族的权力只能因一定时期内王权的强大而受到压制，却并未失去其在权力结构中的重要地位。缘此，古老的妥拉律法传统才一直拥有深刻的影响，分国后的以色列和犹大才出现了两种不同形态的君主制，以色列民族在君主制发展的三个阶段才始终不曾产生绝对集权的君主制。以色列民族君主制在统一王国时期的辉煌在历史的长河中只是短暂的一瞬，大卫—所罗门时代的繁盛固然与集权化倾向带来的国力的增强有关，但也与当时的外部环境对以色列极为有利密不可分。公元前11世纪末至10世纪后半叶，西亚北非无强国，曾经强大的埃及已是明日黄花，再无力对外进行有效的扩张；加喜特人统治下的巴比伦尼亚内争外患不绝，国力难以凝聚；小亚细亚的赫梯王国已为"海上民族"所摧垮；亚述则正处于由中期王国向后期帝国转变的积蓄阶段；米底——波斯尚未兴起，这一切给了以色列人的发展以天赐良机。自公元前10世纪末叶起，亚述重新走上对外征服之路，两世纪后，建立起强盛一时的亚述帝国。在这一过程中，叙利亚——巴勒斯坦地区首当其冲。因此，分国后势力大衰的以色列与犹大王国尽管间或有个别统治者政绩不俗，但夹在野心不死的埃及和正在崛起、必欲称霸的亚述之间，已不可能有大的作为。然而，南北两国君主制的不同特点以及所实行的不同宗教政策，却直接决定了各自最终的不同命运。以色列既不接受"特殊恩宠论"的王位继承统绪原则，也未真正形成统一的宗教信仰，国中除原有的对耶和华神的崇拜外，亦流行对迦南诸神的崇拜，造成极大的混乱。因此，当公元前722年以色列遭亚述灭国，百姓被迁至亚述境内后，这些亡国之民失去了任何可资凝聚在一起的基础，不可避免地被同化，成为消失于茫茫人海中的"十个丢失的部落"。而犹大在所罗门王后，即确立了以大卫王室血统为标准的王位继承制度，"大卫家"后来成了犹大的代名词。此外，虽然异教信仰也流行于犹大，但毕竟圣殿和祭司阶层始终存在，即便在宗教调和主义思潮泛滥之时，对耶和华神的崇拜依然不失为百姓信仰的凝聚中心。特别是在希西家王（720—692BC）和约西亚王（638—608）时期，犹大经历了两次清除异教的行动（王下·18：4—5、23：4—15），约西亚王在公元前621年的那次做得尤为彻底，被史家称为"621宗教大革新"，这些都有效地加强了民族统一的信仰基础。公元前586年，犹大为新巴比伦所灭，众民被掳至异邦，沦为"巴比伦俘囚"的犹大人表现出异乎寻常的民族凝聚力，共同的宗教信仰和对大卫王室所象征的独立的民族国家的怀念，无疑是形成这一凝聚力的两个最重要的因素。产生于这一时期的诗篇第137首充分表达了他们的同仇敌忾和对故国家园的深沉思念，诗中言："我们曾在巴比伦的河边坐下，一想起锡安就哭了"，"耶路撒冷啊！我若忘记你，情愿我的右手忘记技巧"，"将要被灭的巴比伦城啊！报复你，像你待我们的，那人便为有福"。约50年后的波斯时期，犹大人获准回归耶路撒冷，尽管恢复大卫、所罗门盛世的愿望此后只能化作梦中无尽的期盼，但随着

"第二圣殿"的建立，作为民族文化之根的独一神信仰犹太教终于形成。在罗马帝国时期，当他们再一次失去生活于自己家园的权利时，正是这样一种民族文化，成为维系流散在世界各地犹太人的精神纽带，使他们避免了数百年前北国以色列同胞所遭到的命运。

与其他民族一样，古代以色列民族经历了由氏族部落阶段到君主制国家阶段的历史进程，但整个民族君主制的发展轨迹又带有自身鲜明的特点，这个民族发轫之初即已形成的特殊的宗教观念作为其社会生活中"更高地悬浮于空中的思想领域"[①]的重要部分，对其君主制的发展具有不容低估的影响。我们已经指出以色列民族信仰在几百年间并不是一成不变的，在古代迦南那样一个多元文化荟萃的人文环境中，以色列人固有的文化、包括宗教实践亦受到了不断地挑战，但作为一种观念形态存在的妥拉律法传统，对与其紧密结合在一起的王权思想的内在影响却一直持续下来。不过正如马克思所言："人们在自己生活的社会生产中发生一定的、必然的、不以他们的意志为转移的关系，即同他们的物质生产力的一定发展阶段相适合的生产关系。这些生产关系的总和构成社会的经济结构，即有法律的和政治的上层建筑竖立其上并有一定的社会意识形式与之相适应的现实基础。"[②]妥拉律法传统与有限君权思想的源远流长，归根结底是由古代以色列社会生产资料所有制的形式所决定的。

---

① 《马克思恩格斯选集》第四卷，人民出版社，1972年，第484页。
② 《马克思恩格斯选集》第二卷，人民出版社，1972年，第87页。

历史叙述、人物塑造与话语权力：
文化诗学观照下的扫罗与大卫王形象[①]

一、问题的提出

在东方各民族古代文学中，历史文学几乎无一例外是最发达的领域之一。且不说像《吉尔伽美什》、《摩诃婆罗多》、《罗摩衍那》、《王书》等典型的史诗类作品，即便是大量的古代故事，也无不具有历史与文学相融的品质。历史文学文本的存在依靠叙述，而叙述必然包含着作者（无论是明确的还是不明确的）对历史事件、历史人物的阐释，因此，对一个民族历史文学的研究必然要通过叙述文本的作者涉及这个民族的历史观问题。那么，以何种方法和理论视角观照历史文学进而立足当代学术文化语境与之展开"对话"，就是我们不得不面对的重要问题。

历史文学事实上可以分为两个大类，一类属于以历史为素材"创作"而成的文学作品；另一类则原本属于记史的文本，但却因其"诗性叙述方式"而同时具有了文学文本的品质。文学的特质在于虚构和想象，这对于任何一个文学研究者来说都是老生常谈，因此，对于前者没有讨论的必要。但是对于后者来说，情况就复杂多

[①] 本文原载《外国文学研究》2008年第5期。

了。这一类大量存在的记史性质的古代文本该不该从文学的角度去研究？在何种意义何种程度上可以将其视作文学文本予以分析和解读？如果从古代希伯来文学的范畴看，那就是如《约书亚记》、《士师记》、《撒母耳记》、《列王记》、《历代志》等等一类的经卷能否进入我们文学研究的视野的问题。倘若答案是否定的，那肯定并不符合文学史的实际，因为"文学"一词起初并不具有近代以来形式主义特征明显的界定，而毋宁说含有文献意义、不纯然以后世纯文学文体标准作为充足的条件。但是倘若说答案是肯定的，我们则有遭遇历史学家攻讦的危险：难道说以求真和鉴证为目的的历史叙述也像文学叙述一样具有虚构和想象的属性吗？历史就是历史，它怎么能和文学相通呢？

然而，在今天的学术语境下，我们起码可以找到历史与文学之间的一个可以通约之处，由此我们也可以找到深入历史文学的一个重要研究角度。詹姆逊曾说："历史本身在任何意义上不是一个本文，也不是主导本文或主导叙事，但我们只能了解以本文形式或叙事模式体现出来的历史，换句话说，我们只能通过预先的本文或叙事建构才能接触历史"。①这也就是说，历史只有通过叙事才能为我们所感知，然而，叙事本身必然包含着对历史的阐释。海登·怀特甚至认为，叙述对历史的"阐释至少以三种方式进入了历史修撰之中：美学的，认识论的和伦理的"。②对照《希伯来圣经》中的历史记载，这一看法无疑是正确的。从这个角度说，我们所面对的作为历史文学考察的记史文本，并不能以标榜自己的"客观性"来宣示与文学的截然对立。历史毕竟是叙述出来的历史，那种存在着一种

---

① 弗里德里克·詹姆逊：《马克思主义与历史主义》，见《新历史主义与文学批评》，北京大学出版社，1997年，第19页。

② 海登·怀特：历史中的阐释，陈永国、张万娟译，《后现代历史叙事学》，中国社会科学出版社，2003年，第93页。

本体论意义上的绝对真实的唯一的历史并不存在。记史文本中因大量主观因素的介入而造成的"诗性叙述"的特征，正揭示了历史与文学的相通，也正是历史文学研究得以展开的根本依据之一。由此给我们的一个符合逻辑的启示是，历史文学的研究必须既关注文本的结构形式、事件的叙述，也关注文本赖以产生的历史文化语境及其意识形态意义。

记事是一切历史文本的首要功能，而一切事件的施行都与某些人物联系在一起。考察记述者如何叙述特定事件与特定人物的关系，进而使我们解读出其丰富的历史文化意义，是我们切入历史文本进行文学透视的焦点。因此，笔者认为，是"事件"以及由"事件"构成的、并非总是能够保持内在连贯逻辑的"故事单元"，而不是"描绘"和"刻画"在此决定了人物形象的特征和意义。就《希伯来圣经》的历史文学研究而言，这是一个尤其重要的原则，因为在其文本的叙述中，我们通常既看不到清晰、连贯、首尾一致的故事线索，更很少见到对人物的外貌描绘和直接的心理刻画。这个特点，曾被某些《圣经》文学研究者从不同的角度所关注。美国学者T.包曼在谈到希伯来思想文化中的"时间观念"时说："事件的结果可以被改变，但是事件本身却从不会被改变。它们是一个民族的生活的永久贮藏。与不同事件之间性质的差异相比，过去与现在的区别并不那么重要。在对现在予以评估时，古代的一个决定性的事件能够与许多当下事件构成比照。"①以色列学者西蒙·巴埃弗拉特则干脆说："《圣经》叙述中没有对人物外貌进行清晰、详细的描绘。大多数的《圣经》人物长什么样子，根本连提都不提，只有少数例子对其外貌简要地描述一番，而且即使是在外貌描写的实例中，所

---

① Thorlieff Boman, *Hebrew Thought Compared with Greek*, Philadelphia: Westminster Press, 1954, pp. 138–139.

给的也不过是轻描淡写，并不提及什么具体特征。"①这些看法的确是正确的。

在《希伯来圣经》的历史叙述中，扫罗和大卫王的事迹是特别值得注意和分析的，使他们作为古代以色列民族君主形象得以确立的一系列"事件"和"故事单元"，不但在具体的文本叙述中揭示了两人不同的性格特点和形象特征，而且在不同文本叙述的变异中展现了他们在历史发展中截然不同的命运。在这一过程的背后，是不同叙事传统所代表的话语权力在发生作用，它反映的恰恰是古代以色列民族在不同时期历史观的冲突。

二、早期历史文本中关于扫罗和大卫王的叙述

扫罗是一个十分典型的悲剧人物。他的命运既是当时客观历史条件造成的，也是他的性格使然。根据《撒母耳记上》的叙述，扫罗作为以色列统一王国的初王，原本是"顺天应时"的不二人选，既是民族的需要，也是耶和华神的拣选。在王权出现前的士师时代，以色列是个松散的部落联盟。到士师时代末期，非利士人成为他们的心腹大患。面对异族咄咄逼人的进攻，以色列人涣散的部落联盟制度根本无法组织起有效的抵抗，情况最危急时，竟连最神圣的"约柜"都被敌人掳去。正是因应从游牧、半游牧的生活方式向农耕定居生活方式的转变，特别是为抵抗异族侵袭迫切形势的需要，以色列王权才应运而生。

扫罗做王不但履行了宗教程序——先知撒母耳以耶和华神的名义膏立他为王，而且完全按照自约书亚时代的传统，"掣签"得到了

---

① 西蒙·巴埃弗拉特:《圣经的叙事艺术》，李锋译，华东师范大学出版社，2006年，第43—44页。

各个支派百姓的认可:"于是撒母耳使以色列众支派近前来掣签,就掣出便雅悯支派来;又使便雅悯支派按着宗族近前来,就掣出玛特利族;从其中又掣出基士的儿子扫罗"(撒上10:20—21)。"他站在百姓中间,身体比众民高过一头。撒母耳对众民说:'你们看耶和华所拣选的人,众民中有可比他的吗?'众民就大声欢呼说:'愿王万岁!'"(撒上10:23—24)

扫罗对于新生的以色列王国无疑是做出了自己的重要贡献的,他的确是个没有辜负民众期望的忠勇之士。在《撒母耳记上》中,多次述说他浴血奋战的功绩:击败袭扰和残害百姓的亚扪人、非利士人、摩押人、以东人、琐巴诸王和亚玛力人,"他无论往何处去,都打败仇敌"(撒上14:47)。而且,他能够得到民众的拥戴:"扫罗遇见有能力的人或勇士,都招募了来跟随他"(撒上14:52)。特别值得后人纪念的是,为了保家卫国,他流尽了最后一滴血,和自己的三个儿子战死在同非利士人的战斗中。然而,扫罗尽管对外敌无愧于一个民族英雄的称号,对内却并不是个能够应付复杂政治环境的国王。扫罗的性格特征是鲁莽、冲动、有勇而无谋,心胸狭隘、优柔多疑,还患得患失。他似乎从未很好地明白一个国王和一个士师的区别。立国之前的士师们最主要的作用是带兵打仗,而扫罗好像也认为,只要自己奋勇杀敌,就算完成了国王的使命。对以色列社会的基本状况、影响自己当政的各种因素、如何化解内部矛盾为我所用,说到底,也就是如何有效地巩固王权,他都没有认真考虑过。换言之,作为一个忠勇的战士和英雄,他是成功的;作为一个国王,他缺少足够的能力。

首先,他不能处理好与代表宗教权力的撒母耳的关系,使自己失去了后者的支持。我们检视有关扫罗"得罪"撒母耳的叙述时,发现全部都与违犯有关掳物和献祭要求有关。一次是因为战事紧急,扫罗聚集起百姓要攻击敌人,战事发动前要等撒母耳献祭,但后者迟到，扫罗便自行献祭。第二次是因为扫罗战胜亚玛力人后，没有按照撒母耳所说的，灭尽所有人和牲畜，而是怜悯亚玛利人的王以及上好的牲畜，只杀了其他的亚玛利百姓和瘦弱的牲畜。结果"撒母耳直到死的日子，再没有见扫罗"（撒上15：35），更严重的是，他在扫罗依然为王的时候，又膏立了犹大支派的大卫。分析扫罗的两次违命，并非没有原因，但问题的关键在于，扫罗心中不但认同百姓的这种想法，而且确实没有理解到作为耶和华代言人的撒母耳拥有怎样的力量。正如他对撒母耳说的那样，耶和华是"你的神"，而没有说是"我的神"。扫罗的做法，是把王权与神权置于了一种对立的状态，而后者显然是希望能控制前者，让扫罗无条件听命于自己。尽管我们从文本中看到，撒母耳和扫罗的关系是前者高高在上，后者在口头上谦恭顺服，但扫罗不愿被撒母耳控制的心理却在他的行动中显露无遗。王权与神权的紧张关系在撒母耳想要膏立大卫时的话语中得到最明显的表达：当耶和华要撒母耳去做这件事时，撒母耳居然回答说："我怎能去呢？扫罗若听见，必要杀我"（撒上16：2）。在古代以色列，宗教对百姓有着巨大的影响力。扫罗作王，原本就是通过撒母耳的"膏立"获得了"君权神授"的合法性，失去这层"合法"的色彩，对一个统治着松散的部落联盟、根基并不稳固的国王来说，实在是致命的。

其次，扫罗也未能有效地控制各支派的部族势力，显示出他的"治国之道"没有脱离士师时代的水平。以色列民族的传统的确是注重各个支派的独立性的，但是这并不等于说一个国王在现实政治结构中可以没有权威。如果他的意志可以被民众轻易推翻，这不但显露了他个人性格的软弱无力，而且表明他领导下的王国依旧和士师时代一样，并没有形成一个紧密团结的民族共同体。在《撒母耳记上》第14章里，恰恰就记载了这样一个事例：扫罗与非利士人争战时，命令百姓在晚上杀敌之前不要进食。他的儿子约拿单不知道这个命令，吃了林中的野蜜，饥饿的百姓也吃了从非利士人那里夺来的牲畜。扫罗于是要治罪于约拿单，但是百姓却因约拿单打了胜仗，毫不客气地否决了国王的旨意："百姓对扫罗说：'约拿单在以色列人中这样大行拯救，岂可使他死呢？断乎不可！我们指着永生的耶和华起誓，连他的一根头发也不可落地，因为他今日与神一同做事。'于是百姓救约拿单免了死亡"（撒上14：45）。

再次，从《撒母耳记上》中叙述的对待大卫的态度上，同样可以看出扫罗的失策与性格缺陷。大卫进入扫罗视野中的时候，还是个少年人。其后他的身份逐渐发生变化，由为扫罗弹琴的"驱魔者"到成为击杀非利士巨人哥利亚的勇士，由扫罗的女婿再到扫罗必欲追杀的逃亡者。在这个过程中，可以清楚地看出扫罗内心态度的变化，也暴露了他内心深处的真正意图：

> 大卫到了扫罗那里，就是侍立在扫罗面前。扫罗甚喜爱他，他就作了扫罗拿兵器的人（撒上16：21）。大卫打死了非利士人，同众人回来的时候，妇女们从以色列各城里出来，欢欢喜喜，打鼓击磬，歌唱跳舞，迎接扫罗王。众妇女舞蹈唱和，说："扫罗杀死千千，大卫杀死万万。"扫罗甚发怒，不喜悦这话，就说："将万万归大卫，千千归我，只剩下王位没有给他了。"从这日起，扫罗就怒视大卫（撒上18：6—9）。

扫罗并非没有笼络大卫的想法，但他害怕大卫威胁王位的心理是如此之强烈，以至于他患得患失、反复无常的行为逼使大卫不得不一再逃亡。例如他曾经把自己的大女儿米拉许给大卫为妻，但又反悔将米拉给了别人；随后他又把次女米甲给了大卫，目的却是以此"做他的网罗，好藉非利士人的手害他"（撒上18：21）。事与愿违的是，他的女儿米甲和他的儿子约拿单都深爱大卫，与他离心离德，每当扫罗要陷害大卫之时，他们都帮助大卫逃离险境。

至此，我们可以从《撒母耳记上》的叙述中清楚地看出，与扫罗相关的各种关系中，无论对内还是对外，没有一种与扫罗的意志是完全一致的。因此，扫罗最终的悲剧结局是必然的。

以色列统一王国第二位国王大卫，成为后世以色列民族记忆中最伟大和英明的君主，不但在这个民族的古代历史中如此，直到今日，也是犹太人关于民族传统最辉煌的象征。他的故事、他的形象被一再复述和描摹。的确，大卫是个能够审时度势的成功的政治家和军事家，君主制作为国家政体真正被确立就始于他统治时期。事实上，大卫最初面对的内外形势与扫罗并无不同，但大卫与扫罗的根本不同在于，他是一位真正"有为"的强人，不是客观环境制约了大卫，而是大卫控制了各种因素并成功地实现了个人意志。

与扫罗称王过程不同的是，尽管也有撒母耳膏立的记载，但他主要是通过武装夺取政权的道路登上王位的。大卫先在南部得到承认，其后又迫使北方各支派接受他为王。而且，这个结果是在初与扫罗斗智斗勇，扫罗死后，又与扫罗王室相争的过程中实现的。在扫罗依然作王时，大卫已经啸聚山林，有了自己的武装，而从他所活动的区域看，都是他本族所在的南部犹大地区，十分聪明地避开了扫罗王室主要活动的北方。大卫还将战利品分送犹大各地的长老，以获得部族势力的支持。尽管我们并没有看到大卫称王前后与扫罗王室开战的直接记录，相反，看到的恰恰是大卫如何不与扫罗计较，两次放过夺取扫罗性命的机会，还处死谋杀扫罗之子伊施波设的将军，但"扫罗家和大卫家争战许久，大卫家日见强盛，扫罗家日见衰弱"（撒下3：1）的记录却透露出实际情况远非如此简单。大卫避开扫罗王室锋芒的举动应该被视为他出色谋略的一部分。当大卫成为全以色列统一王国的国王后，一系列的政策更是证明了他非凡的战略眼光和文韬武略。大卫在抵御外敌的战争中无疑是远比扫罗成功的,他完全解决了外患,并且开疆拓土,征服了一系列异族,这在《撒母耳记下》第8章和第10章有清楚的记载,但是,大卫善于谋略的性格特征主要还是在他治理国家的各种措施中显现出来的。《撒母耳记下》第5章到第21章的相关描述,告诉我们他从四个方面采取了一系列重大步骤:

大卫首先是攻取了耶路撒冷并筑城作为王国首都,提高它在全国的地位,以使政令集中。

随后,他大张旗鼓地将"约柜"迎入耶路撒冷,使首都成为全国性的宗教中心,既加强了各地百姓的凝聚力,又避免了宗教中心与政治中心争权的危险。

他设立百官,健全政府机构,给诸王子以特权,以增强王族势力。大卫控制了宗教管理权。他设双祭司长职位,但又将其列入廷臣之内,实际上是置教权于王权之下。双祭司长的设置是大卫的"独创",对照此前和此后的以色列民族宗教文化传统,从未见到过如此的设置。大卫由此利用两人的矛盾达到制衡宗教势力的目的。他还使政权机构中的官吏成为向国王负责的"命官",原有的以氏族部落血缘为纽带的长老权力统治结构开始受到挑战。

大卫对待扫罗王室残余势力的手段不可谓不高超。他留下了约拿单的儿子、扫罗的瘸腿孙子米非波设,还叫他与自己"同席吃饭"(不得离开耶路撒冷),但却假基遍人之手,清除了扫罗所有其他的子孙。

以色列的早期历史在记录了大卫的文功武治的同时,并没有对他性格的弱点和一生中的"劣迹"保持沉默,一个特定历史条件下的君王的残忍同样被记述下来。

早年的大卫贪恋女色,作为国王,宫中妻妾成群,却还为了占有女子拔示巴而杀害她正在前线打仗的丈夫赫人乌利亚。他的蛮横和歹毒在此过程中被不动声色地描述出来:大卫傍晚在王宫平顶上散步,看到正在沐浴的美貌女子拔示巴。在问清楚她是有夫之妇后,依然将她接入宫中同房。后者怀孕后大卫将乌利亚从前线招回,企图掩盖自己的丑行,但刚直的乌利亚却因战事未完结而拒绝回家。大卫于是让乌利亚带信给元帅约押,信中命令将乌利亚派往最危险之地。乌利亚在毫不知情的情况下战死,拔示巴也成了大卫的正式妃嫔。

晚年时大卫不时显露出昏聩的一面,记史者难得地表现了大卫晚年时面对亲情、权力时的矛盾心态,传递出一种英雄迟暮的悲凉。大卫最宠爱的儿子之一押沙龙的叛乱,是其晚年、也可以说是其一世英雄生涯里所面临的最大挑战。但是,押沙龙野心膨胀的过程,却是与大卫有着直接关系的。大卫有众多的儿女,随着他的老迈,夺位之争必然显现,而押沙龙就是其中最有心计的一个。他在宫廷内外结党营私,用尽一切手段拉拢人心,篡位之心昭然若揭,但宠爱他的大卫对此毫无警惕。直至押沙龙羽翼丰满,要求大卫允许自己去希伯仑,大卫还在说:"你平平安安的去吧!"(撒下15:9)大卫大概忘记了,自己当年就是首先在希伯仑称王的。果然,押沙龙在希伯仑聚集起自己的人马,杀向首都。大卫仓皇逃出,狼狈不堪:"大卫蒙头赤脚上橄榄山,一面上一面哭。跟随他的人也都蒙头哭着上去"(撒下15:30)。即便如此,当大卫的军队与叛军决战前,他仍然叮嘱将士们要宽待反叛的儿子。押沙龙兵败被杀,大卫听到后哀哭不止:"我儿押沙龙啊!我儿,我儿押沙龙啊!我恨不得替你死,押沙龙啊!我儿,我儿!"(撒下18:33)大卫的哭诉真是情真意切,全然忘记了几个时辰前自己的身家性命几乎不保,以至于他的元帅约押气愤地对他说:"你今日使你一切仆人脸面惭愧了。他们今日救了你的性命,和你儿女妻妾的性命。你却爱那恨你的人,恨那爱你的人。你今日明明地不以将帅、仆人为念。我今日看明,若押沙龙活着,我们都死亡,你就喜悦了"(撒下19:5—6)。

的确，大卫的表现可以用失魂落魄来形容，这与早年那个睥睨天下的大卫简直判若两人。

老年的大卫被病痛折磨，很少过问朝政。传位之事久拖不决，促使又一个儿子亚多尼雅再起觊觎之心，大卫仍然毫不知情。只是由于拥戴所罗门一派的努力促使他最后当机立断，才挫败了又一场宫廷政变的阴谋，使他与拔士巴所生的所罗门登上了王位。也许可以说大卫的晚年是被父子亲情蒙蔽了眼睛，但是作为一个国王，因为不能解决好即位问题而导致国家陷于危亡之境，不能不说是他的一个重大失误。然而大卫毕竟是一个深谋远虑的政治家，在最终把王位传给所罗门后，他遗命让儿子杀死为自己征战一生的老元帅约押和出自与扫罗同宗派的长老示每。表面看，两者该被处死都有各自的理由，但实际上是为了新王所罗门王位的稳固。

大卫晚期所面临的环境不可谓不险恶，但最终均被他一一化解，而且王位顺利传给了他希望授予的儿子所罗门，保证了身后大卫王朝数百年的统治。我们在总结他与各种错综复杂的关系时，从中可以看出，与扫罗被各种势力所制约相反，大卫才是与王权相关的各种功能关系中的主导者，他的意志在对外征服和对内执政过程中得到了充分的实现。

三、晚期历史文本中关于扫罗与大卫王的叙述及不同历史文本的叙述传统

对《撒母耳记》和《列王记》中两位国王事迹的考察，给我们树立起两个血肉丰满的君主形象。然而耐人寻味的是，当我们阅读作为晚期历史书卷的《历代志》时，他们的形象却发生了重要的变化，这种变化主要表现在增加和删减相关记录两个方面。

明显与对大卫评价直接相关、同时可以看出作者意图的是，《历

代志》的作者增加了对大卫预备建造圣殿之事的详细记录。在《撒母耳记下》中说，大卫想建殿的想法被耶和华阻拦（撒下 7：1—7），于是，大卫当政期间，再未提到过任何关于建殿之事。然而，到了《历代志上》中，大卫预备建殿却成了作者描写的大卫一生功绩的中心活动之一。作者不但用了第 22、28 和 29 三章的篇幅叙述大卫准备建殿的事情，而且细致入微地描述大卫如何准备各种建筑材料、金银、宝石和铜，甚至于"将殿的游廊、旁屋、府库、楼房、内殿和施恩所的样式，指示他的儿子所罗门。"（代上 28：11）。如此一来，在以色列历史上真正建造了圣殿的所罗门王竟完全成了大卫意志的执行者。

大卫形象发生改变的第二个重要方面是，《历代志》的作者完全删除了大卫一生中道德上最重要的劣迹——私通拔士巴、谋杀乌利亚和政治上最危急、失败的事件——押沙龙叛乱以及亚多尼雅叛乱；与此连带的是，作者还删除了大卫传位所罗门时要儿子诛杀元帅约押和长老示每的遗命，甚至大卫早年同意杀掉扫罗王族七个子孙的描写也被勾销。

与此相反，扫罗的地位在《历代志》作者的笔下一落千丈。与这位以色列民族历史上第一位统治全国十二个支派的国王有关的篇幅，只有区区两个小小的段落（历代志上 8：33—40 和 10），更令人诧异的是，前一个段落不过只是扫罗的一个家谱，后一个段落是叙述扫罗如何被非利士人打败、死亡的简短过程。而且，作者还紧接着扫罗之死的叙述加上了一句自己的评语："这样，扫罗死了，因为他干犯耶和华，没有遵守耶和华的命，又因他求问交鬼的妇人，没有求问耶和华，所以耶和华使他被杀，把国归于耶西的儿子大卫"（代上 10：13—14）。《撒母耳记》中扫罗征战胜利的所有内容在这里只字不提，似乎扫罗天生就是个只会打败仗的一无是处之辈，而大卫则是一个毫无瑕疵的完美的君王形象。

同一民族的历史文本中，扫罗和大卫的形象竟然如此不同，《历代志》作者的双重标准和对两位国王的褒贬态度又是如此的鲜明，我们不禁要问，为什么会出现这种情况？在笔者看来，这里牵涉两个重要问题：涉及这两种形象的叙述内容属于何种叙述传统以及不同经卷编纂者的意图。

首先，根据对《撒母耳记》、《列王记》和《历代志》文本的叙述构成来看，它们体现出了不同叙述传统的特征，这些传统所持的对历史人物的评价观点不但不尽相同，有时甚至相距甚远。①古代以色列民族的历史叙述传统从大的方面看包括部族传统、耶路撒冷—南国传统、北国传统、"申命派"传统和祭司传统。与扫罗和大卫形象有关的叙述，主要是除北国传统之外的其他四种叙述传统。②《希伯来圣经》告诉我们，在大卫王当政时期才设立了宫廷史官。在此之前，历史上的人物和事件都处在口头传说和各支派（部落）民间存录阶段。这个时期由于国家观念尚未形成，历史叙述保留了适应当时人们认识水平的原初面貌，存在于《撒母耳记》中有关以色列民族国家建立和扫罗短暂称王以及大卫如何获取王位的记录，其原始资料都应该属于这个叙述传统。耶路撒冷是以色列统一王国时期大卫与所罗门当政时的首都，也是分国后南国犹大的首都。大卫和所罗门父子执政时期这里作为全国的政治、文化和宗教中心无疑也是国家历史档案的汇聚中心和修史中心。《撒母耳记》和《列王记》中从大卫称王直到去世这一阶段的事迹叙述，其资料来源主要属于耶路撒冷—南国犹大传统。《撒母耳记》和《列王记》（均包括上下卷）

---

① 这些文本资料构成的复杂情况，可参阅拙著《古代以色列历史文献、历史框架、历史观念研究》中有关古代以色列历史文献文本构成资料分析的章节（北京大学出版社2004年）。

② 北国传统指统一王国分裂后，与南方犹大王国比邻存在的北方以色列王国对本国历史的记录传统。

不但在内容上是一个连续的整体，而且成书时间都在公元前6世纪初期到公元前538年犹大遗民回归之间这段时期，也就是"巴比伦俘囚"时期。它们最后的完成者是被称作"申命派"的史家。"申命派"传统来自于秉持《申命记》观点的历史编纂者，强调信仰与道德的合一是其鲜明的特点。尽管"申命派"史家经常在经卷中评判历史事件和人物，但仍然保留了前两种传统的叙述资料，他们是民族历史的整理、编辑者，不时也会在原有的资料基础上加添某些自己的叙述，但却不是完全的创作者。公元前6世纪末，犹大遗民自巴比伦回归耶路撒冷后的第二圣殿时期，祭司阶层成为统治者。《历代志》是在这之后，经过了以斯拉、尼西米宗教改革后两代人左右的时间，约在公元前350年左右编写完成的。因此，《历代志》属于祭司观念传统强烈影响下的产物。

其次，犹大遗民回归耶路撒冷是以色列民族史上的一个重要分水岭，以此为标志，历史观念发生了重大的变化，正是在这个意义上，《撒母耳记》和《列王记》才被称作"早期历史书卷"，而《历代志》则被称作"晚期历史书卷"。反映在对历史事件的编纂和历史发展的叙述上，笔者认为前者体现了"秉笔直书"的叙述原则，而后者则有意识地采取了"选择性书写"的叙述原则。

在以色列民族古老的传统文化中，王权并不是至高无上的。这首先是因为全体以色列百姓都是耶和华神的选民，耶和华与以色列之间所订立的"圣约"是全民之约，而非与民族领袖之间的个人之约。再者，以色列社会出现王权被理解为耶和华神基于百姓现实需要的一种"宽容"，至高的权力属于耶和华，只有耶和华才是"大君王"。国王固然出于神的拣选，但却决不具备超越于百姓和尘世的神圣性。他必须和百姓一样敬畏耶和华，并为自己的过错承担责任。因此，我们在《撒母耳记》和《列王记》中，看到的是充满了个人喜怒哀乐和人性的弱点，既是百姓和国家领袖又是普通人的扫罗和大卫王的形象。扫罗和大卫对民族的功绩固然被记叙下来，但他们的斑斑"劣迹"同样没有因"为尊者讳"而被抹去。

然而回归之后，在祭司阶层领导下的民族共同体的现实需求却"修正"了上述历史观念，把"圣化"民族历史的渴望和对"弥赛亚"国度的热忱贯穿进了《历代志》这部重新编写的民族历史之中。重新生活在祖先土地上的犹大遗民和他们的后代在总结历史经验时，一方面认为亡国之痛是由于百姓悖逆耶和华而陷入罪中遭到惩罚的结果，另一方面认为北国百姓被异族同化、南国犹大遗民成功回归故土的不同遭际，充分说明前者因不知悔改而遭到耶和华的彻底抛弃，后者则因在流放地始终坚守信仰、真心悔悟而得到神的重新眷顾，耶和华兴起的拯救者"弥赛亚"正降临到自己的中间。回顾祖先的历史，大卫及其儿子所罗门王时代是最辉煌的时期。因此，正如从巴比伦回归、重建耶路撒冷圣殿的壮举是在大卫王族的后裔所罗巴伯领导下实现所昭示的，由耶和华亲自拣选、具有救百姓于水火之中的大能的"弥赛亚"必然出自大卫的苗裔。如果我们比较一下《列王记》和《历代志》的整体叙述结构就会发现，所罗门王之后南北分国的数百年历史，前者分别都有详细的记叙，而后者则几乎完全删除了北国的历史而采取了独记南国历史的极端做法。正是在这样的观念支配下，出自北方支派的扫罗王的历史功绩被一笔抹杀，甚至他为国家抵御异族侵略而战死的壮举都被解释为"因为他干犯耶和华"，大卫取而代之也是因为耶和华"把国归于耶西的儿子大卫"。出自南方犹大支派的大卫的王权才是"合法的"，因为他得到了耶和华的祝福；扫罗被视作北方诸支派的象征，他的统治由"合法"变为"不合法"，又怎么配与拥有"弥赛亚"品格的大卫相提并论？毫无疑问，贬抑扫罗而褒扬大卫属于《历代志》圣化民族历史意图最重要的体现之一。如此，我们才能理解为什么早期和晚期的历史叙述会呈现出两种不同特征的扫罗和大卫形象。

美国学者丹尼斯·朗曾经指出,"权力是某些人对他人产生预期效果的能力"。①英国社会学家安东尼·吉登斯则认为,权力是一种"改造能力",而且"这种能力是指能够对一系列既定的事件进行干预以至于通过某种方式来改变它们"。②话语权力也是一种重要的权力,在这种权力之下我们的确看到了对既定事件的干预和改变,并由此造成了人物形象的改变和对人物的不同评价,而其目的显然是为了影响回归后的民族共同体的现实生活。由《撒母耳记》、《列王记》到《历代志》,实际上就是一个话语叙述权力的转变过程。具体来说,历史叙述的权力由尊崇民族传统历史观的"史家"转移到了要圣化民族历史的祭司、文士手中。美国《希伯来圣经》学者马克·茨维·布莱特勒在谈论西方学界对《历代志》作者的看法时甚至说:"近来,相当多的研究强调,《历代志》的作者是一个神学家而非历史学家。"③"秉笔直书"和"选择性书写"当然是两种截然不同的叙述历史的方式。在"历史家"的笔下,扫罗悲剧性的形象完全符合王权初立时以色列民族的实际历史状况:王权的发端不是由于哪一个支派强大,以武力征服别的支派的方式,而是以各部落首领协商的方式和平实现的,通过宗教领袖以圣油"膏立"的形式,获取了"合法性"。因此,无论是氏族部落长老的世俗权力还是宗教领袖的精神权力必然会对早期的王权起到制衡的作用。扫罗富于勇力而疏于谋略的性格特征,使他无法有效地实现个人意志。他的确远远逊色于雄才大略、能够突破各种势力钳制而实现个人意志

---

① Dennis H. Wrong, *Power: Its Forms, Bases, and Uses*, New York: Harper and Row Publishers, 1979, p. 2.

② 安东尼·吉登斯:《民族—国家与暴力》,胡宗泽、赵力涛译,北京三联书店,1998年,第7页。

③ Marc Zvi Brettler, *The Creation of History in Ancient Israel*. London and New York: Routledge, 1995, p. 23.

的大卫，但他的历史功绩仍然实事求是地得到了书写，甚至连大卫对此都是肯定的。①大卫的历史功过在历史学家的叙述中同样得到了真实的体现，他作为政治家的智慧、军事家的勇猛，和他作为一个父亲的柔情、一个统治者的残酷也在一系列的事件中得到清晰的表现。他们的形象血肉丰满，性格鲜明，与特定的历史环境相一致，因而是真实可信的。而在"神学家"的笔下，"选择性书写"的方式为大卫的形象只预设了两个最鲜明的特征：对耶和华的虔敬和无往而不胜。前一个目的通过一方面直接搬用《撒母耳记上》中迎约柜入耶路撒冷的叙述，另一方面通过铺陈大卫为建圣殿的大量准备工作来实现；后一个目的则通过细致描写大卫的文治武功来表达。这两者之间隐含的内在逻辑是，因为大卫的虔敬，所以他在耶和华神的佑护下无往而不胜。扫罗则成了完全的"失语者"，他在《历代志》中的"惊鸿一瞥"，不过是为了以他"干犯耶和华"的不虔敬和军事上的失败来反衬大卫的上述两个特征而已。

《历代志》对大卫形象的"再塑造"在特定的意义上说是"成功"的，因为"虔敬、无往而不胜"的大卫王的确成为后世犹太民族文化中被不断复制的一个符号，承载了去国怀乡的犹太人无数的梦想。当《希伯来圣经》成为基督教的《旧约》后，具有如此符号化特征的大卫王的形象有了更广泛的文化空间。在基督教文学中，从中世纪以降，英雄人物的叙事同"信仰与得胜"的母题常常水乳交融在一起，将英雄的辉煌功绩与上帝的荣耀合二为一。这一叙述模式可谓影响深远，至今不绝如缕。然而正如我们所分析的那样，大卫的这一形象，是特定时期的特殊权力话语主导了历史叙述的结果。

---

① 参见《撒母耳记下》1：17—27 大卫听到扫罗和约拿单战死消息后的"哀歌"，大卫称他们为以色列的"尊荣者"和"大英雄"。

正如卡尔·波普尔所说:"不可能有一部'真正如实表现过去'的历史,只能有各种历史的解释,而且没有一种解释是最后的解释,因此每一代人有权利去做出自己的解释。"①的确,历史叙述是一种解释,它必然包含有叙述者对事件的分析、判断和叙述者对历史人物的态度,正是这种必然包含着解释的历史叙述才使得文化诗学的有效性得以成立。但笔者仍然认为,这并不应该把我们导向绝对的历史虚无主义中去。在历史文学的研究中,历史维度的标识是不能被取消的。对笔者来说,《撒母耳记》和《列王记》中的扫罗与大卫的形象要比《历代志》中他们的形象更贴近于历史的本来面目,也更具有文学的审美意味。

---

① 卡尔·波普尔:《公开社会及其敌人》,转引自朱立元主编:《当代西方文艺理论》,华中师范大学出版社,1997年,第394页。

文本的结构与《圣经》的文学阐释①

——以《约伯记》的复调式文本结构分析为例

《圣经》被作为文学来研究，或者说从文学的角度进入《圣经》由来已久。虽然通常把《圣经》的文学解读看作是将其从宗教神学框架中解放出来的明证，但是，笔者坚持认为，如果游离了文本的道德承载，游离了宗教文本本身对于信仰和价值追求的宗旨，那么关于《圣经》文本的任何阐释不过是表面的甚至是带有游戏特征的。从另一方面说，对《圣经》文本的文学讨论显然有别于神学讨论的理路，换言之，其重点在于一种有效的《圣经》文学解读必须考虑到其本身特有的内容和思想是如何以诗学的方式被构建和表现的。本文中，我们试图追问，从分析《圣经》文本的文学形式入手是否能够进入到希伯来文化的思想体系中，或者说是否可以得出某些只分析内容而无法得到的思想维度。在此，我们以《约伯记》为例探讨这一问题。

选择《约伯记》作为样本并非任意为之，首先，在《希伯来圣经》中，《箴言》、《约伯记》与《传道书》构成了人们通常称为的"智慧书"或是"智慧文学"。从表面看，无论文体或主题，智慧书都与律法书、历史书及先知书不同。律法书说明神与人立约，奠定神救赎计划开展的方式。历史书和先知书，是把神学与历史融合在

---

① 本文原载《东方丛刊》2007年第3期。

一起，将以色列的发展和盼望与神的救赎计划结合起来。而"智慧书"则讨论处世伦理和人生的体验与反省，在《希伯来圣经》的分类中，它是"圣录"的组成部分。如果说律法书和历史书与先知书都有一个宏大的叙事主题，那么智慧文学则更具有个体化书写的特征，是人在经验人士基础上的反思。其二，至少在国内，《约伯记》不仅是最具争议性的《圣经》文本之一，而且，对它的内容和主题分析几乎多是认为表达了人权对神权的抗争。其三，我们不得不承认《约伯记》不但是一个犹太智者对于智慧及信仰的思索，同时它又是对于传统希伯来智慧的追问和质疑，在这个坚定的信仰和同样坚定的质疑中存在着巨大的张力，使得《约伯记》具有极大的文学解读空间和挑战性。

即使我们接纳国际学术界近乎统一的看法，即，以利户的发言（包括介绍以利户出场的部分）[1]是在《约伯记》主体部分成书后加进去的，我们也必须承认那个所谓的主体部分中至少存在着四个异质的部分——散文部分、[2]智慧对话、[3]智慧诗[4]和约伯最终的发言[5]与上帝的回答[6]——这四个部分无论在文体风格、思想内涵，甚至价值取向上都存在着明显的差异。这一文本结构问题迫使我们追问：这个人，无论他是作者还是编修者抑或是其他什么人，为什么会以如此"笨拙的"方式将这些部分并置在一起？即便我们可以接受这种说法，即，作者希望创作一首堂皇的诗歌来否定古老的福报教义。他找到一个古老的故事，这个故事恰好满足了这个条件，所以

---

[1] 《约伯记》32：1—60。
[2] 同上，1—2，42：7—17。
[3] 同上，3：1—27：23。
[4] 同上，28章。
[5] 同上，29—31章。
[6] 同上，38—41章。

将这个故事搬过来,并试图融入到他的诗歌中。但是,我们也无法相信这个显然是很有天赋的作者会干这种"荒唐的"事情——一部公之于众的文本中竟然包含着三种完全不同的教导,而第三种与第二种完全矛盾,第一种却看起来和两者毫无关系。[1]那么,究竟怎样可以给这种文本构造一个符合逻辑的解释呢?我们认为,对任何古老文献的解读必须要将其置于文本产生的具体历史文化和当今学术文化的双重语境之下。《约伯记》出现于以色列民族史上的巴比伦流放时期,那是一个绝对价值被削弱、主流价值被怀疑的时代,我们认为作者是有意并置那些体现着不同世界观、不同审美意图以及不同价值结构的文体来探讨虔诚的本质、无辜受难以及对智慧的探索等一系列相互关联母题的问题,从而将《约伯记》文本构造成一个复调文本。国外学者并非没有人模糊地提出过类似的观点,[2]但是,就笔者目力所及,在他们引入复调文本这一文本结构模式的同时,也将《约伯记》囚禁在对话价值这一巴赫金认定的作为复调文本必然拥有的价值取向中。但是笔者以为,巴赫金的对话理论并不完全适用于《约伯记》文本构成与价值表达的实际,因此,我们对《约伯记》复调文本的解读更倾向于昆德拉关于音乐性复调的阐释。音乐性复调(文体性复调)在昆德拉看来是那种体现在小说整体布局上的试图把诸种不同要素(诗歌、叙事、评论、报道、随笔、格言等)真正相衔接成为一个和谐整体的努力,对此用他自己的话说就是:"将哲学、叙述和梦幻联成同一种音乐。"[3]这种复调要处理的不是陀

---

[1] 参 Karl Kautzseh, *Book of Job*, tr. by T. Hallett, Eisenbrauns, 1997, p.80.

[2] Barbara Green, *Mikhail Bakhtin and Biblical Scholarship: An Introduction*. p.80, Society of Biblical Literature, 2000.

[3] 米兰·昆德拉《小说的艺术》,董强译,上海译文出版社,2004年,第89页。另参李凤亮:《文体的复调与变奏—对米兰·昆德拉"复调小说"的一种解读》,《西南师范大学学报》2004年第2期。

思妥耶夫斯基式的代表不同思想的语言,而是来自不同文体的多元的语言。这种复调的创作动力来自于对形式的追求,具体来说,在于重视不同线索和话语的美妙交织所构成的形式感和音乐感、不同内容的出人意料的相邻位置造成的魅力、不同的思想和情调交织时的反差,以及由此带来的结构上的意义因素。众所周知,文体不但是一种修辞策略,它还与真理的言说密切相关。作为一种交流方式,文体是一种社会现象,是一套介于创造和阅读之间的通约。文体拥有规范处境、控制视角以及赋予审美形态的能力,所以它成为了道德指涉赖以憩居的居所。①从读者的观点来看,文体表现出一种阅读体验的互文性,我们总是参照其他文本来阅读一个文本,我们会比较不同文本的相似和差异之处,在已有的阅读经验中判断何者相似而何者不同并建立我们自己对于文本的期待。

引入昆德拉对于音乐性复调论述使得我们摆脱了必须将《约伯记》囚禁在本不与复调文本直接相关的对话价值中的危险,并且,读者可以在下面的分析中看到,《约伯记》不但并置了四类文体而且并置了三种价值取向,对话价值不过是其中之一。

一

《约伯记》的复调作者以一种说教性的散文风格开头并不仅仅因为它是叙述性的形式,而且还因为它是一个典型的独白文体。

说教散文这一文体本身中存在着一种根深蒂固的张力,那就是,它是叙述,而叙述是发生的,所以伦理反思是从故事讲述的关系开始的。在故事讲述中,讲述者不断将责任传递给读者,因为在

---

① 参《巴赫金全集》第二卷,李辉凡、张捷等译,石家庄:河北教育出版社,1998年,第288—291页,另参见申丹:《叙述学与小说文体学研究》,北京:北京大学出版社,2004年。

提交这个故事的过程中，读者变成可应答的了。在追问意义之前，与读者相遇的主人公和叙述者已经开始向读者提出了它的道德主张。沿着勒维纳斯的理路，故事的主人公是以"面孔"面对读者的。一个面孔去讲述另一个面孔，这本身即已构成了侵犯。尽管读者不会打断故事，但是读者却成为一个见证人，它至少要担负起作为一个见证人的责任。

在散文故事中，关注中心在主人公身上，叙述者并没有使我们的注意力放在那些褒扬约伯性格的词语上。只在这里就存在着一个伦理焦虑，因为叙述者对约伯的关系是完全超越性的。叙述者将约伯当作一个例子，他需要约伯成为一个性格可以被固定、被总结或者说用巴赫金的表述来讲"完成了的"形象。叙述者要求读者加入对约伯的观察中。这样，约伯成为一道景观，当叙述者将约伯放在舞台上时，读者就成为了观众。约伯作为一个景观的地位不仅仅是使得故事可以开场的叙事策略，也是这个故事固有的伦理关系所决定的。神关于约伯的第一句话也是将他抛掷到一个景观的地位上，神对撒旦说："你曾用心查看我的仆人约伯了没有？地上再没有人像他完全正直，敬畏神，远离恶事。"[①]他只是一个被神评说的客体。神的话是在褒扬约伯，但是，正如叙述者那样，神归纳了约伯，这里已经包含了"不公平"的成分，因为即使他说的是正确的，约伯也不过是他言说的一个作为范例的客体。尽管表面看来，撒旦确实将约伯看作一个更为复杂的主体，但是他的操作依旧对于约伯的主体性有所减损，因为他事实上也是在阐释约伯，他声称他已经知道"约伯自己也不知道他会怎样"。无论是神还是撒旦都试图去叙述约伯。它们的区别仅仅在于他们截然不同的观点。他们同等程度地肯定他们了解约伯，所以他们可以简单地用一句话来概括约伯。约伯

---

① 《约伯记》1：8.

的灾难已经出现在试图去定义他的"侵犯"中。[①]这种"侵犯"还有其他相关的起源。说教文体包含着一种一元真理的过度发展的激情。这种激情在文本的操作层面是以叙述需要出现的。一旦这个怀疑指向约伯,这个怀疑就必须要解决。在这样一个故事的规范内,我们无法想象在听到撒旦对约伯道德性格的反驳后,神会回答:"我不认为你是正确的,不过,我想我们永远也不会知道约伯会怎么样。"因为这种叙述迫切要建立关于一个人的真理。它允许任何事情发生。故事讲述者成功地把这种企望传达给了读者,所以读者一起对约伯施以了暴力。那些继续阅读并企图在《约伯记》中找出伦理关系的读者根本无异于与神一起说:"他在你手中。"[②]所以,对约伯言说的场景对包括我们所有人在内的人而言都带上了一种偷窥的品质。神观察约伯,撒旦观察约伯,读者也在观察约伯。这个故事邀请我们进入的观察是一种客观的观察。我们被鼓励去看他会做什么,他会说什么。这种关注恰恰是理解性同情的反面,在此,这一文体所反应的伦理取向和内容要言说的伦理产生了奇妙的契合,叙述者、神、撒旦和读者作为权力的占有者在侵犯着主人公,这一天上序幕为文本的价值取向确定了最初的色调,这一带有强权色彩的价值取向一直影影绰绰地笼罩着《约伯记》。

约伯的不幸在他的孩子们死掉和他的身体受到攻击中达到极致,而从某种程度上说,如此巨大的不幸降临到约伯身上其实源于那种不公正的暴力。然而,这种行为不过是一种更为普遍的伦理取向的终极体现。约伯并不知道发生在他身上的灾难的原因,这样到最后约伯依旧被剥夺了主体性,他不过是客体化的、完成了的一个叙述范例。

[①] Adam Zachary Newton, *Narrative Ethics*, Harvard University Press, 1995, p.11.
[②] 《约伯记》2:6。

二

为了与散文故事发生复调性关联,更是为了打破强权价值的一元性,复调作者打破了散文文本的封闭叙述,引入了一种截然不同的文体形态——智慧对话,而智慧对话体现了一种对话价值。正如名称所暗示的,智慧对话这一文体本身便体现了一种带有截然不同的价值取向的真理书写方式、不像独白的话语模式(如说教散文)那样明确地显明其本身占有某个真理,智慧对话创造了真理的另外一种表达方式,即真理并不是在一个人的头脑中产生和形成的,它产生于共同寻求真理的群体之间。智慧对话无论在审美价值还是在道德取向上都要比说教故事复杂得多。这一新的文体的声音使得读者扮演了一种新的角色。不同于说教文本设定的被动的、单纯接受的角色,读者在这种文体中需要参与。在道德层面上读者也承担了更为复杂的角色。智慧对话的文体形式没有提供一个评价式的叙述者来告诉读者何去何从,没有设置一个带有清晰指向的情节来对某种价值倾向表示支持。它只是单单地将所有的声音并置对举,要求读者自己来判断各个声音的有效性。①

说教性叙事和智慧对话这两者就文体而言,已经蕴含了不同的价值取向,作者将这两者并置,并使它们"相互争锋"又会产生怎样的结果呢?我们知道当一种文体与另一种文体遭遇时,文体便具有了更多的自我意识,并更好地确定了它自身的可能性和边界,《约伯记》通过文体并置的操作为这种带有文化意义的相遇提供了一种

---

① 智慧对话因其参与者是匿名的,而保证了其普适性。在智慧对话这一文体的本源意义中,参与者并不重要,重要的是他们的主张。参 Giorgio Buccellati,"Wisdom and Not: The Case of Mesopotamia", Journal of the American Oriental Society, 1981。

近乎完美的形式。说教式文体的"可能性、边界及其天真"①都因其被打断这一事实而暴露出来，因为它的独白和自明的语言很大程度上无法容纳异质的声音。第三章中约伯那痛苦到近乎绝望的诅咒真切地反映出了这种独白话语作为"不可反驳者"的冷酷程度。同时，在说教性文体独白性言说中近乎自明的关于敬虔的那个伟大观念，在对话中遭到约伯的公开贬斥并被三友重构为另外一种截然不同的宗教关系。

闯入的行为对于智慧对话同样意义重大。我们谈到智慧对话本身的价值皈依是对话价值，在对话价值中本是排斥一切权力干扰的。然而，由于它发生在那个具有强烈强权价值特质的说教散文以后，对话价值赖以憩居的伦理立场显示出来的特征是摇摇欲坠，对话价值自身固有的尴尬在此于是清晰地暴露出来。

智慧对话这种文体似乎更加适合用来表达道德沉思，然而，由于前提是强权下的无辜受难这一道德困境，它显然无法给出可接受的终极解说和理由。这种局限似乎是这种文体所固有的局限，所以，文本呈现给我们的是第三轮的对话并没有完成。②比勒达只有一小段发言，琐法根本没有说话，约伯自己的发言也相互矛盾。这个试图寻求真理的过程经过高贤雅士们的共同探求最后却结束于观点的分裂。这一对话过程表明，朋友们的主要策略是通过建构一个言说（或者说建构一个体系）来抵制约伯所谓的"混乱"。其实这种方式是人之为人惯用的方式，因为人类建构意义、理解体验甚至划定身份的一个基础工具就是言说，如果能够言说，而且这种言说被认同，自然就不会陷入理解的混乱。所以，对话的道德取向不仅表现在他们说出的命题上，还表现在他们使用的方式—解释

---

① 参见《巴赫金全集》第五卷，白春仁、顾亚铃译，石家庄：河北教育出版社，1998年，第362页。

② 《约伯记》22—27。

性言说中。在以利户发言后，他们的言说变成了协商的过程，只有通过这样的言说，对话才得以形成，而这本身已经暴露了对话价值的局限。

首先，通过对世界意义的言说，他们试图抵制混乱，但是也恰恰因此，他们将世界囚禁于人类思想的平面内。其次，在这个智慧对话中，它的根本出发点是一个通约平面而其终极追求是达成共识。这样，在话语之下必然存在着一种暴力，他人只能是（被化约为）能够通过对话进入"我"的意识内部的他人，能够在"我"的外部有效地进行对话的他人，或者说能够发出可以被"我"接受的话语的他人。这样的他人只能是有所缩减了的他人，只能是一种"声音"。这本身就充分暴露了对话价值的局限和脆弱。

三

智慧对话这种文体样式并不适合、至少不足以传达真理，并且对话价值这一取向显然无法单一地承载人类存在的处境，这一结论暗示着引入第三种文体的必要性，这种文体便是第 28 章的智慧诗。《约伯记》的第 18 章之所以应该引起我们的特殊注意，是因为它是文本具有两方面特征的一个不可或缺的过渡环节。首先，与此前的对话式文体将不同观点并举不同，这一章的诗句以无具体论辩针对性的普适教谕倾向再次具有了一元真理言说的性质；其次，也是更重要的，它宣称人类无法探究智慧，而这一命题却恰恰颠覆了智慧对话赖以存在的逻辑基础，因为智慧对话的基本逻辑先设就是人类拥有足够的智慧去辨明真理。这种矛盾引出了约伯最后的发言和旋风中的声音。

需要说明的是，在约伯最后的发言和神在旋风中的声音之间，隔有以利户的四段话语。①以利户的话作为插入性的段落尽管所占篇幅不菲，从表面看似乎应该被归并为智慧对话的部分，但事实上，它在《约伯记》的复调结构中并不具有特殊的有效性。《圣经》学界通常都认为，在约伯最后的发言结束后，接着就应该是神在旋风中的回应。以利户的出场介绍和四段发言是后来加入的。因为这四段话尽管明显是针对约伯的，但约伯却置若罔闻，没有哪怕一句话的回答；而且，神的话语也只是针对约伯和他的三位朋友，对以利户同样只字不提。因此，约伯最后的话语是与神在旋风中发出的话语构成实际关联的。

笔者认为，约伯最终的发言与上帝的回答这两个部分的关联，构成了一种独一无二的文体样式。从文本来看，它们是高度风格化的，以相互对照的言说方式建构着中心价值截然不同的世界。它们分别根据不同的修辞方式，运用不同的隐喻和比喻方式表达着它们自身的立场。这两种不同伦理取向之间的冲突比起散文和智慧对话之间甚至约伯与朋友之间的冲突更加尖锐。作为一个自我称义者，约伯最终的发言是与他的道德世界一致的一种宣告，暗示了故事可以以与这一世界的价值取向和谐一致的方式解决。而神之言说却拒绝在这样的立场上评价约伯，甚至拒绝提供约伯所希冀的属于自己经验认知世界之内的一种清晰的一元伦理立场。的确，旋风中的声音，这卷书中最为夺目的诗体篇章，本身就拒斥着规范任何一种此前文本中约伯及其朋友们所言说的伦理取向的可能性。

为了解读这一类文体的基本伦理立场，我们将其视为约伯和神之间的一种对话，但是约伯和神的这一对话并非一个通常意义上的对话，因为这个对话本身并不存在一个通约平面，神也并没有针对约伯关心的问题给出自己的答案。那么这一对话是通过什么使约伯

---

① 《约伯记》32—37。

驯服并且向散文部分作最后的回归的呢？在神与约伯的这个对话中，三个形象是最突出的，约伯、神和"在骄傲的水族上作王"的利维坦（鳄鱼）。在29—31章约伯的发言中，约伯通过将自己昔日的荣耀与现今的痛苦遭际进行对比以表达对个人命运逆转的困惑，而且以发咒起誓自表其义的方式来申明自己是道德秩序的体现者和支持者，强调他和神之间的基本关联，这个结论的潜在先设是认识道德秩序就可以认识神。尽管这种先设没有得到神的赞许，但是也没有理由说神就是反对这种关联方式，事实上，神圣言说的开篇就用很大的篇幅说明是他创造了宇宙秩序，我们没有理由反对社会秩序同样来源于他。然而，约伯的关系陈述中存在的最大问题是：在他的先设中剥夺了神的另外一种一致性关系——神与利维坦之间的一致性。在神的言说中，从将海比作一个如出胞胎的婴儿，到对那些嘲弄着人类控制能力的野性生命的颂赞，到对利维坦近乎欣赏的描述，表明神对约伯所代表的人所认为的混乱的认同并不亚于其对约伯经验范畴内的社会秩序的认同。在神的发言中，神性中与人们通常理解的道德和理性无关的层面得到极大的突出，当认识到利维坦所代表的我们经验世界之外的另一个存在时，约伯也就认识到了一个完全神秘的他者层域的存在。

约伯在29—31章的言说显示，人类迫切渴望在那些可体验到的事物中归纳出一套价值和意义的秩序。我们固执地坚持我们的道德秩序是基于现实本身的秩序建构的，于是在我们的视界中他者被完全抹杀了。人类对于道德秩序的妄念事实上是对于存在一种能够保证安全和带来福祉的生活方式的妄念。利维坦的存在揭示了妄图维持一种秩序的人类自执是何等妄自尊大和自欺欺人。约伯在神圣言说中所听到的一切强烈地冲击着他自己认定的人、神和世界的道德关联。世界的整一性被打破，而这些神秘的碎片无以理解无法言说。在任何处境下，这都是一种惊心动魄的体验。按照希伯来宗教文化的传统，这是与上帝创造性力量相遇的基本契机，它令约伯所有的抗辩和挣扎都在一瞬间成为了一种敬拜的基本形式。通过这种体验，约伯向他者敞开。这样，在这个对话中包含了另一种伦理取向，对于绝对的外在性和异质性的认同。在《约伯记》中这种伦理取向表现为约伯面对他者的缄默，这也就意味着他对耶和华的驯服。

四

对某些论者来说，约伯的驯服是生硬而不合逻辑的，但是就希伯来历史文化传统的逻辑来说，这却是完全可以理解的。无论是统一王国时期、分国时期抑或是国破家亡时期，古代以色列民族始终认为而且一次次用文字记录着自己的历史就是不断得到启示的历史。他们坚信每到民族危难之际，耶和华神一定会以启示来教诲自己的子民。古时耶和华曾在燃烧的荆棘丛中启示摩西，那么，在巴比伦流放时期，当亡国之痛使被掳之民中产生了对信仰的怀疑主义倾向时，耶和华在旋风中来启示他们又有什么不合理的呢？这启示告诉他们，传统的基于个体行为的福报观念已然不适应新的历史境遇，他们必须要认识到自己与神和与这个世界的关系是复杂的。启示与被启示者的对话原本就不在一个可以通约的平面上，正像耶和华对约伯所说的："强辩的，岂可与全能者争论吗？"无限者与有限者的交流，对带有强烈宗教信仰特征的希伯来文化而言，本质上是只能通过启示的方式来实现的。缘于此，约伯才心悦诚服地回答说："谁用无知的言语，使你的旨意隐藏呢？我所说的，是我不明白的；这些事太奇妙，是我不知道的……我从前风闻有你，现在亲眼看见你。因此，我厌恶自己，在尘土和炉灰中懊悔。"

然而我们的分析不能仅止于此，约伯以缄默来表达对神的驯服也不是这一文本提供给我们的终极意义。进一步的考察表明，尽管这一伦理取向中存在着神圣言说，但是这一伦理取向在复调文本中仍然处于一种被限定的状态。我们不该忘记，在智慧对话发生之前存在着七天的缄默。①智慧对话恰恰是在缄默无法被容忍时发生的，如果再考虑到散文结局的叙述部分对于智慧对话的回应，我们发现《约伯记》中三种伦理形态在彼此的存在中相互制约着。他者伦理的存在规范着对话价值的阈限，对话价值的存在挑战着强权价值的整一，强权价值的存在诉说着他者伦理的空洞，而人类便是在这三种共存而又相互制约的伦理价值中追索着生命的意义。

于是，人生固有的悖论便淋漓尽致地表现出来——宇宙自身的固有本质和人类存在的一种无法回避的矛盾处境，共同造成了人类存在意义上的悲剧性。要人类不去试图构建某种由特定价值关系和人格关系构成的道德世界，是不可能的。而要那个固有的、无法控制的、与人类价值无关的破坏性存在下去，以其形象所暗示的全部痛苦、剥夺和反道德去维持某种深层次的混乱，也是不可能的。那么《约伯记》怎样描述这一处境的呢？看看结局对于约伯这个人物的描述吧。在神圣言说中谈到几种动物的笑②：鸵鸟嗤笑那些马和骑马的人，野驴嗤笑城内的喧嚷，利维坦嗤笑攻击它的武器。他们的笑是肆无忌惮的笑，是对危机掉以轻心的笑。他们不具备体味悲剧的能力，被囚禁在一个没有悲剧的单一价值的世界中。然而约伯呢，在一切失而复得并且得到耶和华的加倍赐予之后，他也在笑吗？没有，他依然感到悲伤，悲伤之后是平静。这平静来自于我们对那些看似无关紧要、实则意味深长的细节的理解，他们包括他拥有了多少牲畜、他有了几个儿子和几个女儿，他为女儿取了什么名字，

---

① 《约伯记》2：13。

② 参见《约伯记》38—41。

也包括将家产分给她们。约伯带着悲伤的平静不是挑衅的也不是消极的——它属于人类,是一种存在意义上的无言的述说。在三重伦理关系的相互制衡中,它将人类体察到的深刻悲剧意识并入了强有力的生命欲望之中,要人们带着爱去生活。

谈谈古希伯来诗歌的形式特征与《诗篇》的总体结构特点[①]

一

如同诗歌这一体裁在众多古老民族的文学中都十分发达一样,古代以色列民族的诗歌创作,亦在其整个文学创作中占据着突出的地位,这从其民族经典《希伯来圣经》中看得十分清楚。《希伯来圣经》中不但有多卷纯粹的诗歌作品,而且即便是在以叙事体为主的经卷中,常常也会夹杂着为数不少的诗歌体段落。谈到这部经典中成卷的诗歌,《诗篇》一卷毫无疑问应该首推为最能代表古典希伯来诗歌特点之作。个中原因当然不只是因其由长短不一的150篇诗歌构成,表现了丰富而深刻的主题和民族文化意蕴,还在于在此一卷诗歌文本中,囊括了古典希伯来诗歌各种类型的作品。然而,就学界的研究而言,相对于古希伯来文学的其他文类,对希伯来诗歌的形式特征的考察相对却并不能说成果十分丰富,而在对《诗篇》的讨论中,对其中具体诗作微言大义的阐发则占了绝大的比重,而对《诗篇》作为一个整体在结构上有哪些特点的讨论也并不多见。上述两方面的不足在国内学术界的相关研究中尤其明显,而其造成的

[①] 本文原载《文学与文化》2014年第1期。

结果则是对古希伯来诗歌的研究无法深入，或是在对《诗篇》中作品予以引用和分析时，表现出十分严重的随意性。本文的目的，即是要对上述两个问题作出说明。

《希伯来圣经》中有大量的篇幅是用诗体写成的，但是，由于希伯来诗歌独特的形式和希伯来语言自身的语音特征，长期以来，对于该如何理解存在于《希伯来圣经》中的诗歌，学术界一直存有争议。20世纪美国著名圣经文学研究学者罗伯特·阿尔特在就整部《圣经》中的诗歌问题发表看法时曾指出：

> 准确地说，什么是圣经诗歌？在为圣经的宗教异象赋予形式方面，那些诗歌发挥了什么作用？后一个问题显然涉及多种无法确切估计的因素。相对而言，人们会觉得前一个问题应当有明确的答案，但事实上，千百年来，对于《圣经》中的哪些篇章是诗歌，以及如何理解圣经诗歌赖以运作的规则，人们却始终众说纷纭。
>
> 首先，圣经诗歌几乎完全出现在希伯来圣经中。当然，《新约》中也有出色的诗歌片断，或许最感人的篇章见于《启示录》，但唯独《路加福音》第1章的"尊主颂"用规范的诗体写成。《旧约》的读者们通常无法轻易认出那些被推测为诗歌的章节，因为在几乎所有讲英语者使用的《詹姆士王译本》中，看不到任何用诗行排列的文字。这种令人困惑的编排方式也不折不扣地表现在希伯来抄写传统中，其间所有内容都被密密麻麻地抄录在不带标点的栏目里。（只在不多几处能看到与诗行大体对应的间隔，见于《出埃及记》第15章的"红海之歌"，《申命记》第32章的"摩西辞世歌"，以及《诗篇》的少数抄本中。）
>
> 与这种诗和散文在经卷中的同类书写相伴而生的，是一种业已缺失的对圣经诗学的文化记忆。世世代代，《诗篇》都被清

楚无误地理解为诗歌，或许是因为其文本中有实际的音乐提示语，不少诗章带有明显的仪式功能。由于《雅歌》表现出抒情诗之美，而《约伯记》显得高贵庄严，它们作为诗歌的地位也得到普遍认可，无论那些卷籍中涉及诗节形式特征的观念可能显得何等牵强。在某种程度上，《箴言》被视为诗歌，但人们通常不认为先知书的大半篇幅是用诗体传递信息的。最后，只是在我们这个世纪，学者们才开始辨析圣经的散文叙事在何种程度上被饰以简短的诗句，通常出现在故事的戏剧性结局或其他重要环节中。①

阿尔特所言正说明了古希伯来诗歌因其形式上的特殊性给读者所带来的困惑。然而事实上，无论学者们承认与否，也无论《希伯来圣经》的抄写传统是如何以一种连续书写的方式，完全遮蔽了散文体与诗歌体的界限，读者在阅读《希伯来圣经》时，还是能够感受到阿尔特在上文所提到的那些经卷或全部、或部分在词汇和句式的使用上，与纯粹的散文体叙述的区别。的确，关于古希伯来诗歌严格意义上的"诗学传统"已经被遗忘在历史的深处，但是，数百年来学者们在这一领域的耕耘却有着重要的意义。如今，已有多种中外文《圣经》译本将其中的诗歌部分按诗体形式排列出来。这其中从《希伯来圣经》传统的角度，由牛津大学出版社在犹太出版协会（Jewish Publication Society）推出的《塔纳赫》英译本（*TANAKH Translation*，1985，1999）基础上出版的《犹太研习圣经》②，就很有自己的特色。此书依照学术界的相关研究成果，将整部《希伯来圣

---

① ［美］罗伯特·阿尔特：《古希伯来诗歌的特征》，梁工译，载《圣经文学研究》第四辑，北京：人民文学出版社，2010年，第2—3页。

② *The Jewish Study Bible*, ed. Adele Berlin and Marc Zvi Brettler, Oxford University Press, 2004.

经》作了重新的编辑,其中将各卷文本中具有诗歌特征的部分排列成了分行的诗歌体,以与纯粹的散文体叙述部分区别开来,并加以精当的注释。无论对于研究者还是一般读者,这一类工作的价值都是不言而喻的。

二

如果我们以对古典诗歌形式的一般认识去看待古典希伯来诗歌,结果肯定会颠覆读者的阅读经验。尽管我们知道在不同民族的文学中诗歌的形式具有极大的差别,但是,诗歌是一种具有韵律、使用意象等各种修辞手段和凝练性的特殊语汇的文体,却是可以认定的普遍一致的特征。然而,当我们阅读《诗篇》以及《希伯来圣经》中的大量诗歌时却会立刻发现,它们在其他方面符合上述要求,但却并不具备严格、完整的韵律特征①。与我们所了解的其他民族古典诗歌形式尤其注重押尾韵所不同的是,《希伯来圣经》中的诗歌不押尾韵。由于古希伯来文词汇的构词法特点以及定冠词、介词等的运用,有时不仅在诗歌中、甚至在叙述性的句子里,会出现交

---

① 关于《希伯来圣经》中的诗歌是否具有一套完整、严格的格律系统的问题,学术界也有部分人持另一种看法,主张如果可以恢复原始的古希伯来读音方法,对这个问题的回答就应该是肯定的。原因是从希伯来诗歌的很多作品中,都可以发现存在着同一作品中平行的句子长度大致相等的现象,他们认为这暗示出原初的格律后来丢失了。但是,无论如何,按照目前《希伯来圣经》学界通用的、中世纪由犹太拉比们提出的"马所拉语音系统"来看,古希伯来诗歌总体上是否能说具有一套严格意义上的完整的格律系统是有争议的。19世纪末期以来,对《希伯来圣经》中诗歌形式的研究,大多遵循着文本自身的平行句式、离合体形式、轻重音构成的各类音步特征展开,此外,部分句子中押头韵的交叉押韵现象也得到了揭示(Karl Budde1882, G. B. Gray1915, T. H. Robinson1947, S. C. Yoder1947, C. H. Bullock1979, Wilfred G. E. Watson1984, Adele Berlin2008 等)。这些特征说明,古希伯来诗歌强调"逻辑的韵律"(Logical Rhythm)更胜于"语音的韵律"(Phonetic Rhythm)。

叉性的押头韵的现象。

就古希伯来诗歌而言，其最突出的形式特征是被称作"双句对应"或"多句对应"的句型语义结构。"双句对应"具体来说就是，如果把某一希伯来诗歌中的某一节中的诗句，按照句法和语义为单位分为两个分句，那么后一个分句对前一个分句就构成了结构和意义上的对应或反复①。而"多句对应"则是指三个以上的分句之间构成对应的关系。其中"双句对应"是最基本的形式，也是采用最多的形式。如若一节诗歌中出现 2 的倍数以上的分句（一般来说，这种情况下同一节诗歌中常见的是 4 个分句或至多 6 个分句），我们就可以将之视为两个或三个"双句"来分析。这种分句与分句之间的对应，早在 18 世纪中叶就被罗伯特. 洛茨主教总结为希伯来诗歌的"平行体"（Parallelism），并在对希伯来诗歌的形式探讨中沿用至今②。按照这一理论，《希伯来圣经》中诗歌的"平行体"分为三类："同义平行体"（Synonymous Parallelism，第二个分句用不同的语词重复第一个分句的语义）、"反义平行体"（Antithetical Parallelism，第二个分句表达与第一个分句相对的语义）和"综合平行体"（Synthetic Parallelism，第二个分句补充第一个分句的语义，两者共同表达一个完整的思想观念）。我们举例说明（读序从右至左，下同）：

---

① 这是一个普遍的特征，除《诗篇》之外，例如我们看先知书卷中的《以赛亚书》1．2 的诗句"天哪，要听! 地啊，侧耳而听!"（שִׁמְעוּ שָׁמַיִם וְהַאֲזִינִי אֶרֶץ）将它分成两个句子单元后就可看出，后者首先在句法上重复前者，从原文看都采用"命令式 + O + 名词"的结构，其次是意义上的对应，"天哪"与"地啊"反义相对，"要听"与"侧耳而听"同义相对。

② Bishop Robert Lowth（1710—1787）于 1753 年在其经典名著 *Lectures on the Sacred Poetry of the Hebrews* 中提出了这一看法。尽管后世学者对此有各种进一步的讨论和发展，但这一重要认识至今仍被学者们在分析希伯来古典诗歌的句法特点时所运用。

יוֹשֵׁב בַּשָּׁמַיִם יִשְׂחָק
אֲדֹנָי יִלְעַג לָמוֹ

那坐在天上的必发笑,

主必嗤笑他们。

——《诗篇》2：4

这节中的两个分句是同义平行关系,"那坐在天上的"与"主","发笑"与"嗤笑（他们）"是同义相对。

לְשׁוֹן חֲכָמִים תֵּיטִיב דָּעַת
וּפִי כְסִילִים יַבִּיעַ אִוֶּלֶת

智慧人的舌善发知识；

愚昧人的口吐出愚昧。

——《箴言》15：2

这两个分句则是反义平行关系,"智慧人的舌"与"愚昧人的口","善发知识"与"吐出愚昧"是反义相对。

אֲרוֹמִמְךָ יְהוָה
כִּי דִלִּיתָנִי וְלֹא־שִׂמַּחְתָּ אֹיְבַי לִי

耶和华啊！我要尊崇你,

因为你曾提拔我,不叫仇敌向我夸耀。

——《诗篇》30：1

这两个分句构成的是综合平行关系,后一个分句的内容解释前一个分句内容的原因,两个分句共同完成一个完整意义的表达。

平形体中的"多句对应"现象也是较普遍的,如：

אַשְׁרֵי הָאִישׁ אֲשֶׁר
לֹא הָלַךְ בַּעֲצַת רְשָׁעִים
וּבְדֶרֶךְ חַטָּאִים לֹא עָמָד
וּבְמוֹשַׁב לֵצִים לֹא יָשָׁב

那人是有福的：①

不从恶人的计谋，

不站罪人的道路，

不坐亵慢人的座位。

——《诗篇》1：1

这节诗歌中的后三个分句，即是同义平行关系。

平行体普遍存在于《希伯来圣经》的诗歌作品中，而且尚有一些变体，比如一节中的诗句与另一节中的诗句构成"节"与"节"之间同义或反义的平行关系；几个平行体的诗句与一个或两个非平行体的诗句构成"综合平行体"的结构等。

古希伯来诗歌中的"字母序诗"（Alphabetical Psalm）是一种重要的诗体形式，也被称为"离合体"（Acrostic）。希伯来语有如下二十二个辅音字母（读序从右至左）：

א ב ג ד ה ו ז ה ט י כ ל מ נ ס ע פ צ ק ר ש ת

所谓"字母序诗"即是指一篇诗歌的每一节开头的首字母依次为上述的一个字母，因此一篇完整的字母序诗通常有二十二节或者诗节是二十二的倍数。在个别情况下，会有不满二十二节的不完整字母序诗出现的情况②。《诗篇》中有不少诗歌都采用了这种诗歌形式，如第25、34、37、111、112、119和145篇等。《箴言》第三十一章第十节至三十一节的"论贤妇"（"贤妻颂"），也是一篇完整

---

① 此节据原文诗句顺序对和合本译文稍有改动。

② 如《那鸿书》1：1—10 只用前 13 个字母写了 13 行字母序诗。

的二十二行字母序诗，我们选取其中的前八节为例：

אֵשֶׁת־חַיִל מִי יִמְצָא; וְרָחֹק מִפְּנִינִים מִכְרָהּ.
בָּטַח בָּהּ, לֵב בַּעְלָהּ; וְשָׁלָל לֹא יֶחְסָר.
גְּמָלַתְהוּ טוֹב וְלֹא־רָע; כֹּל יְמֵי חַיֶּיהָ.
דָּרְשָׁה צֶמֶר וּפִשְׁתִּים; וַתַּעַשׂ בְּחֵפֶץ כַּפֶּיהָ.
הָיְתָה כָּאֳנִיּוֹת סוֹחֵר; מִמֶּרְחָק תָּבִיא לַחְמָהּ.
וַתָּקָם בְּעוֹד לַיְלָה וַתִּתֵּן טֶרֶף לְבֵיתָהּ; וְחֹק לְנַעֲרֹתֶיהָ.
זָמְמָה שָׂדֶה וַתִּקָּחֵהוּ; מִפְּרִי כַפֶּיהָ נטע (נָטְעָה) כָּרֶם.
חָגְרָה בְעוֹז מָתְנֶיהָ; וַתְּאַמֵּץ זְרוֹעֹתֶיהָ.

才德的妇人，谁能得着呢？她的价值远胜珍珠。（א）

她丈夫心里依靠她，必不缺少利益；（ב）

她一生使丈夫有益无损。（ג）

她寻找羊绒和麻，甘心用手做工。（ד）

她好像商船，从远方带来她的粮食①。（ה）

未到黎明她便起来，把食物分给家中的人，将当作的工分派婢女。（ו）

她想得田地，就买来；用手所得之利，栽种葡萄园。（ז）

她以能力束腰，使臂膀有力。（ח）

我们从上面给出的原文诗句，很容易就能看出每节诗的字母顺序，显示出了诗人精雕细琢、遣词排句的功力。

《希伯来圣经》中另一种极具特点也较为精致的诗歌体裁是"气纳体"，由希伯来文קִינָה（读音为qinah，意为"哀歌"，Elegy或Lament）音译而来，以《哀歌》作为代表。《希伯来圣经》称《哀歌》的篇名为אֵיכָה（其意为"哎呀、啊！"，相当于英文中的alas!），系因其中的五篇哀歌中，第一、二、四篇的开篇第一个词均是感叹词אֵיכָה。在

---

① 此处译文略有改动。

《塔木德》中，《哀歌》这一卷又被称为קינות(意为"哀歌集"，Elegies 或 Lamentations)。《哀歌》一卷充分体现了古希伯来诗歌的三种主要诗体形式，在其五篇作品中，除第五篇外，其余四篇均既运用了气纳体，又运用了字母序诗离合体(不过，在第二篇、第三篇和第四篇中，字母的排序小有变化，ע和פ，发生了颠倒，以פ为首字母的诗节先于了以ע为首字母的诗节)，同时也运用了平行体。而在第五篇中，平行体的形式特征则尤其鲜明。"气纳体"区别于其他诗歌形式的最重要的特点是其音步。典型的气纳体每行诗可以自然分成两个部分，共有五个重读音节，前一部分三个音步，后一部分两个音步，也即3+2的音步形式。我们以《哀歌》第二篇的第二十一节的诗句为例(希伯来文从右至左，注音从左至右，▲为重读符号。)：

שָׁכְבוּ לָאָרֶץ חוּצוֹת, נַעַר וְזָקֵן 少年人和老年人，都在街上躺卧
škh{}^e▲vû   lā 'ā▲reç hû▲çôth, na▲'ār   w{}^ezā▲qēn

בְּתוּלֹתַי וּבַחוּרַי, נָפְלוּ בֶחָרֶב 我的处女和壮丁，都倒在刀下；
b{}^e▲tûlō▲thâ ûvāhû▲rā, nāph{}^e▲lû běhā▲rév

הָרַגְתָּ בְּיוֹם אַפֶּךָ, טָבַחְתָּ לֹא חָמָלְתָּ. 你发怒的日子杀死他们，你杀了并不顾惜。
hārāgh{}^e▲tā   b{}^e▲yôm 'āpé▲kā, tāvāh{}^e▲tā   lō'   hāmǎl{}^e▲tā

我们从中可以看出，其采用的基本音步形式是抑扬格，诗句前长后短，抑扬顿挫，有效地传达出了哀歌的特征，仿佛诗人由悲痛哀嚎到哽咽流泪的情景历历如在目前。正因为如此，德国希伯来语言学者卡尔·巴德才十分形象地说，"气纳体"的诗句的第二部分"像其呈现的那样，似乎(声音)逐渐消弱下去……一种哀伤、忧郁

的调子由此而生。"[1]

不过，气纳体事实上不只限于在《哀歌》中使用，在《希伯来圣经》的其他经卷中也不时会发现其踪影，如《诗篇》第九十六篇第十三节 b 和《申命记》三十三章第十八节：

יִשְׁפֹּט תֵּבֵל בְּצֶדֶק ; וְעַמִּים בֶּאֱמוּנָתוֹ .

他要按公义统治世界，按信实审判这地的民。[2]

——《诗篇》96：13b

שְׂמַח זְבוּלֻן בְּצֵאתֶךָ ; וְיִשָּׂשכָר בְּאֹהָלֶיךָ .

西布伦哪！你出外可以欢喜。以萨迦啊！在你的帐篷里（可以快乐）。

——《申命记》33：18

气纳体的 3+2 音步形式也可反转，变为 2+3 的形式，诗句前短后长。这样来看，尽管这种诗体得名于"哀歌"，也适合表达哀悼的情绪，但却并不是绝对如此的。

循着音步的规律，在古希伯来诗歌中尚可见到的其他对称句式还有 3+3+3、4+4+4、2+2+2、4+4+3、3+2+2 等多种形式及其变体，但是，问题在于这些句式通常情况下并不是固定不变的，即便在同一篇诗歌作品或同一经卷的同一以韵文所写就的节段之内，韵步或音步也总是变化频繁，少见一篇作品或一段韵文始终保持同一韵步的情况。这也正是学术界对古希伯来语诗歌是否拥有一套完整的格律形式持慎重态度的主要原因。

---

[1] Karl Budde, *Das hebräische Klaglied*, 1882, 见 *The Jewish Study Bible*, ed. Adele Berlin and Marc Zvi Brettler, Oxford University Press, 2004. p. 1588.

[2] 译文略有改动。

三

《诗篇》是《希伯来圣经》中属于"圣录"部分的一卷,也是古希伯来诗歌最具代表性的一部诗集,其中的一百多首作品既涉及丰富、深刻的主题和情感,也在句式、词汇、意象等诸方面的运用上呈现出鲜明的民族审美风格。从后一方面来说,《诗篇》中的作品在形式和内涵上所表现的特点,对于我们认识和理解整部《希伯来圣经》中的诗歌类作品都具有重要的启发价值。

《诗篇》的名字来自于希伯来文תהילים意为"赞美"。古代以色列民族创作的诗歌与中国古代诗词一样,原本有很多都是可以吟唱的,它们不仅按照一定的音乐调式度曲,用规定的乐器伴奏,还有专门诵唱的伶人。这从《诗篇》中有相当一部分诗歌在开篇时的注明上就可以看出,如"交与伶长,用丝弦的乐器"(לַמְנַצֵּחַ בִּנְגִינוֹת),"交与伶长,用吹的乐器"(לַמְנַצֵּחַ אֶל־הַנְּחִילוֹת),"调用远方无声鸽"(עַל־יוֹנַת אֵלֶם רְחֹקִים),"调用休要毁坏"(אַל־תַּשְׁחֵת),"调用百合花"(עַל־שׁוֹשַׁנִּים)等等。在历史书卷中,对古代以色列人使用各种乐器来伴奏歌舞的情形亦有记载。《撒母耳记下》讲述当约柜被运至耶路撒冷时,"大卫和以色列的全家,在耶和华面前用松木制造的各样乐器和琴、瑟、鼓、钹、锣,作乐跳舞。"①因此,《七十士希腊文译本》将其名称译为Psalmoi,意思是用弦乐器伴奏可吟唱的诗歌,英文名称Psalms即由此而来。

《诗篇》在《希伯来圣经》中共有一百五十篇,分为五卷。《七

---

① 《撒母耳记下》6:5。

十士希腊文译本》亦将全部诗歌分为五卷，但总数却为一百五十一首①，而且若干标题与后来的《标准犹太圣经》中《诗篇》的标题略有出入。这是因为在《七十士希腊文译本》开始翻译之前，《希伯来圣经》的第三部分虽然已经基本成型，但整体上尚未完成正典化的过程，个别书卷的具体内容也就略有差别。

《诗篇》五卷的分法如下：第一卷：第1篇至第41篇。第二卷：第42篇至第72篇。第三卷：第73篇至第89篇。第四卷：第90篇至第106篇。第五卷：第107篇至第150篇。

进一步的分析则显示出，目前的五卷分法是后来编集《诗篇》时划分的结果。这一百五十篇诗歌原本应该是在三大部分的基础上形成的，即：第一卷为一部分；第二卷和第三卷为一部分；第四卷和第五卷为一部分。这样认为的理由在于，上述三大部分都各有自己的明显特点。作为第一部分的第一卷，除第1、2、10和33篇外，其余三十七篇在篇首都有"大卫的诗"(מִזְמוֹר לְדָוִד)一类的注明性文字。而且，这一部分的诗篇中，神的名称采用的是"耶和华"(יהוה, Jehovah)。作为第二部分的第二卷和第三卷，除第84篇至第89篇外，神的名称均直接用"神（上帝）"(אֱלֹהִים)来表示。作为第三部分的第四卷和第五卷，则由各类诗篇构成。整部《诗篇》中没有任何注明性标题的作品共有三十四篇，这一部分就有二十八篇。这部分中神的名称多用"耶和华"，少数诗歌直接用"神"。

《诗篇》显然是由后来的编辑者在不同时代的诗歌作品基础上

---

① 多出的这首诗是《大卫战胜歌利亚的诗篇》。全诗共7节："1.我在众弟兄中为最小，/在我父家中，我最年幼，/我放牧父亲的羊群。/2.我手制竖琴，/我指头弹奏美曲。/3.谁将我呈现于我主面前？/唯主自己，他将垂听。/4.主差遣他的使者，/领我离开我父的羊群，/用他的膏油膏我的头。/5.我的众哥哥虽然高大俊美，/但主却不拣选他们。/6.我出去迎战那非利士人，/他指着自己的神咒诅我。/7.但我抽出他佩带的剑，/割下了他的头，/我从以色列民中除去了羞辱。"

编成的，这些诗作有的在编辑时可能已然结成了小的诗歌集，有的则只是单篇作品，被编辑者收到了《诗篇》之中。因此，《诗篇》作为一部诗歌辑录的编辑特征十分明显，在许多方面都有反映。我们兹举数例：

首先，为适应整部《诗篇》分为五卷的要求，编辑者在每卷的最后一首诗作的末尾都加上了一小段赞美耶和华神的"赞词"（Doxology）①，以示本卷结束。

其次，可以被认定为在《诗篇》编辑时已经结成小诗集的作品有：第 3 篇至第 41 篇（除去第 10 篇和第 33 篇），都被归在大卫的名下，被标注为"大卫的诗"（מִזְמוֹר לְדָוִד）；第 44 篇至 49 篇，以及第 42、84、85 三篇和第 87、88 两篇均被注明是"可拉后裔的诗"（לִבְנֵי־קֹרַח）；第 73 篇至第 83 篇以及第 50 篇均被注明是"亚萨的诗"（מִזְמוֹר לְאָסָף）；第 51 篇至第 70 篇，也被注明是"大卫的诗"；第 120 篇至第 134 篇注明是"上行之诗"（שִׁיר לַמַּעֲלוֹת或שִׁיר הַמַּעֲלוֹת）；第 104 篇至 106 篇、第 111、112 两篇以及第 146 篇至 150 篇均为"哈利路亚"②诗篇，即这些诗篇或在末尾，或在开篇，或同时在开篇与末尾出现"赞美耶和华"的赞词（הַלְלוּ־יָהּ）。上述诗作中，有的是连续的，有的则不连续出现，这可能是编辑者在将小诗集编纂到一起时根据内容所作的调整。

再次，《诗篇》中有部分诗作的内容是相同或基本相同的作品，

---

① 五卷末尾的赞词分别为，卷一："耶和华以色列的神是应当称颂的，从亘古直到永远。阿门，阿门"（《诗篇》41：13）。卷二："独行奇事的耶和华以色列的神是应当称颂的，他荣耀的名也当称颂，直到永远，愿他的荣耀充满全地。阿门，阿门"（《诗篇》72：18—19）。卷三："耶和华是应当称颂的，直到永远。阿门，阿门"（《诗篇》89：52）。卷四："耶和华以色列的神是应当称颂的，从亘古直到永远。愿众民都说，阿门。你们要赞美耶和华"（《诗篇》106：48）。卷五的最后一首诗篇，即第 150 首，通篇均可视作对耶和华神的赞词。

② 希伯来文הַלְלוּ־יָהּ音译，意为"赞美耶和华"。

更证明它们是在不同时期收集起来的，如第 14 篇与第 53 篇相同；第 40 篇第 13 至 17 节与第 70 篇等同；第 57 篇第 7 至 11 节加上第 60 篇的第 5 至 12 节等同于第 108 篇。

最后，与第 14 篇相同的第 53 篇位置在第二大部分之中，这一部分神的称呼除第 84 篇至第 89 篇外，均直接用"神"，但在第 14 篇中，神的称呼用的原本是"耶和华"，编辑者为使其与第二大部分其他诗歌一致，特意将"耶和华"改为了"神"①。

《诗篇》中的各部分或各首诗歌的确切作者到底是谁？这已经很难说清楚了。从希伯来文化传统上说，《诗篇》常常被与大卫联系在一起，被认为主要是大卫创作的。按《撒母耳记》记载，大卫年轻时就善于弹琴，曾被召至宫中为扫罗王弹琴驱魔；扫罗及其子约拿单战死后，大卫还曾作过情真意切的哀歌②。20 世纪中叶（1947—1952）在巴勒斯坦死海西北岸库姆兰山谷发现的一批《死海古卷》手稿，被鉴定为属于公元前 250 年至公元 68 年之间产生的犹太库姆兰宗教社团的文献。在其中的一卷诗篇作品中，说大卫写下了 3,600 首诗歌还有其他的作品③。而在另一件《死海古卷》文献中，谈到当时尚未完成全书正典化的《希伯来圣经》的内容时，表述方式是"摩西的经卷、众先知的经卷和大卫（的书）"。有学者据此认为，这证明了《诗篇》有可能是"圣录"部分最早一部（卷）作品的重要地位④，但作者能以"大卫"之名指代《诗篇》，其实也证明了在犹太人的传统认识中，大卫与《诗篇》的不解之缘。直到《新约》时

---

① 可比较《诗篇》14：2、7 与《诗篇》53：2、6。
② 分别见《撒母耳记上》16：23 和《撒母耳记下》1：17。
③ *The Jewish Study Bible*, ed. Adele Berlin and Marc Zvi Brettler, Oxford University Press, 2004, p.1280.
④ 其表述为 "the books of Moses and the books of the Prophets and David"，出处同上。

代,大卫擅写诗歌还被屡屡提及①,这说明大卫作为一位诗人和国王都对后世影响深远。在《诗篇》全部的一百五十篇诗歌中,标明是"大卫的诗"的共有七十三篇,占了几近一半。我们没有证据否认这其中确实有这位国王的作品,但却可以肯定归在他名下的诗歌绝非全部都是他的作品。这七十三篇中有十三篇的标题与《撒母耳记》中记述的大卫生平事件相关②,即使如此,也并不能说明就肯定是大卫所作,而完全有可能是其他作者根据大卫的事迹创作的。况且在被归在大卫名下的七十三篇诗作中,有些明显可以看出历史背景与大卫时代不相吻合。我们知道大卫统治期间圣殿尚未修建,而某些标注着"大卫的诗"的作品中,却出现了与圣殿有关的诗句③。

《诗篇》标题所记的作者和作品还有"亚萨的诗"、"可拉后裔的诗"、"所罗门的诗"(לִשְׁלֹמֹה,第72、127篇)、"以斯拉人以探的诗"(לְאֵיתָן הָאֶזְרָחִי,第89篇)和"摩西的诗"(תְּפִלָּה לְמֹשֶׁה,第90篇),从一篇到数篇不等。亚萨应该是大卫时代的人④,而可拉属于以色列十二支派中的利未支派,其后裔有可能属于在圣殿中服务的下层祭司群体⑤。

《诗篇》中其他诗作均未标明作者。

我们还可以看出的是,《诗篇》中收录的诗歌,包括了相当长历史时期中出现的作品。如果以犹大王国覆灭,犹大王室、贵胄和百姓被流放、掳掠近半个世纪的"巴比伦俘囚"事件为时间坐标的话,对这些作品的粗线条分期,可以划分为前流放时期、流放时期和流放后时期三个阶段。但是,由于诗歌这一文体的特点,一篇具

---

① 参《路加福音》20:42,《使徒行传》4:25。

② 即《诗篇》3、7、18、34、51、52、54、56、57、59、60、63和142。

③ 参《诗篇》11:4、68:29等。

④ 参《历代志上》15:16和《历代志下》29:30。

⑤ 参《历代志下》20:19—21。

体作品的时空背景往往有着较大的理解和阐释的可能性，如果我们需要引述某首诗歌作为史料时，则必须做出进一步细致的分析。在前流放时期产生的一些诗歌中，不能排除存在着非常古老的素材，尤其不能认为"前流放时期"的诗歌都是始自君主制时代的诗歌。例如，第 29 篇和第 104 篇，充满了对早期迦南自然环境的描述，可能产生于以色列人占领迦南时期。而有一些作品，由于出现了较为鲜明的时代特征（国王的功绩、圣殿的建造等等），则可以明确归在大卫、所罗门或其后的君主制国家存在的时代，如第 80 篇基本可以判定为出现在公元前 8 世纪的后半叶。至于流放时期的生活和民族情绪，在像第 137 篇这样的诗歌中，有着极为强烈的回声。第 126 篇和第 147 篇，显然是犹大遗民从流放地回归耶路撒冷后那一时期创作的。第 79 篇的内容则显示出它可能是迟至希腊化时期马卡比起义的时代才产生的。

《诗篇》中的作品丰富多彩，表现出各种不同的主旨和情感类型，包括赞美、感恩、忏悔、得胜与喜悦的欢呼，个人或集体的哀痛，朝圣与敬拜的虔敬等等，其共同的特征，在于表达对耶和华神的坚定信靠和浓郁的教谕倾向。这其中除了有个人化色彩较浓的作品外，还有一部分应该是用于王室活动、宗教朝圣和节日聚会的诗歌，有可能是集体吟唱的作品，例如托名所罗门王所作的第 72 篇，被直接标明是"安息日的诗歌"（מִזְמוֹר שִׁיר לְיוֹם הַשַּׁבָּת）的第 92 篇，以及《诗篇》第五卷（从第 107 篇至最后的第 150 篇）中的大部分诗歌。

《诗篇》的编辑无疑经过了一个较长的历史时期，但它完成的具体时间最迟不会晚于公元前 2 世纪中叶。约公元前 100 年编成的《次经·马卡比传上》，在其第 7 章第 17 节中，就引述了《诗篇》

第 79 篇第 2 至 3 节的整段诗句①；约写于公元前 117 年的《次经·便西拉智训》前言，甚至已经提到了希伯来经典中第三部分的存在，而且此书中也引用了《诗篇》中的诗句②。

我们对存在于《希伯来圣经》中的诗歌作品的分析表明，尽管对如何认识其整体的格律系统学界仍在讨论之中，但古希伯来诗歌自有其独特的"诗学传统"却是没有争议的事实。在三种主要的诗体形式中，"平行体"的运用最为广泛和自由；"气纳体"尽管得名于"哀歌"，但亦有其变体，且实际运用中也不只限于哀歌一类的作品。"离合体"（或"字母序诗"）的要求最为严格，在实际创作中无论诗人是否完整地写完 22 个诗节，但一般均须严格按照希伯来辅音字母的顺序进行创作（尽管偶然会有相邻两个字母的顺序置换现象，但总体的字母顺序是不能改变的）。而就《诗篇》一卷的总体结构上诸问题的考察、分析则表明，这一收录了 150 篇作品的诗歌合集不但从内容和形式上包括了数百年间古代以色列人创作的各种类型的诗作，而且从不同的侧面反映了他们在历史进程中丰富的民族意识、文化观念和情感。显然，对上述两方面重要问题的揭示，有助于我们更加深入、准确地去理解圣经时代的古希伯来诗歌文学。

---

① 参《圣经后典》第 300 页。

② 参《圣经后典》第 126、157 页。

古代以色列民族的历史文化语境与希伯来智慧文学[①]

智慧文学是希伯来文学的重要组成部分,它主要包括《希伯来圣经》中的《箴言》、《约伯记》和《传道书》,以及《诗篇》中的某些诗歌作品。[②]如果循着希伯来文学传统向后再延展一下,"次经"中的《所罗门智训》和《便西拉智训》也属于这个范畴。不过,最完整和深刻地体现出希伯来智慧文学特征的,仍然是《箴言》、《约伯记》和《传道书》这三卷作品,它们不但代表着古典时代希伯来智慧文学的最高成就,而且对我们了解这个民族文化内涵的复杂性,更加真实、客观地认识古代以色列人的现实生活和价值观念具有十分重要的意义。

这三卷作品的具体作者或最后的编订者为谁已不可考,即便是文本中明确提到作者是"以色列王大卫儿子所罗门"的《箴言》,也已被学者们认定是伪托所罗门之名的作品。从三卷经书的具体文本看,无论是章节结构,还是文体特征,都表明它们中的每一卷的所有内容都不是在同一时间由同一人完成的。《箴言》明显存在七个部分,是由不同的箴言集录组合而成。《约伯记》首尾的散文体和作为本卷主体的中间诗体部分,构成了一个"封套式"的结构,不但韵、散两大部分被认为不是出于同一时期,而且诗体部分中的"以

[①] 本文原载《文学与文化》2010 年第 1 期。
[②] 如《诗篇》中的 19、34、37、49、73、111、112、119、127、128、133 等。

利户话语"也被相当一部分学者认定为约伯与三友论辩之外,后加入的内容。《传道书》与其他两卷作品相比,在思想主旨上有更强的一致性,但也留下了明显的编辑痕迹。谈到它们最后成书的年代,也无法精确予以确定。我们只能大致说,《约伯记》约编订于以色列民族史上的巴比伦俘囚时期,《箴言》约成书于公元前 2 世纪初前后,而《传道书》从内容观念和其中出现的阿拉米语汇上看,则应完成于公元前 2 世纪后半叶的希腊化时代。需要指出的是,尽管《约伯记》成书的时间早于《箴言》,但后者中的主要内容却早于前者中的内容,因此,在考察希伯来智慧文学的发展过程中,《箴言》通常是被作为其第一部代表性经典来看待的。这一双重认识最鲜明地体现在《希伯来圣经》的两个不同的版本卷秩排列上。在《巴比伦塔木德》记载的《塔纳赫》24 卷卷秩排列中,明确指出:我们的拉比教导说:"'圣录'的顺序是《路得记》、《诗篇》、《约伯记》、《箴言》、《传道书》……",①而在马所拉《标准犹太圣经》的 39 卷卷秩排列中,"圣录"部分的排列则是《诗篇》、《箴言》、《约伯记》、《雅歌》、《路得记》、《耶利米哀歌》、《传道书》……。②这两种卷秩的排列方法,都体现了各自的含义。

一、智慧文学的一般特征

希伯来智慧文学的一般特征,可以从外在形式和内容观念两个方面来看,在此基础上,我们可以较为深入地透视出智慧文学的特质是什么,以及它在整个希伯来精神文化传统中的意义所在。

《箴言》、《约伯记》和《传道书》所以被称作"智慧文学",

---

① *Talmud Bavli*,Baba Bathra14b.

② *Torah*,*Nevi'm veKetuvim*,The British And Foreign Bible Society,1992.

就外部特征看，首先是因为它们都是直接或间接围绕着"智慧"这个核心问题形成各自的文本的。从语词上看，检索整部《希伯来圣经》，chokhmah（名词"智慧"，wisdom）一共出现了161次，这三卷作品就使用了88次；而来自 ch—kh—m 这个词根形成的系动词词组（to be wise）一共出现了166次，这三卷作品就使用了96次。对智慧问题的特别强调，使这三卷经文不但具有了相似的品格，也明显区别于《希伯来圣经》中的其他经卷。一些学者就此提出，在希伯来文化传统中或许存在着一个"智慧学派"。①

其次，这三卷作品均表现出古代以色列民族文化与异族文化交往、融合的特点。例如《箴言》第22章17节至第24章22节的内容与公元前古埃及新王国时期（公元前10至前6世纪）出现的著名智慧文学作品《阿蒙莫奈普的训言》极为相似，两者相较，相同或相近的文字几近三分之一强。②第30章和第31章1至9节的开头分别被标示为"雅基的儿子亚古珥的言语"和"利慕伊勒王的言语"，但无论是"雅基"（Jakeh）、"亚古珥"（Agur）还是"利慕伊勒"（Lemuel）都不是以色列民族所使用的名字。《约伯记》开篇即说"乌斯地，有一个人名叫约伯，那人完全正直，敬畏神，远离恶事。"根据《耶利米哀歌》所记，"乌斯地"并非以色列地，而是位于古巴勒斯坦东部的以东人之地。③换言之，《箴言》中明显收录了非以色列民族的智慧话语，而《约伯记》所讨论的问题，被安排在了一个异族"义人"遭受苦难的背景之下。当然，这些进入以色列民族智慧文

---

① 可参见 Day, John. R. P. Gordon and H. G. M. Williamson, eds. *Wisdom in Ancient Israel*. Essays in Honour of J. A. Emerton. Cambridge Univ. Press, 1995。

② 可比较《箴言》22: 17—24: 22 与 The Instruction of Amen-em-Opet, 后者见 James. B. Pritchard, ed. *Ancient Near Eastern Texts, Relating To The Old Testament*, pp. 421 – 424. Princeton Univ. Press, 1955。

③ 见《耶利米哀歌》4: 21。

学的异族成分，被编订者予以了不同程度的"希伯来化"，以表达本民族的思想观念。至于《传道书》，虽然开篇说"在耶路撒冷作王、大卫的儿子、传道者的言语"，但这不过又是一种伪托的说法，而且，此卷作品所反映出的观念，被相当多的学者认为与希腊化时代流行的哲学思想有关。

再次，这三卷经文的文体复杂。比如《箴言》和《传道书》，表面看都以格言警句式的形式探讨各方面的问题，实则不但彼此之间文体不同，即便是同一卷中的不同部分，文体差异也是较大的。即以《箴言》为例，其主体部分为在"所罗门的箴言"下的第10章1节至第22章16节，收有箴言共375条，除第19章第7节外，均使用典型的古希伯来诗歌的同义平行体或对偶平行体诗体。第31章10节至31节谈论贤德的妇人部分，则采用了古典希伯来诗歌的另一种典型的诗体形式——字母序诗。但是，如果我们看《箴言》第1章至第9章，同样标明为"以色列王大卫儿子所罗门的箴言"部分，使用的则是华丽、流畅的散文诗体裁。

从三卷作品的内容来看，《箴言》除有关于智慧本身的论述和对智慧的赞美外，大部分是关于生活本身各个方面经验总结式的格言警句，如教导人不行愚妄之事；要殷勤不可懒惰，以免落入贫穷境地；要善待邻舍旁人，远离恶人的引诱；勿犯淫乱；尊敬父母；不行贿赂；不传播是非，不酗酒，不说谎言等等。其中特别谈到了君王和为政者要公平、正义和妇人如何行为才可称贤德的问题。编集这卷书的目的和主旨在本卷开头说得十分清楚："要使人晓得智慧和训诲，分辨通达的言语；使人处事，领受智慧、仁义、公平、正直的训诲；使愚人灵明；使少年人有知识和谋略；使智慧人听见，增长学问；使聪明人得着智谋；使人明白箴言和譬喻，懂得智慧人的言词和谜语。"（1：2—6）

《约伯记》讲述神为考验义人约伯的忠诚，允许撒旦攻击约伯，原本生活富裕、幸福的约伯不但妻离子亡，财富尽失，而且身染毒疮，痛苦无比。绝望的约伯质疑神的公义，面对朋友指责他因犯罪招致神的惩罚，他坚称自己是无辜受难，要与神对质为何如自己这样一个公义的人反遭如此严酷的命运。耶和华于是在旋风中现身，通过质问约伯能否了解自己创造自然的奥秘使后者认识到自己的"无知"和神的不可测度，从而驯服在神的面前。最终，耶和华给予约伯以更丰盛的赐予。因此，《约伯记》的主旨在于探讨在希伯来文化传统之内，人靠自己的智慧如何理解"义人"在现实中的苦难和对耶和华信仰之间的神学逻辑矛盾问题。

《传道书》所要传达的信息其实分为两层内容，首先是告诉人们人世间被看重的一切其实都是没有意义的：人追求知识和智慧、追求享乐的生活、追求财富，日日劳碌、奔忙都毫无意义；临到众人的事，义人和恶人同样要遭遇；在面对最终的死亡时，人皆无差别地归于尘土。这一层的内容，最清晰地出现在本卷第1章2至11节的概括性表述中："传道者说：虚空的虚空，虚空的虚空，凡事都是虚空。人一切的劳碌，就是他在日光之下的劳碌，有什么益处呢？一代过去，一代又来，地却永远长存。……万事令人厌烦，人不能说尽。……已有的事，后必再有；已行的事，后必再行。日光之下，并无新事。……已过的世代，无人纪念；将来的时代，后来的人也不纪念。"传道者所言的"虚空"，就是"无意义"。第二层的内容，则论及智慧的有益。作者强调智慧之言胜于财富，智慧胜过勇力，智慧之人胜于愚昧之人。乍看之下，似乎与一切都是虚空的第一层主旨矛盾，其实《传道书》中所说的智慧，是在言说参透万事后的一种顺天知命的生存哲学。正是因为作者认为包括知识和智慧在内的一切最终均不具有终极的价值意义，所以他说"我就称赞快乐，原来人在日光之下，莫强如吃喝快乐，因为他在日光之下，神赐他一生的年日，要从劳碌中，时常享受所得的。"（8：15）

我们可以看到，希伯来智慧文学的这三卷代表作品尽管都在谈论智慧，但其中体现出的观念却存在着差异。

二、智慧文学的特质及其在希伯来文化传统中的意义

从上述的智慧文学表层特征和主旨内容出发，我们可以进一步思考智慧文学的特质到底是什么？这个问题需要在整个古代以色列民族文化的背景下予以解答。按照希伯来文化自身的传统，整部《希伯来圣经》在总体结构上分为三个大的部分——"妥拉"（Torah，义为"律法"）、"耐维姆"（Nevi'm，义为"先知"）和"凯图维姆"（Kethuvim，义为"圣录"），《箴言》、《约伯记》和《传道书》就属于第三部分的"圣录"。但是，智慧文学作品在深层的神学思想逻辑上不但与前两部分不同，而且也异于可以归入到前两部分所代表的神学阐释框架中的第三部分的大部分作品。

"妥拉"部分形成了希伯来文化中的第一个传统。这部分又称"摩西五经"，由《创世记》、《出埃及记》、《利未记》、《民数记》和《申命记》五卷构成。其中不但叙述了古代以色列民族的由来，更重要的是以耶和华神通过摩西颁赐律法的形式，奠定了以色列人以"神的选民"的身份，成为一个民族的基础。《创世记》关于亚伯拉罕、以撒、雅各三代族长在迦南的生活以及雅各率众子进入埃及地的叙述，是这个传统得以产生的前提，后四卷书的叙述线索主要是以色列人在埃及地为奴、摩西带领他们逃出埃及重返迦南的过程。深入考察这个背景可以发现，波澜壮阔、堪称史诗文学的出埃及叙述，实际上围绕着一个重心展开，即西乃立约。神—人之间的"约"具体体现为由"摩西十诫"为象征而延展开的共613条律法。立约的含义有两重：律法的起源来自于耶和华神的启示，是神的"话语"，具有神圣真理的品质；以色列人必须恪守律法，只有如

此才能得到神的佑护，否则必将遭到神的惩罚。由此，恪守圣约、遵从律法成为古代以色列民族最根本的文化传统。①

"耐维姆"部分又可分为"前先知书"和"后先知书"两部分。作为"前先知书"的《约书亚记》、《士师记》《撒母耳记》和《列王纪》叙述的是从以色列人占领迦南、建立统一国家、南北分国，直至北南两国相继灭亡，众民被掳至巴比伦的历史。这个历史过程大到民族的兴盛和衰亡，小到某个国王统治的功过是非，均以民族或统治者是否遵从耶和华神的意志为标准，体现出典型的神权历史观。换言之，对民族历史发展的"有目的性叙述"，使希伯来历史文学成为基于耶和华信仰的神—人互动模式历史舞台的生动写照。"后先知书"分别由15位先知的"预言"辑录而成。先知在希伯来文化中被视作蒙神拣选，代神发言的人。这些不同时代的先知活动的历史时期，开始于统一的以色列王国分裂的公元前8世纪，结束于公元前4世纪后半叶犹大王国遗民自巴比伦回归耶路撒冷。考察先知们的言论可以看到，他们共同的思想基础是将律法精神与道德精神合一，既抨击自己时代的罪恶，呼唤社会的公义，又谴责以色列民族信仰的混乱，要求独尊耶和华神。在先知们眼中，耶和华神的根本属性就是公义，他必将施行惩恶扬善的行为干预以色列以及整个人类社会的进程。我们可以发现，前、后先知书尽管前者是以散文体叙述的历史，后者是由诗体记载的"预言"，但二者在《希伯来圣经》中并称为"先知（书）"，乃是基于这样的逻辑：历史是神掌控的一个发展过程，而历史上兴起的一代代先知们，正是依据神所启示的话语，通过对民族历史的"批判式"介入，力图匡正时弊，不断校正历史发展的方向。由此，形成了希伯来文化中的又

---

① 关于古代以色列人的律法、宗教信仰及其与社会的关系问题的进一步了解，可参阅 Yohanan Muffs, *Love and Joy: Law, Language and Religion in Ancient Israel*. Harvard Univ. Press, 1992。

一重要传统——历史—预言传统。①

就希伯来文化自身的逻辑而言,上述两个传统之间既有区别又在本质上一致:律法是耶和华借摩西之口颁赐给以色列人的,被视作形而上存在的神圣真理,其基本原则是不可改变的。众先知的话语是耶和华在不同时期、根据不同的时代特点启示给一代代先知们的,目的在于警示和督劝以色列的统治者和百姓不可悖离与神所立的圣约。而历史叙述,则是以色列民族是否遵守圣约、听从神的话语,以及由此所带来的民族命运的形象反映。这两个传统本质上的一致性在于,无论是作为民族形成基石的律法,抑或在具体历史境遇中展开的"预言",都属于耶和华的启示范畴。律法铸造了这个民族,而"预言"则引导着这个民族在历史发展中"与神同行",恪守圣约的精神。

律法传统和历史—预言传统无疑是同属一种神学框架下的宏大叙述:通过西乃立约,耶和华成为全体以色列会众的信仰对象,神将律法赐予全体以色列百姓,以色列民族的历史就是展现耶和华启示过程的历史。它的内在逻辑是:耶和华神—律法(圣约)—以色列民—神圣历史的展开。这样一种神学逻辑表明,从本体论角度说,那自在永在的神是宇宙的本源,他创造包括人类在内的万有,按照自己的意志为世界建立秩序。从价值论角度说,万事万物之于人的价值意义是神所赋予的。因为公义是神的属性,因此神是公义的源头。神以惩恶扬善的终极承诺不但规定了何为善恶,而且要求人的所言所行也必须是善的。从认识论角度说,人认识世界的前提在于了解神的旨意,认识到神的无限与自身的有限;只有听从神的话语,才能辨明是非善恶,使人生具有丰盛的意义。

---

① 有关古代以色列民族的神权历史观以及先知思想中律法与道德合一的辩证关系问题,可参阅拙著《古代以色列历史文献、历史框架、历史观念研究》(北京大学出版社 2004 年)中的相关章节。

智慧文学代表了希伯来文化中与律法传统和历史—预言传统不同的第三个传统。如果说上述两个传统属于古代以色列社会中的主流、"官方"意识形态，那么智慧文学在接受这种意识形态浸润的同时，又带有鲜明的民间色彩。主要由以色列祭司、先知和虔敬的文士等社会"精英"人物所言说的宗教神学实际上是一个独属于以色列民族的、封闭的话语体系。正是由于其强烈的排他性，才使得以色列是耶和华神特选子民的命题得以成立，也使得从古代以色列宗教发展出的犹太教始终只是一个民族宗教。但是正如古今中外一切文化形态所昭示和证明的，主流意识形态绝不可能完全主宰整个社会的思想。对古代以色列民族来说，基于人的现实生活实践和现实生存需要所产生的思考、所总结的经验和教训，必然会在整个民族思想史上留下鲜明的印记。于是我们看到，希伯来智慧文学首先是开放的，无论是对异族智慧文学的吸收还是对外邦文化观念不同程度的接受，都表明了在古代中东世界，不同区域间文学与文化的广泛而深入的交流，以及伴随该地区历史的发展，以希腊为代表的古地中海西部地区文化思想对以色列固有文化观念的影响。

智慧文学不属于宏大叙述的言说形态，对出埃及事件、西奈山立约，乃至作为一个整体的以色列民族，智慧文学都绝少提及。《箴言》和《传道书》常采用父亲对儿子、老师对学生或智者对少年人讲授的方式，施以人生经验的训诫和教诲。《约伯记》则是主人公约伯与朋友之间的一对一的论战，这是一种私域化、个人化色彩颇浓的文学表达。当作为个体的人取代了抽象的民族概念，当关注的焦点从史诗意义上的民族历史重大事件转为日常生活中细致入微的"琐事"时，宏大的主流神圣叙述框架事实上已被悄然消解，圣言也就更多地转变为了人言。尽管希伯来智慧文学的确内含了自己别样的神学思想基础，但总体而言，这改变不了智慧文学在本质上从神圣的云端降落于现实的大地的根本倾向。

智慧文学中所言的智慧到底是什么？许多学者曾对此进行过探讨。笔者以为，智慧文学中所反映出的智慧观表现为两个层面：其一是对智慧本身形而上的本体观照，涉及智慧与神本的关系。这个问题，笔者将在后文论述。其二，也是更为重要的，是指人从现实生活所获致的经验总结和升华中所形成的认识是非、贤愚的能力。毕竟，智慧言语所要处理的，是人面对现实世界时如何恰适地去行动的问题（如《箴言》和《传道书》），或者是如何理解自己的生存际遇与自己行为之间的因果关系问题（如《约伯记》），其讨论的重心归根结底是在人的理性认知范畴之内。恰如《箴言》中所说：

> 我经过懒惰人的田地，无知人的葡萄园，荆棘长满了地皮，刺草遮盖了田面，石墙也坍塌了。我看见就留心思想；我看着就领了训诲。再睡片时，打盹片时，抱着手躺卧片时，你的贫穷，就必如强盗速来；你的缺乏，仿佛拿兵器的人来到。（24：30—34）

这典型地体现出了智慧文学关于人生智慧如何产生的理解。智慧来源于现实生活的实践。其逻辑是观察体验—思考总结—推理升华—形成智慧。直言之，智慧文学诉诸人的理性，代表的是不同于律法传统和历史—预言传统的理性主义传统。

三、希伯来智慧文学发展的过程及其历史文化语境

如前所言，作为智慧文学的代表性作品，《箴言》、《约伯记》和《传道书》具有相同的特质，但仔细研读这三卷作品就会发现，它们对待智慧，也即人的理性认识能力的态度却并不相同，甚至可以说经历了一个由乐观主义到怀疑主义再到不可知论的过程。

《箴言》所反映出的观念,事实上是"标准的"以色列民族智慧观。它相信人的理性智慧能够认识世界,能够辨明是非善恶,热情赞颂智慧的益处,但《箴言》的前提是相信万事万物的秩序由神所建立,人能够从现实中获得智慧本身就是神丰盛赐予的表现。我们可以以《箴言》中的一些不同"训诫"来做一个对比:

> 我儿,要留心我智慧的话语,侧耳听我智慧的言词,为要使你谨守谋略,嘴唇保持知识。(5:1—2)
> 我儿,要谨守你父亲的诫命;不可离弃你母亲的法则。(6:20)
> 敬畏耶和华是知识的开端;愚妄人藐视智慧和训诲。(1:7)
> 因为耶和华赐人智慧,知识和聪明,都由他口而出。(2:6)
> 你要专心仰赖耶和华,不可倚靠自己的聪明;在你一切所行的事上,都要认定他,他必指引你的路。不要自以为有智慧,要敬畏耶和华,远离恶事……(3:5—7)

前两条箴言强调智慧与训诫人的关系,后三条箴言突出的则是智慧与耶和华神的关系,可见,信仰与智慧应该合一是《箴言》对待人的理性认知的态度。

《约伯记》中自认无辜受难的约伯之所以感受到无比的痛苦,之所以面对朋友的指责拒不承认自己有罪,甚至要与耶和华对质为什么自己蒙受不该遭到的苦难,原因就在于他从自己的理性认识出发,坚持认为自己凡事都行公义,没有遭受冤屈的理由:

> 神夺去我的理,全能者使我心中愁苦。我指着永生的神起誓:(我的生命尚在我里面,神所赐呼吸之气仍在我的鼻孔内。)我的嘴决不说非义之言,我的舌也不说诡诈之语。我断不

以你们为是，我至死必不以自己为不正！

我持定我的义，必不放松；在世的日子，我心必不责备我。（27：2—6）

耶和华终于在旋风中出现，以连续发问约伯的方式，讲述自己创造宇宙万物、订立宇宙秩序的功业，质问约伯是否明白这其中的奥秘。约伯无法回答，终于承认自己的渺小，驯服在神的面前。但事实上，耶和华回应约伯质疑其是否公义的话语尽管气势磅礴，却并没有和约伯的问题产生实质上的交集。宇宙的秩序能否代替人世间的秩序？这个矛盾在《约伯记》中以神的智慧不可测度从神学层面上予以了解释。如果我们接受这样一个总体的逻辑，那么，《约伯记》的立场就在于，既肯定人的智慧能力，又强调人的认识能力具有有限性。

《传道书》中的那位传道者尽管不时提到"神的诫命"，但他实则从本体论上悬置了神的存在。从以色列民族文化自身的角度说，既缺少了给世界以意义的神圣源头，那么万事就都是虚空，都是捕风。他基于现实的观察发现，义人和恶人的命运并无什么不同，智者和愚人也没有什么高低。贫穷固然对人无益，但财富也未必就对人有益。万物都有定时，人最终都面临同样的死亡。日头底下无新事，因此，从万物变动不居、绝对本不存在的相对论角度说，一切被肯定的价值，实际上都是虚空，都毫无意义。他肯定智慧要胜过愚昧，但又对人的智慧可以认识世界、从而改变自己的人生、取得成功抱持怀疑主义态度。况且，所谓"好的"人生与"不好的"人生、对物质或知识的拥有或匮乏，又该以何种标准来判定它们的价值和益处呢？所以，传道者主张人生应该顺其自然，享受现世的快乐和幸福：

> 我见日光下所做的一切事,都是虚空,都是捕风。弯曲的不能变直,缺少的不能足数。(1:14)
>
> 我又专心查明智慧、狂妄和愚昧,乃知这也是捕风。因为多有智慧,就多有愁烦;加增知识的,就加增忧伤。(1:17—18)
>
> 智慧人和愚昧人一样,永远无人纪念;因为日后都被忘记;可叹智慧人死亡,与愚昧人无异。(2:16)

这样看来,《传道书》最终对人的智慧能否正确指导自己的人生是持一种不可知论的立场的。

为什么这三卷作品在思想内涵上会有如此的差异?笔者认为,这反映了希伯来智慧文学的发展与古代以色列民族历史境遇变化的密切关系。

《箴言》虽然编纂成书于公元前2世纪初前后,但其中的主要内容却来自以色列民族在迦南立国时期。相对于建国前的漂泊流浪和此后亡国时期的寄人篱下,拥有自己独立民族国家的以色列百姓生活上不仅相对安定,国家政治、经济、文化事业也得以发展。《箴言》中的三个主要部分均托名于所罗门王,除了历史上的所罗门一向被认为富有智慧,常发智慧之语外,而且,所罗门王统治时期,以色列国富民强,在西亚北非的国际舞台上也拥有较大的影响。作为民族信仰集中体现的国家圣殿,也是在所罗门王治下建立在耶路撒冷的。以色列民族国家存在于迦南的几个世纪里,民族的强盛和独立自主的国家地位,使智慧文学呈现出与主流意识形态和谐共生的特征并不令人难以理解。

《约伯记》则出现在国破家亡的巴比伦俘囚时期。在以色列民族史上,这是一个民族传统遭遇危机和挑战、同时宗教信仰和思想文化又得以深化的关键时期。正如本文前述的以色列主流传统所昭示的那样,一直认为恪守圣约、尊崇律法,必将得到耶和华护佑的以色列民族,如今面对痛失家国、备受异族压迫的惨痛际遇,实在无法理解自己为何信奉耶和华却惨遭亡国之痛。但是,诚如既往的历史所叙述的,耶和华曾无数次地以大能的臂膀,使重归自己的子民度过险境。只要百姓真心悔罪,坚定信仰,耶和华就会施以拯救。换言之,恪守律法者认为自己无罪,应该得到恩惠而非惩罚;但既然是遭到惩罚,就证明其必有罪,只有无条件地悔罪,才能够得到神的重新眷顾。因为神是绝对公义的,这公义不证自明。因此,这一悖论式的逻辑观念又引导着他们与神和好,日日期盼神的拯救。《约伯记》就折射出这种复杂、矛盾的民族情感和强烈的个体意识的觉醒。在这个意义上说,那个自我称义的约伯和最终驯服的约伯并不矛盾,而是正构成了这个悖论的两个方面。

《传道书》成书的年代,已是公元前2世纪后半叶的希腊化时期。希腊化时代是一个东西方文化交融的时代,包括巴勒斯坦在内的整个"新月地带"地区,正是东西方文化交汇的主要地区之一。如果说,巴比伦俘囚时期的犹大国遗民当时的思想危机主要来自民族内部对自身文化传统的质疑,那么,对于虽然在此前的波斯时期得以回归故土,但却始终复国无望的希腊化时期的犹太人来说,此时所遭遇的,更加上了来自异族文化的强烈冲击。饱经忧患、依然生活在异族统治下的犹太人一方面无力改变自己的政治、经济和文化处境,另一方面不可避免地受到当时流行的哲学思潮的影响。希腊化时代盛行的哲学思潮,带有混合主义和世俗化的倾向。斯多柯学派、伊壁鸠鲁学派、犬儒学派和怀疑主义学派是主要的哲学派别。斯多柯哲学兼有唯物与唯心的因素,承认事物的物质性和运动性,又认为万事万物发展的决定力量在于神性和命运(也即"逻各斯"),主张人的行为要符合自然理性,过一种自然生活。伊壁鸠鲁哲学坚持唯物主义,提倡人应过快乐、幸福的生活。一方面认为人死魂灭，持无神论的立场；另一方面在伦理学上主张在宁静、简朴、节制的生活方式中寻求幸福，因此，伊壁鸠鲁学派对快乐生活的追求，不能理解为对物质、肉欲享乐的推崇。犬儒主义主要是提倡一种遁世的生活方式，坚持个人自由和自我满足，鄙视物质财富和名声地位，对社会现实持批判和否定的态度。而皮洛哲学之所以被称作是怀疑主义，就在于其对事物的本质抱持不可知论的立场。皮洛认为世界上就根本不存在可以"肯定"的事物，教导人们最该具有的生活态度是享受当前，未来如何是无从把握的。我们对照《传道书》中所传达出的那种安于现状、顺天知命、重视现世和当下的价值观与世俗倾向，不难看出其与希腊化时期流行的各种哲学思想的联系。尽管有些学者并不承认这种联系，但笔者认为这种联系是存在的。①

四、自然神学、创造神学与启示神学：
智慧文学的三重精神结构

智慧文学是作为《希伯来圣经》一个重要的组成部分存在的，而《希伯来圣经》的各部分自公元前400年左右开始编订，直至公元100年左右完成后，一直是民族宗教信仰的根本依据。一个问题由此出现：倘若智慧文学只是表现为对律法和历史—先知这一可归并为启示神学范畴的偏离乃至拒斥，其发展路径也只是通过对神本信仰由认同到怀疑再到悬置，那么这三卷作品如何能够"逃过"《希伯来圣经》正典化时期那些虔敬的犹太拉比、文士的审查，堂而皇之地进入这部神圣的经典之中，并被直到今天的信众们所信奉

---

① 见李炽昌、游斌：《生命言说与社群认同——希伯来圣经五小卷研究》，中国社会科学出版社，2003年，第116页。

和诵读？事实上，就希伯来民族思想史的整体知识结构谱系来看，智慧文学并未逸出其民族文化形态本身所具有的内涵向度，而是内蕴着一种别样的自然神学和创造神学相交织、又与启示神学相呼应的三重精神结构。①

的确，希伯来文化是一种宗教性极强的文化，但是，我们要看到，希伯来宗教不同于后来更重视来世或"彼岸世界"的基督教，而是强调人的现世生活的公义性和此在生命的丰盛。古代以色列人的宗教观念中，并无基督教那样的"天堂"和"地狱"观念。古希伯来语汇里，只有"天"（Shamai'm）和"阴间"（Sheol）这样的词汇，前者不含有一个独立的、与尘世无涉的神圣所在的意义，后者也只是人死后"与列祖列宗同睡"之地的表达，而无与惩罚相连的邪恶之灵存在之所的含义。神是永生的，而人属于血气，是必朽的。《创世记》中那被逐出伊甸园的人类始祖，已然象征性地表明了人与永生的隔绝。耶和华对亚当说："你必汗流满面才得糊口，直到你归了土，因为你是从土而出的；你本是尘土，仍要归于尘土。"（3：19）《传道书》中说，人与兽死后"都归于一处，都是出于尘土，也都归于尘土."（3：20）。希伯来宗教中的末世论观念，也带有鲜明的尘世色彩，先知们论到"末后的日子"和神的审判，凸显的是耶和华信仰在现世的胜利，而非在彼岸世界的荣耀：

末后的日子，耶和华殿的山必坚立，超乎诸山，高举过于万岭，万民都要流归这山。必有许多国的民前往，说："来吧！我们登耶和华的山，奔雅各神的殿；主必将他的道教训我们，我们也要行他的路；因为训诲必出于锡安，耶和华的言语必出

---

① 关于希伯来自然神学、创造神学和启示神学关系的讨论，可参阅 James Barr, *Biblical Faith and Natural Theology*, Oxford：Clarendon Press, 1993, 以及同一作者的 *The Concept of Biblical Theology：An Old Testament Perspective*, London：DCM Press, 1999.

于耶路撒冷。"他必在列国中施行审判,为许多国民断定是非。他们要将刀打成犁头,把枪打成镰刀。这国不举刀攻击那国,他们也不再学习战事。①

甚至以色列—犹太民族期盼的"弥赛亚"(Messiah),其内涵也是大卫王的子孙、能够带领百姓在现世恢复和坚立民族国家的君王。

希伯来文化中这种明显的现实倾向,同样体现在对民族历史的叙述和先知的预言中。早在族长时代,耶和华就对亚伯拉罕、以撒和雅各应许,把迦南地赐给他们为业,要让他们的子孙众多,"如海边的沙和天上的星"。出埃及时期,耶和华指示摩西,要带领以色列百姓回到"流奶与蜜的迦南地"去。先知文学中一再强调,以色列人要遵守祖先与神订立的律法,否则,作为惩罚,以色列民将被逐出迦南。迦南被认为是耶和华的"应许之地",以色列人被认为是"神的选民",因此,(神的)律法、圣地、圣民可谓《希伯来圣经》中的三个彼此关联的核心民族意象。这种将神律、土地和百姓三者紧密合一的观念,其实必然发展出两种认识向度:一方面,人必然看重现实生存的需要,发展出基于现实经验总结的"智慧";另一方面,认识现实、总结智慧的主体——以色列民,其理性能力必然因神的至高、无限存在而显明其自身的有限性。

在希伯来文化的世界中,人与生存环境之间的主客关系,最终是要通过造物主神与受造者人与环境的关系才能加以说明的。人具有认识客观事物的能力,在经验的基础上形成智慧,但是,在同为受造对象的意义上仍然居于被动的从属地位。在这个神学逻辑的关联域中,人所认识的宇宙—世界的秩序是神所创造的,因此,人的

---

① 《以赛亚书》2:2—4。

智慧无非是对这个神所定立的自然秩序认识的结果。在这个意义上,人可以"自由地"去观察、思考、总结人生的智慧,显示其"世俗的"特征,但从无限、永生的造物主与有限、必朽的受造者的关系意义上,只有将人的有限认识能力所产生的世俗智慧置于造物主无限的神圣智慧的观照下,才构成一个完整的意义世界。因此,智慧文学首先就体现出了自然神学与创造神学交融的特点。

我们在《箴言》、《约伯记》和《传道书》中,都发现了这样的特征。《箴言》明确说:

> 耶和华以智慧立地,以聪明定天;以知识使深渊裂开,使天空滴下甘霖。(3:19—20)

《约伯记》中,耶和华从同样的角度质问怀疑其公义性的约伯:

> 我立大地根基的时候,你在哪里呢?你若有聪明只管说吧!你若晓得就说,是谁定地的尺度?是谁把准绳拉在其上?地的根基安置在何处?地的角石是谁安放的?那时晨星一同歌唱,神的众子也都欢呼。海水冲出,如出胞胎。那时谁将它关闭呢?是我用云彩当海的衣服,用幽暗当包裹它的布,为它定界限,又安门和闩,说:"你只可到这里,不可越过;你狂傲的浪要到此止住!"……(38:4—11)

《传道书》描述了作者观察到的自然规律现象:

> 一代过去,一代又来,地却永远长存。日头出来,日头落下,急归所出之地。风往南刮,又向北转,不住地旋转,而且

返回转行原道。江河都往海里流,海却不满;江河从何处流,仍归还何处。(1:4—7)

智慧文学用这样的语言说明:宇宙—自然的运行是有秩序的,这个秩序是神所定的。人的存在,是这个自然存在的一部分;包括人的认识活动在内的一切生命活动方式,也是这个自然秩序运行的一部分。为什么如此?因为包括人在内的万事万物,都是神所创造的。希伯来第一创世故事告诉人们,神用五天的时间创造了天地万物,在第六天创造了人[①]。第二创世故事不但明确叙述神用泥土创造了亚当,而且让亚当为"一切牲畜和空中飞鸟、野地走兽都起了名"[②]。神让人给各种动物"起名",表明人不但具有认识能力,而且被神赋予了自由认知的"权力"。这正是希伯来自然神学与创造神学交融的精义所在。

笔者前文曾经指出,对"智慧"的本体观照,是智慧文学中智慧观念的一个重要层面,《箴言》中对此是这样表达的:

在耶和华造化的起头,在太初创造万物之先,就有了我。从亘古、从太初,未有世界以前,我已被立。没有深渊,没有大水的源泉,我已生出。大山未曾奠定,小山未有之先,我已生出。耶和华还没有创造大地和田野,并世上的土质,我已生出。他立高天,我在那里;他在渊面的周围,划出圆圈,上使苍穹坚硬,下使渊源稳固;为沧海定出界限,使水不越过他的命令,立定大地的根基。那时,我在他那里为工师,日日为他所喜爱,常常在他面前踊跃;踊跃在他为人预备可住之地,也

---

① 参《创世记》1:1—31。
② 《创世记》2:20。

喜悦住在世人之间。(8：22—31)

这段文字将"智慧"客体化，涉及其与神和人的双重关系，引起学者们诸多不同的看法。笔者是这样来理解的：首先，在智慧与神的关系上，智慧是"被立"、"生出"的，因此，它与神是不可同一的；它又是与神同在、神创世时的"助手"，因此，它可以被认为就是神圣智慧。其次，在与人的关系上，这个被客体化的神圣智慧具有启示、教导人的功能，它要求人在认识万事万物时，时刻不忘人自身所形成的智慧的价值依归在于超越世俗的、以神为本的神圣智慧的源泉。故而，《箴言》才说："敬畏耶和华是知识的开端"（1：7），"你要专心仰赖耶和华，不可倚靠自己的聪明"（3：5）。《箴言》第8章一开始，以拟人化的艺术修辞手法谈到"智慧"启示、教导人的功用：

智慧岂不呼叫？聪明岂不发声？他在道旁高处的顶上，在十字路口站立，在城门旁，在城门口，在城门洞，大声说："众人哪！我呼叫你们，我向世人发声，说，愚蒙人哪！你们要会晤灵明；愚昧人哪！你们当心里明白。你们当听，因我要说极美的话；我张嘴要论正直的事。我的口要发出真理；我的嘴憎恶邪恶。我口中的言语，都是公义，并无弯曲乖僻。有聪明的以为明显；得知识的以为正直。你们当受我的教训，不受白银；宁得知识，胜过黄金。"(8：1—10)

这个被拟人化了的神圣"智慧"，不但具有"真理"、"公义"的属性，而且要教训愚蒙人说："因为寻得我的，就寻得生命，也必蒙耶和华的恩惠。得罪我的，却害了自己的性命；恨恶我的，都喜爱死亡。"(8：35—36)

正是在这样对神圣"智慧"的本体观照及其对世人的功用价值的表述里,我们看到,智慧文学的深层精神内涵中,存在着自然神学、创造神学与启示神学的三重支撑结构——人的智慧本质上就是对神所创造、订立的宇宙—自然秩序的认识,而由于神自身的真理、公义属性,以及神的意志对历史—社会进程的掌控,当这个秩序被推及到人世间时,人类社会的秩序也必然彰显出其真理性和公义性。当人在现实中经验到的事实表明,社会秩序与那个形而上的神圣秩序并不一致时,后者即以自身的"完美存在"发出启示的信息——人作为受造者是必朽的、有限的存在,无法揣度、认识那创造了如此和谐完美的宇宙—自然及其运行秩序的永生、无限的神之智慧。《约伯记》最深刻而形象地反映了自然神学、创造神学和启示神学三者间的紧密关联:约伯通过自身的遭遇认识到,义人必蒙福佑、恶人必遭惩罚这一"因果报应"的神圣社会秩序,与自己的经验是如此的尖锐冲突,于是他质疑神的公义性。作者以一个堪称经典的启示意象——耶和华从旋风中出现,讲述自己创造天地万物和订立其运行规律的过程,反问约伯是否知其奥秘,再次通过宇宙—自然秩序的"完美"发出人类认识能力有限的启示信息。约伯领受了这启示,重新驯服于神,说道:"我知道你万事都能做,你的旨意不能拦阻。谁用无知的言语,使你的旨意隐藏呢?我所说的,是我不明白的;这些事太奇妙,是我不知道的。求你听我,我要说话。我问你,求你指示我。我从前风闻有你,现在亲眼看见你。因此我厌恶自己,在尘土和炉灰中懊悔。"(42:2—6)

然而,正如我们前文所述,自然秩序能够代替社会秩序吗?人毕竟是生活在现实世界中的,《约伯记》结尾所叙述的神较先前加倍赐福约伯的现世"福报",无非是以再次将这两种秩序强行统一于神圣意志的方式,来化解经历巴比伦俘囚巨大民族创痛后民族思想危机的一次努力。对于此后失去国家独立地位的回归者以及其后的犹太人来说，面对着因阶级、种族、文化、信仰等诸多矛盾引发的现实苦难，又如何去如此简单地认同这两种秩序的统一？因此，《传道书》一方面言说着宇宙—自然的秩序，一方面痛陈着"虚空的虚空，凡事都是虚空"。这其中已经看不到如《箴言》和《约伯记》中的"启示"场景和异象了。传道者明确告诉人们，人的确是不可测度神的智慧的，既然如此，那就只管做好眼前和现实的一切吧。传道者最终把"敬畏神，遵守他的诫命"总结为"这是人所当尽的本分。因为人所做的事，连一切隐藏的事，无论是善是恶，神都必审问。"（12：13—14）这几近"套语"的"告诫"，的确可以满足将《传道书》这样的智慧文学作品列入《希伯来圣经》这部神圣经典的需要，但是，在我们看来，这其实是以不可知论的态度，将神圣智慧悬置于现实世界之外的无可奈何的表达。在这个意义上，《传道书》标志着以自然神学、创造神学和启示神学为基础的希伯来古典时代智慧文学高潮的终结。

《路得记》与《以斯帖记》的历史文化意蕴与诗学风格[①]

《希伯来圣经》的整体叙述,向读者展示了古代以色列民族起源、形成、发展、壮大、亡国后遭受异族奴役以及回归后的历史画卷,这一过程不但存在于其中若干被称为"历史书卷"的"通史类"的文本记录中[②],也反映在对某一具体历史阶段描写的其他文类的经卷内。《希伯来圣经》是犹太教的经典,也是基督教的经典之一(被称为"《旧约》")。从宗教传统来看,记载于经典中的内容,包括历史的叙述,当然都会被视为真实的信息。然而,从学术研究的角度看,却并不能简单地得出上述的结论。今天的学者们在审视这一经典时,几乎不会再有人否认《希伯来圣经》历史叙述上的"编纂"性质,而是在这一前提下,更关注其对历史的书写目的何在,为什么会去如此书写。笔者认为,在从宏观层面上确认其历史编纂性的同时,从具体的经卷文本出发,考察其成书的时代历史背景,理解其叙事的结构特征和诗学风格,是回答上述问题的关键。这其实涉及的是在历史文化语境下对文本予以文学意义上的诗学分析课题。

[①] 本文原载《文学与文化》2008 年第 1 期。
[②] 如《列王纪》、《历代志》就均属于通史类的历史书卷。

一

　　以色列—犹太民族是最珍视自己历史文化传统的民族之一，无论是在圣经时代，还是在公元 70 年第二圣殿被罗马人摧毁，犹太人开始世界性大流散后至今的漫长岁月里，对本民族历史的关注不但是民族身份认同的根本保证，亦是他们面对当下时的镜鉴和参照。"鉴古而知今"，希伯来文化精神貌似传统而保守，实则其历史文学的书写总是着眼于民族的现实处境，并呈现出开放而面向未来的特征。美国学者 T. 包曼在谈到希伯来思想文化中的"时间观念"时说："事件的结果可以被改变，但是事件本身却从不会被改变。它们是一个民族的生活的永久贮藏。与不同事件之间性质的差异相比，过去与现在的区别并不那么重要。在对现在予以评估时，古代的一个决定性的事件能够与许多当下事件构成比照。"[①]的确，当我们以这样的眼光去阅读希伯来历史文学中的《路得记》和《以斯帖记》两卷文本时就会感到，"历史细节"的精确性并非被视作最重要的前提，曾经在历史上发生的"事件"对于当下乃至未来的意义才是最根本的考虑。

　　在《希伯来圣经》归入"圣录"部分的作品中，《路得记》和《以斯帖记》从诸多方面看，均具有特别的地位。从时代进程的角度看，两部经卷分别联系着古代以色列民族史上的"士师时期"和"波斯时期"。从所透露出的历史意蕴看，前者的开放、宽容与后者强烈的民族主义倾向恰成鲜明对照。从书写的方式看，它们是《希伯来圣经》中最具有小说文类特征的文本。而从两篇小说均塑造了

---

① Thorlieff Boman, *Hebrew Thought Compared with Greek*, Philadelphia: Westminster Press, 1954, pp. 138–139.

成功的女性主人公形象上看,更是在整部《希伯来圣经》中不多见的现象。我们知道,在以色列民族史上,记叙于经卷、令读者印象深刻的以色列本族和外族女性并不在少数,如族长时期亚伯拉罕的妻子撒拉、犹大的儿媳他玛,旷野时期摩西的姐姐米利暗,士师时期的女士师底波拉、诱惑参孙的达利拉,统一王国时期大卫的妃嫔拔士巴,分国时期北国以色列王亚哈的王后耶洗别等等,从文学的角度看,这些女性形象均性格鲜明,神采各异,且带有所属时代较为鲜明的历史痕迹。圣经时代是一个男权社会的时代,无疑许多杰出或重要的女性人物的声音会受到压制,乃至在历史书写中被"消声",但是,历史本身复杂性的魅力就在于,在历史的主导叙事下,必然存在着"潜叙事"。从我们上述举出的各位女性来看,她们在精明能干上绝不输于男性,像战胜敌人的底波拉、活跃于朝廷之上的耶洗别,其勇敢、智慧和权谋甚至高于身边的男性。不过,专以某位女性人物命名并以其作为主人公的经卷却只有《路得记》和《以斯帖记》。这两卷专为女性"作传"的作品不但位列正典之中,而且对一心贯之地对今天的犹太人生活也具有重要意义。此外,《路得记》和《以斯帖记》与《雅歌》、《耶利米哀歌》和《传道书》一道,被称作"五卷书"(חָמֵשׁ מְגִלּוֹת),分别要在不同的犹太节期中诵读。其中,《路得记》诵读于五旬节(又称"收割节"),《以斯帖记》诵读于普珥节。[①]这表明,此两卷文本不但与这个民族的节期文化具有重要的关系,而且其中的内容也的确是被特别予以强调,作为历史文化传统的重要环节构成了民族集体记忆的一部分。

　　历史的记忆当然不是抽象的,对于个人来说如此,对于一个民族共同体来说更是如此。如果说,记忆总是附着于某些具体的载

---

① 其他三卷书中,《雅歌》诵读于逾越节,《耶利米哀歌》诵读于耶路撒冷陷落日(犹太历法的亚笔月第九日),《传道书》诵读于住棚节(又称"收藏节")。

体,那么对于以色列—犹太民族而言,这种记忆的载体不是别的,正是一个个需要倍加珍视、具有特殊价值和意义的历史事件。在经历过新历史主义观念荡涤后的今天,历史学家对历史的认识已然从对探究所谓"真实"、"客观"的历史转为开始正视"作为文本和话语的历史",而诚如美国学者 R. F. 伯克豪弗所言,在这个由文本和话语建构起来的世界中,其中心正是"伟大的故事"。①我们审视呈现于《希伯来圣经》中的古代以色列民族的历史进程,确实看到那些"伟大的故事"构成了历史叙述的核心,出埃及的故事如此,西乃立约的故事如此,路得和以斯帖的故事也如此。

二

《路得记》和《以斯帖记》之所以可以被视作历史小说,除了它们具有小说文体所要求的特征外,还在于尽管它们都"宣称"各自的故事发生在一个明确的历史时期内,但经过对其文本语言和具体内容的考察,可以断定它们最终成书的时间都不在各自所反映的历史时代。两者分别以"当士师秉政的时候……"(《路得记》1∶1)和"亚哈随鲁作王……"(《以斯帖记》1∶1)开篇,直接告诉读者前者讲述的是一个在以色列人进入迦南,但民族国家尚未建立时期的故事,而后者叙述的则是一段独立的民族国家已然不存,犹大人处在波斯人统治时期的故事。因此,故事所拥有的历史背景与最终成书的时代之间,形成了颇有意味的遥相呼应的对照,反映了后代人的某种强烈的情怀,也传达着一种隐秘的现实思考。

《路得记》的名字取自书中主人公之名"路得"(רות),希伯来

---

① Robert F. Berkhofer Jr.: *Beyond the Great Story: History as Text and Discourse*, 1995, Harvard University Press. p. 75.

文意思为"伴侣、朋友"。从文本的内容来看，这个名字暗含了异族女子路得与以色列人婆母及其所归顺的以色列民族的特殊关系。故事叙述摩押女子路得在犹大族丈夫去世后，与孀居的婆母拿俄米自东方的摩押地回到以色列人的伯利恒。贤淑的路得得到夫家的族亲波阿斯的眷顾，与他结为秦晋之好，并与之生下一个儿子名俄备得，俄备得就是后来大卫王的祖父。

故事的背景被设置在士师时期，这一段历史的时间跨度在古代以色列民族史上约为一百五十年到二百年左右。以色列人攻入迦南的情景和过程，被叙述于《约书亚记》。尽管其中的记载给人的印象是，以色列人逐出了原居迦南的各族，十二支派分占了迦南的土地，但这并非事实。《士师记》透露出的信息告诉我们，接下来的士师时代是一个以色列人与其他民族同处迦南，并为争夺对这一地区的控制权战事不断的时期。在近两个世纪的时间中，虽然战争与和平对于以色列民族和异族来说，应该是相互交织在一起的图景，但显而易见的是，和少战多是这一时期最主要的时代特征。我们在《撒母耳记》的记载中看到，直至以色列人建立了君主制政体的国家后，扫罗王和大卫王仍在与迦南地区的异族人缠斗不休。作为历史故事，其中当然会有与所反映的历史阶段相适应的某些信息作为基础，例如，《路得记》中所提到的"转房婚制"（Levirate），脱鞋作为赎买的凭证（4：7—8）等细节，就是符合仍处于氏族部落制末期的以色列人风俗的现象。但是，《路得记》整体上那种田园牧歌式的叙事，却绝非士师时期时代特征的精确写照。书中反映的思想观念更能说明问题。《路得记》中反复强调路得是个"摩押女子"，在篇幅不长的四章里共出现了七次之多[①]，并且赋予了她诸多美好的品质。而"摩押人"在以色列民族史的主流叙述中，一直是被贬斥并与以

---

① 《路得记》1：4、22，2：2、6、21，4：5、10。

色列人为敌的民族①。因此,贤淑的摩押女子路得的出现,显然表达了本书作者的深意。犹大人自巴比伦回归初期,尼希米和以斯拉采取了狭隘的民族主义政策,严厉禁止犹大人与外邦人通婚,已与外邦人成婚者甚至被严令与之离异,遭到部分百姓的强烈抵制。而在这个故事中,却不但讲述了一位两次嫁予犹大族人的外邦女子的事迹,还特别让路得对婆母说出如下铿锵有力的话语:"你往哪里去,我也往哪里去;你在哪里住宿,我也在哪里住宿;你的国就是我的国,你的神就是我的神"(1:16)。本卷书第4章第18节至22节叙述了大卫的族谱,被学者们认为原本与路得的故事不是一个整体,而是添加上去的。在《历代志·上》第2章第4节至第15节,有一个简单的雅各(以色列)族谱记载,其中说道:"波阿斯生俄备得;俄备得生耶西。耶西生……七子大卫"②,但是却并未特意提到俄备得之母是摩押人。故而,《圣经》学界倾向于认为,《路得记》的作者正是因为看到《历代志》中的这一族谱叙述,才有意将路得与波阿斯所生的儿子起名"俄备得",以强化本书反对狭隘民族主义的深意。此外,书中第1章第13节云:"你们岂能等着他们长大呢?你们岂能等着他们不嫁别人呢?"这两句话中,לָכֵן一词,中文《圣经》其实并未译出,它相当于英文的 therefore,应该译为"所以,那么",这个词汇是带有阿拉米语风格的词汇。另如第4章第7节:"从前,在以色列中要定夺什么事,或赎回,或交易,这人就脱鞋给那人,以色列人都以此为证据。"这句话中,作者不仅明确使用了לְפָנִים(从前)一词表明脱鞋交易的风俗是从前之事,而且又一次使用了阿拉米语词汇לְקַיֵּם(定夺,settle 或 confirm,ל相当于英文的 to,

---

① 参《创世纪》19:36—37,《申命记》23:3,《士师记》3:12—30,《撒母耳记上》14:47,《撒母耳记下》8:1—2,《以赛亚书》15—16,《耶利米书》48,《以西结书》25:8—11。

② 《历代志上》2:12—15。

这里使用的是动词的不定式形式 to settle, to confirm）。这一切说明，《路得记》或是在尼希米、以斯拉改革之后的公元前 4 世纪前期被创作出来，或是在不能确定具体年代的此前某一时期中先出现了这样一个带有民间文学特征的故事，但却在公元前 4 世纪前期被加工和定型。

《以斯帖记》的标题来自本书女主人公"以斯帖"(אֶסְתֵּר)的名字，这个词是一个外来的波斯语词汇，意思是"星"。

本书描写了居住于波斯境内的犹大人在将被屠杀的灾难前，转危为安的传奇经历，并说明了至今仍被犹太人所遵守和庆祝的普珥节的来历。从本书的历史背景看，事件发生在波斯帝国时期，作者应该是一位了解一些历史上波斯宫廷礼仪，并在曾为波斯王冬宫的书珊（即苏撒）生活过的犹大遗民的后代。犹大王国被新巴比伦灭亡后，百姓被掳至两河流域。此后，波斯人又灭亡了巴比伦王国。随着时间的流逝，在近东地区形成了许多犹大人的聚居地。波斯时期，书珊一带存在着较多的以色列民族人口应该是没有问题的。但是，《以斯帖记》中存在着年代、史实上的错误和情理逻辑上的问题。作者在谈到以斯帖的养父末底改的身世时，说他是在尼布甲尼撒从耶路撒冷掳走犹大王约雅斤时被掳百姓中的一员，但书中的事件发生时代却是在波斯王"亚哈随鲁"统治时期。"亚哈随鲁王"即是波斯的第四王薛西斯一世（Xerxes I，公元前 485—前 465 在位），而约雅斤被掳是在公元前 597 年，如此推算的话，末底改此时就已经超过了一百岁。其次，本卷书一开始，就写亚哈随鲁王的王后瓦实提抗拒王命不愿在宴会上显露自己的美貌，遭到废黜，美貌的犹大女子以斯帖则被选入宫中成为新后。但是，根据对这一段波斯历史的考察，却从未见到过有关波斯王后被废的记载。《以斯帖记》继而写到末底改只因不愿向当朝宰相哈曼跪拜，哈曼便迁怒犹大人，在征得亚哈随鲁王的同意后，以抽签方式定下日期，要屠杀波斯境内的所有犹大百姓。危急之下,以斯帖力挽狂澜,不但使哈曼受到严惩,而且全波斯境内的犹大人反过来大大击杀自己的仇敌,末底改也被亚哈随鲁王擢升为宰相。这样的情节属于不折不扣的"小说者言",在国家政治生活中实在是匪夷所思的事情。

　　一些学者们为了解释这个故事的寓意,提出了种种观点:亚哈随鲁王代表托勒密王朝的托勒密王(Ptolemy Euergetes II,公元前170—前164 和公元前145—前117 在位),以斯帖代表其对犹大人友好的王后克利奥佩特拉三世(Cleopatra III),哈曼则代表托勒密宫廷中仇视犹大人的势力;亚哈随鲁王代表的是犹大傀儡王大希律(Herod, the Great,公元前40—前4 在位),瓦实提代表其王后玛利亚米(Mariamne),后被大希律处死,等等①。但是,既然并不能找出任何确凿的证据证明上述各种事实之间的联系,如此的附会就并没有什么实际意义。《以斯帖记》从叙述风格上看应该属于典型的传奇小说的笔法,是以波斯时期犹大人生活为背景的想象性创作。从整体来看,《以斯帖记》构成了一种关乎犹大人在异质文化境遇中坚韧地持守本族文化身份的"隐喻",并传达出他们在不断遭受迫害时一种改变命运的心理和复仇情绪。不过,从以色列民族国家覆亡后的历史语境来看,这篇奇特的小说基本上不可能创作于波斯统治犹大人时期。波斯时代对犹大人是个相对宽容的时代,比之灭亡北国以色列的亚述人、灭亡南国犹大的新巴比伦人,波斯人对境内包括犹大人在内的被征服民族的政策更为有利。部分犹大遗民先后两次回归耶路撒冷及其周边故土的重大事件,就是在波斯国王居鲁士发布允许他们返回家园的敕令下发生的。因此,作者不但不可能生活于波斯时代,而且应该距那一时代较远,否则不至于将波斯诸王的在位年

---

① Otto Eissfeldt, *The Old Testament: The History Of The Formation Of The Old Testament*, Oxford: Basill Blackwell, p. 509.

代弄错。波斯时代之后就是希腊化时期,那时犹太人的境遇开始恶化。塞琉古王朝统治时期,对犹太人政治、经济上的压迫,特别是逼迫犹太人改宗希腊宗教、侮辱犹太人信仰的残暴政策让犹太人忍无可忍,以致激起了公元前168至公元前143年的马卡比大起义。因此,《路得记》产生在起义前后是相对合理的看法。约公元前150年,《次经·以斯帖补编》就已出现,这说明,《以斯帖记》的写成一定早于这个时间。

《路得记》与《以斯帖记》虽然均为历史小说,但二者的风格却并不相同,在所要表达的主题意蕴上,更可谓是完全相反的两个极端。如果说,前者通过一个异族女子与孤苦无依的婆母不离不弃的亲情关系和幸福结局反映了忠诚与爱的感人主题,同时也就否定了狭隘的民族主义意识,那么后者则通过叙述一个犹大女子拯救本族同胞的机智行为,强调了坚守民族文化身份的主题,并表达了身处异族迫害险恶环境下的犹大人强烈的仇恨情绪与复仇心理。前者的故事展开于如诗如画的伯利恒乡村,后者的故事发生在奢华但充满阴谋的波斯王宫。因此,这是两种不同类型的小说,它们表现出的叙事风格也迥然有别。

三

《路得记》的叙述节奏是从容不迫的,娓娓道来的语调宛若作者在面对面地向我们讲述一个久远年代的故事。当我们反复阅读这个故事时,最深刻和突出的感受是一种"和谐"之美。这种和谐不是局部的特征,而是整体的体现,从宏观上的总体布局、情节的发展、场景的描述、人物形象的刻画,到微观上人物具体的对话和叙述的细节,无一不是如此。或者说,我们在这一短篇小说的整体结构中竟令人惊异地难觅任何"冲突性"的因素。

从小说的整体构思上可以看出，它体现了民间故事中"苦尽甘来"的叙事母题。以利米勒一家因饥荒离开伯利恒到摩押地以及他与二子先后故去、遗下其妻拿俄米和两个儿媳的开篇，虽然只是交代背景式的寥寥几笔，但却具有十分重要的功能意义。当我们将这一家人起初的遭遇置于那一时代的历史语境中时，才会真正理解到以利米勒及其二子的死亡除了带给三个女人痛失丈夫的悲痛外，还意味着在当时的男权社会中，既失去丈夫又没有子嗣的女人实际上已经沦落为部族制度下的边缘人。作为男性的家长之名一旦被从族谱中"除去"，遗孀的权利是无法得到保障的。唯其如此，这其中的悲惨与严峻才愈发突出，也就愈发衬托出小说结尾与开头之间产生的对照和反差。随着故事的发展，拿俄米与路得婆媳的境况不断向有利的方向转化，直到最后，拿俄米成为路得与波阿斯的儿子俄备得的"养母"，而俄备得居然还是大卫王的祖先。凄惨的开篇与喜庆结局的呼应，使这篇小说在总体的布局上取得了平衡、和谐的效果。

小说的情节叙述具有宛若"原生态"的特征，仔细体味，就会发现它与其他经卷在叙事风格上的微妙差别。《希伯来圣经》在总体叙述上因信仰因素的介入已构成了一种"神圣言说"的叙述层面，它常常透过对人物行为或人物关系及事件结果或明或暗的"解释"，渗透和弥漫于章节之中，在散文体的叙述中，不时造成神奇的效果，乃至形成正常叙事的"中断"和情节发展的"跳脱"。而《路得记》中尽管不时提到耶和华神的名字，但整体叙述完全遵循现实生活的逻辑，情节发展的过程以及事件之间的因果关系具有充分的合理性。以利米勒一家作为犹大人为何要迁居摩押地？因为犹大地遭遇了饥荒。为什么拿俄米返回犹大前要两个和自己一样孀居的摩押人儿媳各回娘家？因为她们不但年少，拿俄米也没有其他的儿子来续娶她们来为两个哥哥尽义务。路得为什么去拾取麦穗维持自己和婆母的生活？因为她们返回伯利恒之时，"正是动手割大麦的时候"（1：22）。路得捡拾麦穗时为什么能遇到波阿斯？因为波阿斯是个地产较多的大财主，路得恰好来到了他的田间。为什么波阿斯对拿俄米和路得照拂有加？因为他是以利米勒亲族中的一个至亲。为什么最终是他与路得结为了秦晋之好？因为只有一个男性族亲与以利米勒的血缘关系比波阿斯更近，而那个人因担心会带来产业上的纠纷而放弃了自己的优先权，波阿斯于是得以如愿。一切都顺理成章，就像生活的小溪自然沿着自己的轨道缓缓流淌一样。无论在以色列民族的宏大叙述中如何讲述神与人之间关系下的历史，但作为现实中的百姓，生存的全部意义毕竟是要以每天的世俗人生为基础的。不错，以利米勒和两个儿子都故去了，但对于拿俄米和路得婆媳，生活还要继续，生命还要延续，未来还要有所期待和盼望。换言之，她们需要从边缘化的处境返回到男权社会中的中心去才能改变自己的凄凉命运。或许在这婆媳二人与外在世界之间会有矛盾发生，但正是这种内在于叙述中的现实逻辑，以其强大的"合理性"消解了情节发展过程中可能存在的对抗性因素。

　　《路得记》中有两个重要场景给人以深刻印象，一为路得与波阿斯夜宿打麦场，另一个是为使迎娶路得具有"合法性"，波阿斯在城门口与另一族亲协商。两个场景不但是全篇小说情节发展中的两个关键环节，其本身在细节描写上的现场感也极为突出，同时还为整个故事的真实性提供了保障。在前一个场景中，路得来到麦场，悄悄掀开波阿斯脚上的被子，躺在他的脚下。当波阿斯半夜惊醒询问她是何人时，她回答说："我是你的婢女路得。求你用你的衣襟遮盖我，因为你是我一个至近的亲属。"（3：9）波阿斯答应她"凡你所说的，我必照着行"（3：11），还说"你只管躺倒天亮。"（3：13）于是路得躺到"天快亮,人彼此不能辨认的时候"(3:14)才起身,带着波阿斯送给的大麦离去。我们看到路得的来去都是极为隐秘的,而所来的目的就在两人几句半明半暗的对话中达成了。路得掀开被子躺在波阿斯脚下的举动,本身已经明确表达了她要与波阿斯建立特殊关系的愿望,但作为一个年轻的孀妇,她的直接话语仍然是委婉的。路得恳求这个男人"用衣襟遮盖",波阿斯允许这个年轻的女子"只管躺倒天亮"。这个场景的氛围是静谧的,作者用两人不多的几个"动作"和简单的几句对话,丝丝入扣地写出了彼此间的默契。在后一个场景中,围绕着以利米勒的另一位更近的至亲向波阿斯让渡赎买权之事,同样用不多的笔墨,写出了解决这一问题过程中的"公平性"和"合法性"。这其中包括波阿斯与另一至亲诚实、坦率的协商(前者告诉后者赎买田地必须同时迎娶路得),那位至亲脱鞋为凭放弃优先赎买权,城中的各位长老作为见证人见证波阿斯获得所让渡的赎买权利。整个过程自然、流畅,涉及的三方——波阿斯、另一位至亲、各位长老均心平气和,认为解决问题的方式合情合理,没有出现任何不和谐的杂音。

《路得记》中的主要人物有三个:路得、拿俄米、波阿斯。如果把三个人物的关系作为一个整体来看,可谓构成了一个完美的、具有双重意义的逻辑结构。

第一重结构是功能性的,呈现出的是线性的特征:拿俄米——路得——波阿斯。

第二重结构是文化意义上的,呈现出的是环形的特征:拿俄米(身份为以利米勒遗孀)——路得(身份为基连遗孀)——波阿斯(身份为以利米勒族亲)——拿俄米(身份为俄备得"养母")。

在第一重结构中,拿俄米是人物关系建立的推动者。我们看到路得的一切行动都是在拿俄米的授意下进行的,路得到波阿斯的田地中捡拾麦穗、路得夜间到麦场上睡在波阿斯的脚边、路得表达再嫁波阿斯的愿望，都是在执行拿俄米的指令；波阿斯接受路得的行为，实际上起到了拿俄米指令完成者的作用，只不过经过了路得这一中介。

在第二重结构中，路得是"隐匿的"核心人物，通过她的作用，我们看到每个人物作为一个文化符号，都可以被其身份符号的内涵意义所替代。最终，这些身份符号共同成为一个集合性的能指，所指则是基于氏族部落制男权观念下断裂的宗族纽带的重续。拿俄米一家尽管所有男性都已故去，但只要她们不改嫁"外姓"，就改变不了拿俄米和路得作为父子两代人遗孀从属于以利米勒家族的身份。路得以家族中遗孀的身份再嫁本族中的至亲波阿斯，从而在婚姻制度内确立了她与本族中另一家族的从属关系。但是，正如波阿斯称赞路得的那样："女儿啊！愿你蒙耶和华赐福。你末后的恩，比先前更大；因为少年人无论贫富，你都没有跟从。"（3：10）波阿斯是以利米勒的同辈族亲，而非与路得之夫基连同辈，因此，他与路得所生的儿子俄备得被归在了以利米勒名下，所以"拿俄米就把孩子抱在怀中，做她的养母。邻舍的妇人说：'拿俄米得孩子了！'"（4：16—17）。在这一重逻辑意义上，以利米勒的名得以存留，其家族血脉得以重新延续。这一结果能否达致，无疑取决于路得本人的意愿。如果说拿俄米的性格特征表现出面对逆境时的坚韧和智慧，波阿斯面对族亲遗孀的悲惨处境表现出了自己的责任和性格中的善良，那么路得最鲜明的性格特征则是忠诚与顺从。她不肯离弃孤苦无依的婆婆，顺从地接受婆婆所要求的一切，贤德的品行被人们交口称赞。正因为路得的贤德，才使复兴家族的希望能够实现，她也才是这一小说的真正主人公。如此，这个环形结构的意义就凸显而出。拿俄米刚返回时曾对妇女们哀叹："我满满地出去，耶和华使我空空地回来。"（1：21）如今妇人们对她说："耶和华是应当称颂的！因为今日没有撇下你使你无至近的亲属。"（4：14）借着路得与波阿斯所生的男孩俄备得，拿俄米苦尽而甘来，通过符合部落制风俗的身份转换，重新获取了特殊的生存意义，这是父权社会的法则，也是女性的无奈。

《路得记》所体现出的这种整体的"和谐"审美特征，与文本所透露出的、与那一时代所适应的氏族部落生活方式和风俗制度具有密切关系。《路得记》中所体现出的风俗，如转婚房制、近亲优先赎买制、长老作为见证人以及带有一定"野合"色彩的描写，相对真实地反映了那一时代以色列人的生活。这些风俗制度被当时的人们认为是理所当然的。正是小说背后特定的历史文化，支撑起了叙述层面上的自然、质朴、顺畅与整体上的和谐。

四

与《路得记》涓涓流水般淳朴的叙事风格不同，《以斯帖记》的整体叙述风格呈现出高度戏剧化的特征。故事发生的场景主要围绕着波斯王宫，情节演进大起大落，人物关系尖锐对立，对抗性因素贯穿小说始终。这篇小说篇幅较长，情节也较《路得记》复杂，大致内容如下：

波斯王亚哈随鲁在自己的宫殿里大摆宴席，席间命太监请王后瓦实提佩戴冠冕前来，使人得见其美貌。王后不肯，激怒了亚哈随鲁，被废去了王后的位分。亚哈随鲁王随后广招国内美貌处女，遴选新后，犹大女子以斯贴得以成为候选女子之一。以斯贴父母双亡，由其堂兄末底改收为养女。美貌善良的以斯贴得到亚哈随鲁王的喜爱，被立为新后。有一个权臣名叫哈曼，在王的面前得宠，众人都畏惧他，向他跪拜，独有末底改不从，因此惹恼了哈曼。哈曼向亚哈随鲁王请命杀掉末底改，并掣签择定在亚达月十三日灭除犹大全族。消息传遍整个国土，各地犹大人都哭泣、哀嚎，等待着大祸临头的日子。末底改将哈曼向犹大人所行的事告知王后以斯贴，吩咐她救助本族。以斯贴冒死面见亚哈随鲁王，通过自己的智慧，揭穿了哈曼的惊天阴谋。结果哈曼不但自己被吊死在他本为吊死末底改预备的木架上，而且全国的犹大人按照亚哈随鲁王新的谕令在亚达月十三日在各地聚集起来大大击杀要谋害自己的敌人，十四日安息作为庆祝之日。波斯都城书珊的犹大人十四日继续向本民族的敌人复仇，十五日安息庆祝。末底改写信给波斯各省的犹大同胞，要他们每年守亚达月十四、十五两日的"普珥日"。"普珥"的意思是"签"，邪恶的哈曼原本掣签订下要剿灭犹大人之日，却变成了犹大人击杀仇敌的日子。"普珥日"后来演变为犹太节日中充满欢乐色彩的"普珥节"，届时犹太人要聚集、设宴，举行庆祝活动。《以斯帖记》以亚哈随鲁王擢升末底改为宰相结尾。

《以斯帖记》故事的核心，实为一场宫廷政治斗争，一切情节的展开都依附于卷入这场政治较量中的双方斗智斗勇的过程。在一定的意义上，这篇小说完全符合读者的"阅读期待"，因为从读者想象性的"前见"角度说，这类涉及宫廷权斗的小说本来就应该充满着波谲云诡的阴谋和恐怖血腥的杀戮，而这两大要素无疑都存在于《以斯帖记》中，因而，惊险性、传奇性和反讽性在文本中构成了有机的统一，悲喜剧因素的交织成为《以斯帖记》的总体审美特征。

《以斯帖记》的故事情节既一波三折又惊心动魄，那么到底引发事变的关键触媒是什么？小说告诉我们是因为末底改不肯跪拜宰相哈曼，后者怒气填胸，游说亚哈随鲁王下旨要灭绝波斯全境的犹大人。那么末底改又为什么违背王命不肯跪拜哈曼呢？答案是因为末底改是犹大人。按照摩西律法，以色列的子孙除了敬拜耶和华，是不可敬拜偶像，也不会跪拜人的。至此我们认识到，这个故事的背后隐含着族群对抗的文化命题。正像哈曼向亚哈随鲁王进谗言时说的那样："有一种民，散居在王国各省的民中，他们的律例与万民的律例不同，也不守王的律例，所以容留他们与王无益。"（3：8）哈曼的话至少部分地说出了一个事实，那就是作为一个行割礼、恪守摩西律法的民族，犹大人的确有着自己不同于天下万族的文化传统，这个传统是他们是其所是的身份标志。在这个意义上，哈曼意欲剿灭犹大人的阴谋其实并不应该简单地被理解为只是像经过了艺术加工的小说所言，仅仅是出于个人被"冒犯"后的邪恶和疯狂反应，而应被视为基于文化差异性上的族群对抗的表现；而险遭灭顶之灾的末底改和波斯全境的犹大人所面对的，则是一个置身强势的异族国度和文化中，能否既坚守自己的民族身份，又能够生存下去的严峻问题。在《以斯帖记》中，族群冲突的惨烈有着充分的表现：哈曼固然要灭绝在国中各省生活的犹大人，但当以斯帖逆转了这一危局后，不是反手就通过亚哈随鲁王的新命，让各地的犹大人聚集起来，击杀那此前要攻击他们的各省中的仇敌吗？除了哈曼的十个儿子死于复仇的刀剑之下，仅仅在书珊城，被杀者就达五百人。当然，这是小说中的叙述，不过是亡国之后寄居于异族之中、遭受压迫和苦难的弱势民族在代偿机制作用下的心理投射，但是，它反映出在犹大人和异族之间，因文化和身份的不同存在着怎样令人触目惊心的激烈冲突的可能！正如我们知道的那样，亡国之后、直至后来犹太人大流散的历史，充分证明了这一问题的普遍性与严酷性。

《以斯帖记》的叙述巧妙地运用了富于戏剧性的巧合、突转和对比手法。王后瓦实提不愿遵王命在宴会上向臣民展露自己的美貌被废，使犹大女子以斯帖成为新后，有了拯救同胞的机会。末底改在朝门恰巧听到两个守门太监要谋害国王，立刻让以斯帖报告亚哈随鲁王，为日后获得尊荣、得到国王的信任埋下了伏笔。哈曼做好木架本想吊死末底改，自己最终却被吊死在这个木架上。这一系列巧合不但增强了故事的传奇色彩，也推动了小说情节的发展。

从整篇小说的故事演进来看，无论波斯境内犹大人的命运，还是其中几个主要人物个人的命运都在情节的突转中经历了大起大落的过程。原本地位卑下、连自己民族身份都不敢轻易暴露的犹大人末底改的养女以斯帖奇迹般地成为统治一百二十七省的亚哈随鲁王的王后；危在旦夕的犹大人"禁食哭泣哀号，穿麻衣躺在灰中的甚多"（4：3），突然间不但转危为安，而且得以尽性击杀意欲谋害自己的仇敌；一人之下、万人之上的当朝宰相哈曼最终被处死，而被哈曼认为可随意处死的卑贱的犹大人末底改却被擢升为宰相，这种情节的突转充满了惊险性。

在人物塑造上，《以斯帖记》与《希伯来圣经》中其他叙事类作品一样，主要通过人物的行为和话语来凸显其性格特征并折射其内心世界，而较少直接的外貌和心理描写。拥有绝对权力的亚哈随鲁王的恣意妄为，通过他对犹大人生杀予夺的两次不同旨意的下达得到淋漓尽致的表现，民众的生死就在他的一念之间。而其他主要人物的塑造，则在对各自不同的行为和话语叙述基础上，特别以对比手法予以强调。哈曼心胸狭隘，内心邪恶，时刻考虑的是自己的权势、地位和荣华富贵，仅仅因为认为末底改对自己不敬，居然就要将全国的犹大人灭族。末底改挚爱自己的同胞，危难来临之际，首先想到的不是保全自己一家，而是义无反顾地要拯救全族人的生命。他的沉着、冷静和对信念、原则的坚持，令读者印象深刻。女主人公以斯帖是小说中最为光彩照人的形象。她以自己的贞静、贤淑和聪明受到王的宠爱，使因骄矜、任性而遭罢黜的原王后瓦实提相形见绌。在拯救同胞的过程中，以斯帖不但甘冒生命危险，而且迸发出了令人惊异的大智大勇，这与贪图权势，只顾私利，狂妄愚蠢的哈曼更是构成了鲜明的对比。

小说中的反讽性，主要通过哈曼"搬起石头砸自己的脚"的一系列既狠毒又拙劣的行为表现出来。在这场宫廷权斗中，哈曼以可耻的失败而告终，但是他失败的意义不止于此，因为这还牵涉到希伯来文化中的"智慧"问题。作为一个弱小的民族，在整个民族历史发展的过程中，从以色列人到犹太人都将智慧作为抵御强敌的一种武器。哈曼位极人臣，权势熏天，尽管在《以斯帖记》中成为一个被讽刺的人物，但这样一个深得国王宠爱的权臣在现实中必然是极具心机和权谋之人。末底改和以斯帖战胜了哈曼，也就意味着他们所代表的民族可以用自己的智慧去战胜强敌，在一个文化异己的世界上生存下去。所以，在小说中，个人与民族的关系得到了突出的强调，正像末底改对以斯帖所言："你莫想在王宫里强过一切犹大人，得免这祸。此时你若闭口不言，犹大人必从别处得解脱，蒙拯救；你和你父家，必致灭亡。焉知你得了王后的位分，不是为现今的机会吗？"（4：13—14）因此，我们看到与反讽性密切相关的，是《以斯帖记》中所展现的对本民族智慧的自信，这主要是通过几次"宴会"的描述来表达的。在小说整体的叙述结构中，"宴会"具有重要的功能作用，是情节突转的关键环节，也是体现以斯帖聪明才智的重要场景和确认本民族智慧可以战胜敌人的方式。《以斯帖记》中的第一次宴会在故事开篇不久，描写原王后瓦实提因拒绝亚哈随鲁王要她在宾客面前展现美貌的命令而被废，这才给了犹大女子末底改进入宫中继而成为新王后的机会。第二、第三次宴会发生在犹大人即将被剿杀之前,以斯帖连续两天备宴请亚哈随鲁王带着哈曼前来。在头一天的宴会上,面对国王的询问和答应满足一切要求的表示,聪明的以斯帖承认自己有所要,有所求,但并不说出自己的要求是什么,只是请国王带着哈曼明天再次赴宴。年轻貌美的以斯帖这样做,一方面激起了国王的好奇心,另一方面麻痹了愚蠢的哈曼,后者以为这是自己的荣耀,对局势即将逆转浑然不知。转天的宴会上,以斯帖揭露了哈曼的阴谋,她说话的方式极富技巧:

> 我若在王眼前蒙恩,王若以为美,我所愿的,是愿王将我的性命赐给我;我所求的,是求王将我的本族赐给我。因我和我的本族被卖了,要剪除杀戮灭绝我们。我们若被卖为奴为婢,我也闭口不言;但王的损失,敌人万不能补足。(7:3—4)

以斯帖知道亚哈随鲁王宠爱自己,所以她先说所求的是自己的性命,随后再说自己本族即将遭到杀戮的命运,再说如果此事成真,这是亚哈随鲁王的损失。从上述话语中,我们仿佛看到了以斯帖楚楚动人而又满怀悲愤的表情,听到她哀伤痛苦的语调。当以斯帖向国王说明,仇人敌人就是恶人哈曼时,接下来的情节更见出以斯帖的聪明:

> 哈曼在王和王后面前就甚惊慌。王便大怒,起来离开酒席往御园去了。哈曼见王定意要加罪与他,就起来,求王后以斯帖救命。王从御园回到酒席之处,见哈曼伏在以斯帖所靠的榻上;王说:"他竟敢在宫内,在我面前,凌辱王后吗?"(7:6—8)

哈曼于是被吊死在他为末底改预备的木架上。我们可以推想，以斯帖此前完全想到了这一幕情景，也摸透了刚愎自用的亚哈随鲁王的脾气和性格。连续两天的宴会，是以斯帖精心设计的一个阻止灾难发生的"巧局"，一切都按照她所预想的进行，也达到了她所期望的目的。

《以斯帖记》叙述上的高度戏剧性，造就了整个文本悲喜剧因素相融的审美效果，在相当程度上，这正是苦难与辉煌交织的民族历史遭际和现实境遇在文学上的反映。尽管《以斯帖记》全卷没有一处明确提到耶和华神，但透过小说中犹大人对民族身份的坚守和他们最终的胜利，却仍然有一种隐秘的信心的潜流回荡在文本叙述之中，那就是他们信靠耶和华，永不放弃希望的坚定信念。正如《诗篇》中所言：

> 因为他的怒气不过是转眼之间，
> 他的恩典乃是一生之久。
> 一宿虽然有哭泣，
> 早晨便必欢呼。①

在这个意义上说，《以斯帖记》体现了颇为典型的古典希伯来文学审美风格。

从历史记忆的角度说，《路得记》和《以斯帖记》叙述的就是民族传统中的"伟大的故事"。然而，每一位叙述者都是从当下的立场去决定其对历史"事件"或"伟大的故事"的信念的，或者说，任何历史无不是从叙述者特定的价值取向中获得其历史的特征。美国

---

① 《诗篇》30：5。

学者琳恩·亨特曾说:"历史最好被定义为已经被讲述的故事和可能被讲述的故事之间的一种持续性紧张关系"①,诚哉斯言。我们看到,两个文本不同的诗学风格与其各自所要表达的主题意蕴不但是高度统一的,而且给不同时期的读者提供了无限想象的动力。无论是成书的时间,还是叙事的策略,《路得记》和《以斯帖记》都表明了作者要以富有艺术感染力的方式和清晰的价值立场,回答自己时代问题的意图。正如这两部经卷伴随着五旬节和普珥节的传承被这个民族的子孙代代传诵那样,它们所承载的历史记忆,还关乎着民族的未来和希望。

---

① Lynn Hunt, "History as Gesture; or The Scandal of History", in *Consequences of Theory*, ed. Jonathan Arac and Barbara Johnson, Baltimore, Johns Hopkins University Press, 1991, pp. 102 – 103.

西方文学与文化论

论比较文学中的纵向发展研究与横向发展研究[①]

法国学者基亚曾谈到,比较文学产生的基础乃是人们关于"世界主义文学"概念和意识的觉醒。[②]换句话说,没有对民族、国别文学的超越概念和意识也就不可能有比较文学。正是从这个意义上,基亚指出,"比较文学就是国际文学的关系史。比较文学工作者站在语言的或民族的边缘,注视着多种文学之间在题材、思想、书籍或感情方面的彼此渗透。"为此目的,比较文学工作者首先"应该是或应该成为一位历史学家——当然,应该是一位文学的历史学家。"基亚的论述可以说是朴实而中肯的。无论关于比较文学的属性和研究方法存在如何激烈的争论,有一点是毋庸置疑的,那就是比较文学研究首先必须面对实际存在、不断赓续并相互影响着的文学本身。

那么,我们应该如何理解和界定"文学"这一比较文学最基本的研究对象呢?我们相信,理解文学首先要将文学置入人类文明发展的语境中,将文学看作人类文明和文化的一个重要组成部分。从历史上看,文学的产生和发展是与人类自身进步的脚步相伴随的。从文明曙光初露、文字未立时代的口头创作(如神话传说、英雄史诗),到今天各种类型、体裁的文学作品,不同时代、不同民族和国家的文学创作汇聚成奔流不息的长河,形象而生动地反映了人类社

[①] 本文原载《黑龙江社会科学》2012年第4期(王立新、王旭峰合作)。

[②] 参见马里奥斯·弗朗索瓦·基亚:《比较文学》,颜保译,北京:北京大学出版社,1983年。

会的发展演变，也揭示了人类思想创造和审美观念嬗变的历程。尽管从古至今，从不同角度提出的关于文学为何的理解可以多种多样，但从根本上说，文学是以某种艺术形式对人类文明经验所做的阐释性表现；其与其他文化形式的区别在于，文学对人类经验的处理方式是具体的而非抽象的，是审美的而非推论的。

从地理范围上看，比较文学所涵盖的文学研究对象囊括了世界各个地区不同文明和文化体系中的文学。依据传统的文化地理划分，我们又可以将其分为西方文学和东方文学两部分。西方文学是对欧美这两大有着密切历史文化联系的区域的文学的统称。虽然跨越多个国家和地区，但是西方文学却具有某种内在的联系和文化一致性。诚如英国诗人和批评家 T.S. 艾略特所言：欧洲文化得益于"近代欧洲基督教的共同传统，以及伴随着这个共同的基督教传统而产生的共同文化因素……西方世界正是在这种传统中，在基督教中以及在古代希腊、罗马和以色列的文明中，才具有了其自身的统一性……这种经历了若干世纪的文化的共同因素的统一，是联结我们的真正的纽带。"[①]东方文学和文化内部虽然存在着多元化的文化与文学源流，但这些传统之间，也仍然具有很强的联系和内在一致性。以亚洲而言，有学者就指出，经济上的"亚细亚生产方式"、政治上的"东方专制主义"和意识形态上的"东方精神"共同构成了东方文学的背景和基础。[②]西方文学与包括中国文学在内的亚非文学构成的东方文学在内涵、审美风貌和嬗变轨迹上既因具有不同的特征而交相辉映，又在全球范围的文学发展为世界文学的过程中与东方文学互相借鉴、相互影响，乃至彼此相融，共同构成了人类文明宝库中的珍贵财富。

---

① 艾略特：《基督教文化》，杨民生、陈常锦译. 成都：四川人民出版社，1989 年，第 205—206 页。

② 王向远：《东方文学史通论》，上海：上海文艺出版社，1994 年，第 2 页。

比较文学研究的一个重要内容，就是展开对世界文学发展进程的描述和发展规律的探讨与总结。而要认识和研究这样一个无比宽广丰富和多姿多彩的人类精神领域，探索其中的发展进程和内在规律，就必须从纵向和横向两个维度分别展开。

一

韦勒克和沃伦认为，文学研究中存在一个历史性的维度，此维度研究的一个重要任务就是认识"按照共同的作者或类型、风格类型、语言传统等分成或大或小的各种小组作品的发展历程，并进而探索整个文学内在结构中的作品的发展历程"。[①]韦勒克和沃伦道出了文学发展中可能存在的某种内在的和动态的进程和规律。然而，韦勒克和沃伦似乎又倾向于将对这一动态进程的研究限制在文学内部，强调"文学分期应该纯粹按照文学的标准来制定"。[②]实际上，文学发展中的这一内在的、动态的进程不可能是独立的，其必然要和社会历史的发展紧密联系在一起。从比较文学的跨学科研究角度讲，我们可以把文学发展中的文学自身的进展以及这一进展与外部世界的关系，统一称为文学的纵向发展。具体而言，所谓文学的纵向发展，就是指文学所表达的主题、观念、思想内涵、社会意识等，必然会随着社会与时代的发展而发展，变化而变化；文学自身的艺术理念和形式也必然随着其所表现的内容和发展了的审美要求而演变。认识和理解文学的纵向发展进程，是比较文学研究中的一个重要内容和维度。

就世界文学的发展看，古希腊时期的文学主要产生在氏族社会

---

① 韦勒克、沃伦：《文学理论》，刘象愚等译，北京：三联书店，1984年，第293页。

② 同上，第306页。

和奴隶制民主社会两个历史阶段。早期的神话传说和英雄史诗与公元前5世纪到4世纪中叶"古典时代"的悲剧、喜剧、抒情诗等等,都是其各自独特的历史文化土壤的产物。古希腊时代在文学上取得了巨大的成就,马克思就称赞古希腊艺术和史诗是"一种规范和高不可及的范本"。①在美学理论和艺术观念上,古希腊也是一个重要的奠基性时代。例如,柏拉图的"理念论"和亚里士多德的"模仿论"就对西方文学、艺术和美学的发展产生了深远的影响。柏拉图认为,理念是一种本原性和真理性的存在,而文学艺术与理念的世界"隔着三层",②因此柏拉图不愿意在自己的理想国中为诗人们安排合适的位置。亚里士多德则相反,他虽然也认为"史诗的编制,悲剧、喜剧……这一切总的来说都是模仿"③,但是他相信这些模仿对人类认识世界和探索真理是有益的。最后,西方意义上的史诗、抒情诗、悲剧、喜剧等重要文学体裁的基本形式也是在这一时期创立的,它们不但被稍后的罗马文学奉为圭臬,也成为后世西方文学的永恒范本。

中世纪是欧洲的封建时代和宗教时代,也是文学艺术发展的重要时期。恩格斯曾谈到,中世纪"从没落了的古代世界承受下来的唯一事物就是基督教和一些残破而且失掉文明的城市";在中世纪,"僧侣们获得了知识教育的垄断地位",④基督教成了大一统的社会意识形态。这就导致在中世纪的大部分时间里,欧洲各地区文学的共性远远大于个性。教会文学、中古英雄史诗、骑士文学等最

---

① 《马克思恩格斯选集》,第二卷,北京:人民出版社,1995年,第29页。
② 柏拉图:《柏拉图文艺对话集》,朱光潜译,北京:人民文学出版社,1963年,第71页。
③ 亚里士多德:《诗学》,陈中梅译,北京:商务印书馆,1996年,第27页。
④ 《马克思恩格斯论文学与艺术》上卷,北京:人民文学出版社,1982年,第315页。

重要的文学类型都形成于这一时期,且其内容主题和价值倾向皆打上了基督教观念的深刻烙印。这一时期形成的骑士叙事诗和散文体的骑士文学为日后小说体裁的发展开辟了道路。

14 世纪至 17 世纪初,欧洲进入了伟大的文艺复兴时期。这一时期,资本主义生产方式开始在封建社会内部孕育并逐渐瓦解其经济基础。欧洲各国、各地区开始打破基督教意识形态的文化钳制,人和人性的力量慢慢苏醒。文艺复兴时期的人开始以人的眼睛观察世界,以人的理性理解世界,以人的心灵和情感书写和描画世界。在文学领域,以人文主义为思想武器的作家们,抨击宗教禁欲主义和蒙昧主义,反对阻碍资本主义发展的封建势力和生产关系,肯定人的自然欲望和对幸福的追求,自觉地塑造符合人文主义理想的人物形象,创造出了近代文学艺术的辉煌。在文学体式上,长、短篇小说作为重要的文学体裁开始在这一时期的文坛占据重要地位,戏剧形式进一步发展,诗歌体裁愈加丰富。

17 世纪,英国在资产阶级革命胜利后初步建立起与封建贵族相妥协的君主立宪制政体;而欧洲大陆各国封建专制力量依然强大,新兴资产阶级与封建贵族阶级势均力敌,相互需要。在这一形势下,欧洲大陆出现了以拥护中央王权、克制个人欲望和服从国家义务等原则为基础的古典主义文学潮流。在英国,除了古典主义文学外,还出现了适应崛起中的资产阶级需要的革命文学。古典主义文学强调理性在文学创作中的作用。法国古典主义理论家布瓦洛就提出,艺术是理性和形式的结合。他说:"不管写什么题目,或庄严或是谐谑,都要情理和韵脚永远地互相配合……在理性的控制下韵不难低头从命,韵不能束缚义理,义理得韵而愈明",因此作家"首需爱理性。"[①]古典主义文学的重镇在悲剧和喜剧,剧作家们师法古希

---

① 布瓦洛:《诗的艺术》,任典译,北京:人民文学出版社,2009 年,第 5 页。

腊罗马戏剧,又加入了自己对希腊戏剧原则和美学观念的理解。这一时期的英国文学同样如此,从那些讴歌清教徒革命的史诗性鸿篇巨制中,我们不但能够清楚地看到《圣经》文学的影响,也能见出诗人借鉴古典史诗作品的痕迹。

到了18世纪,启蒙运动席卷欧洲,文学艺术也出现了新的发展。康德曾指出,"启蒙运动就是人类脱离自己所加之于自己的不成熟状态。不成熟状态就是不经别人的引导,就对运用自己的理智无能为力。"康德提出,"要有勇气运用你自己的理性!这就是启蒙运动的口号。"①欧洲的启蒙思想家大多坚持唯物主义立场,公开以常识和理性否定神学教条和封建制度。充满批判精神的启蒙作家们在猛烈攻击君权神授观念、封建专制制度和宗教神学荒谬性的同时,提出了天赋人权、自由平等和社会契约等一系列重要思想,满怀憧憬地描绘了资产阶级理性王国的宏伟蓝图。在文学领域,启蒙思想家将强烈的论述和表达欲望宣泄到文学创作中,使得这一时期的文学充满了理论和说教的色彩,哲理性小说和教育小说成为启蒙文学的标志性作品。

19世纪前30年的欧洲文坛是浪漫主义的天下。此时,全欧范围内风起云涌的资产阶级民族民主运动,德国古典哲学的发展和英法空想社会主义思想的传播,共同构成了浪漫主义思潮形成的时代文化土壤。浪漫主义文学推崇天才和灵感,张扬个性和激情。浪漫主义作家们喜欢讴歌自由,谴责专制;他们渴望民族和个人心灵的解放,对自然、民俗和人的美好天性满怀深情。英国浪漫主义诗人华兹华斯就谈到,"一切好诗都是强烈情感的自然流露",而田园生活则是浪漫诗歌的绝佳题材,"因为在这种生活里,人们的热情是与自

---

① 康德:《历史理性批判文集》,何兆武译,北京:商务印书馆,1996年,第22页。

然的美而永久的形式合而为一的。"①长于抒情的诗歌在浪漫主义时代大放异彩,各种形式争奇斗妍;而富于传奇性的浪漫主义小说则以别样的情韵扣动着读者的心弦。

19世纪30年代后,随着西方工业文明的发展,资本主义生产关系的内在矛盾日益凸显和尖锐化,主张客观真实地描绘和反映社会人生的现实主义成为这一时期的文学主潮。法国现实主义文学巨匠巴尔扎克就将自己作品的属性界定为法国社会的忠实记录。他说:"法国社会将成为历史家,我只应该充当它的秘书"。②在这一时期,由人文主义和启蒙思想发展而来的人道主义和民主观念成为现实主义文学的思想基础。社会底层人和"小人物"在严酷环境中的真实境遇,金钱关系下人性被扭曲的现状,不合理的社会制度给青年一代所造成的戕害和资本主义制度下新的阶级关系和阶级矛盾等,成为现实主义文学最重要的表现主题。60年代后,随着实证哲学、经验论美学以及生物学、遗传学的兴盛和实验科学方法的传播,我们又看到了自然主义文学、唯美主义文学、象征主义文学在文坛上的兴盛。近代以来不断发展的传统长篇小说体裁在现实主义文学时期臻于成熟:无论在反映现实社会的深度和广度上,还是在塑造人物形象的复杂性和典型性上,现实主义文学在19世纪都达到了一个辉煌的高度。

进入20世纪,人类社会发生了翻天覆地的变化,文学艺术也随之出现了深刻的创新和变革。一方面,十月革命胜利后的前苏联文学,以社会主义现实主义为创作原则,对传统的现实主义文学做出了新的理解和阐释。苏联作协明确提出,"社会主义现实主义,作为苏联文学和文学批评的基本方法,要求艺术家从现实的革命发展中

---

① 华兹华斯:《抒情歌谣集·一八零零年版序言》,伍蠡甫主编,《西方文论选》,上海:上海译文出版社,1979年,第5、6页。

② 《巴尔扎克全集》(第一卷),北京:人民文学出版社,1984年,第8页。

真实地、历史具体地去描写现实。同时艺术描写的真实性和历史具体性必须与用社会主义精神从思想上改造和教育劳动人民的任务结合起来。"①现实主义自此染上了强烈的政治色彩。

另一方面，传统意义上的西方世界和西方文学也在经历深刻的变化。进入工业化、后工业化和科技化、信息化时代的西方社会，面对两次世界大战、频繁的经济危机、冷战时期东西方的对峙、核恐怖的威胁、全球生态环境的恶化、能源短缺与日益激烈的争夺、不同文明间的冲突与文化的融合、全球政治形势的动荡等等一系列新的挑战，开始深刻体认到西方文明的"进步"观念，与人类精神生活和生存环境之间所具有的内在矛盾。从20世纪初到50年代，早在上世纪末便开始受到怀疑的以理性主义为基础的传统价值观此时进一步动摇和衰落，各种非理性主义思潮蔓延开来，现代主义文学诸流派随即应运而生。现代主义文学的共同性表现在思想观念上具有强烈的反传统倾向，而在艺术形式上追求实验性和创新性。无论对叙述视角的探索，对隐喻和象征的强调，对神话原型模式的翻新还是对心理时间和潜意识本能的刻意推重，现代主义文学在艺术形式上的探索都与其所要表现的文明与人之间的内在冲突这一根本主题高度一致。

20世纪60年代后，步入后工业阶段的西方社会催生出了后现代主义文化，并使其很快发展成为席卷哲学社会科学和文学艺术创作等各个领域的一股巨大浪潮。反权威的坚定意志加上规模化的文化产业和信息技术的推波助澜，使得后现代主义文学与文化呈现出迥然而异的精神面貌。詹明信就曾提出："不论从美学观点或从意识形态角度来看，后现代主义（都）表现了我们跟现代主义文明彻底决裂

---

① 参见李辉凡、张捷：《20世纪俄罗斯文学史》，青岛：青岛出版社，1998年，第144页。

的结果。"①在文学领域，如果说现代主义文学在反传统的同时还充满了一种建设性的批判意识，满怀着对克服西方文化危机的深深思考，那么后现代主义文学则消解了一切形而上的宏大叙事，解构了西方传统的本质主义和中心主义深度模式。后现代主义文学家拒绝任何意识形态的话语霸权，推崇差异和不确定性，信奉众声喧哗和多元对话的文学与文化观念。在具体的创作中，复制、拼贴、互文、元叙述、戏仿、悖论等技法的运用，彻底打破了现代主义文学观念下作家们依然看重的文本结构的稳定性和重要性；在这里，任何一种固有的文学体裁都无法坚守自己的限度，文体的混杂性与时空关系的任意性让后现代主义的文学文本走向了彻底的开放和意义的不确定。

二

英国哲学家罗素曾提到："在往昔，不同文化的接触曾是人类进步的路标"，文学和文化交流带来的结果"常常是青出于蓝而胜于蓝的。"②实际上，从古至今，不同地区间文学与文化的交往从来就没有停止过。所谓世界文学中的横向发展，就是指各地区、民族、国家的文学与文化相互影响，彼此借鉴，由民族、国家、区域文学逐渐汇聚为世界文学大潮的发展过程和趋向。值得注意的是，这种横向的发展并非简单的表现为文学观念、文学思潮、文学类型从一地到另一地，从一个国家到另一个国家的移植；相反，这是一个不断变异的互动过程。一方面，文学接受者的接受，必然是一种结合了

---

① 詹明信：《晚期资本主义文化逻辑》，陈清侨等译，北京：三联书店，2003年，第421页。

② 罗素：《一个自由人的崇拜》，胡品清译，长春：时代文艺出版社，1988年，第8页。

自身的文学传统及特有历史文化语境的创造性的接受；另一方面，这种经过接受和改造的文学也会反过来影响传播者对自身的认识和理解。在这两种趋势的作用下，世界文学横向发展的历程，往往也成为一个民族、一个地区和一个时期的文学从内容到形式不断丰富和深化的过程。

从历史上看，早在世界几大文明形成之初，源自东方的两河流域、小亚细亚和古代埃及的神话就曾影响到西方的古希腊神话；而这些有着东方血脉的神话因素又通过古希腊文学传递给了古罗马。公元1世纪，基督教兴起，迅速向罗马帝国传播，并在中世纪成为全欧范围内的宗教信仰，孕育出了众多西方经典的文学作品。然而我们不得不承认的是，基督教这一在西方世界有深远影响的宗教却带有东方文化的基因。从宗教发展史上看，基督教是由古代西亚巴勒斯坦地区的犹太教发展而来的。犹太教的经典《塔纳赫》被后起的基督教接受为自己的经典，称作《旧约》；《旧约》与基督教自己创作的《新约》共同构成了基督教的《圣经》。《新约》各卷成书前后的历史文化语境，已是以地中海文化圈为中心的东西方文化交流、融合的希腊化时期和罗马帝国时期，无论是《新约》所反映出的神学观念以及教父神学家基于基督教信仰立场对犹太教经典《塔纳赫》神学的再阐释，都能看出这种交流与融合的鲜明痕迹。可以说，基督教文化本身就是东西方文化交汇的产物。在此意义上而言，正是东西方文化的横向影响与调和，最终形成了希伯来—基督教文学与文化和古希腊—罗马文学与文化在西方文明中的源头性地位。

文艺复兴时期的人文主义文学产生在资本主义生产关系相对发达的意大利，而意大利文艺复兴潮流的兴起和发展同样与东方文化密不可分。布克哈特曾谈到东方文化在文艺复兴时期的流行。他说："但丁本人对于希伯来文有很高的评价……从15世纪以来，学者们不再仅仅以能够怀有敬意地说这种语言为满足,而是要投身到它的彻底研究中。"①在文艺复兴时期的意大利,"阿拉伯文也和希伯来文一样有人学习"②,"君主和富翁们竞相收集阿拉伯文的手抄本。"③我们不难想象希伯来文学和阿拉伯文学会随着语言的学习和手抄本的收集而渗透进欧洲文学。随着文艺复兴运动由意大利向其他国家的传播,西班牙、法国、英国、德国的人文主义文学也相继蓬勃发展起来,东西方文学的交融随之不断扩展和加深。

17世纪之后,欧洲国家内部的文化交流愈加频繁,文学的横向影响日益深刻。以古典主义文学为例。兴盛于法国的古典主义文学在整个欧洲流行了二百年之久,以致很多欧洲国家都不同程度地出现过古典主义文学时期,例如英国在复辟王朝时期,德国在18世纪40年代前的一段时期,俄国在18世纪的上半期等。又比如作为18世纪欧洲文学主潮的启蒙文学。启蒙文学原本起源于英国,但全盛却是在法国,而随着启蒙运动的深入发展,德国、意大利、俄罗斯等国都产生了启蒙主义文学。尤其值得提出的是,中国的儒家文化思想和文学创作,对欧洲的启蒙运动和启蒙文学也产生了重要的影响。

20世纪以来,由于信息技术的发展,人类各地区在政治、经济和文化等方面的交往变得空前频繁和绵密;文学艺术之间的横向影响也表现出交互式、多维度和趋同化等重要特征。一方面,随着全球化的发展和人口的大规模流动,各国文学之间在叙述主题和精神内涵方面都表现出越来越多的共同性。例如,全球范围内的文化冲突和文化融合就使得族裔、性别、殖民与后殖民等问题成为各国文

---

① 布克哈特:《意大利文艺复兴时期的文化》何新译,北京:商务印书馆,1983年,第193页。

② 同上,第196页。

③ 同上,第197页。

学共同关注的话题;人类所共同面对的诸如文明发展与自然环境之间的关系问题、传统价值与现代性追求之间的矛盾问题等,则使得生态文学与新历史主义文学成为世界文学中最为生机盎然的领域。另一方面,当今世界便捷的信息往来、跨国运营的文化产业和高度发达的国际交通网络,使得各国的文学艺术家们在文学手法和创作观念上的相互借鉴和学习变得非常简单和直接,各地区文学风格趋近和融合的趋势变得势不可挡。如果不囿于传统的文化地理观念,我们甚至可以说,在当今世界,不仅西方文学作为一个整体的统一性在不断加强,就是东西方文学之间的疆界也在日渐变得模糊。

霍米·巴巴曾谈到:"我们今日的存在被一种晦暗的幸存感所标示,我们生活在'在场'(present)的边界,那里除了通用的、充满了矛盾又不断移动的前缀'后'……——之外,似乎就没有其他什么合适的命名了……在这里,时间和空间交错生成一种差异与统一、过去与现在、内部与外部、包含与排除的复杂特征。"[1]巴巴的这一论述某种程度上准确反映了当今世界文学的普遍存在状态。当代世界各国文学之间的横向影响已经演变为一种文学题材和文学风格的交汇与交融,甚至作家们也开始变成了世界性的。对于那些生活在美国的华裔作家,对于那些描写黑人生活的非洲白人作家,对于那些从前苏联移民到美国和欧洲的俄国作家,等等,我们已经很难用单一的民族和国别来界定他们了。歌德在19世纪初所预言的,"一种世界文学正在形成","民族文学已经不是十分重要,世界文学的时代已经开始"[2]的情况,正在变成现实。

---

[1] Homi Bhabha, *The Location of Culture*, London: Routledge 1994, p.1.

[2] 《歌德文集》(第十卷),北京:人民文学出版社,1999年,第409页。

三

世界文学的纵向发展与横向发展之间的关系是辩证性的，两者互为条件，相互促进。从某种意义上讲，世界文学的纵向发展决定了文学史演变的整体轨迹，而世界文学的横向发展则不仅标示出纵向发展的广度和深度，还常常是文学纵向发展的动力和前提。

把握文学纵向发展与横向发展的辩证关系，可以帮助我们树立认识和评价作家和作品艺术价值的标准，确立作家和作品在文学史上的地位。

古往今来的作家浩如繁星，但是能够青史留名的却只有那些具有经典品格的卓越者。那么何为经典性作家呢？艾略特曾谈到，一个伟大的、经典性的作家必须具有某种独特的历史意识。"这种历史意识又含有一种领悟，不但要理解过去的过去性，而且还要理解过去的现在性；历史的意识不但使人写作时有他自己那一代的背景，而且还要感到从荷马以来欧洲整个的文学及其本国整个的文学有一个同时的存在，组成一个同时的局面。这个历史的意识是对于永久的意识，也是对于暂时的意识，也是对于永久和暂时的合起来的意识。就是这个意识使一个作家成为传统的。同时也就是这个意识使一个作家敏锐地意识到自己在时间中的地位，自己和当代的关系。"[①]一个作家与所有作家、一个时代与所有时代的关系，实际上就是一个文学的纵向发展与横向发展的关系问题。只有那些雄踞自己时代文学创作的高峰，同时又以自己鲜明的风格为全部文学的发展提供了新质的作家才属于经典作家。

[①] 艾略特：《传统与个人才能》，卞之琳译，赵毅衡选编，《"新批评"文集》，北京：中国社会科学出版社，1988年，第26页。

从一个宏观的角度看,世界文学中任何伟大的传统都既是文学纵向与横向发展的产物,也是推动这种发展的力量。一方面,经典作家和经典作品必然身处文学纵向发展和横向发展链条的交汇点上,他们是自己时代的产物,也在影响着自己的时代。另一方面,这些经典作家和经典作品更在不断推动时代文学的纵向发展和横向传播。英国剧作家本·琼生曾这样评价与他同时代的莎士比亚,他说莎士比亚"不属于一个时代而属于所有的世纪"。[1]信然!像莎士比亚这样的经典作家,无论他们生活在哪个世纪,也无论他们属于哪个国家和民族,他们的创作都显示出非凡的个人才能与文学和文化纵横传统之间的密切关系。在他们的笔下,既充盈着时代的精神,也表现出对人类共同价值的肯定与坚守;他们的创作既受惠于既有艺术甘泉的滋养,又时时以对既有艺术形式的突破和创新为传统带来无尽的活力。经典作品是人类永恒的财富,它们将永远"带着先前解释的气息走向我们,背后拖着它们经过文化或多种文化时留下的足迹。"[2]

人类的文学已有数千年的发展历史,其间涌现出了诸多杰出的作家和经典的文本,这些作家和文本不仅在审美的愉悦中为我们开启了对既往社会、历史、风俗的认识,也给予了我们无尽的思想和精神启迪。在不同民族、国家和地区文学日益发展为世界文学的今天,文学更成为沟通人类心灵的重要桥梁。比较文学作为一个力图沟通不同文化和文学的学科和研究领域,有责任和义务探索文学纵横发展的状况和内在规律,为人类文学和文化的深入交流探索可能的路径。

---

[1] 本·琼生:《题威廉·莎士比亚先生的遗著,纪念吾敬爱的作者》,卞之琳译,杨周翰编选,《莎士比亚评论汇编》(上卷),北京:中国社会科学出版社,1979年,第13页。

[2] 卡尔维诺:《为什么读经典》,黄灿然、李桂蜜译,南京:译林出版社,2006年,第4页。

20世纪外国文学史书写的理论与方法反思[1]

20世纪80年代,唐弢曾撰文指出,由于尚未经过时间的沉淀和生活的筛洗,当下的文学还在经历内在的斗争与演变,人们无法对其进行深入的理解与刻画,因此当代文学不宜写史。[2]很快,施蛰存也撰文支持唐弢的观念,认为"一切正在发展中的政治、社会及个人的行为"都还没有入史的可能性和必要性。然而,克罗齐却也提醒我们"当代性不是某一类历史的特征,而是一切历史的内在特征",[3]任何历史书写都是对当代史的书写。这两种貌似相反的观念,却共同为我们对20世纪外国文学史写作的回顾与反思提供了理论支持。一方面,进入新世纪后,历史已经为我们提供了足够的距离,让我们可以把20世纪的外国文学作为一个整体进行审视,一种完整意义上的20世纪外国文学史建构已经具备了可能性。另一方面,当我们又有了这样一种观念,即所谓客观的史的写作很难脱离当下观念的支配时,我们就具备了对过往的20世纪外国文学史写作进行反思和对未来的20世纪外国文学史写作进行展望的历史条件和主观条件。

---

[1] 本文原载《首都师范大学学报》2010年第3期。(王立新、王旭峰合作)
[2] 唐弢著:《唐弢文集》(第九卷),北京:社会科学文献出版社,1995年,第495—496页。
[3] 克罗齐著:《历史学的理论与实际》,傅任敢译,北京:商务印书馆,1986年,第3页。

一、东方文学与西方文学：日渐模糊的边界

除了国别外，我们既往对外国文学的划分一般都遵循一种约定俗成的地理观念，即外国文学要分为东方文学和西方（欧美）文学两种类型。比如，被国内高校广泛采用的南开版《外国文学史》和人大版《外国文学简编》，就分为欧美卷和亚非卷两种；此外，各种独立的欧美文学史和东方文学史著作更是汗牛充栋。东方文学和西方文学划分在国内学界的形成和被普遍认可，有其历史和现实的必然性。一方面，客观讲，古代东方文学和西方文学之间沟通较少，两者在风格上确实存在一定的差异。但是，另一方面，我们也不得不承认，这种划分的形成很大程度上是政治因素影响的结果。二战之后，国际上是东方社会主义与西方资本主义两大阵营之间长期的对峙和对立，东方和西方具有决然相反的意识形态内涵。在国内，我们很长一段时间里在政治经济上接近苏联，在意识形态上将自己定位为东方，关于"东风"与"西风"的讨论更是直接决定了我们对东西方文学的不同理解；在这种情况下，东西二分法就成了学界的不刊之论。站在21世纪的开端，随着意识形态对立的消解和全球化趋势的展开，我们也有了更多的空间来反思这种传统的文学史划分。

从知识考古学的角度看，东方与西方的地理和文化划分本身就是值得质疑的。某种意义上讲，并不存在文化地理意义上毫不相关甚至决然对立的东方与西方；东方与西方概念的形成是一种互相建构的结果。萨义德曾详细考察了西方世界对东方的建构，他明确指出："东方并非一种自然的存在"，[①]而是历史上政治知识制造的产

[①] 萨义德著：《东方学》，王宇根译，北京：三联书店，1999年，第6页。

物。萨义德追述了近代以来西方学术机构对东方这一想象的地理的研究与建构。从萨义德的论述看,西方世界眼中的东方从地理范围到善恶形象都是在不断变化的。西方对东方的研究最早乃是出于基督教会的需要。为了认识异教世界和传播福音,维也纳的基督教公会(Church Council of Vienne)最早于1312年在巴黎、牛津、博洛尼亚和阿维农等地设立了阿拉伯语、希腊语、希伯来语和古叙利亚语的系列讲席,①东方这才第一次进入西方的知识视野。这里值得注意的另一个现象是,当时是教会的世界观决定了东西方的划分,一个明显的例子就是,现在被认为是西方文化源头的古典时代的希腊,却由于属于异教世界而在当时被认为是一个东方区域。当然现在国内没有一本文学史会把古希腊文学归入东方文学的范畴。今昔对比,足见所谓东方是如何的变动不居。关于东方范畴变化的另一个明显的例子是中亚和印度。这两个地方很长时间以来并未进入所谓的东方。萨义德就指出,直到18世纪中叶,东方学研究中的东方还只包括旧约世界、伊斯兰世界和少数汉学家笔下的汉文化世界,只是到了18世纪后期,中亚和印度才真正被从知识上纳入到东方世界里来;②而只有到了殖民时代,印度等国家才因为成为了英国的殖民地而变成了实实在在的东方国家。与地理范畴的变化相同,西方对东方的价值判断也在发生变化。在中世纪,东方因为身处异教世界而被认为是极端野蛮和恐怖的。而到了文艺复兴和启蒙时代,东方则因为没有基督教会而仍能发展出高度的文明,成了欧洲进步思想家们打击和反对教会的有力武器,这时的东方则成了浪漫和美好的象征。当然,另一方面,东方也在对西方进行不断地想象和建构。比如,在19世纪之前,中国人似乎就没有现代意义上的西方概念;

---

① 萨义德著:《东方学》,王宇根译,北京:三联书店,1999年,第61—62页。费正清著:《美国与中国》,张理京译,北京:世界知识出版社,1999年。

② 萨义德著:《东方学》,王宇根译,北京:三联书店,1999年,第63页。

中国只是在朝贡体制下将海外的一切人和物品统称为"洋","洋人"、"洋火"、"洋枪"等等;①只是随着欧美列强的不断入侵,中国人的西方观念才慢慢建构和完善起来。

15世纪地理大发现所开启的全球交通,随着殖民和全球化运动的发展而愈益加速,在这种情况下,传统的东西方边界日渐模糊甚至难以区分。一方面,殖民和全球化运动导致了东西方世界物质交流的日渐频繁,我们如今已经很难区分哪些东西是纯粹西方的,哪些东西是纯粹东方的了。另一方面,也是更重要的,全球化带来了文化的同质化倾向和区域观念的解体。民主与自由,人性与人道,个人的解放与拯救等观念似乎成了被普遍接受的价值,而排他性的地区观念和东西方划分则受到越来越多的质疑和挑战。从国联到联合国,从哈贝马斯对民族国家观念的挑战到欧洲一体化进程,甚至"中美国"概念的提出等等,都昭示着我们这个世界越来越走向难分彼此的一体化。

势不可挡的全球化趋势和日渐模糊的东西方分野,尤其对我们的20世纪外国文学史写作提出了尖锐的挑战。面对20世纪以来世界文坛的发展变化,我们似乎逐渐越来越难以区分哪些属于纯粹的西方作家和西方文学,哪些又是属于纯粹的东方作家和东方文学了。近年来获得诺贝尔文学奖的多位作家,就对我们传统的东方/西方的文学史框架提出了挑战。例如,1991年的诺奖得主纳丁·戈迪默从国籍上看属于南非,但戈迪默的母亲是英格兰人,父亲是立陶宛人,她在种族上又属于欧洲,且其写作使用的语言也是英语。再比如同样出生于南非的另一位诺奖得主库切,他不仅在种族上属于欧洲,而且其创作风格也是沿着欧洲文学的传统一路而来的。我们

---

① 费正清著:《美国与中国》,张理京译,北京:世界知识出版社,1999年,第134页。

很难简单地说戈迪默和库切到底是南非作家还是欧洲作家，是东方作家还是西方作家。还有更复杂的，比如2001年诺奖得主奈保尔。奈保尔出生于特立尼达，这个地方以前是西班牙殖民地，后来成了英国殖民地，而奈保尔在种族上又是属于印度的。在文化传统上，奈保尔从小接受的是英国式教育，写作也是用英语，但是他的思想中又夹杂了英国和印度的双重特征。这就使得我们既无法从地理和种族上判断其归属，也无法从思想和风格上判断其创作性质；奈保尔似乎既是东方的又是西方的，既不是西方的又不是东方的。

霍米·巴巴曾这样描述自己对这个时代的感受，他说："我们今日的存在被一种晦暗的幸存感所标示，我们生活在'在场'（present）的边界，那里除了通用的、充满了矛盾又不断移动的前缀'后'……——之外，似乎就没有其他什么合适的命名了……在这里，时间和空间交错生成一种差异与统一、过去与现在、内部与外部、包含与排除的复杂特征。"[①]巴巴将这种状态称为"混杂"（hybridization）。不得不承认，20世纪，尤其是二战后的外国文学就处于这样一种混杂状态中。在这种状态中，传统意义上的东方与西方文学史划分不仅显得不合时宜，而且成了妨碍我们正确认识某些外国文学现象的桎梏。在处理20世纪的外国文学现象时，我们应该尝试打破这种僵硬的文学史划分模式，例如将后殖民作家等概念引入到文学史写作中。这样不仅可以避免流散作家难以定位的尴尬，给其以适当的文学史评断；而且可以将文化认同、身份政治、抵抗政治等重要主题纳入到正统的外国文学史叙述中，从而极大丰富我们的文学史写作。

---

① Homi Bhabha, *The Location of Culture*[M]. London: Routledge, 1994, p.1.

二、文化诗学与形式主义：在论争中反思

文学史书写面临着一个永恒的难题，那就是如何处理文学作品的个别性与文学史所要求的历史性、整体性和规律性之间的矛盾。瑙曼将这一难题归结为"作品"与"文学"之间的矛盾。瑙曼认为，在文学史写作中，"绝大多数情况下，作品这个概念总是同阐释学、解释、审美判断、语言分析等问题联系在一起"，而从史的角度看，首要的问题却是"历史的、社会的、表意的以及其他等等的说明"；忽视了前者可能导致文学史写作取消了文学性，忽视了后者则可能危及文学的内在联系。①

这一难题在国内的 20 世纪外国文学史写作中同样不可避免。由于受到不断翻新的西方文论的影响和冲击，国内学界对 20 世纪外国文学的理解呈现出多种多样的立场和方法，有新批评的、结构主义的和解构主义的，有女权主义的、新历史主义的、后殖民主义的，如此等等。这些不同的理解和阐释方式，导致了文学史写作中强调文学性的形式主义观念和强调社会历史内涵的文化诗学观念之间的矛盾。上个世纪八、九十年代，受新批评理论的影响，我们的外国文学史写作更强调文学性本身，重视挖掘文学史中单独文学作品的内涵；新世纪以来，我们的文学史写作则更强调文学与外部环境之间的关系，强调文学作为社会文化一部分的意义和作用。

就目前的情况看，形式主义的外国文学史写作中可能存在的脱离社会历史现实，具有保守主义和精英主义色彩等问题已经得到了比较充分的批判，而方兴未艾的文化诗学主导的文学史写作中可能

---

① 瑙曼等著：《作品、文学史与读者》，范大灿译，北京：文化艺术出版社，1997年，第 181—182 页。

存在的问题,却尚未得到应有的反思。实际上,文化诗学性的文学史写作并非新事;它对文学的社会政治意义的强调,对研究者介入感和知识分子精神的推崇,都让我们想到传统的社会历史主义方法。单纯强调文学内部研究的文学史写作固然不可取,但是和社会历史主义的文学史写作一样,过于强调文化诗学的文学史写作很容易使文学研究偏离自身的轨道。我们不妨以现在最流行的女性主义、生态主义和宗教论三种文化诗学性的文学史写作为例,具体分析一下这个问题。

女性主义是当代外国文学研究中的显学,更是 20 世纪外国文学史写作的重要观念之一:一方面,各种分体的女性文学史层出不穷,另一方面,在外国文学史写作中,如果不为女性作家辟出独立的位置和专门的论述,就容易被批评为保守主义的和男性中心主义的。我们承认,在文学史写作中强调女性作家的独特性和重要性是必要的和必须的,比如在 19 世纪的英国文学中,大量出现高水平女作家这一事实就很值得作为一个文学史现象加以研究。但是,另一方面,我们也要警惕文学史写作中对女性特殊性的过分强调。我们知道,外国文学研究中的女性主义一脉,实是政治领域中女权运动风尚所及之产物。西方早期的女权运动和文学本无关系,无论是玛丽·沃拉斯通克拉夫特的《为女权一辩》,还是伍尔夫的《一个人的房间》,强调的都是女性的经济独立问题。当女性主义形成一股自觉的力量后,其主要目标更是锁定在争取妇女选举权和工作权,取消男女两性之间的对立和建构女性主体性等政治文化目标上。[①]文学研究中的女性主义和以性别为分野的文学史写作,很大程度上是为女权运动服务的。我们并不质疑这种文学史写作的方式,但是也

[①] Judith Harlan, *Feminism: A Reference Handbook*, California: ABC—CLIO, 1998, pp. 3 – 9.

必须注意，文学史的根本立足点还应该在文学本身；文学性是文学史写作不能放弃的底线。如果女性主义主导下的文学史写作，使得"性别"取代了"文学"，"女性"超过了"作家"，那就违背了文学史本身的含义了。

生态主义是对 20 世纪外国文学史写作产生重大影响的另一种文化诗学；在生态主义的影响下，以人与自然的关系为视角的文学史写作和女性主义一样成为目前学界的潮流。对于生态主义的文学研究和文学史写作，我们同样必须保持清醒的认识。国内生态文学研究专家王诺指出："生态批评崛起的主要推动力不是来自文学研究内部，不是来自批评家标新立异的冲动，而是来自世界范围内的生态危机的逼促和强迫"。[①]事实也确实如此。从国际学界看，生态文学是作为西方环保运动在文学领域的投射而出现的。上个世纪 60 年代，随着蕾切尔·卡逊那本著名的《寂静的春天》的发表，西方人越来越强调人类对自然的破坏和环境保护的重要性；随后，环保主义风行西方。作为对这一思潮的反应，文学界在"文学与环境研究协会"（ASLE）的推动下，发起了生态主义批评，然而，正如我们在某些研究中看到的那样，这种以生态和谐为旨归的文学研究正日益表现出有脱离文学本身的倾向，演变成一种广义的文化与环境批评。[②]生态主义批评的存在自有其不容争辩的意义，但是对于文学史写作来说，生态主义却必须是服务于文学本身的；如果将文学和文学史作为阐发生态思想的战场，则未免本末倒置。

宗教与文学视角下的文学研究与文学史写作是当代国内学界兴起的又一股重要潮流。这种研究主要有两种思路，一是将宗教文本如圣经、佛经和可兰经等作为文学来进行研究；一是研究宗教思想

---

① 王诺著：《欧美生态批评》，上海：学林出版社，2008 年，第 1 页。
② Greg Garrard, *Ecocriticism*, New York: Routledge, 2006, p.4.

对具体作家作品和整体文学史的影响。与女性主义和生态主义相比，宗教视角下的文学史写作相对更贴近文学一些：一方面，宗教经典的进入文学，丰富和扩大了文学史书写的范围。另一方面，宗教思想对很多外国作家也确有着深刻的影响。再一方面，由于具体原因，对外国文学中宗教纬度的研究很长一段时间内，一直是我们文学史写作中的短板，如今补足它，自然意义重大。然而，这里需要注意的是，宗教纬度的文学史书写同样必须理清宗教与文学之间的关系：宗教思想虽然对西方文学有深刻影响，但是宗教仍然属于文学研究和文学史书写的外部因素，这种影响必须通过对文学文本和文学史演变的研究体现出来。宗教只是我们认识和研究西方文学的一扇窗户，如果颠倒了二者之间的关系，则文学史写作也将丧失其本体地位。

三、现代主义与后现代主义：重建评判标准

现代主义文学与后现代主义文学如何进行划分，是困扰 20 世纪外国文学史写作的另一个难题。纵观国内几部重要的外国文学史著作，在关于魔幻现实主义文学、新小说等重要流派究竟是属于现代主义文学还是后现代主义文学上，仍存在很大分歧。这一方面固然反映了文学史作者观念的多元化，另一方面却也透露出我们在现代主义文学与后现代主义文学划分标准上的混乱。产生这种混乱的一个重要原因，就是我们既没有澄清作为社会思潮的后现代主义的真正内涵，也没有理顺其与作为文学思潮的后现代主义之间的关系。要进行 20 世纪外国文学史的写作，这个理论问题是必须面对的。

众所周知，后现代主义最早是作为一种社会文化思潮出现在西方世界的。上世纪 70 年代，利奥塔发表了著名的《后现代状况》，将后现代主义塑造为一种反启蒙的和反宏大叙事的知识状况；与此

同时，解构主义的思想家们则以反对一切权威、消解一切既定意义的姿态，在社会思想文化领域掀起了一股后现代主义的巨浪。他们认为，西方世界正处在一个新的变革时代，后现代主义就是要消解过往的一切，积极促成这种变革。利奥塔、德勒兹、德里达等后现代主义代表人物通过一系列激进言论，给人们造成了这样一种印象，即后现代主义是对西方传统和正统的反叛，是一股极具破坏性和叛逆性的思潮。然而，正是对后现代主义这种似是而非的认识，导致了我们无法在现代主义和后现代主义之间做出明确的区分。因为现代主义在兴起之时，就是以叛逆性和破坏性为特征的，如果后现代主义依然如此，那么它们之间的区别到底在哪里？当我们又把这种错误的认识移用到文学史划分中时，就造成了更大的混乱。如果说后现代主义文学只是所谓的反叛和破坏，是碎片、拼贴、杂糅和去中心，那么出现在20世纪初的，向来被作为现代主义文学潮流一部分的达达和先锋文学似乎就比世纪末的某些后现代主义文学更符合这个标准。显然，我们对后现代主义的既有认识是不确切的，更无法应用到文学史写作中。

要真正理清现代主义文学和后现代文学之间的界限，我们就必须对后现代主义社会思潮的性质进行重新定位。我们认为，作为社会思潮的后现代主义不仅不具有所谓的反叛与变革精神，相反它恰恰是对现代主义所提倡的反叛与变革的反动，是一种打着激进旗帜的保守思想。从西方历史上看，真正具有激进色彩和变革意识的思想都有一种将自己实践化的冲动，而后现代主义思潮则恰恰相反，它是注重思想更胜于注重行动。例如，后现代主义大将利奥塔早年曾投身政治运动，受挫后退回书斋，才开始了对后现代状况的研究；法国解构主义者是在介入的思想大家萨特光环渐退之后登上历史舞台的，虽然其姿态颇具锋芒，但是除了"文本之外一无所有"的惊人之语外，他们似乎并未对这个世界进行过什么实际性的改变,甚至连改变的思路也没有提出过,更进一步说,他们反启蒙和反宏大叙事的姿态实际上把变革的可能性和必要性也取消了。另外,后现代主义思潮出现在60年代西方左翼运动退潮和资本主义大发展之时,恐亦非偶然。詹姆逊曾将后现代主义定义为后工业社会或晚期资本主义的文化逻辑,①其意即在揭示后现代主义与晚期资本主义的消费主义和世俗主义之间的密切联系。这是一种亲如兄弟的联系,而非我们通常所理解的反叛。伊格尔顿说的更直接,他说西方的后现代主义思潮根本就不具有真正的激进性;后现代主义其实是左翼政治失败后的历史残余,是左翼知识分子的纸上谈兵,培养的只是"政治无知"和"历史健忘"。②此乃确评,道出了后现代主义与现代主义的本质区别。

对后现代主义思潮性质的这种再认识,可以为我们在现代主义文学与后现代主义文学之间进行文学史划分树立新的明确标准。我们认为,20世纪的西方现代主义文学是一种具有现实反思性、批判性和拯救意识的文学流派,"它深刻揭露了资本主义工业文明下的人类生存状况","表现了现代西方人的精神危机"和"对西方传统文化的批判",③体现出了强烈的"危机意识"和"变革意识"。④与现代主义文学不同,西方后现代主义文学则是晚期资本主义和消费时代的文化产物,它放弃了对资本主义进行整体批判和改造的努力,也不追求人的现实解放和精神救赎;后现代主义文学以碎片化和意

---

① 詹明信著:《晚期资本主义的文化逻辑》,张旭东编,陈清侨等译,北京:三联书店,1997年,第420页。

② 伊格尔顿著:《后现代主义的幻象》,华明译,北京:商务印书馆,2000年,第28页。

③ 朱维之、赵沣、崔宝衡、王立新主编:《外国文学史》(欧美卷),南开大学出版社,2009年,第560页。

④ 袁可嘉著:《欧美现代文学概论》,桂林:广西师范大学出版社,2003年,第48—49页。

义消解的姿态,反映和迎合了晚期资本主义时代的意识形态。

按照这一标准,我们就可以对一些尚存争议的文学流派进行明确的文学史划分了。比如我们前面提到的达达和先锋文学,其之所以属于现代主义文学而非后现代主义文学,并非因为其在文学创作形式上的标新立异,而在于其精神实质,在于其对现实毫不妥协的批判精神和寻求变革的意识。对于现代主义文学的现实批判精神,尤奈斯库就曾说:革命的戏剧家"与他的时代格格不入","一个先锋派的人物就是一个身处城内的敌人,这个城市是他决意要摧毁的,是他要反对的……先锋派的人是一种现存制度的反对者。"①达达的代表人物基本都是从文学创作开始,最终走向现实的革命和社会批判运动的,其文学中总是贯穿着真实而强烈的改造世界的精神。这与从现实中退回书斋的很多后现代主义者恰成强烈的对比。又比如拉美的魔幻现实主义文学,很多文学史将其归入后现代主义文学范畴,认为其在创作风格上的怪诞、破碎与拼贴,很符合后现代主义文学的形式特征。这种划分同样是不妥的,因为文学形式显然不足以成为区分现代主义文学和后现代主义文学的充足标准。拉美魔幻现实主义文学整体上有着对拉美历史和现实命运的强烈关注。魔幻现实主义作家们试图以一种特殊的文学形式,表现拉美人现实困境的由来,并为拉美的未来寻求出路。这样一种具有强烈整体感和拯救精神的文学,更符合现代主义文学的气质,而与后现代主义文学格格不入。

---

① 卡林内斯库著:《现代性的五副面孔》,顾爱彬、李瑞华译,北京:商务印书馆,2004年,第129页。

四、小结：正确处理文学史建构中的材料与观念

20世纪外国文学史的写作与19世纪及之前的文学史写作有一个重要的不同，那就是后者的经典作家序列已经基本定型，而前者则会面对不断涌现和被发掘的新作家。这些新作家会挑战既定的文学史结构，要求自己在文学史中的位置。为了应对这种情况，学者们在进行20世纪的文学史写作时主要采用了两种方法：一是进行资料编纂式的文学史写作，即把新出现的作家按照时序编排入文学史中；采用这种方法的文学史作者还会主动挖掘新作家，以丰富和充实既有的文学史。二是进行观念结构式的文学史写作，即预先设定好20世纪外国文学史的阶段和流派，尽量将新出现的作家归并入既有的结构中，如果实在无法纳入既有体系，那么就在总论中做独立的介绍，或者干脆弃之不顾；采用这种方式的文学史作者会主动探索和建构20世纪外国文学写作的理论框架。

从当前的20世纪外国文学史写作实际看，这两种方法各有优长。资料编纂式的文学史写作对新作家和新材料的发掘，包括对既有作家资料的考证与修订，对于丰富和完善尚在形成中的20世纪外国文学史具有重要的意义。观念结构式的文学史写作则有助于我们从整体上把握20世纪外国文学的脉络，加深我们对20世纪外国文学的认识。然而，如果这两种方式各自走向极端，则对我们的20世纪外国文学史写作是非常不利的。一方面，文学史毕竟不是文学资料的机械汇编，它需要以一定的价值判断为依据。正如韦勒克和沃伦所说："在文学史中，简直就没有完全属于中性'事实'的材料。材料的取舍，更显示对价值的判断；初步简单地从一般著作中选出文学作品，分配不同的篇幅去讨论这个或那个作家，都是一种取舍

与判断。"①而树立明确的文学史价值评判标准的工作很大程度上要借助观念结构式的文学史作者的努力。另一方面，文学史又不是文学思想史，更不是文学研究的学术史，它必须立足于文学本身，才不致脱离自己的学科领域。因此，观念结构式的文学史作者又必须时时关注和采用编纂式作者的工作和成果，以充实自己的文学史写作。我们并不希求这两种写作方式能完全合二为一，因为二者都自有其独立存在的意义、理由和必要性。实际上，只要这两种方式能形成良性互动，那么我们的20世纪外国文学史写作，就必能沿着健康的方向不断发展和深化。

  20世纪外国文学史的写作是一项在路上的事业，需要反思与重建的理论和方法问题还很多，我们这里提出几条，以冀引学界同仁的金玉之言。

---

① 韦勒克、沃伦著：《文学理论》，刘象愚等译，北京：三联书店，1984年，第32页。

古代地中海文化圈内部的文学与文化交流及相互影响[①]

在环绕地中海的几个国家和地区中,产生了人类历史上最早的文明,也诞生了人类历史上最初的文学。在以往的研究中,环地中海地区的文学与文化常常是作为独立的部分被加以认识和理解的,学界也产生了相应的古典学研究领域。近些年来,人们越来越注意到环地中海各地区间在文化和文学上的相互交流和影响。有学者还提出了古代"地中海文化圈"的概念,将环地中海文化圈与中国的"长江—黄河文化圈"、印度的"印度河—恒河文化圈"相提并论,指出环地中海文化圈的"中心首先是在地中海东部的西亚和埃及,尔后西移雅典,再至罗马。经过希腊化和罗马帝国近八百年的地中海域文化间的交融和碰撞",最终成型。从地理上看,古代地中海文化圈"东起泛美索不达米亚(Pan-Mesopotamia)和尼罗河,西达现今的法国部分和西班牙,南邻北非沿岸,北抵阿尔卑斯山脉南麓。"[②] 从文学发展和相互影响的角度上,我们还可以把古代地中海文化圈再具体划分为三个主要的部分,即"两河流域文学与文化"、"北非文学与文化"和"古希腊罗马文学与文化"。古代地中海文化圈内部的这三个区域的文学与文化不仅各自取得了巨大的文

[①] 本文原载《广东社会科学》2013年第1期。
[②] 参见陈村富:《地中海文化圈概念的界定及其意义》,《中国社会科学》,2007年第1期,第57页。

学成就,且三者在文学上存在密切的影响、交流和互动。

一

　　古代埃及文明和古代希腊文明是人类历史上的两座高峰。这两大文明之间自古以来就存在着密切的文学和文化交流活动;尤其自希腊化时期以来,这种交流愈益频繁和直接。一方面,在希腊化时代,建筑于埃及尼罗河流域的希腊化名城亚历山大里亚成为希腊文化向埃及传播的桥头堡。希腊人在这里大量整理古代的文学作品,"保存、研究、出版古代诗人、小说家的著作,发展出文艺批评、文本研究",并最终使得"文学开始真正成为一门独立的学科"。①另一方面,埃及的文化尤其是宗教文化,对希腊文学和文化也产生了重要的影响。有学者就指出,"埃及宗教对希腊文化的影响……表现在埃及和希腊神的认同融合上……在希腊人信奉的诸神中,贝斯神纯粹来自埃及……塞拉匹斯神的创造,也来自埃及,成了希腊化的神。"②古埃及和古希腊文化之间的互动和交流,不仅在对方文化中刻下了自身的印记,也促进了各自文学艺术的深入发展。

　　与希腊相比,古代埃及和西亚之间的交通更为便利,两者间在人员和文化交流方面也更为深入、密切和直接。在长期定居西亚的希伯来人的圣经中,很早就记录了西亚的巴勒斯坦地区和埃及之间的密切联系。根据《创世记》和《出埃及记》的记载,希伯来人的先祖约瑟最早就是被商人从巴勒斯坦地区带往埃及的,且其还在埃及为官。后来,希伯来人为了躲避饥荒,从西亚迁居到了埃及。据记载,希伯来人在埃及生活了几代人的时间,然后逐渐失势,成为

---

① 参见陈恒《希腊化研究》,商务印书馆,2006年,第154页。
② 参见刘文鹏《古代埃及史》,商务印书馆,2000年,第628—629页。

奴隶。后来，希伯来人中出现了一位伟大的领袖摩西。他在神的指引下，带领希伯来人脱离埃及，回到了西亚故土。这些记载虽然带有神学色彩，但从中我们还是可以看出当时的西亚和北非两个地区和民族之间的交流情况。

西亚和北非之间的文化影响，尤其表现在摩西这个人物的身份上。在希伯来人的历史中，摩西常常被认为是希伯来民族文化的创立者；有趣的是，根据弗洛伊德的研究，摩西却很可能是一个埃及人。一方面，弗洛伊德引用了埃及学家布雷斯特德的研究成果，布雷斯特德认为"埃及语单词'Mose'的意义是'孩子'"，且"这个名字在埃及的纪念碑上也并不罕见"；[①]另一方面，弗洛伊德注意到，《旧约》中的摩西神话与古代英雄神话的基本模式不同：在古代英雄神话中，英雄一般都是出身高贵却成长于低贱的家庭，而摩西神话则刚好相反，英雄摩西出身于卑微的希伯来家庭却成长于埃及贵族家庭。弗洛伊德认为，这很可能是一种有意的颠倒。从历史上看，《旧约》中关于摩西出身的叙述具有较强的传说性和想象性，而关于其成长环境的叙述则是现实性的。在考察了相关证据后，弗洛伊德提出："摩西是一个埃及人，他也许是高贵之家出身，可是传说中却把他改变成了一个犹太人"。[②]按照弗洛伊德的看法，摩西出生在埃及，接受教育也在埃及，甚至根本上就是一个埃及人，但是后来他却成为以色列民族意识和宗教信仰的建立者。这种经历必然会使摩西将源自埃及的宗教、文化和文学观念带入希伯来文化中。弗洛伊德进而断言，以色列人的一神教其实就是埃及的"埃赫那顿的阿顿神教"。弗洛伊德举例谈到，如在犹太教的宗教信条"Schema

---

① 参见弗洛伊德《摩西与一神教》，李展开译，北京三联书店，1989年，第2页。
② 参见弗洛伊德《摩西与一神教》，李展开译，北京三联书店，1989年，第6—8页。

Yisrael Adonai Elohenu Adonai Echad"中①,希伯来语呼唤的神名Adonai 就与"埃及神名阿顿(Aton 或 Atun)"和"叙利亚神名阿东尼斯(Adonis)"非常相似。②如果确如弗洛伊德所言,那么西亚和希伯来文化与埃及文化之间的相互影响之深入,就是如何强调也不为过的了。

埃及和北非地区不仅与古希腊以及西亚地区文化联系频繁,且对后来的古罗马文学和文化也产生了重要的影响。实际上,除了直接的和转道希腊的文学和文化继承外,这种影响的一个重要表现就是,埃及和北非地区成为古罗马文学叙述的一个重要资源。这方面最具代表性的就是古罗马大诗人维吉尔在《埃涅阿斯纪》中对北非和埃及地区的描述。在史诗中,维吉尔对非洲的自然景物做了出色的描写。如在描述利比亚海岸时,维吉尔写道:"这里是个深邃的海湾,一座岛屿形成大门,大门两侧把海湾掩护起来,海上来的一切浪潮撞着它就破裂成越来越弱的微波。港口两侧有巨大的岩石,形成一对险恶的峰峦,耸入天空,在峰峦的遮蔽之下,宽阔的水域显得安全而宁静。"③这些自然景物描写具体生动,仿佛把读者带到了当时当地,使读者产生了一种强烈的身临其境之感。其次,史诗对古代北非名城迦太基的城市生活进行了深入细致的刻画。如维吉尔在书中写道:"下面就是迦太基城,从上面看去,对面就是城堡……推罗人熙熙攘攘十分忙碌,有的筑城堡,砌堡垒,用手把石头往坡上推;有的选择房屋的地基,周围划出一条沟做墙基。人们在制定

---

① 为古希伯来文译音拼写,原文为 שְׁמַע יִשְׂרָאֵל יְהוָה אֱלֹהֵינוּ יְהוָה אֶחָד,意思是"以色列啊!你要听,耶和华我们的神是独一的主。"参《申命记》第6章第4节。

② 参见弗洛伊德《摩西与一神教》,李展开译,北京三联书店,1989年,第18—19页。

③ 维吉尔《埃涅阿斯纪》,杨周翰译,南京:译林出版社,1999年,第6页。

法律，选举官员和受人尊敬的元老。"①这些描述对于我们了解古代北非的社会生活和政治制度具有重要的价值。最后，史诗还为我们塑造了一个伟大的非洲女性——迦太基女王狄多的形象。狄多本在迦太基过着平静的生活，埃涅阿斯来到迦太基后，由于天神的安排，狄多疯狂地爱上了埃涅阿斯。在维吉尔笔下，狄多心思细腻、情感丰富，敢于承认和面对自己对埃涅阿斯的爱。她对妹妹安娜说道："安娜，我坦白对你说，自从我可怜的丈夫希凯斯遭难，自从我的哥哥血溅了我的家园，只有他（埃涅阿斯）一个人触动了我的心思，使我神魂游移。我有一种死灰复燃、古井生波之感。"②在获得了埃涅阿斯的认可后，狄多把自己的一切都献给了埃涅阿斯，准备与埃涅阿斯共度余生。当埃涅阿斯遵神谕要离开迦太基去建立自己的帝国时，狄多悲痛欲绝；她又是倾诉乞求又是威胁责骂，几乎用尽了所有的手段，想要让埃涅阿斯留下。在她最终明白自己终究要失去埃涅阿斯时，狄多选择了以死亡完结这段感情。维吉尔写道："正当她说话之间，周围伺候的人只见她一剑把自己刺倒，血从剑刃边喷出，溅满了双手。"③在一片惊叫和哀嚎中，狄多女王香消玉殒。可以说，狄多女王是西方古典文学中给人印象最为深刻的北非女性形象之一。

二

俄国历史学家科瓦略夫曾说，"罗马史是地中海古代史的最后一环"。罗马帝国崛起之时，地中海地区正值希腊化时代。罗马，这个

---

① 维吉尔《埃涅阿斯纪》，杨周翰译，南京：译林出版社，1999年，第16页。
② 维吉尔《埃涅阿斯纪》，杨周翰译，南京：译林出版社，1999年，第80—81页。
③ 维吉尔《埃涅阿斯纪》，杨周翰译，南京：译林出版社，1999年，第103页。

政治和军事上无比强大的国家,一开始就不得不进入"已经形成的希腊化世界的体系"。①英国学者沃尔夫也认为,"罗马人首次出现的那个世界,始终是希腊人的世界,通过那个世界,他们扩散开来,并且最终取得了对它的支配地位。"②事实的确如此,古希腊文化对古罗马文化有着先在性和决定性的影响。在文学领域中,这种影响最突出的表现领域就是神话和史诗。

我们知道,古希腊很早就发展出了自己的神话体系。古希腊的神话体系以奥林匹斯山诸神系统最为完整,也最为人所熟知。古希腊神话有三个重要特点:第一,奥林匹斯诸神大都是某种自然力量的代表,比如宙斯是雷神,波塞冬掌管着海洋,阿波罗则是太阳神等。当然,这也是上古神话的一般特征。第二,这些神祇之间存在着类似于人类之间的亲属和伦理关系,如宙斯既是君王,又是父亲,他的妻子是女神赫拉,战神雅典娜是宙斯的女儿,等等。这表明古希腊人有意以神话指涉人间的现实关系。第三,奥林匹斯诸神常常和人类活动发生直接的关联,如《荷马史诗》中就出现了诸神在背后帮助各派军事力量,甚至亲自上阵与人作战的记载。古希腊神话的体系性和内在特征对古罗马神话产生了决定性的影响。根据德国学者泽曼的研究,在罗马人尚未接触希腊人之前,罗马人实际上是有自己的神祇体系的,但是罗马的神祇只是某种自然力量的代表,与现实和人类生活并无直接的关系。"后来,当罗马人与他们的希腊邻居有了一些思想上的接触,开始研究他们的语言和文学之后,才接受了希腊人对神的普遍设想,并把希腊现有的神话移用到与希腊诸神非常相似、代表的自然意义也完全相同的罗马神祇身

---

① 参见科瓦略夫《古代罗马史》,王以铸译,北京三联书店,1957年,第1—2页。

② 沃尔夫主编《剑桥插图罗马史》,郭小凌等译,山东画报出版社,2008年,第76页。

上。"①正是因为这一影响，我们才看到了众多罗马神祇和希腊神祇一一对应的奇特景观。

古罗马史诗也受到了希腊文化的深刻影响，这一点在维吉尔和他的《埃涅阿斯纪》中表现得尤为明显。维吉尔是古罗马最伟大的史诗诗人，他倾慕古希腊文化，对古希腊哲学尤其是伊壁鸠鲁和斯多葛哲学有着比较深刻的认识和理解。②很多学者都指出，维吉尔的《埃涅阿斯纪》和古希腊文化之间存在明显的影响和继承关系。一方面，从历史渊源上看，《埃涅阿斯纪》故事的直接来源就是希腊神话，尤其承接了希腊神话中关于特洛伊战争的描述。史诗中，维吉尔接续希腊神话中关于特洛伊被希腊联军毁灭的故事，进一步讲述了特洛伊英雄埃涅阿斯逃出战火，到拉丁姆地区建立新王国的故事。这种故事的承续不仅是对希腊神话和文学材料的直接运用，更是对希腊文化源头性和权威性的确认。据考证，为了能准确反映埃涅阿斯的经历，在创作《埃涅阿斯纪》期间，维吉尔甚至亲自"去希腊和小亚细亚地区，以便实地进行历史考察。"③另一方面，从史诗文本内部看，《埃涅阿斯纪》和古希腊的《荷马史诗》之间也存在明显的影响和被影响关系。正如一些学者指出的，《埃涅阿斯纪》上半部分主要描写了埃涅阿斯在特洛伊城破后所经历的一系列冒险活动，"与《奥德赛》的题材性质相似"；史诗的下半部分主要叙述了埃涅阿斯在拉丁姆地区与图尔努斯等当地势力之间的战争，"与《伊利亚特》的题材性质相同。"④此外，《埃涅阿斯纪》中大量的故事情

---

① 奥托·泽曼《希腊罗马神话》，周惠译，上海人民出版社，2005年，第2页。
② 参见杨周翰为维吉尔《埃涅阿斯纪》所作译本序，杨周翰译，南京：译林出版社，1999年，第9页。
③ 参见王焕生《古罗马文学史》，中央编译出版社，2008年，第235页。
④ 参见王焕生《古罗马文学史》，中央编译出版社，2008年，第244页。

节和细节描写都受到了《荷马史诗》的影响。①例如,杨周翰就指出,在《埃涅阿斯纪》里埃涅阿斯游历地府的一节中,"维吉尔的格局完全模仿荷马"。②

除了神话和史诗外,罗马文学在戏剧、诗歌和历史传记等方面都受到了希腊文学的影响。从历史上看,罗马崛起后,随着罗马人在意大利的不断扩张,他们逐渐接触到之前移居意大利的希腊人,"许多富有文化修养的希腊人被俘虏来罗马……充当主人的家庭教师或从事其他文字工作",罗马人通过这些希腊移民和奴隶接触到了希腊文学,尤其是希腊戏剧。据考证,"公元前240年,……罗马人模仿希腊人的习俗,第一次正式组织戏剧演出"。③之后,罗马人不断学习和模仿希腊的戏剧,慢慢形成了自己独立的戏剧样式。在诗歌方面,罗马也存在同样的情况。有学者指出,古罗马"最早的拉丁诗歌是改编或翻译希腊范本"。甚至直到罗马共和国和帝国过渡时代的很多重要诗人,如"加图路斯"、"贺拉斯"、"普罗普提乌斯"、"奥维德"等,依然"受到他们的希腊前辈的影响"。④

三

在古代西亚地区,希伯来神话和两河流域其他文学与文化之间的相互影响,是古代地中海文化圈内部文学与文化交流的一个重要组成部分。这种相互的交流与影响,造成了希伯来神话独特的内容

---

① 参见王焕生《古罗马文学史》,中央编译出版社,2008年,第245页。
② 维吉尔《埃涅阿斯纪》译本序,杨周翰译,南京:译林出版社,1999年,第22页。
③ 参见王焕生《古罗马戏剧选》译本序,人民文学出版社,1991年,第2页。
④ 参见沃尔夫主编《剑桥插图罗马史》,郭小凌等译,山东画报出版社,2008年,第133页。

和品质，深刻影响了后世的西方世界。

在世界各民族神话中，希伯来神话虽然并不具有庞大的内容，但却以其完整的体系和鲜明的特色而独树一帜。与其他民族的神话相比，它并没有因所赖以产生的古老文明的失落而沉入悠远的文化记忆长河中，而是对从古代以色列人直到今天的犹太人持续发生着影响。不仅如此，当基督教在公元1世纪兴起后，犹太人的民族经典《希伯来圣经》被当作《旧约》接受下来，希伯来神话随即在基督教历史文化语境中得到广泛传播。时至今日，不但因为它作为两大宗教——犹太教和基督教——经典的"起始"在各自的信奉者中具有特殊的神圣意义，而且，经过了一代代人的解读，它丰富的文化意义也早已融入了东西方文化的各个方面之中。

希伯来神话的内容记录于《希伯来圣经》第一卷《创世记》的第1至11章，主要包括创世故事、伊甸园故事、该隐与亚伯故事、洪水故事和巴别塔故事。近代以来，对古代近东地区的考古发掘和文献资料释读充分证明，古代希伯来人的这些神话与两河流域其他民族的神话存在着诸多共同之处。1872年，英国学者乔治·史密斯在研读来自古代亚述帝国首都尼尼微图书馆的泥板记载时，发现了巴比伦尼亚地区关于大洪水的故事。1876年，在整理和研究了这些记载后，史密斯出版了《迦勒底人的创世叙述》一书①，《创世记》中诺亚方舟的故事与两河流域洪水故事的联系，首次呈现在世人面前。1893年，美国学者乔治·巴尔顿提出，《创世记》以及《希伯来圣经》其他经卷中出现的一些与海和水有关的怪兽名字如"拉哈伯"（Rahab）、"利维坦"（Leviathan）、"塔尼恩"（Tanin）或"塔尼姆"（Tannim）等也出现在巴比伦神话中，二者具有相似的特征。巴

---

① 史密斯整理的这个故事即著名的《吉尔伽美什》史诗，同时，史密斯的书中亦包括了古巴比伦人的创世故事《埃努玛·埃利什》片段。

尔顿的思路影响了德国学者赫尔曼·甘克尔。后者在研究了《希伯来圣经》中的一系列诗体作品后,于1895年指出,从这些文本中可以识别出,耶和华神与海怪之间曾经爆发过一场争战。尽管由于希伯来一神教信仰的逐渐发展和成熟,这一争战在最后定型的神话文本中被清除,但他确信,作为一种传统,它就是《创世记》中所叙述的创世故事的背景。这种看法,实际上是将古代两河流域地区多神崇拜信仰和主神观念的现象移植到了对希伯来神话的观察中。

除上述从语词、名称角度发现的联系之外,被学者们认为可以视为希伯来神话借用其他神话强有力证据的,还有洪水故事与该隐杀亚伯故事与两河流域神话的对应关系。《创世记》中关于"诺亚方舟"叙述的很多细节均与巴比伦史诗《吉尔伽美什》中描述的洪水故事具有相似性,特别是在洪水止息后,先后从方舟上放出乌鸦和鸽子以探明洪水是否消退的具体叙述,两个故事表现出惊人的一致。而在该隐杀弟的故事中,按《创世记》第4章所记,该隐和亚伯同为亚当和夏娃之子,哥哥该隐种地,弟弟亚伯放牧。兄弟二人分别以农作物和羊以及羊的脂油献祭于耶和华,耶和华喜悦亚伯的祭物而没看中该隐的祭物,该隐于是杀害了自己的弟弟。在苏美尔人的神话记载中,有一个关于牧神杜姆兹(Dumuzi)与农神恩启都(Enkimdu)为获取女神印安娜的芳心相争的故事,结局是农神恩启都为了平息与牧神杜姆兹的矛盾,不但给了后者诸多的礼物,还放弃了与之对印安娜的竞争。①

希伯来神话与两河流域神话具有千丝万缕的联系是必然的。从族源上说,希伯来人属于一个包括了多个民族的闪语族系(即闪米特族系)中的一支;从文化地理学上看,希伯来人主要的活动空间是在

---

① See, Samuel Noah Kramer, *Sumerian Mythology*, rev. ed. New York: Harper / Torchbooks, 1961, pp. 101 – 103.

从古代美索不达米亚到迦南的所谓"新月沃地"。与希伯来神话相联系的两河流域神话,基本而言就是由同属于闪语族系的各个民族在"新月沃地"的历史舞台上共同创造的。苏美尔人虽非闪族人,但他们是两河流域文明最初的奠基者,最早的创世故事就出自苏美尔人之手。苏美尔人实行城邦制,各个城邦以自己的保护神为主角编制神话,因而在苏美尔人主宰两河流域的时代,有多个版本的创世神话流传,给后来统治两河流域的各个闪语系民族留下了丰富的遗产。属于闪族的巴比伦人在继承苏美尔文化后,其创世神话《埃努玛·埃利什》中马尔杜克杀提阿玛特创造天地的描写,不过是随着巴比伦强权的崛起,其保护神马尔杜克地位提高而产生的自然结果。其后,同属闪族的亚述人的创世神话又从巴比伦创世神话改变而来。在"新月沃地"的西部,无论是乌加里特神话还是腓尼基神话,都属于闪族文化的一部分。古代近东历史研究的成果已经表明,在整个的"新月沃地",闪族人口是不断移动的。从公元前3千纪后半叶开始,到以色列人的祖先希伯来族长(亚伯拉罕、以撒、雅各)开始进入迦南的公元前18世纪,两河流域的闪族人口都在一波一波地不断向迦南地区迁徙。按照《创世记》提供的线索,这种移动甚至是双向的,亚伯拉罕的儿子以撒和以撒的儿子雅各,都从在美索不达米亚的本族娶亲。既然存在着这种事实上的文化传播,同为闪族人口的希伯来人分享这个文化区域内的神话是很自然的事情。

希伯来神话虽然脱胎于闪族文化的土壤中,与同属这一文化、具有鲜明多神崇拜特征的闪语族系异教神话联系密切,但是,流传至今的希伯来神话文本却是在以色列民族独一神信仰确立后,经过犹太教拉比们改编后的产物,因此这种与异教神话的联系,性质也随之发生了变化。异教神话成为希伯来神话所借用的"外壳",而其实质则是对本民族一神观念信仰的表达。

与其他民族的神话相比,希伯来神话的一个最直观的特征是没有神的谱系。①之所以如此,正是因为它以独一神信仰的观念为基础。古代以色列人一神信仰的根本出发点是以耶和华为独一的神,而且这位神是具有道德属性的公义的神。从希伯来民族文化的立场来看,耶和华神创造和统管万有,在本体论的意义上,不存在与耶和华对立的邪恶神灵。希伯来神话中尽管仍然存在着矛盾双方的冲突和紧张关系,但其原因不是诸神之间的较量,而是源于人与神之间"悖逆"与"惩罚"的张力。异教神话之所以故事丰富多彩,从表层看,原因首先在于诸神具有"繁衍"的功能——就神族世系而言,诸神之间构成了纵向的代际关系和横向的亲缘关系;就诸神与人的关系而言,人与神之间具有了"血缘"关系。因此,英雄传说在希腊文化中可以被视作神话的延伸,而在希伯来神话中则不能将英雄故事也归于神话范畴,因为独一神信仰之下神与人之间根本就不存在血缘联系,希伯来神话中也不可能出现所谓半神半人式的英雄。缘此,诸神之间或诸神与人之间的战争、毁灭、追逐以及风流韵事等一系列内容才只能是其他民族神话中的风景。然而,从深层来看,这样一种诸神的"繁衍"功能,从根本上说,取决于这样一个前提:在宇宙本体的意义上,存在着一个先于诸神也高于诸神的场域,我们可以称之为"原始域",诸神的一切属性都来自于它。无论它被叫作"混沌"、"地母",还是被叫作原始的"瀛海",总之它是万物的母体。它孕育一切,包括大地、水、空气、天空、黑暗、神灵等等,因此,万物从根本上说并非来源于诸神,相反,诸神不过是原始域派生出的一部分。诸神植根于原始域,也受制于它的自然属性和法则。在异教神话中,确实有诸神或哪一位神创造并统治

---

① 在古代世界已知的各民族神话中,除希伯来神话外,神谱都是存在的。神谱的存在实质上反映的是其背后的万物有灵和多神信仰观念。

人类世界的记述，但一种更高的自然法则支配着它们，这种法则体现为前在的、自发的各种自然力量。异教神话中的诸神，从根本上说是各种自然力的人格化。各种自然力之间是相互制约、相辅相成的，因此，诸神之间的相互制约关系也就决定了众神不但是主动的，也是被动的行为者。自然繁衍是原始域中原始物质的属性，诸神因而也就必然具有了繁衍的特征，神的谱系也就自然形成并不断丰富。由此我们看到，异教神话中隐含的一个最基本的观念是二元的互补和对立——不仅众神有性别的区分，男性神必有与之相伴的女性神，而且善神与恶神、生命之神与死亡或毁灭之神也是对立互补的关系，两方面的互动与冲突在异教神话中成为循环往复的永恒主题。而希伯来神话体现出的创造神学将耶和华视为没有神族的独一的神，是宇宙唯一的创造者，天地万物不是借着"繁衍"而生，而是借由耶和华的"话语"而出。耶和华不是某种自然力的体现，而是具有道德意志、集创造之功和掌控宇宙万物之力于一体的全能者。正是这样一位不同于异教诸神属性的神，决定了希伯来神话的整体叙述方式，也决定了希伯来神话在古代地中海文化圈内部的特异性。

从整体上看，环绕地中海地区的古代北非地区、希腊罗马地区和两河流域，不仅各自哺育了丰富多彩而又别具特色的文学与文化品类，而且在相互的交流、碰撞和影响中，将各自的文学与文化特质传递给了其他地区，从而极大地丰富了地中海文化圈内的文学生成的可能性。可以说，梳理古代地中海地区文学和文化之间的这种相互交流与影响，不但是比较文学研究的基本任务，对于我们深入准确地理解欧洲古代文学，也具有极其重要的意义。

漫谈希伯来文化、基督教文化与中世纪欧洲的文学艺术①

恩格斯曾精辟地指出:"中世纪是从粗野的原始状态发展而来的。它把古代文明、古代哲学、政治和法律一扫而光,以便一切都从头做起。它从没落了的古代世界承受下来的唯一事物就是基督教和一些残破不全而且失掉文明的城市。"②此论信然。蛮族入侵,灿烂的古希腊、罗马文化顷刻灰飞烟灭,欧洲文明倒退了几个世纪,但是唯独基督教被继承了下来。实际上,在蛮族各支南侵之际,他们就已纷纷接受了基督的福音。其中汪达尔人、西哥特人、东哥特人接受了阿里乌派信仰,③勃艮第人和法兰克人则接受了大公教会的信仰,等等。难怪当西哥特人于公元410年攻占罗马城时,劫掠三日,却下令保护"使徒彼得和保罗的教会"。

从宗教文化的角度看,西方基督教文化直接继承自希伯来的宗教文化遗产。希伯来文化中虔敬、驯服、信仰至上的精神,与古代希腊那种以人为本、个性张扬、讲求理性、崇拜英雄主义的精神理想构成了鲜明的对照。希伯来文化将一神教的神本主义观念以及经

---

① 本文原载《欧洲近现代文学艺术史论》,天津人民出版社,2011年。
② 《马克思恩格斯全集》第七卷,人民出版社,1959年,第400页。
③ 阿里乌派为早期基督教的一派系,其神学思想在325年的尼西亚会议和381年的君士坦丁堡会议上曾遭谴责,7世纪时该派最后消失。在基督教传统中,阿里乌派被视作异端。

由基督教衍生出的"罪"感文化传播到了西方世界,给西方文化注入了新的血液。

一

希伯来人是古代以色列民族和后来的犹太人的祖先,早在公元前12世纪,以色列人就有了用自己的民族语言——希伯来语记载的文字资料,由古代以色列民族所创造的文化被称为古代希伯来文化。犹太教是以色列民族的民族宗教,也是人类文明史上第一个一神教信仰的宗教,对公元1世纪产生的基督教和公元7世纪出现的伊斯兰教都具有深刻的影响。尽管我们可以将从古至今犹太人及其祖先的宗教信仰笼统地称为犹太教,但是严格说来这种说法并不科学,犹太教的形成经历了一个漫长的过程。根据文献的记载,这一宗教在古代时期的演进过程基本上可以划分为三个阶段:族长时期的信仰、古代以色列人的信仰和波斯时期犹大遗民回归后犹太教的形成。

希伯来人本属闪米特族系,由古代两河流域迁徙至古代迦南地区。闪米特人以及整个美索不达米亚平原和迦南地区原住民所信仰的宗教都是多神崇拜的宗教体系,这不能不影响到以色列人先祖早期的宗教生活。我们看到,在其民族宗教的经典《希伯来圣经》(也即基督教《圣经》中的《旧约》)中,残存着为数不少的多神崇拜的遗迹,不但在希伯来神话中保留着异教多神信仰的神话记载[1],而且在神话关于神的行为叙述上,保留着复数的人称特征[2]。在亚伯拉罕、以撒和雅各做族长的希伯来人时期,这一宗教信仰的形式表现

---

[1] 参见《创世记》第6章第1—4节。

[2] 例如在《创世记》第1章记载的创世故事中,神在造人时说:"我们要照着我们的形象,按着我们的样式造人"(第26节)。

为家族崇拜基础上的唯一神信仰,也即希伯来人信仰自己的保护神,但并不否定其他民族信仰别的神,同时也不否认在自然界存在着各种掌管自然力的神灵。族长时期谈到本族本家的信仰对象,希伯来人总是说"亚伯拉罕的神、以撒的神、雅各的神",族长们对树木、山岩、河流水源等特殊的"圣地"予以祭拜也多有记载。

希伯来人在雅各时期进入埃及后,数百年间与埃及人和其他民族共处,埃及地信奉的宗教同样是多神崇拜的宗教,因此希伯来人对族长时期的信仰已然淡忘和失落。根据希伯来传统,带领以色列人出埃及的摩西将民众带到旷野中后,在西乃山下与耶和华神立约,全民宣誓成为耶和华神的子民,将对耶和华神的信仰确立为以色列民族的正统信仰。也是在旷野时期,以色列民族确立了以利未部落为世代领受神职、负责宗教祭祀的祭司制度。这是以色列成为一个民族后,真正宣示独尊耶和华神的开始,因此,西乃立约可以被视作古代以色列宗教的发端。

然而,一个新兴的民族确立了一种信仰,却未必能够在历史进程中全心全意地贯彻这一信仰。随着以色列人征服迦南成功,生活方式由游牧、半游牧转变为农耕定居,以色列人受到迦南地区土地保护神和丰饶神信仰的影响,开始崇拜迦南神巴力以及周边异族的其他神灵,不但在定居后最初一百多年的士师时期如此,即使在以色列进入君主制王国时期也如此;不但民间百姓如此,国王和上层贵族也如此。在数百年间,以色列民族事实上的宗教信仰呈现出调和主义的特征。如修建了崇拜耶和华的国家圣殿的所罗门王,为了实行政治联姻,大娶外族妃嫔,这些妃嫔被允许将异教信仰带入以色列,所罗门还为此在耶路撒冷周围的高地上建立丘坛、神庙,供奉异教诸神。可以说,从以色列人进入迦南直至北南两国相继灭亡,这种宗教信仰上的驳杂和调和主义状况始终存在。古代犹太教的真正成熟要迟至公元前4世纪末犹大遗民自巴比伦回归时期,曾长期遭到抑制的以色列先知思想影响的逐渐增强和以色列民族命运的巨大挫折是两个最重要的催化因素。

在古代以色列民族历史上，由摩西所开创的独尊耶和华的观念是一直存在的。虽然在以色列人进入农耕时代，直至独立的民族国家覆亡前一直未能真正成为全民族的共识，但却被一些强烈主张保持民族传统的有识之士所坚持，他们为此做出了巨大的努力，这些人的杰出代表，是在《希伯来圣经》中留下了自己书卷的历代先知们。古代以色列的先知不只是宗教领域的"预言家"，而且是政治领域的改革家和思想家。他们出自不同的社会阶层，以耶和华代言人的身份发布关乎国家和民族未来的一系列看法，核心思想归结起来主要是两个方面：在宗教上强烈谴责信仰上的调和主义，要求独尊耶和华，废止异教崇拜；在政治上抨击社会的种种黑暗现象，要求实现社会公义的理想。在他们看来，这两者之间有着必然的逻辑关联：耶和华是公义的、忌邪的神，异教诸神则是让人堕落的虚妄的神；只有独尊耶和华，才能祛除社会弊病，实现公义的社会原则，反之，如果被异教堕落的习俗所沾染，国家和民族也就必将走向邪恶的道路，直至灭亡。

从公元前8世纪以色列南北分国开始，到公元前4世纪犹大遗民自巴比伦回归的"第二圣殿"初期，四百年间，先知们前赴后继，不断涌现，在客观上形成了古代以色列民族史上的一场先知运动。尽管他们彼此之间大多并无实际上的相承关系，彼此在具体的观念上也有区别，但在坚持上述两方面的核心思想上却是高度一致的。这场先知运动影响极为深远，是以色列宗教思想史上的一个高峰，其精髓在于将宗教崇拜与社会道德紧密结合起来，将个体信仰与民族的命运联系在一起，赋予耶和华神以更深刻和丰富的道德属性。一种宗教所信仰的对象，只有超越了简单、朴素的自然崇拜和生殖崇拜的阶段，才可能因其所具有的道德的、哲学的属性而成为形而上的存在,才可能突破地域和民族崇拜的局限而真正走向普世信仰的大道。尽管犹太教由于自身的局限性最终并未能真正发展成为一种开放性的世界宗教,但先知的思想中隐含了这样的思想发展逻辑,这为后来普世性的基督教提供了思想资源。

在以色列民族保持自己独立民族国家地位的岁月里,上述先知思想并没有取得主流的话语权力。从文献记载来看,各个时代的先知们的思想因其宗教观念所必然带来的对世俗政权的猛烈抨击而遭到抑制,先知本人甚至被迫害和镇压,甚至在民众中也未能得到广泛的接受。直到随着国家和民族内外矛盾的加剧,北国和南国相继灭亡后,成为"巴比伦俘囚"的犹大人在国破家亡的惨痛现实面前才痛切地思考这一切发生的原因。此时,先知们那"不守耶和华的律法就将被逐出应许之地"的"预言"才真正让百姓震撼。他们认为,正是由于信仰的驳杂使得民族分裂、内部无法凝聚力量,使得国中不义之事流行、举国陷入罪中才导致了耶和华神的愤怒和惩罚。带着这样的认识,当犹大遗民于波斯时期回归后,建立了一个严格独尊耶和华、恪守圣约律法、符合先知思想精神的神权民族自治共同体。《希伯来圣经》的正典化过程,也是在回归时期开始的。至此,古代以色列民族的信仰完成了从古代以色列宗教向古代犹太教具有重要历史意义的转化。

与古代世界其他民族的宗教相比较,古代犹太教具有如下三大独特的观念:

第一,坚持一元存在论,独尊耶和华。犹太教认为,耶和华是独一的神,他是宇宙万物和人类的创造者。与异教的神出自原始的混沌不同,耶和华是"永有自有"的神。他超越万有,不受任何先在的力量所决定而决定一切存在。与异教信仰中诸神之间构成所谓"神族谱系"也不同,耶和华没有神族也没有谱系,他掌管万有,无所不在。耶和华是具有道德属性的公义的神,是人类社会一切美好价值的源头。他惩恶扬善，干预人类社会的历史发展进程。宇宙中并不存在着可以与耶和华构成二元对立意义上的邪恶的神和破坏神，一切尽在耶和华的掌控之中，宇宙和人类的发展是神意决定论下符合神意目的论的一个过程。

第二，坚持"选民观"，认为以色列民族是耶和华从天下万族中拣选出来的特殊子民。以色列人在出埃及后于西乃山下与耶和华立约，这一神圣的契约在回归时期被再次予以重申和强调。耶和华只和以色列人立约，以色列全民由此而成为神的选民。只要他们恪守经摩西所传下的神的律法，就必蒙神的眷顾和守护；如果他们违背律法，则将受到神的惩罚。这些律法包括了宗教信仰和社会生活的方方面面，从如何献祭、敬拜耶和华，到食物的禁忌、日常生活的道德伦理准则和土地、财产的分配以及如何惩戒犯罪、如何遵守节期、如何对待外邦人等等具体的律条，实际上构成了一部民族色彩极强的法典。因此，"选民观"强调的重点，是以色列民族与其他民族的相异而不是相同。

第三，期待"弥赛亚"的到来。"弥赛亚"的希伯来文意思是"受膏者"。古代以色列人在祭司或国王即位时用香膏涂头，作为耶和华选立的标志和象征，名曰"膏立"，"受膏者"因而就是耶和华亲自选定的具有大能的民族领袖。每当民族和国家处于危亡之时，人民就期望耶和华兴起"大能者"带领百姓走出危难，取得中兴。当以色列民族国家覆亡，丧失了独立地位之后，"弥赛亚"观念被进一步强化。按照犹太教的传统，"弥赛亚"必须是在大卫王的后裔中出现，他不同于基督教意义上的"救世主"，不是在将天下万民引向对"天国"的向往过程中彰显神的普世救恩，而是要以自己的超凡能力带领百姓再现大卫、所罗门时代的盛世，在现世实现民族的复兴。

从形式上看，古代犹太教则具有下列一些独有的特征：

第一，世代相传的专职祭司阶层。根据犹太教的传统，以色列人从摩西时代在旷野中接受对耶和华的信仰开始，就确立了自己的祭司圣职制度。圣职被规定只有利未人才可以担任，其他部落出身者不得染指。为此，当以色列人在约书亚带领下进入迦南定居后，十二个部落分配地产时，只有利未部落没有被分配地业，他们世世代代专职事奉耶和华。在祭司阶层中，起先规定只有亚伦家族及其后代世代可为大祭司，到建立君主制王国后，大祭司又被规定只有撒督家族及其后裔世代可以担任，一般利未人不得觊觎大祭司职位。

第二，严格的祭祀制度。祭祀活动只能由专职祭司主持，祭礼主要包括敬拜神的燔祭、表示对神感恩的素祭、还愿的平安祭、表达赎罪的赎罪祭和赎愆祭等。

第三，严禁崇拜偶像。从最初全民确立对耶和华信仰开始，古代以色列人就被严厉禁止雕刻和崇拜偶像。旷野时期到大卫时代耶和华临在的象征是神圣的约柜，内置刻写律法的两块法板。所罗门建起圣殿后，约柜被移入其中，圣殿内同样禁止安放神像。直至今日，世界各地的犹太会堂中，依然严守着这一传统。

第四，守安息日和行割礼。犹太教的传统将安息日与耶和华神的创世活动联系在一起，神用5天的时间创造了天地万物，在第6天创造了人，然后就歇了工，将第7天定为安息日。在这一天犹太人不得做任何的工作。割礼则是犹太男子属于耶和华的记号和标志，犹太男婴生下后在第八天必须行割礼。

第五，守饮食禁忌的戒律。犹太教规定某些食物是不洁之物，不得食用，例如猪肉、虾类和鹰隼类的飞禽等都在禁止食用之列。

《希伯来圣经》不但是犹太教的宗教经典，也是一部全面展示古代希伯来文化的百科全书式的巨著。基督教兴起后，接受《希伯来圣经》作为自己经典的一部分，称之为《旧约》，与基督教创作的《新约》一道，构成了自己的《圣经》，即《新旧约全书》。因此，《希伯来圣经》与基督教的《旧约》在内容上是一致的①。然而，尽管内容相同，但两者的分卷方法和结构方式却并不相同。《希伯来圣经》总共分为24卷，而基督教《旧约》则分为39卷，这反映了希伯来—犹太教文化传统与基督教文化传统的区别。

《希伯来圣经》分为三个大的部分：律法书卷、先知书卷和圣录。

律法书卷又称"摩西五经"，共5卷，包括《创世记》、《出埃及记》、《利未记》、《民数记》和《申命记》，为古代以色列人的法律总汇，也是古代犹太教的基本教律。尽管传统上认为是摩西所传，但事实上这其中既有希伯来人游牧、半游牧时期氏族部落制时代的法律，也有以色列人在迦南得地定居、建立了民族国家后君主制时代所颁行的法律，还包括犹大王国遗民们在波斯时期自巴比伦回归后，以耶路撒冷为中心建立自己神权自治政体时期，由祭司统治集团所颁布的法律。

先知书卷共分为8卷，其中包括4卷记史书卷（《约书亚记》、《士师记》、《撒母耳记》和《列王记》②）以及4卷记载历史上以色列15位先知话语的书卷（3卷"大先知书"《耶利米书》、《以西结书》、《以赛亚书》和1卷由12位小先知话语构成的《十二小先知书》③）。其中，四卷历史书的记史范围从征服迦南开始，直到分国后两国先后覆亡为止。四卷先知书记载的是从公元前8世纪到公元前4世纪以色列历史上历代先知的话语。这些先知所发的言论对当时的时局有着极强的针对性，从一个角度反映出古代以色列社会政

---

① 这里指的是基督教新教的《旧约》，天主教所用的《旧约》则比新教《旧约》在内容上多出了被称为"次经"的7卷文本。

② 在基督教《旧约》中，《撒母耳记》和《列王记》均各自被分为上下两卷。

③ 基督教《旧约》则将《十二小先知书》分为12卷。

治、经济、宗教等各方面的状况。

圣录部分有11卷，包括9卷文学色彩浓重的作品《路得记》、《诗篇》、《约伯记》、《箴言》、《传道书》、《雅歌》、《耶利米哀歌》、《以斯帖记》和2卷记载历史的书卷《以斯拉—尼希米记》和《历代志》①。前九卷文本为历史上各个时代产生的叙述体故事和韵文体诗歌作品，它们或是表达诚挚的宗教信仰、深切的忏悔哀痛之情，或是探讨人如何为"义"的哲学命题，或是总结人生经验的智慧，是我们了解这个民族古代精神生活的一面镜子。两卷历史书卷中，《以斯拉—尼希米记》记录了犹大遗民如何自巴比伦回归以及回归后所实行的各项社会改革；《历代志》的内容上迄神话时代亚当的族谱，下至波斯国王居鲁士下诏允许犹大遗民回归，可视作一部以色列民族的简史。

从民族文化传统来说，《希伯来圣经》分为上述三个大的部分隐含着这样的意义：律法部分是耶和华借摩西之手直接传递给以色列人的，是圣约的基本内容，是永远不得改变的；先知的话语是耶和华根据以色列民族在各个历史时期的具体境遇给予的新的启示，是对以色列人的督劝和警示；圣录则是以色列民族信靠耶和华的历史和精神写照。三者之间从不同的侧面表现了这个民族与神的特殊关系，各个部分、各部书卷产生的年代虽然不一，但内在的精神则是一脉相承。

《希伯来圣经》以现今的面目流传下来，主要原因是它作为犹太教的经典和基督教的《旧约》在古代所具有的神圣地位。古代以色列民族全民皆为耶和华的会众，《希伯来圣经》的最后成书又经过了祭司和虔敬的文士之手，因此，强烈的宗教色彩弥漫在整部著作

---

① 基督教《旧约》将《以斯拉—尼希米记》分开为《以斯拉记》和《尼希米记》，将《历代志》分为上下两卷。

之中，信仰耶和华这一根本观念贯穿在各卷各章的文本之内。但是，作为一个民族古代社会生活的生动记录，它同时也反映出了除宗教文化之外希伯来文化其他方面的重要成就，这其中最为突出的是法律、历史学和文学。

希伯来法律的成就集中体现于"摩西五经"中由613条的律条构成的体系上，几乎举凡社会生活的各个方面都在其涵盖的范围之内，涉及宗教和世俗生活两个大的范畴。前者如教义的规定、神职人员的权利和职责、祭祀的礼仪、宗教节期的规定，后者如婚姻家庭、财产的所有权与继承权、审判与诉讼、本族奴隶与雇工的权益、以色列人与外邦人的关系等等。进一步的分析可以证明，希伯来法律体系是随着民族社会的发展完备起来的，它反映出了从部落习惯法直到君主制时代成文法和神权政体时期的祭司教规各个历史阶段的法律观念。比较研究表明，希伯来法律在起源阶段分享了古代西亚的法律传统，尤其受到两河流域某些著名法典如《利庇特—伊什塔尔法典》、《埃什嫩纳法典》和《汉谟拉比法典》等的影响。在此基础上，以色列民族逐渐形成了自己的法律体系和具有鲜明特色的法律观念。例如，早期希伯来律法如《汉谟拉比法典》一样在惩罚伤害行为时，具有"以眼还眼，以牙还牙"的同态复仇观念，但在后期律法中，则不再提及。希伯来法律限制土地过分集中、要求保障奴隶的权益，善待寄居在以色列土地上的外邦人等等，比古代西亚其他国家的法律更富有进步性。

概括而言，希伯来法律体系的主要观念表现在如下三个方面：

第一，法律神圣，不可违背。希伯来文化传统把一切法律规定都视为神律，所谓立法者摩西，只是神与人之间的中介，一切律法都来自耶和华的启示，违背律法即是干犯了耶和华的旨意。神的律法是通过与全体以色列民立约的形式公开宣示、颁行的，在神的眼中，以色列全体百姓都是自己的子民，一个人是否蒙神喜悦，不在他的权势大小和财富多寡,而在他是否遵行神的律法而"与神同行"。因而,希伯来法律针对所有人,无论他是国王、祭司还是普通百姓,这种观念在理论上已经隐含了法律面前人人平等的思想。

第二,宗教信仰与道德戒律合一。以色列民族认为耶和华是"圣洁的神"、"忌邪的神",是具有道德属性的神,人的行为符合正确的伦理道德规范与信仰耶和华本就是一体两面。著名的"摩西十戒"以耶和华晓谕百姓的形式最鲜明的表现了这一观念:

> 除了我以外,你不可有别的神。
> 不可为自己雕刻偶像……
> 不可妄称耶和华你神的名……
> 当纪念安息日,守为圣日。
> 当孝敬父母……
> 不可杀人。
> 不可奸淫。
> 不可偷盗。
> 不可作假见证陷害人。
> 不可贪恋人的房屋,也不可贪恋人的妻子、仆婢、牛驴,并他一切所有的。①

第三,公义原则。以色列民族认为,公义是神对人和社会的要求,公义的标准来自于神而不来自于君王或人个体的自我认定,反映在其法律体系上,则表现为以神律的名义抑制过分的不公,兼顾情与理的统一。例如规定每7年债权人要减免一次债务人的债务,奴隶服役7年后允许获得人身自由,法官不得接受贿赂,子女不需

---

① 参见《出埃及记》第20章第1—17节。

要承担父辈的罪责等等，这在古代世界的历史条件下都是难能可贵的。

古代以色列民族是一个重视历史传统也具有自己独特历史观的民族。在《希伯来圣经》中，专门的记史著作有《约书亚记》、《士师记》、《撒母耳记》、《列王记》、《以斯拉—尼西米记》和《历代志》共6部，其中《列王记》和《历代志》可以被看作通史性的作品，其余各卷则是记载某一历史时期的断代性作品。此外，关于先祖时期的历史记录，则存在于《创世记》和《出埃及记》中。通过这些书卷，我们基本可以了解从希伯来人时期直到巴比伦回归时代完整的以色列民族发展历程。

在中世纪，基督教是占据统治地位的意识形态，《圣经》被认为是神的启示，《旧约》中所记述的古代以色列民族历史也被认为是确凿无疑的。文艺复兴运动的兴起，开启了人本主义、理性主义的思潮。随着18到19世纪启蒙思想家和进化论者对基督教意识形态的批判，很多人又走向了另一个极端，认为《圣经》中的人物、事件、历史年代等都是不足为信的。但是，19世纪后半期以来，随着在古代西亚地区考古的一系列重大发现以及文化人类学、古文字学、宗教学领域研究的拓展和深入，人们发现《旧约》中的历史记载经过正确解读后，有相当多的内容真实地反映了那个时代的历史，不少记录在拨开笼罩在其上的重重迷雾后，与其他实证性资料相对比，具有相当的一致性。因此，《希伯来圣经》中历史书卷的地位如今已经越来越被学界所重视。

作为一个笃信宗教的民族，《希伯来圣经》的历史记录反映出了一种典型的神权历史观。在他们对历史的思考中，宇宙与人类都是耶和华神的造物；人类社会的发展是神的意志的显现过程；以色列民族是神的"选民"，肩负着为人类作见证的历史责任；信靠耶和华的以色列人尽管历经磨难，但神始终不会丢弃他们，只要他们坚守圣约，就终将会有美好的盼望。概括而言，古代以色列民族认为，"历史就是耶和华神对以色列民族的拯救史"，这是将神意决定论与神意目的论相统一的神权历史观的突出表现。

从文学角度看，《希伯来圣经》具有极高的成就，它那丰富多彩的样式，深刻、充满智慧的内容，崇高、庄严的旨趣和典雅、优美的语言足堪列入世界文学的宝库之中。《希伯来圣经》文学主要包括神话、传说、史诗、抒情诗、小说、戏剧、先知文学、智慧文学、启示文学等大的类别：

神话、传说和史诗都产生在以色列民族史前时期的氏族部落制时期。希伯来神话包括创世故事、伊甸园故事、挪亚和亚伯两兄弟的故事、大洪水故事和巴别塔故事。这些神话故事讲述了宇宙和人类的由来、人类始祖亚当和夏娃的堕落和后代的犯罪、神对人类作恶的惩罚以及最初的人类从集中到分散的原因等等，反映了以色列民族的先祖朴素的宇宙观和世界观，体现了他们对自然和人类社会各种现象的认识和解释。传说刻画了希伯来族长时期以亚伯拉罕、以撒、雅各为代表的先祖形象，展示了他们筚路蓝缕、开创基业、发展壮大的过程。神话和传说都集中在《创世记》一卷中，这些作品简洁流畅，生动而质朴。《出埃及记》可以看作是一部史诗作品，讲述了以色列人在摩西带领下如何战胜埃及法老的重重阻挠，在旷野中克服千难万险，接受耶和华的律法，奔向"流着奶与蜜"的迦南的过程，体现了以色列人打碎奴役的枷锁，向往自由和独立的意志和精神。作品浓墨重彩、气势磅礴，叙述一波三折，充满了传奇色彩。

《希伯来圣经》中的抒情诗歌主要包括《诗篇》、《雅歌》和《耶利米哀歌》。《诗篇》是一部由150首长短不一的诗歌构成的诗集，主题多涉及宗教信仰，其中几乎包括了希伯来诗歌的各种诗体形式和韵律。《雅歌》可以称得上是世界上最优美的爱情诗之一，男女主人公大胆热情地赞颂对方，表达浓烈的爱情，比喻新鲜而奇特，意境优美，韵味悠长。犹太教的拉比们曾说，《雅歌》用这种忠贞热烈的世俗之爱象征人对神的爱和敬虔，但是无论对其主题的解读是世俗的还是宗教的，每一个读者都会被它清新自然、生动活泼的风格所感染，被它焕发出的基于人性的美好感情所打动。《耶利米哀歌》则是一部 5 首哀歌组成的小诗集，表达对圣城耶路撒冷陷落和国破家亡的哀痛之情，风格沉郁哀伤，一唱三叹，读之令人涕然唏嘘。

小说以《路得记》和《以斯帖记》为代表，艺术手法上已经比较成熟，情节动人，结构巧妙，文字优美，特别是作者善用"突转"和"发现"的技巧，成功地塑造了两位温柔、贤良、机智、勇敢的女性形象。

《约伯记》是《希伯来圣经》中唯一的一部具有哲理剧特点的作品，它所表现的"好人是否应该受难"的深刻主题直到今日仍被人们热烈地探讨。其中激烈的辩驳，美妙而富于气势的韵文，不同人物各具性格特点的语言，整篇作品所采用的"封套式"结构，都引人入胜。

先知文学是对 15 卷先知书卷所表现出的共同文学特征的概括。这一特征显示为诚挚、热切的宗教信仰和深刻、激越的社会批判的有机结合。先知文学在文体上以"耶和华的灵临到"某一位先知身上，要"我开口说话"的天启式"序言"开始，以"到那日必将如何"的具有"末世论"色彩的话语结束，其间穿插着象征性的预言和各种奇异的"异象"，语词犀利，文气雄辩滔滔，意在警醒为政者和百姓。

智慧文学的主要代表是《箴言》和《传道书》，通常是以一位饱经沧桑、阅历丰富的长者对晚生后辈施以教育的口吻和方式，表达对人生经验的总结，兼具警示、劝诫和教导的作用。其文体韵散杂糅，多为短语警句或散文诗般一段段工整隽永的文字。

启示文学是宗教类文学中特有的一类样式，"启示"的含义就是将隐蔽的东西彰显出来。《希伯来圣经》中的启示文学主要是《但以理书》，特别是该卷书的下半部是典型的启示文学作品。其特点是大量使用"异象"这一独特的文学修辞手段，以象征、变形的方式，隐晦地暗示、指称已然发生或尚未发生的历史事件、人物和民族、国家，曲折地表达作者的情感、思想和意图。在《但以理书》中，出现了四兽异象、公绵羊和公山羊异象、关于七个七的预言和末世到来时的异象等，想象丰富奇特，充满神秘奇幻的色彩。

希伯来文化的成就在人类文明史上占据着突出的地位，对后世的影响极为深远。由希伯来人的早期宗教信仰经古代以色列宗教的历史阶段最后发展出的成熟的古代犹太教，是人类历史上第一个体系完整的一神教信仰，这在古代世界人类精神文化演进的历程中，具有里程碑式的意义。它不仅标志着人们在宗教信仰领域开始摆脱自然崇拜和生殖崇拜的早期阶段，更重要的是，在赋予信仰对象以抽象的、道德化的、独一的种种属性的同时，改变了人们的思维方式和宇宙观念，在为神的绝对存在确立形而上的意义的同时，也为人类社会建构起了一种富于秩序和道德理性、充满生命意义和目的的生活方式。后来的两大世界性宗教——基督教和伊斯兰教——都从犹太教中汲取了丰富的营养，犹太教的神权历史观被它们所接受并发展，对改变古代世界的面貌和形成、影响及至今天的世界格局、文明区域、文化传统都起到了巨大的作用。《希伯来圣经》更浇灌了西方文学艺术的园圃，成为一代代文学家和艺术家取之不竭、用之不尽的素材宝库和灵感泉源。他们或者借鉴它的题材故事，或者化用它的原型意义，或者套用它的语言和典故，或者学习它的修辞艺术。旨趣幽深的内涵和崇高典雅的气度，共同铸就了《希伯来圣经》的超越品格和美学风貌，它已然与西方文学、艺术和人文精神构成了水乳交融的关系,也必将泽被后世,历久而弥新。

二

继承犹太教传统而来的基督教,产生于罗马帝国统治时期。帝国一方面允许各民族保存自己固有的习俗和宗教,另一方面又要求各民族必须崇拜和顺服作为帝国化身的人格神皇帝。基督教只承认独一真神上帝,这就势必与帝国的官方信仰发生矛盾。自1世纪起,罗马统治者即开始残酷迫害基督徒,时急时缓。许多基督徒在历次的迫害中为信仰殉难,但福音仍在极为艰难的环境中迅速传播,甚至超越了罗马帝国的疆界,基督教日益成为一支重要的社会力量。392年,罗马皇帝狄奥多西(379—395在位)正式宣布基督教为国教。395年狄奥多西去世,帝国分为东西两部,尽管自此再未统一,但两地统治者却一直都将支持基督教奉为既定国策。529年,东罗马帝国皇帝查士丁尼一世(527—565在位)下令封闭雅典学院,希腊学术思想的最后堡垒不复存在。

罗马人曾将帝国北疆一些处于氏族社会晚期的民族称为"蛮族",他们主要是日耳曼人。自5世纪初起,北方蛮族各支相继侵入西罗马帝国,终于在公元476年,将这个老大、衰朽的帝国灭掉。这一年,标志着欧洲中世纪的开始。这之间漫长的一千余年的历史,是欧洲封建制度形成、发展和衰落的历史,也是基督教全面发展的时期,在西方,教皇制的确立[①],修道主义的盛行以及神学论争和经院哲学的产生、发展,使基督教从神学思想、教会组织和崇拜生活诸方面,都得到大大的丰富和加强。在与世俗封建统治者既联

[①] 1054年,东西方教会分裂,断绝往来。东方教会的中心在君士坦丁堡,首脑称大牧首,以正统自居,故称东正教。西方教会的中心在罗马,首脑为教皇,基督教内部称"教宗",以普世性自诩,故称公教。

合又斗争的历史进程中,基督教以其举足轻重的社会地位和不可替代的精神统治作用,成为欧洲封建制度的精神支柱。

基督教最初并无自己的经典,耶稣和他的门徒们传道常引《旧约》经句作为根据。《新约》才是基督教独立创作的经典,共27卷,内容包括以耶稣生平事迹为中心内容的四卷《福音书》、记载初期使徒传道经历的一卷《使徒行传》、出自不同使徒笔下的21封书信和一卷预言末世基督重临时情景的《启示录》,各卷形成的年代从公元1世纪50年代到2世纪初。基督教并不排斥《旧约》,而把它视作《新约》的预表。"约"在基督教中获得了全新的意义:在《旧约》时代,以色列人以动物之血作为与神立约的凭证,摩西是神与以色列人立约的中保。《新约》时代,尽管人们悖逆上帝,陷于罪中,但"神爱世人",不惜把他的独生子耶稣赐予人类。耶稣在十字架上流出的血,洁净世人的罪,这血是上帝与人立新约的凭证,耶稣是神与人立约的新的中保。《旧约》所说的"弥赛亚",就应验在耶稣身上,耶稣就是救世主。因此,《旧约》和《新约》共同构成了基督教的《圣经》,而是否承认耶稣是"弥赛亚"——救世主,则成为基督教与犹太教的根本区别之一。

基督教对中世纪文学的建构,首先是观念形态上的建构。教会文学、中古英雄史诗、骑士文学和城市文学是中世纪文学的四个主要组成部分,除城市文学外,其他三种文学都程度不同地受到基督教观念的支配(其中骑士文学具有特别而重要的意义,我们将在后面单独论述)。

教会文学是这一时期最发达的文学,多取材于《圣经》和教会史上的圣徒事迹,包括圣经故事、圣徒传、祷告文、赞美诗、圣者语录、梦幻故事、奇迹故事、宗教剧等等,种类繁多,它从各个角度、不同侧面宣传宗教教义、传播天国福音。基督教神学观念的出发点是"爱",上帝让他的独生子死在十字架亡实行救赎人类的计划，这救恩是白白赐予人的，人只要悔改自己的罪，信靠基督，就可以得救，这体现了上帝对人类最博大无私的爱。凡崇奉基督的人，就分享了基督的生命和爱。在对基督共同的信仰和爱中，就可以达到人与人之间的互爱和兄弟般的平等。耶稣传道时就不断告诫信徒要常怀谦卑、温柔之心，要爱人如己，甚至要爱仇敌，不主张报复他人和实行暴力。在此基础上，教会敷衍、铺陈出大量教义和清规戒律，要人们受神的预定和安排，贬斥尘世的感性欲望。

中世纪基督教会不主张一般信徒教众拥有《圣经》，况且那时的《圣经》都是古文字的，群众无法读懂，对《圣经》的解读，完全由神职人员所垄断。教会文学的作者，主要就是神职人员，他们以通俗易懂的形式宣讲教义和神学观念，服务于基督教的意识形态，在群众中影响极大。"平等"、"博爱"的思想闪耀着可贵的民主因素，对近代资产阶级人道主义思想的形成也有直接的促进作用。但我们也应该看到，基督教的"平等"、"博爱"思想，是精神领域内的道德理想，而不可能在社会实践中真正触动不平等的社会制度。初期基督教从产生之日起，就并不反对罗马帝国的奴隶制，在中世纪也不反对封建等级制。它将人们对现世生活中平等、公义的渴望，引向对天国生活中幸福的期待。

中古英雄史诗分为两类，早期凯尔特、日耳曼族英雄史诗产生和流传的时间较早。反映了民族大迁徙时期乃至氏族部落时期的生活，因而保留了很多异教内容。但这些史诗起初只是在民间口耳相传，记录成书的时间最早的也在7、8世纪，也就难免被打上基督教思想的印记。《贝奥武夫》是早期英雄史诗中最完整、最具代表性的一部，它由日耳曼人的一支盎格鲁—撒克逊人创作。史诗的背景是氏族社会的末期，贝奥武夫本是历史传说中的人物，这一形象表现了日耳曼先民与自然力量搏斗的历程。贝奥武夫早年从瑞典渡海到丹麦为民除害，杀死巨怪和它的母亲。后来他返回瑞典做了国王，依然把人民的安危挂在心上。晚年他亲临为害人民的毒龙巢穴，杀死毒龙，自己也被咬伤而死。这一形象体现了氏族社会时期人民的英雄理想。但诗中又附会巨怪是该隐①的后代，被杀后下地狱；而英雄贝奥武夫牺牲后则上了天堂，这很明显是记录成书时基督教观念渗入的反映。

另一类后期英雄史诗是蛮族入主罗马帝国，封建国家及封建制度逐渐形成和发展后的作品，基督教的色彩更为浓厚和鲜明。在被称为后期"四大史诗"的法国《罗兰之歌》（1080?）、西班牙《熙德之歌》（约1140）、德国《尼伯龙根之歌》（约1200）和古罗斯的《伊戈尔远征记》（1185—1187）中，除《尼伯龙根之歌》保留了大量异教内容外，这一特点都极为突出。诗中英雄们的忠君、报国、英勇善战，是与捍卫基督教信仰、驱除异教徒的功业紧密结合在一起的。他们既是封建关系下人民心目中理想英雄的代表，也受到基督教会的肯定。在《罗兰之歌》中，查理大帝为追赶摩尔人的军队，恳求上帝让太阳停住；罗兰死后，灵魂被天使接上天堂。在《熙德之歌》中，大天使加百利托梦让熙德坚持战斗。而在《尹戈尔远征记》中，更是以如下的诗句为史诗作结：

那卫护基督教徒、
反对邪恶的军队的
王公和武士们万岁！
荣誉属于王公们和武士们！
阿门。

10至11世纪时，欧洲各国开始出现了以手工业和商业活动为中

---

① 该隐是《旧约》中人类始祖亚当和夏娃的儿子，杀其弟亚伯，受上帝诅咒。

心的城市，反映市民阶级思想、情趣的城市文学随之兴起。城市文学是一种世俗化的文学，以讽刺、幽默的艺术手法，嘲笑贵族和贪婪的教士、表现市民的机智和狡猾，充满了喜剧色彩。主要的文学体裁有韵文故事、抒情诗和戏剧。其中以拟人化手法、通过动物之间的斗智斗勇，反映中世纪城市生活的故事诗《列那狐传奇》（约12世纪70年代至13世纪中叶逐渐形成），是中世纪市民文学最重要的成就之一。它具有鲜明的反教会反封建的倾向，表明基督教完全垄断意识形态的状况已开始发生变化。

随着基督教一统观念出现裂隙，中世纪后期文学呈现出一种新的思想倾向，即希伯来—基督教文化信仰至上、禁欲主义与希腊—罗马文化注重理性和人本主义两种文化精神的合流。中世纪最伟大的诗人但丁的不朽诗作《神曲》突出地代表了这一新的特征。《神曲》通过诗人游历地狱、炼狱、天堂三界的经历，探讨诗人自身、意大利民族和整个人类的前途与命运。引导诗人通过地狱、炼狱的，是古罗马的大诗人维吉尔；而带领他登上天堂的则是诗人少年时期精神上的恋人、死后成为天使的贝阿特丽丝。维吉尔象征理性，贝阿特丽丝象征信仰，这反映了但丁憧憬在理性和信仰之光照耀下走向幸福的美好愿望。

中世纪文学在艺术形式上也得到基督教经典的滋养。《旧约》本就有着很高的美学价值，《新约》中的"四福音书"更是一种崭新的文体，它史传结合、现实与传奇因素相糅，一个个新意迭出、妙趣横生的比喻故事穿插其间，一句句格言警句镶嵌其里。《使徒行传》以事带人，简繁有度，展现了初期传道使徒不畏艰险的牺牲精神，情节峰回路转，一波三折。21封《书信》情辞恳切，说理透辟，是书信体文学中的上乘之作。而一卷《启示录》，更以纷呈的异象、瑰丽斑斓的辞章、铿锵有力的预言式语句和超凡入圣的幻想，将启示文学推向了顶峰。中世纪的教会文学几乎就是脱胎于《圣经》的文学，它的圣经故事取材于《旧约》和《新约》；祷告文则抽取经文作基础，加上个人的感悟而成；赞美诗多是模仿《旧约》"诗篇"的句子和抒情模式的作品；而宗教剧更是常常搬演《圣经》中的故事，如法国作家格雷邦的名剧《受难神秘剧》（1452）由四部分构成，分别表现亚当、夏娃被逐，耶稣诞生；耶稣传道，犹大卖主；耶稣受难十字架；耶稣复活，万民欢腾。教会文学常采用的梦幻、寓意、象征、暗示、异象等艺术修辞手法，也均来自《圣经》。

基督教观念对中古英雄史诗的渗透，在艺术形式上也留下明显的痕迹。后期英雄文诗中的《罗兰之歌》，在叙事技巧上一个突出的特点是使用重复的手法，而重复的次数却以"三"为度。当罗兰军队陷入摩尔人重围时，他的好友奥利维埃三次劝罗兰吹响号角向查理大帝求援，罗兰三次拒绝；罗兰三次以剑击石，表达视死如归的壮志；三次陈述自己的辉煌战绩。这是基督教"三位一体"神学教义的体现。再如查理大帝向上帝吁求停住太阳，以利追赶敌军，这情节套自《旧约·约书亚记》的第10章第12—14节：

> 当耶和华将亚摩利人交付以色列人的日子，约书亚就祷告耶和华，在以色列人眼前说："日头啊！你要停在基遍；月亮啊！你要止在亚雅仑谷。"于是日头停留，月亮止住，直等国民向敌人报仇。……日头在天当中停住，不急速下落，约有一日之久。

骑士文学中少不了骑士与贵妇人之间的爱情，而或缠绵悱恻，或热烈奔放的爱情描写与宗教情感水乳交融的表现手法，早在《旧约》的《雅歌》中就开了先河。骑士文学中常以玫瑰象征爱情，骑士常将所崇拜和爱慕的贵妇人比喻为美丽的玫瑰、高洁的百合，这个传统或典故也来自《雅歌》：

> 我是沙仑的玫瑰花，
> 是谷中的百合花。
> 我的佳偶在女子中，
> 好像百合花在荆棘内。①

中世纪文学中最辉煌的鸿篇巨制《神曲》，在艺术上更是圣经文学和教会文学孕育出的瑰宝。它不仅以地狱、炼狱、天堂的三部曲形式，以每部33篇、每3行分节的整一布局，从整体结构上体现出"三位一体"的基督教观念，而且通篇运用了梦幻、寓意、暗示、象征的艺术手法，显示出启示文学的深刻影响。诗篇中取自《圣经》的典故俯拾即是，可以说，不熟悉《圣经》，不了解基督教神学的基本观念，就不可能充分体会《神曲》底蕴丰厚的艺术魅力和博大精深的思想意义。

三

骑士文学在中世纪文学中具有特殊的地位和品格。11世纪后期，西欧封建制度在政治、经济和文化上均进入繁盛阶段，代表封建主集团价值观念和审美趣味的骑士文学应运而生，它是封建主阶级思想意识与基督教文化观念相结合的产物，同时还掺杂了民间文化的遗迹。因此，它既反映着忠君、护教的社会主流文化意识，又表现出对现世生活乐趣的肯定；既渲染了对精神理想的追求，又执着于世俗的功名和男女情爱；既体现所谓高贵、典雅的贵族化礼仪

---

① 《雅歌》2：1—2。

规范,又在行侠好义的冒险征战中张扬着野蛮的尚武精神,具有丰富的文化内涵。

　　骑士实际上就是西欧封建时代的武士,这个阶层的形成,与封建军事采邑制度有着直接的关系,它的兴盛与衰亡过程,则与当时西欧社会的时代特点紧密联系在一起。中世纪初期,王权软弱,社会秩序混乱,地方豪强势力蜂起,致使战乱不已,盗匪猖獗。即便国王和大贵族,为维护自身地位,也不得不蓄养武士兵丁以求自卫或攻击别人。这些武装扈从被赐予一块土地,以所产的收入作为服军役的费用,这种以服军役为条件而终身拥有的封地被称作"采邑"。9、10世纪,信仰基督教的西欧受到来自东部的马扎尔人(即匈牙利人)、南部的阿拉伯穆斯林和北部的诺曼人三面的侵袭,抵御外族入侵的需要,不但使如何进行有效的军事动员问题愈加突出,也使这个问题成为促使西欧社会结构中封君与封臣关系进一步发展和强化的重要因素。到11世纪,西欧封建主之间封君与封臣的关系已经十分普遍,骑士阶层也已形成。封臣对封君的义务主要可以归结为三项:"效忠",即不可做任何有损于封君的事情;"帮助",为封君服军役并为封君提供协助金和物质上的支援,这是封臣最重要的义务;"进告",即为封君提供有益的建议。封君对封臣的义务则主要体现为"保护"和"维持"两个方面:在封臣受到攻击时提供武力保护;主要以分给"封土"的方式维持封臣服军役的物质保障,并尊重封臣的荣誉、生命和财产。1096至1291年间,罗马教皇会同西欧封建国王和城市富商打着驱除伊斯兰异教徒、解放圣地的旗号,发动了对地中海东部地区的八次远征,称为"十字军战争",十字军东征使西欧的宗教狂热愈加强化并进一步刺激了"骑士精神"的张扬。数百年间战事的连绵不绝,使骑士阶层发展壮大,并逐渐形成了他们所奉行的一整套道德标准和行为、礼仪规范。忠诚、勇敢、谦卑、诚实、公正、尊重女性成为骑士所应具有的理想化品格，也成为所谓"骑士精神"或"骑士道"的主要内涵。无论在现实社会中它们是否能够得到完美的体现，但这一切无疑是封建关系下骑士阶层所看重的核心精神价值。昔日粗鄙少文的武士，也逐渐被要求文雅知礼。中小封建主的子弟最初是构成骑士阶层的主要成分，他们大多从小就接受军事和礼仪方面的训练，及至成年并达到标准后，则举行庄严的封礼仪式，成为骑士；后来甚至许多王公和大贵族也以拥有"骑士"封号为荣。

中世纪为数众多的骑士文学作品就是在这样的背景下产生的。法兰西王国是骑士制度的中心，因此法国也是骑士文学最发达兴盛之地。骑士文学主要分为骑士抒情诗和骑士叙事诗两种体裁，前者的中心地是法国南部的普罗旺斯，以表现骑士与贵妇人之间"典雅的爱情"为主要内容。在法国的北方，骑士文学的重要成就则是骑士叙事诗，内容主要涉及骑士的冒险经历、与异教徒的战争，以及骑士与贵妇人的爱情等，其影响波及整个欧洲。12 至 14 世纪是西欧骑士叙事诗的黄金时代，产生了大量的骑士叙事诗。这种诗体传奇情节离奇，涉及的历史基本上都属于诗人的虚构，因叙事的需要，篇幅大多较长，动辄数千行甚至上万行。从题材上看，这些骑士传奇可以分为三大系统：古代系统——模仿和取材于古代希腊罗马的文学；拜占庭系统——以拜占庭历史和传说为素材；不列颠系统——描写亚瑟王及其圆桌骑士的事迹。

不列颠系统是三大系统中故事最为丰富、精彩的系统。从最初的历史传说到《亚瑟王之死》这部散文体故事作品的出现，经历了三百多年的演变，由历史记载到民间口头传唱和文人诗歌的创作，直至最后形成散文体的作品。亚瑟在历史上确有其人，他是公元 6 世纪时不列颠凯尔特人的领袖，领导了抗击盎格鲁—撒克逊人的斗争，后来成为民间传说中的英雄。早在 8 世纪，威尔士人南纽斯在《不列颠人史》中，已经提到了亚瑟的事迹。7 世纪，亚瑟王的传说已经传到了法国西北部的凯尔特人之中。12世纪前期,威尔士的高级教士"蒙茅斯的杰弗里"以十年之功撰写了《不列颠诸王纪》,其中包括对亚瑟王的描绘,为亚瑟的一生勾勒出了一个较为清晰的轮廓,但已掺杂了非历史的传奇因素,所用资料多有凯尔特民间传说的内容,并加上了自己的想象性创造。这可以看作亚瑟王的历史传说的阶段。12世纪后半叶,欧洲大陆开始出现一系列韵文传奇,如诺曼诗人瓦斯的《布鲁特传奇》(1155),法国诗人克雷蒂安·德·特洛阿(约1135—1191)《兰斯洛特,或大车骑士》(约1168)、《伊万,或狮子传奇》(约1170)以及未完成的《帕尔西法尔,或圣杯故事》(约1182—1190),与特洛阿同时代的法国女诗人"法兰西的玛丽"的短篇叙事诗《金银花》、德国诗人哈特曼·冯·奥埃(约1160—1215)的《埃雷克》(1180)、《伊万恩》,沃尔夫拉姆·冯·埃申巴赫(1170—1220)的《薄希华》、戈特弗里德·冯·斯特拉斯堡(约1170—1220)的《特里斯坦和伊索尔德》等。其中所歌咏的主人公,都属于亚瑟圆桌骑士团的成员。14世纪,由诗人创作的亚瑟王传奇在欧洲继续发展,如1360年出现的"双声体"《亚瑟王之死》有四千三百行,另一部同名作品三千八百行,还有一部被誉为中世纪英国文学重要作品的《高文骑士与绿衣骑士》,有二千五百行。这些传奇基本上以四个故事为核心:亚瑟王的王后桂乃芬与兰斯洛特骑士的爱情故事、圆桌骑士寻找"圣杯"的故事、特里斯坦骑士与爱尔兰公主伊索尔德的爱情故事,以及亚瑟王因其外甥莫俊德骑士叛乱而战死的故事。传说与历史此时已经分开,行吟诗人或文人诗人的诗歌中附会到亚瑟王传奇系统上的内容也愈益丰富。到15世纪,马洛礼在前人基础上,汇集了种种亚瑟王的传奇故事,写成了散文体的《亚瑟王之死》。

《亚瑟王之死》凡二十一卷,卷下再分若干回,从内容构成上则又可分为四大部分:一至五卷,写亚瑟王的出生和经历,叙述其建立亚瑟王朝,组织圆桌骑士集团,平定各地诸侯叛乱,统一英格兰、苏格兰、威尔士以及远征罗马的功绩。六至十二卷,主要叙述兰斯洛特骑士的冒险经历和特里斯坦与伊索尔德的爱情。十三至十七卷,为圆桌骑士寻找圣杯的故事。十八至二十一卷,主要写兰斯洛特骑士与桂乃芬的爱情和亚瑟王之死的悲剧。本书最完整和全面地讲述了亚瑟王系列的各种传奇故事,也集中地体现了骑士传奇所应具备的一切构成因素,因而成为中世纪欧洲骑士文学的经典之作。

骑士传奇的内容,都离不开骑士们的冒险经历,及其与贵妇人缠绵悱恻的爱情描写;而追寻圣杯主题的引入,则将基督教信仰和骑士们的精神追求与整个骑士世界的生活紧密联系在一起,渗入到骑士们建功立业和浪漫爱情的实现过程中。因而,游侠历险、宗教信仰的伸张和爱情的享受就成为骑士传奇的三大主题。游侠之于一个骑士不仅是展示其过人武功的过程,更是获得或确认其骑士身份不可或缺的途径,其中充满了传奇的成分。在《亚瑟王之死》中,亚瑟本人及其麾下的众多著名骑士,都是通过带有传奇色彩的经历而彰显出自己与众不同的身份的。例如,亚瑟称王的经历就是一个不同寻常的奇迹:他本为英格兰王尤瑟·潘左干和茵格英王后之子,出生后由魔灵抱走,交给爱克托骑士夫妇抚养成人。尤瑟·潘左干王死后,英格兰群雄纷争,国家危机四伏,坎特伯雷大主教出面召集全国的王公贵族和著名骑士在圣诞节集会比武,推选国王。圣诞节清晨,广场中央出现一块插着宝剑的巨石,宝剑四周镌刻金字:"凡能从石台砧上拔出此剑者,乃生而即为英格兰全境之真命国王。"所有来者去试,宝剑都纹丝不动,只有年轻的亚瑟上前轻轻一提,宝剑就被拔出,他遂被拥立为王,并成为"圆桌骑士集团"的缔造者。《亚瑟王之死》中,以寻找"圣杯"为核心的故事,则体现了对基督教信仰的热诚。《新约·马太福音》第二十六章二十六至二十九节记载：耶稣基督在最后的晚餐时曾掰饼，祝福，对门徒说："你们拿着吃，这是我的身体。"又拿起杯来，祝谢了，递给他们，说："你们都喝这个，因为这是我立约的血，为多人流出来，使罪得赦。但我告诉你们，从今以后，我不再喝这葡萄汁，直到我在我父的国里同你们喝新的那日子。"相传圣杯就是耶稣基督在最后的晚餐时所用的杯子，以利马太的约瑟接受和保护了这只杯子，并用其承接了耶稣基督在十字架上所流出的宝血。因此，圣杯是基督的象征，也是基督教话语所说的生命的象征。追寻圣杯，即意味着追寻不朽的生命，追寻与基督神圣的结合，从而得到拯救。作为护卫基督教的骑士们，无不以能够完成这一神圣的使命为最高的荣誉。然而，圣杯注定与满身罪孽的人无缘，高文骑士历经危险和磨难而不得，因为他不但放浪形骸而且拒绝忏悔；兰斯洛特骑士与佩莱斯王的女儿伊莱恩公主所生的儿子加拉哈，心地纯洁，童贞而无罪，终于得到了圣杯，他的灵魂则被众天使接到了天上。特里斯坦和伊索尔德的爱情故事，在欧洲中世纪曾广为流传，在《亚瑟王之死》中也是最动人的篇章。特里斯坦是康沃尔之王马尔克的妹妹伊丽莎白的儿子，由于母亲在生下他后即受风寒而亡，他幼时受尽继母的虐待。稍长，特里斯坦被送往法国接受教育，学成归来，已成为一个英姿勃发、武艺高强的年轻骑士。适逢爱尔兰王派遣著名的马汉斯骑士来催讨贡赋，康沃尔举国上下无人敢应战。特里斯坦挺身而出，一举击败马汉思骑士并将他杀死。特里斯坦因身中毒矛，在爱尔兰王宫中养伤，与美丽的公主伊索尔德深深相爱，但马尔克王却命特里斯坦将伊索尔德迎娶过来做自己的王后。特里斯坦和伊索尔德在归途中同饮了爱杯里的魔药，爱情之火在一对恋人之间熊熊燃烧，终生不渝。卑鄙的马尔克王趁特里斯坦在伊索尔德面前弹琴时从背后用剑将特里斯坦杀死，悲恸的伊索尔德伏在爱人的尸体上气绝而亡。这对为爱而死、忠贞不渝的情侣，千百年来不知赢得了多少人同情的泪水。

西欧封建社会的封君封臣关系是骑士制度的基础，也是骑士精神或骑士道形成的前提，因此，包括《亚瑟王之死》在内的骑士文学无论内容如何丰富，故事多么庞杂，从叙事学的角度看，都隐含着一个建筑在中世纪社会主流话语基础上的契约型深层结构框架。这个结构以立约为前提，在人物一系列的行为叙述中以"立约—履约—奖赏／立约—违约—惩罚"的形式表现出来，折射出那一时代的伦理价值取向。

就任何一个具体的骑士故事的叙述来说，立约的一方也即骑士，都具有该故事主人公的性质，而另一方表面上可以由不同的对象来担任，如国王或大封建主、教士或修士、公主或贵妇人、其他骑士等等，但事实上，这不同的对象只是具有符号意义的能指，与骑士真正立约的另一方是上述对象所指的不变的骑士精神，也即以忠诚和信仰为核心的价值观念。在《亚瑟王之死》中，成为圆桌骑士的一员、立志去追寻圣杯以及与贵妇人的爱情誓言都可以被理解为"立约"的表现，而一旦立约，则意味着必须承担相应的义务和责任。义务和责任在履约的行为过程中展开，这是骑士文学的主体部分：从不时出现的或简单或盛大的比武场面，到刀光剑影的战斗厮杀；从追赶怪兽猛禽，到与巨人恶魔搏斗；从一见钟情、山盟海誓的英雄美人绝恋，到路见不平、拔刀相助的侠肝义胆；从神力魔法的相助，到预言奇梦的实现，总之，一系列带有传奇色彩的"发现"与"奇遇"，构成了骑士们的"冒险"经历，从一定意义上说，不同骑士的游侠过程在骑士文学中具有相当的雷同性，但正是这种相似的叙述，使得骑士精神在反复言说中得以凸现而出，也使面对相似情节元素的骑士们呈现出并不雷同的形象。履约是试炼与考验，也是骑士自身完善和成长、寻找合适的位置和身份的过程。正像亚瑟王那张巨大的圆桌旁有一个"危险座"所象征的那样，一切不具资格而存非分之想的骑士坐上去得到的都只能是灾祸。如果一个骑士在履约过程中证明自己真正符合骑士的标准，就必然会获得荣誉和荣耀的结果，例如英雄的美名、得见圣杯和美好的爱情。履约的反面就是违约，一个骑士倘若在自己的冒险经历中行为偏离了骑士的标准，我们就会发现其最终的结局必然是逆反的或悲剧性的。对违约行为的判定在此牵涉到一个价值层级的问题，有时一种行为在一个层面上可能并不是违约的，但在一个更高的价值层级上则被判定为违约。例如，兰斯洛特骑士对桂乃芬王后的爱情确实是真挚、热烈的，为了忠实于爱情，他甚至拒绝了对他一往情深的阿城少女伊莱恩，但是这种爱情却违背了对国王忠诚的原则。当一对恋人彼此间的忠诚与骑士"忠君"的义务相矛盾时，这就玷污了一个真正骑士的名誉，因此，这种行为在更高的"忠君"价值层面上被判定为"违约"，受到一致的谴责，结局也是悲剧性的——两人不得不分离，并遁入修道院忏悔，孤凄而终。在基督教已然稳固地成为占统治地位的意识形态的中世纪中期，对宗教信仰的忠诚无疑体现着最高的精神价值层面。这甚至反映在本书为亚瑟王朝和圆桌骑士团毁灭所作的解释上。英明一世、功绩卓著的亚瑟王阴差阳错犯下了一桩重罪：他与前来宫廷晋见的路特王的王后玛高丝一见钟情，不想玛高丝却是他同母异父的胞妹。两人一夜枕席之欢的结果是诞下了一个男婴，魔灵向亚瑟王指明，这种乱伦的行为因触怒了上帝，必然导致亚瑟和全国骑士的灭亡。果然，当亚瑟王率兵远征法兰西时，被托付国事的莫俊德骑士起兵反叛，自立为英格兰国王，他正是当年亚瑟王与玛高丝王后乱伦所产下的那个男婴。闻讯回兵的亚瑟王与莫俊德在海边决战，莫俊德被杀，亚瑟王也伤重而亡，圆桌骑士们则在自相残杀中伤亡殆尽。显然，在基督教信仰的价值层面上，作为圆桌骑士团领袖的亚瑟王的不伦之举也是"违约"的一种表现，而违约就必须承担责任和后果。

包括《亚瑟王之死》在内的骑士文学中所隐含的"契约型结构",是中世纪社会由初期的混乱无序向其后的和谐稳定发展过程中,西欧封建文化形成、确立后在文学上的一种反映。骑士文学的作者们自觉或不自觉地在这种结构的约束下讲述着骑士们回肠荡气的故事,也表明了对稳定的社会秩序的肯定。据史料记载,恰恰是在《亚瑟王之死》出版的1485年,英国的"玫瑰战争"(1455—1485)结束,史称"亨利七世"的亨利·都铎建立了都铎王朝。面对混乱、分裂的国势,他无限缅怀历史上传说的亚瑟王朝的统一与强盛,他自称是亚瑟王的后裔,不但给自己的长子取名亚瑟,还在温彻斯特城堡大厅的墙壁上悬挂起了一面巨大的圆桌,上有亚瑟王的肖像和都铎王徽的图案——由小朵白玫瑰环绕的一朵大的红玫瑰,四周并刻有亚瑟王传奇中出现的二十四位骑士的名字。这是历史的巧合,也是历史发展的必然。时代在发展,野蛮也毕竟要走向文明。中世纪最初的三百年中,用"黑暗"来形容并不过分,与无休无尽的征战相伴随的血腥杀戮和对古典文化的摧残,是中世纪社会初期的显著特征,以至罗马主教格里高里一世都悲叹"世界末日几近来临"。从诸侯混战到王权的强大和国家的稳定、从文化破坏到文化建设,概言之,从混乱到秩序,所反映的是西欧社会从落后走向进步的时代发展趋势。作为在三百年故事流传基础上形成的《亚瑟王之死》,尽情书写着骑士们的豪情,也在契约型结构中浓缩了骑士精神由野蛮到文明过程后的成熟的形态。理想的骑士形象在这里清晰地彰显而出:比武场和战场上敢于冒险、力挫群雄的勇士,爱情生活中温柔体贴、风流倜傥的情人,社交场合彬彬有礼、修养良好的绅士,宗教上虔敬谦卑、能够道德自律的信仰实践者和护教者。叱咤风云的骑士们不再完全是个人至上的豪杰,只有在以"忠诚"为纽带的封建契约关系中,担负起责任与义务的勇敢骑士,才与那一时代人们心目中的英雄崇拜观念相吻合。从这个意义上说，骑士文学所构筑的不只是一个传奇色彩浓郁的艺术世界，也代表着一种追求精神价值的理想化的乌托邦。在此，骑士们建功立业的个人价值的实现和大胆、热烈的爱情欲望的实现，与封建和宗教义务之间既构成了持续的张力，也达到了内在的平衡，因而，骑士文学中一方面蕴含着突破禁欲主义、肯定个人价值和力量的激情，也呼唤着理性与秩序。

在西方文学、特别是英美文学史上，马洛礼的《亚瑟王之死》毫无疑问应该占有一席之地，它的主要贡献在于对欧洲叙事文学的发展起到了重要的促进作用，同时完整保留了亚瑟王及其圆桌骑士的传说，为后世欧洲文学提供了一个丰富的素材宝库；它还发展了英语词汇以及句型的变化，是英国散文史上一个承前启后的重要成就。亚瑟王的故事从韵文传奇到散文体的作品，已初具了后世小说的形态。尽管整部作品中众多的故事之间联系并不十分紧密，且人物出场的时序和人物关系有时混乱，个别人物姓名在文本中前后也稍有差异，但却最大限度地保存了原著的面貌，在几个明确的主题之下串联故事，全书也做到了首尾一贯，以亚瑟的出生始，以亚瑟王朝的毁灭终。在故事叙述中，作者有穿插、有对话，描摹细致，手法细腻，引人入胜。

曾经在西欧中世纪历史上繁盛了数百年之久的骑士制度，到了英法百年战争（1337—1453）后逐渐衰落下去。在这场战争中，英国民兵组成的弓箭手的威力远胜于恪守单骑决斗战术的法国骑士。特别是在15世纪，火炮和火绳枪的出现，更使丈剑持矛行走天涯的骑士们的英雄气概灰飞烟灭。然而，在文学与文化史上，骑士文学所昭彰的精神和理想却并没有立刻消亡。虽然，在16世纪末17世纪初，文艺复兴时期西班牙伟大的小说家塞万提斯以《唐吉诃德》终结了骑士小说的流行,英国伟大的剧作家莎士比亚用充满喜剧色彩的福斯塔夫的形象尽情嘲弄了骑士精神的没落,但在骑士文学的乌托邦世界中所倡导的忠诚、宽容、诚实、勇敢等等品质却跨越了漫长的历史河流而得到了人们的肯定,那些著名的骑士形象也成为后世读者心向往之的审美对象。20世纪以来,不但亚瑟王及其圆桌骑士的故事以及取自其他中世纪骑士传奇的故事不断被改编为影视作品,甚至在当代的西方奇幻文学作品中,我们依然可以看到骑士们的身影。

四

中世纪是基督教的世界,因此欧洲中世纪艺术基本也都是围绕基督教和教会组织展开的。其中,建筑、美术和音乐,是欧洲中世纪艺术发展比较出色的三个领域。

中世纪的建筑艺术主要体现在教堂的建设上。由于信仰的普遍流行和教会组织的高度发达,中世纪教堂建设不仅得到了政府、教会和民众的巨大支持,更激起了众多建筑艺术家创造的激情。他们将对上帝的爱和自己的艺术才华结合起来,在欧洲各地创造了众多杰出的教堂建筑。欧洲中世纪的教堂,从艺术风格上看主要有两种,一是继承了罗马艺术风格的罗马式教堂,一是广泛流行于中世纪的哥特式教堂。"罗马式这个名称是19世纪发明的,含有'与罗马建筑相似'的意思。这个术语最初用在有关建筑的谈话中,主要是指11世纪晚期和12世纪欧洲的典型建筑物采用了古罗马的厚厚的墙和有穹隆的石造建筑风格。"[①]法国图卢兹的圣塞尔南教堂(Ba-

---

[①] 苏珊·伍德福特等《剑桥艺术史》,罗通秀、钱乘旦译,中国青年出版社,1990年,第209页。

silica Saint Sernin）是罗马式教堂的代表之一。这是一座巨大的石制教堂，外面装饰着众多圆顶窗户，风格浑厚朴素；走进教堂内部，两侧是有序排列的高大石柱，内顶为拱形穹庐，显得高远威严。12世纪的时候，欧洲出现了一种不同于罗马式风格的教堂建筑，这种建筑主要出现在法国，当时被称为"法国式的"。到了文艺复兴时期，"有关建筑学的作者在轻蔑地回顾他们的先人的作品时，把这种风格称为哥特式。就像我们今天所称呼的这样，其言外之意是这种风格即它的尖形的拱、棱状的穹庐和复杂的装饰等等，看上去都是那么乏味和野蛮，以致只有曾摧毁了古罗马文明的哥特人才能做得出来。"[1]今天，哥特式这个名称已经不再带有任何贬义色彩了。在遍布欧洲的著名中世纪教堂中，哥特式教堂占据了绝大部分。与罗马式教堂浑厚拙朴的建筑不同，哥特式教堂建筑风格复杂、装饰性更强，给人的感觉是神秘、孤独和轻灵。法国的巴黎圣母院是哥特式教堂的代表。圣母院正面由两座矗立的三层钟塔组成，钟塔的第一层有尖顶的拱门。圣母院侧门则完全采用尖顶结构，侧门后一座巨大尖顶塔楼直指天空。不同于罗马式的厚重石制结构，巴黎圣母院的"建筑是根据薄墙的概念：很浅的窗洞和通廊很薄的券壁使这种薄的概念表现在它的每一个层次上。"[2]薄墙的使用，给圣母院增添了一份轻灵、浪漫和神秘感。

中世纪美术作品的风格、题材和内容都受到基督教的决定和制约。从艺术风格上看，"由于基督教的基本旨意是抑肉伸灵，轻物质

---

[1] 苏珊·伍德福特等《剑桥艺术史》，罗通秀、钱乘旦译，中国青年出版社，1990年，第243页。

[2] 路易·格罗德茨基《哥特建筑》吕舟、洪勤译，中国建筑工业出版社，1999年，第35页。

重精神,……表现在艺术上就是排斥真实,反对写实",①因此,早期的基督教美术在造型上都具有极强的抽象性、符号性和象征性,艺术家往往并不追求人物刻画的细致、丰满和生动,能够达到表现教义的目的即可。在题材和内容上,中世纪美术也多选取《圣经》中的故事加以表现,耶稣和圣徒的事迹,常常是艺术家们热衷的表现内容。中世纪美术的最高成就是镶嵌画。镶嵌画艺术是随着基督教的发展,尤其是教堂的建设而兴盛起来的。一方面,不断扩张的教会和日益增多的信徒需要镶嵌画艺术家通过形象来帮助他们表达基督的崇高和自己对基督的信与爱;另一方面,巨大的教堂拱顶和墙壁,则给镶嵌画艺术家们提供了充分的空间展示自己的才华。中世纪镶嵌画艺术主要勃兴于拜占庭,"这种以小块彩色玻璃和石子镶嵌而成的建筑装饰画代表了拜占庭基督教艺术的最高成就"。②《查士丁尼皇帝和他的随从们》是拜占庭拉维纳的圣维塔莱教堂中著名的镶嵌画。画面表现的是查士丁尼皇帝身披长袍,站在随从们中间的情景。艺术家在查士丁尼的头后装饰上了光环,代表皇帝的神圣性。整个镶嵌画构图简洁自然,人物身材颀长,神态自然,具有高度的艺术价值。《荣光中的基督》是圣维塔莱教堂中另一幅著名镶嵌画。这幅镶嵌画位于教堂穹顶之上。画面上,头戴十字架光环的耶稣基督站立中间,两旁有带翼的天使扈从。耶稣基督神态安详,俯视终生,观之不禁让人心灵纯净,并产生一种对神圣的向往。

在中世纪,音乐在宗教生活中占据举足轻重的地位。一位中世纪僧侣就曾说:"对于音乐艺术的训练一定要勤勉地练习,尤其是那些被指定为上帝进行正规服务的人……勤勉地阅读可以增强我们心

---

① 王端廷《西方美术史》,中央广播电视大学出版社,2003年,第64页。
② 王端廷《西方美术史》,中央广播电视大学出版社,2003年,第65页。

灵的美德，歌唱愉悦着为上帝服务的头脑。"①实际上，在中世纪的教会中，"所有神职人员部必须参加歌唱；许多人还学习承自先人的音乐理论知识，作为文科教育的初级科目之一。"由于获得了巨大的重视，中世纪音乐技术获得了突破性的进展。例如，那时"出现了对位技术，它可使多个声部同时独唱、相互协调，而各自又不同；其次是调式理论得以总结，根据这个调式系统，对曲调进行了分类"；最后，中世纪还发明了沿用至今的音高记谱法。②中世纪音乐的内容主要是用于教会仪式上的颂歌，很多《圣经》的章句和赞美诗被谱曲演唱。

中世纪文学艺术不仅取得了辉煌的成就，而且对后世文学艺术也产生着持续的影响。一方面，中世纪文学艺术是沟通古代文学与近代文学的桥梁，特别是在中世纪后期，当古希腊文化与基督教文化再度相遇时，便产生了但丁这样的大诗人和《神曲》这样的伟大作品，诞生了达·芬奇和米开朗基罗这样的大艺术家，预示了欧洲文学艺术的又一个黄金时期的到来。另一方面，以基督教思想和《圣经》为核心的中世纪文学艺术，也对中世纪后以至今日的西方文学艺术产生着持续的影响。正如有学者指出的："自从文明的拂晓以来，从未有一本书像旧约（《希伯来圣经》）那样在作家们中间激起如此巨大的创造力。在诗歌、戏剧和小说上，它的文学影响力是无可匹敌的。"③《圣经》的人物、《圣经》中的故事、《圣经》中的叙事结构和母题，作为取之不尽，用之不竭的题材，反复出现在西方的文学艺术作品中。例如，在欧洲，从德国大诗人歌德的《浮士德》中，我们看到了《圣经》中的魔鬼对人类的考验；在英国作家

---

① 福比尼《西方音乐美学史》，修子建译，湖南文艺出版社，2004年，第67页。
② 田可文，陈永编著《西方音乐史》，武汉大学出版社，2005年，第12页。
③ Gabriel Sivan, *The Bible and Civilization*, Keter Pub. House Jerusalem, 1973, p.218.

班扬的《天路历程》中,我们看到了人对上帝的信仰与追求;在大诗人密尔顿的《失乐园》、《复乐园》和《斗士参孙》中,我们直接感受了作家对《旧约》和《新约》题材的借用和改造;甚至在卡夫卡这样的20世纪现代主义作家笔下,我们也能感受到犹太教和基督教思想的深刻影响。在新大陆美国,"五月花号"带去的宗教改革后的清教伦理和传统,滋养和培育了一代代的美国作家和美国文学,霍桑、福克纳等美国大作家,都与基督教神学思想之间有着密不可分的关系。

《赵氏孤儿》与《中国孤儿》：
两种思想与艺术的时话[①]

任何两个民族间文化意义上的交流和相互影响，事实上都是一种多层次上的"对话"，由纪君祥的《赵氏孤儿》到伏尔泰的《中国孤儿》，就是一个典型的例证。解析这种对话的内涵，不仅有助于更好地阐发两部作品，而且能使我们更清楚地认识一定历史阶段上中西戏剧艺术的不同特征。[②]

一

按照我国某些学者的意见，《赵氏孤儿》是借古喻今，宣扬反元复宋思想的。联系该剧产生的历史背景来看，这种观点无疑有它的合理性。但文学作品的研究不能离开具体的文本分析，如果我们从剧本文本的角度看，该剧的主题则明显的是反映忠奸斗争，"反元复宋"的倾向表现得并不鲜明。作品的批判锋芒并未直接指向晋灵公，而只是刺向了奸臣屠岸贾。在"楔子"中的第一支曲子里，赵朔临死之前的唱词颇能点明作品的题旨：

---

① 本文原载《国外文学》1991年第2期。
② 本文所引《赵氏孤儿》和《中国孤儿》原文分别见中华书局版《元曲选》第四册和孟华、袁俊生译《中国孤儿》。

〔仙吕·赏花时〕枉了我报主的忠良一旦休，只他那蠹国的奸贼权在手。他平白地使机谋，将俺云阳市斩首。兀的是出气力的下场头。

其中虽对灵公不无讥刺，但关键还是"忠良"与"奸贼"的誓不两立。

剧中还写道，屠岸贾弄权专行，诈传灵公旨意，并有弑君篡位之心。最终是晋悼公准予赵氏孤儿族杀屠岸贾全家，为屈死的赵氏先祖、先父及公孙杵臼等追谥封号，重赏程婴，并要赵氏孤儿承袭祖爵，位列三卿。因此，非但悼公是位主持正义的明君，灵公也不过只是有些偏听偏信，忠奸不分罢了。在中国封建时代里，国与君向来都是一体的，《赵氏孤儿》只反奸佞不反国君，再清楚不过地说明了其主题乃是褒忠抑奸。

1755年，伏尔泰根据马若瑟译本改编成了五幕诗剧《中国孤儿》，这并非是一次简单的改编，而是借用原作的核心情节——搜孤救孤创作出的一部带有鲜明时代和民族特色的作品。在这一创造性的改编过程中，原作的主题发生了根本的变化。伏氏在情节上的改编主要在如下几个方面：

1. 时间后移：事件发生的时间由春秋战国时期后移了一千八百年，变为宋元交兵之时。

2. 人物改换：原作中对立的双方——草泽医人程婴、中大夫公孙杵臼、赵氏孤儿等与屠岸贾，改为儒臣张惕、张妻伊达梅与鞑靼皇帝成吉思汗。

3. 情节简化：删除了屠岸贾残害忠良，韩厥义释程婴，赵氏孤儿除奸报仇等原作的重要情节，只保留了搜孤救孤这一线索，并增加了一个成吉思汗倾慕伊达梅的恋爱故事。

4. 结局改变：赵氏孤儿复仇成功变成成吉思汗为道德力量所

感化。

无论伏尔泰对中国历史状况了解多少，这种改动所产生的客观效果都是极大的，它有力地强化了伏尔泰所赞赏的儒家学说的教化作用。时间后移，避开了"礼崩乐坏"、诸侯争雄的春秋战国时代，此时孔孟之道尚未占据中国封建社会的思想统治地位。汉武帝采纳董仲舒的谏议，"罢黜百家，独尊儒术"之后，以儒学为主体，道、释两说为补充的中国传统文化的格局经过其后漫长的岁月才逐渐形成、确立下来。至赵宋之时，中国早以其先进的文明，灿烂的文化闻名于世。而崛起于漠北的蒙古部族此时虽已建国立业，却仍然处于由奴隶社会向封建社会的过渡阶段。这样，戏剧冲突就被置于了先进与落后的两个不同民族间对立的宏阔背景上，剧中的张惕、伊达梅与成吉思汗就是这矛盾双方的代表。删除屠岸贾残害忠良等情节，正是为了取消原作表现忠奸斗争的主题；到结局时成吉思汗为伊达梅和张惕的行为所感化，《中国孤儿》的主题也就跃然而出了：文明终将战胜野蛮，进步一定会战胜落后和愚昧。

伏尔泰改编创作《中国孤儿》并赋予其全新的主题，是为当时的法国社会斗争现实服务的。18 世纪中期，法兰西正处于资产阶级大革命的前夜，启蒙主义者们摇旗呐喊，为即将到来的风暴做着思想上和舆论上的准备。作为启蒙主义思想家领袖的伏尔泰，对法国封建政权体制及其道德精神支柱—天主教神学发起了猛烈的进攻。他主张"开明专制论"，认为宗教迷信和教会统治是人类理性的主要敌人，它造成了社会上普遍存在的愚昧无知和宗教狂热。正是在这种背景下，来自中国的《赵氏孤儿》成为他进行斗争的思想材料。伏尔泰对中国悠久的文明、特别是儒家的政教道德一直心向往之，在其历史巨著《论民族精神与民族风俗》中，他把古老、辽阔的中华帝国看作是给世界提供"开明君主"范例的国家，它的皇帝都是充满智慧的学者，它的政权机构符合正义理想；中国人、特别是上层统治阶级都信奉以孔子之道为代表的儒家学说，因此儒家的伦理道德在中国构成了一种充满理性的宗教的基本元素。《赵氏孤儿》中有那么多人能为正义做出牺牲，在他看来原因就在于此。伏尔泰对中国社会以及儒家的道德思想的认识显然是理想化的，但它对宣传启蒙主义思想却起到了促进作用。

二

完成《中国孤儿》后，伏尔泰曾特意在剧名之下加上了一行字："据孔子教导改编成的五幕剧"，但只要我们将《赵氏孤儿》与《中国孤儿》比较一下就会发现，后者主要还是反映了伏尔泰的资产阶级启蒙主义思想。产生于中国封建专制制度下的《赵氏孤儿》，宣扬的是典型的儒家的伦理观念，它们不可能不与启蒙主义的"理性"思想相冲突，我们试就两个重要方面做一些分析：

1. "忠""孝"观念与"开明专制论"

《赵氏孤儿》褒忠抑奸的主题是建立在忠君观念之上的。作品中作为正义一方的人物都以忠臣的形象出现，他们依据自己的社会地位，或忠于国君或忠于主公，这是封建等级制的表现。有人认为救赵保孤的行为主要是出于侠义，这诚然不错，但如果我们深究一下这"义"的内涵，就会看出，它的核心依然是"忠"。诸位义士之所以保护赵盾及赵氏孤儿，首先是因为他们是忠臣或忠臣的遗孤，在此，忠良与否事实上成为是否值得义士们行侠的判断标准，而在仗义行侠的行动中，也就表明了他们自己对"忠"的维护和肯定。相反，作为非正义一方代表人物的屠岸贾，其最主要的罪恶特征在义士们看来就是"不忠不孝"。

与"忠"密切相连的是"孝"，"赵氏孤儿大报仇"是大孝，而

"孝"正是"忠"的基础。《孝经》云:"资于事父以事母而爱同,资于事父以事君而敬同。故母取其爱而君取其敬,兼之者,父也。故以孝事君则忠,以敬事长则顺。忠顺不失,以事其上,然后能保其禄位而守其祭祀,盖士之孝也。"①这表明,"忠"与"孝"是统一的,由对父的"孝"而致对君的"忠",其本质特征则是子与臣的绝对顺从。在中国封建制度下,"国"就是"家"的放大,而国君就是国家人格化的代表,大孝即忠,可见忠君观念是中国封建政治体制的伦理保证。

《中国孤儿》也力图表现忠君思想,但由于它经过了伏尔泰基于启蒙思想的改良,从正统的儒家思想来看,这就造成了剧中两个明显的矛盾。外族入侵,山河沦丧,为保全幼小的皇子,儒臣张惕如程婴一样要牺牲己子以尽忠君之责,但张惕的"忠心"在剧中却并不为他人所理解。当他对妻子声称"这无足轻重的孩子,我给了他生命,但我更应把鲜血奉献给君王"时,当即遭到她的激烈反对。伊达梅竟说:"这可怕的道义我闻所未闻","你发了什么疯,要送亲生儿子去死?"伊达梅还斥责丈夫说:"那些埋在地下,化为灰烬的先王,莫非是你的神,你怕遭他们的雷轰?"(二幕三场)如果说伊达梅还只是因为母爱而敢于触犯"天条"、亵渎"神圣",那么张惕的侍官艾当该是置身于这幕家庭惨剧之外的清醒者了,但当张惕要他将自己的儿子交给鞑靼兵时,他竟然也抗议道:"您要我发出这轻率的誓言,我怎能尽这残忍的义务?"(一幕六场)张惕"大义灭亲"的壮举,在这里反而有几多孤家寡人之感。反观《赵氏孤儿》,尽忠观念则为每一个正面人物所接受。为保忠臣和忠臣的遗孤,鉏麑触槐而死,灵辄舍命报恩,韩厥自刎而亡,程婴弃子保主,公孙杵臼撞阶成仁,他们个个毫不犹豫,以性命相搏,命丧在

---

① 冯友兰:《中国哲学史新编》第三册,人民出版社,1985年3月第1版,第103页。

一个"忠"字上。纪君祥无疑是将"忠君"观念作为最高的伦理规范和价值观念来肯定和颂扬的,而伏尔泰却显然没有毫无保留地接受"君权神圣"的封建道德,此为矛盾之一。张惕身为宋臣,满腹经纶,深得皇上宠信,为保皇孤能忍失亲子之痛,甚至自轻生命,这都是符合其特定身份的。但当成吉思汗表示悔过,答应保全两个婴儿的生命,并要张惕作元宫中的教官时,他竟当即山呼"陛下",表示臣服,这就令人费解了,他的转变不符合其性格发展的逻辑。对一个刚刚屠城弑主的暴君俯首称臣,以正统的儒家伦理道德来看,乃是败坏名节,不忠不孝的叛逆行为,无论如何是不会被人们所接受的,此为矛盾之二。

《中国孤儿》出现上述矛盾的根源,在于伏尔泰的"开明专制论"思想。这一思想具有两面性。伏尔泰是封建专制制度的死敌,他认为,封建专制政体的根本弊端是专断,国王掌握无限的权力而为所欲为,常为一己私欲而扼杀人的自由,牺牲社会的繁荣。处于这种制度下的人民,同被套在车轭中替主人服役的公牛毫无二致。因此,对国王"不容怀疑的"权力的合理性大胆质疑,是人们追求自己自由权力的需要,伊达梅和艾当对张惕的忠君观念提出异议,正是这一思想的回声。但伏尔泰又并不主张彻底废除君主制,而是希望用"开明君主"制来代替封建君主专制。他并不拥护政治上的彻底民主,而是认为社会的领导权必须掌握在"精英"的手里。因此,他希望由一位具有理性和善良意志的君主来统治国家,就像其哲理小说《老实人》中的那位哲学家国王一样。而这样智慧、仁慈的国王则理应得到臣民的忠心和爱戴。在《中国孤儿》的结尾,成吉思汗已由一位播种战争和死亡的暴君转变为一个富有理性和仁爱精神的"开明君主",因此,张惕、伊达梅乃至所有旧宋的臣民向他表示忠心,就不但不是叛国背君的逆举,而是合乎理性的正确选择了。显然,伏尔泰在此是将儒家的"忠君"思想作了法国启蒙思想式的解读。

2. "三纲"伦常与"天赋人权"

在中国儒家的伦理学说中,"五伦"思想占有重要地位。"五伦"即君臣、父子、兄弟、夫妇、朋友五种人际关系。其中除最后一种外,其余四种都是统治与被统治的关系。汉代鸿儒董仲舒则特别从中提出了君臣、父子、夫妇三种关系,是为"三纲",即君为臣纲,父为子纲,夫为妻纲。它以"阴阳"自然观和"天人合一"的哲学观为基础,历来为各朝封建统治者所推崇,产生了深远的影响,《赵氏孤儿》也鲜明地反映出这一伦理思想。剧中屠岸贾害死忠臣赵盾后,又假传灵公之命,赐其子驸马赵朔弓弦、药酒令其自尽,使者喝令赵朔说:"兀那赵朔,圣命不可违慢,你早早自尽者。"(楔子)"君为臣纲","圣命不可违慢",赵朔纵有天大的冤屈,也不得不含愤自尽。赵朔之妻虽贵为晋国公主,依然遵循着"夫为妻纲"的伦理道德,在向程婴托孤后,为夫殉节而死。再看赵氏孤儿,二十年后得到父亲的遗命,他族杀屠岸贾全家,表明了对"父为子纲"的忠诚。一出《赵氏孤儿》,可谓把三纲伦常在中国封建社会中的威力渲染得淋漓尽致。

《中国孤儿》中虽然仅涉及了君臣与夫妇两种伦理关系,但他们却都突破了儒家的伦理规范。伏尔泰学说的一个重要方面,是社会自由平等观,它来源于他的自然神论哲学。伏尔泰认为,每个人都是具有理性的,"上帝赐予我们一种理性原则,这是普遍的,正如神予鸟以毛,予兽以皮一样。有了这两种特性,人类进步始有保障,而人类社会最后也有达到完善境地之可能"。因之,根据天赋权力,人性相同,人人平等,"一切享有各种天然能力的人,显然都是平等的",甚至中国的皇帝、印度的大莫卧儿、土耳其的帕迪夏也不能向下人说,"我禁止你消化,禁止你上厕所,禁止你思想。"伏尔泰特别强调，每个人自由思想的权力不容剥夺。何谓自由？他指出，自由就是"试着去做你的意志绝对必然要求的事情的那种权力"。①

《中国孤儿》中体现伏尔泰自由平等思想的人物是伊达梅，她不承认宋皇有统治、支配臣民思想的绝对权力，不承认皇族在人格和生命的价值上高于臣民，更不承认丈夫的意志就是唯一合乎理性的。当张惕用"您先是臣民，然后才是母亲"的封建道德来迫使她同意舍弃儿子时，她慷慨陈词：

啊，不管是大人物还是小人物，
不管是臣民还是那显赫一时的君王，
都有同样的人性，
都该承受苦难，
每个人的痛苦该自己去承担。
（二幕三场）

在伏尔泰看来，伊达梅突破"君臣"、"夫妇"纲常是出于深挚的母爱，母爱是人的天性，它远比那些人为强制产生的封建伦理更具合理性，因而她去挽救儿子的生命是完全正当的行为，是她运用"自由意志"权利的表现。综观全剧，伊达梅是其中最富光彩的一个形象，她不仅有忠贞、善良的品质，更有独立、自尊的人格和敢于斗争的勇气。众所周知，在中国封建社会中，女性的地位是卑下的，"唯女子与小人为难养也"②，即使是出身于贵族家庭的女性也

---

① 伏尔泰：《哲学通信》，转引自袁华音《西方社会思想史》，南开大学出版社，1988年，第244、247、246页。

② 《论语·阳货第十七》，见朱熹《四书章句集注》，中华书局，1983年10月第1版，第182页。

不能与本阶级的男子享有同等的权力。《赵氏孤儿》中真正出场的女性只有一位,就是那个为夫殉节的公主,而另一位在"换子"悲剧中最为悲惨的母亲,甚至连表达一下自己痛苦的机会都没有,这就是程婴的妻子。或许这里有结构戏曲需要的考量,但纪君祥与伏尔泰在处理同一题材时所选取的不同角度,还是给人以很大的玩味余地。

三

如果说,《中国孤儿》与《赵氏孤儿》在思想上的对话是启蒙主义思想同中国儒家伦理思想的对话,那么,它们在艺术上的对话则是欧洲古典主义戏剧美学观同中国传统戏剧美学观的对活。伏尔泰对《赵氏孩儿》的艺术性评价并不高,他曾说,《赵氏孤儿》算不上什么悲剧,它只是一个古怪的滑稽戏,是"一大堆不合情理的故事","这戏没有时间一致和动作一致,没有风土习俗的描绘,没有情绪发展,没有词采,没有理智,没有热情"[①]。

伏尔泰得出上述结论的原因,首先在于他在戏剧艺术观上的保守态度。18 世纪上半叶的法国剧坛,依然是古典主义的天下。启蒙主义作家们的创作,尽管在总的趋势上是反对古典主义的,但每个作家对古典主义戏剧艺术的背离程度并不相同。伏尔泰的戏剧创作在艺术形式上就接受了古典主义的创作法则。他的几部著名的悲剧,如《俄狄浦斯》(1718)、《札伊尔》(1732)、《穆罕默德》(1741)、《布鲁图斯》(1730)和《恺撒之死》(1735)等就都是如此,《中国孤儿》当然也不例外。如果以古典主义,乃至整个欧洲戏

[①] 李万钧:《欧美文学史和中国文学》,福建教育出版社,1989 年 5 月第 1 版,第 911 页。

剧艺术传统来衡量《赵氏孤儿》，那么它显然是"不合规范"的。其次，伏尔泰对《赵氏孤儿》的指责，也暴露了18世纪欧洲知识界和文学艺术界对中国戏曲艺术还处于基本上无知的状态。我们知道，包括元代杂剧在内的中国传统戏剧，是一种极重剧场的艺术形式，它的"演出文本"所包含的信息量要远远大于其"剧本文本"。这其中特别是歌唱在元杂剧中占有举足轻重的地位，它的作用比较而言要胜过宾白部分，而马若瑟的译本却恰恰是删除了曲词而只保留了宾白。伏尔泰时代的欧洲观众并无机会直接观赏到中国戏曲的演出，从这个意义上说，他的看法并不是一种个人的"偏见"，而是当时奉古典主义法则为圭臬的整个欧洲人的共识。

一般而言，欧洲古典主义戏剧观是对亚里士多德理论的"误读"以及古代希腊、罗马戏剧创作原则的"模仿"，它与以唱为主，融唱念做打于一体的元杂剧分属两种不同的表演体系。这是一个相当大的题目，这里我们只想针对伏尔泰对《赵氏孤儿》艺术上的主要异议——戏剧结构问题做一个集中论述。伏尔泰的《中国孤儿》严格遵循了"三一律"的原则，全剧分为五幕三十一场：第一幕交代了鞑靼兵攻陷都城，国家沦亡，天子被弑的背景，并点出了搜孤和救孤的戏剧冲突。第二幕主要表现张惕和伊达梅在对待亲生儿子问题上的矛盾，强化戏剧冲突，并通过成吉思汗对伊达梅爱慕之情的流露，为戏剧冲突的进一步发展打下基础。第三幕叙述成吉思汗对伊达梅的旧情复萌与他要消灭宋皇遗孤的意志发生矛盾，使戏剧冲突变得进一步复杂。第四幕讲述求爱被拒的成吉思汗恼羞成怒，两个婴儿及张惕的生命危在旦夕。第五幕写张惕与伊达梅决心以死来抗拒强暴，成吉思汗被感化，婴儿及张惕、伊达梅得救。可以看出，《中国孤儿》采用的是直线递进的结构，情节始终没有偏离搜孤救孤的戏剧冲突，一步步地使冲突强化、激烈，直至达到高潮，全剧随之戛然而止。另外，它的时间限定在一天之内，地点只有张惕官邸一处，便于剧情的集中、凝练，在艺术效果上是成功的。纪君祥则是按照"起承转合"的原则和元杂剧的音乐结构来编写戏曲的。《赵氏孤儿》由五折加一楔子构成，它其实存在着两对戏剧冲突，一是搜孤与救孤的矛盾，一是忠与奸的矛盾。前三折中两者是重合的，搜孤与救孤也就反映了忠与奸的冲突，后两折则只剩下了后一对矛盾冲突，但由于搜孤救孤是全剧的"戏胆"，因此第一对戏剧冲突远比第二对激烈。楔子交代事件的起因、背景是赵、屠二人文武不合，并点出了赵氏孤儿。第一折说屠岸贾要斩草除根，公主向程婴托孤；韩厥义释程婴自刎而亡，搜孤与救孤的戏剧冲突正式开始。第二折紧承前折叙述为救赵孤程婴与公孙杵臼定计对付屠岸贾。第三折是高潮，程婴与公孙杵臼分别以亲生儿子和自己的性命为代价保住了赵孤，搜孤与救孤的矛盾冲突至此结束。第四折剧情发生转折，程婴向年已20的赵孤讲明他的身世。第五折叙述赵氏孤儿大报仇。忠义战胜了奸佞，正义战胜了邪恶，全剧落幕。第一折为整出戏的"起"，韩厥的死，程婴与公孙杵臼自我牺牲的决定，突出了戏剧冲突的残酷性与惊险性，一环紧扣一环，为高潮蓄足了势。第二、三折是"承"，戏剧冲突逐渐达到了白热化的程度。屠贼的老奸巨猾，公孙杵臼的大义凛然与程婴忍失亲子的极度痛苦交织在一起，剧情时而波谲云诡，时而惊心动魄，成功失败垂于一线，令人惊绝。第四、五折则分别是"转"和"合"，写20年后忠奸斗争终见分晓，给出了故事的最后结果。显然，《赵氏孤儿》的情节布局同样是颇具匠心的。

纪君祥卓越的编剧技巧，是与他对戏曲音乐的完美运用分不开的。事实上，音乐在元杂剧中不仅对戏剧结构起着重要作用，而且是表现人物情感、刻画人物性格、渲染剧情情绪的重要手段。元杂剧的音乐结构是曲牌联套式的。所谓曲牌联套，就是将不同的曲牌联成一个完整的套式，戏剧的每一折，既是一个情节单位，又是一个音乐段落，每一折都有一套曲子相配，如《赵氏孤儿》共五折，就有五套曲子与之配合。同时每一套曲子都严格地按照只用同一宫调的原则，即"一宫到底"；而每一宫调一般又只由一个主要人物来演唱，即"一人主唱"。这样，音乐与剧情和戏剧动作水乳交融，对戏剧结构的起承转合与完整统一都具有极大的意义。元杂剧音乐中的不同宫调有不同的调式和调性，因而也就能表达不同的戏剧情调。我们来看看《赵氏孤儿》音乐在宫调上的运用：

第一折，由韩厥主唱，表现他对屠贼专权的忧愤和决意牺牲自己，义释程婴时镇定自若的忠良风范，故选用了"清新绵邈"[①]、情意悠深的仙吕宫。

第二折，由公孙杵臼主唱，表现他对晋国痛失栋梁和为救赵孤意欲一死的悲愤心情，故选用了"感叹伤悲"的南吕宫。

第三折，公孙杵臼主唱。他忍受屠贼的毒刑拷打，但满腔热血，壮怀激烈，故选用了"健捷激袅"的双调宫。

第四折，赵氏孤儿主唱。20年后程婴为他讲述家史，他迷惑、惊愕、愤慨，故选用了"高下闪赚"、情绪波动的中吕宫。

第五折，赵氏孤儿主唱，抒发他誓报家族历史血恨的一腔怨愤，故选用了"惆怅雄壮"的正宫。

可以看出，《赵氏孤儿》的音乐正是随着剧情和人物内心情感的起伏发展来转换宫调的。

"曲白相生"是中国戏剧最基本的审美特征之一，但18世纪的欧洲观众对此却难以理解。伏尔泰对《赵氏孤儿》艺术性的看法，深受他的朋友、戏剧评论家阿尔央斯侯爵的影响，而后者就曾针对《赵氏孤儿》说过这样的话："欧洲人有许多戏是唱的，可是那些戏

---

① 燕南芝庵的《唱论》曾对元杂剧常用的十七种宫调性能和情绪特征做过概括，本文对《赵氏孤儿》所用五种宫调的表情功能的论述即以此为据。参阅张庚、郭汉城主编的《中国戏曲通史》上卷，中国戏剧出版社，1980—1981年出版，第352页。

里就完全没有说白；反之，说白戏里就完全没有歌唱。这不是说歌唱并不能强烈地表达伟大的情感，而是我觉得歌唱和说白不应该这样奇怪地纠缠在一起。"①然而，中国戏曲的"曲白相生"却是与源远流长的中国美学传统相一致的。《诗大序》中就说："诗者，志之所之也。在心为志，发言为诗。情动于中而形于言，言之不足故嗟叹之，嗟叹之不足故咏歌之，咏歌之不足，不知手之舞之足之蹈之也。"②元杂剧中，宾白部分除了交代、说明剧情等功能外，它与演唱部分在情绪上也的确常常具有递进的关系，如《赵氏孤儿》第一折中韩厥的宾白与演唱：

韩：（白）咳，屠岸贾，都似你这般损坏忠良，几时是了也呵！〔唱〕
〔仙吕·点绛唇〕列国纷纷，莫强于晋。才安稳，怎有这屠岸贾贼臣，他则把忠孝的公卿损。

这真可说是"言之不足故嗟叹之，嗟叹之不足故咏歌之"了。

《赵氏孤儿》的时间跨度长达20年，事件发生的地点有好几处，情节也并不只集中在一对戏剧冲突上，但它却以中国戏剧独特的编剧技巧、音乐结构以及虚拟性和时空转换灵活性的审美特点，取得了自身艺术形式上的成功。通过以上的分析我们可以看出，伏尔泰的许多认识并不正确。《赵氏孤儿》不仅故事情节合乎艺术情理，而且结构布局严谨合度，不仅有情绪上的起伏跌宕，而且以珠玑毕现、词采斐然的曲词，显示了剧作家卓越的语言才华，不仅有

---

① 参见张隆溪、温儒敏编：《比较文学论文集》，北京大学出版社，1984年，第89—91页。
② 语出《毛诗序》。参见王达津、陈洪《中国古典文论选》，辽宁教育出版社，1989年2月第1版，第1页。

成熟的理智，更有饱满的热情。当然，从另一个角度说，无论是欧洲古典主义的戏剧法则，还是元杂剧的编剧规范，在今天来看都是有其局限性的。《中国孤儿》拘泥于"三一律"和《赵氏孤儿》讲究程式化的结果，使它们对"风土习俗的描绘"都嫌匮乏，在这一点上两剧其实并无多少不同。成吉思汗在一天之内完成了由暴君到贤主的转变，令人对其性格塑造的合理性不无怀疑；而科范严谨、"一人主唱"的限制，使程婴和屠岸贾这两个贯穿《赵氏孤儿》始终的重要人物竟无一句唱词，两个形象的丰富、深刻性也因之打了折扣。

毫无疑问，伏尔泰和18世纪的欧洲对《赵氏孤儿》的接受是有缺憾的，但历史的局限任由后人评说，它们对于前人则是无法避免的。最重要的是，由《赵氏孤儿》到《中国孤儿》，实现了中西两种文化和戏剧传统之间一次真挚而精彩的对话。伏尔泰在谈到欧洲各国之间的文化交流问题时曾经说过："如果欧洲各民族不再互相轻视，而能够深入地考察研究自己邻居的作品和风俗习惯，其目的不是为了嘲笑别人，而是为了从中受益，那么，通过这种交流和观察，也许可以发展出一种人们曾经如此徒劳无益地寻找过的共同的艺术欣赏趣味来。"①今天，文化与文学艺术间的相互影响与交流早已跨越了洲际的界限，成为世界范围内的滚滚大潮了，但伏尔泰的这段文字对我们依然是有启发意义的。

---

① 伏尔泰：《论史诗》，伍蠡甫主编《西方文论选》上卷，上海译文出版社，1979年6月第1版，第325—326页。

文明与人的悲剧性冲突[①]

——谈谈劳伦斯的四部长篇小说

无论在西方还是在中国，对英国作家 D. H. 劳伦斯创作的评价都经历了一个由贬到褒的过程。20 世纪中叶以前，劳伦斯的作品一直难登严肃文学的大雅之堂。1928 年，英国评论家痛斥劳伦斯是"尽其可能倾泻邪恶，糟蹋我国文学名誉的人，甚至法国那些制造春宫照片之流也无以望其项背"。而到了 50 年代后期，劳伦斯却一跃成为"我们时代最伟大的、富于创造力的小说家"[②]；"作为英国文学传统中的主要小说家之一，他将永远栩栩如生"[③]。自此之后，对劳伦斯的探讨不断深入，从不同角度出发的研究成果也大量问世。在中国，全面关注劳伦斯创作开始于 20 世纪的 80 年代后期，此前对他的长期"忽视"，当然也说明了一种评价和态度。劳伦斯留下了各种体裁的大量作品，这其中十部长篇小说占有最重要的地位。而在这其中，《儿子与情人》，姊妹篇《虹》、《恋爱中的女人》以及其最后一部长篇小说《恰特里夫人的情人》则是他影响最广泛的长篇之作。[④]

[①] 本文原载《南开文学研究》1988 年第 1 辑。

[②] F. R. Leavis, *D. H. Lawrence, Novelist*, Chatto & Windus Ltd, 1955, p.1.

[③] ibid. p.17.

[④] 本文所引小说文本出处为：李建、何善强译，《儿子与情人》，四川人民出版社，1986 年；李建、陈龙根、李平译，《恋爱中的女人》，长江文艺出版社，1987 年，D. H. Lawrence, *The Rainbow*, Penguin Books Ltd, 1978 和 D. H. Lawrence, *Lady Chatteley's Lover*, Penguin Books Ltd, 1961.

一

发表于1913年的《儿子与情人》（Sons and Lovers）是作家的成名作。由于小说中主人公保罗·莫莱尔与母亲葛楚德和情人密里安的关系暗合弗洛伊德理论，从心理批评角度来探讨这部作品的内蕴及作家的创作心态一度成为许多评论家最为热衷的方法。的确，无论劳伦斯本人承认与否，《儿子与情人》的整体结构符合"俄狄浦斯情结"，但我们如果把它的意义仅限于此，就会削弱这部小说丰富的内涵，从而低估了它在劳伦斯思想发展过程中的重要意义。劳伦斯并不是一个套用精神分析理论进行创作的蹩脚小说家，而是一个具有复杂思想和完整理论体系的真正艺术家。他不仅反映和表现着自己的时代，而且要向这一时代宣扬自己独特的思想和认识。劳伦斯坚持认为，人的自身价值的正常实现和男女个性的充分发展，必然关涉到一种真正的两性关系，性的意义要远远超出人们通常所理解的狭隘范围。他认为，现代文明毁坏了人的自然本性，也就毁坏了两性之间的正常关系，从而导致了恋爱、婚姻、家庭，乃至人与人之间一系列关系的扭曲。因此，他认为有必要提倡一种"血缘意识"，用人的自然本能来抗拒文明对人的异化，人们只应听从自己潜意识中的欲望和要求，听从流淌不息的血液的呼唤，而不应做种种文明枷锁的奴隶。劳伦斯说："我最伟大的宗教就是对血、对肉体的信仰，我认为这些思想更具有智慧。我们脑子里的思想有可能是错的，但血所感到的、所相信的、所要我们去做的，是永远不会错的。……我所要做的就是影响我的血的呼唤，直截了当地响应，毫不掺杂头脑、道德或其他什么无聊的干扰。"[①]贯彻于劳伦斯整个创

[①] 转引自弗兰克·克默德：《劳伦斯》，三联书店，1986年中文版，第45页。

作的基本倾向,正是文明与自然的对立。揭示现代人类在这二者之间痛苦挣扎的悲剧性生存状况,大声疾呼人的自然本性的复归,是回荡在劳伦斯所有成熟作品中的主旋律。

《儿子与情人》是劳伦斯创作第一时期的代表作,此时他的思想尚处于探索阶段,这突出表现在《儿子与情人》反映的彷徨于自然价值观与文明价值观之间的"二元论"思想上。虽然如此,这部成名作却是我们了解作家思想发展的重要一环,因为它毕竟象征性地提出了文明对人的异化,现代家庭中的危机等重要问题的雏形,它们在以后的作品中逐渐演变为劳伦斯以自然价值观为核心的全部思想的重要组成部分,正是在这个意义上,我们将这些尚未深化的思想,称为劳伦斯哲学的前奏曲。

在《儿子与情人》问世以前,劳伦斯在《侵入者》(The Trespasser,1912年)中就曾发表过这样的看法:"几个世纪以来,有一种女人一直在反抗着人类身上的'野性',至今为止,她的梦想还是荒诞不经、想入非非,她的血液在枷锁中流淌,她的仁慈充满了残忍。"[①]在作家看来,这类女人与人的自然本性是敌对的,她们是男子阳刚之美的腐蚀者。《儿子与情人》中的葛楚德就是这种女人,她与瓦尔特的对立,实际上代表了文明价值观与自然价值观的冲突。葛楚德的宗教道德信仰和"高雅"的生活理想,与现代工业文明的发展具有一种内在的一致性,而这一文明的历程,必然要打破人与自然的和谐关系,以牺牲人的自然属性作为代价。劳伦斯通过瓦尔特和葛楚德之间的抗争,表明了这两种力量冲突的不可避免的结果:瓦尔特为维护自己男性的尊严,与妻子不断发生尖锐的矛盾,但却一次比一次输得更惨。在葛楚德顽强的、坚持不懈的进攻下,小说开篇时那个坚定有力,充满自信,性情快乐的瓦尔特发生了惊

---

① D. H. Lawrence, *The Trespasser*, pp. 30 – 31, Penguin Books Ltd, 1961.

人的变化,成为一个唠唠叨叨,唉声叹气,令人怜悯的酒鬼。葛楚德无情地摧毁了他的自尊,也就永远割断了他与那个充满诗意的自然世界的联系。正如英国著名批评家弗兰克·克默德所言:"他的失败不仅是俄狄浦斯意义上的失败,同时也是黑暗矿井中养育的阳刚之气的失败,是不知何为羞怯,自由自在的男性魅力和力量的失败,是根植于泥土中的美的失败",[①]也就是自然力量的失败。

在自传片断中,劳伦斯对父辈矿工与自己一代的矿工曾做过比较,认为前者身上依旧保持着工业化深入发展之前男子那种生机勃勃、强悍有力的品德和互相合作的人际关系,而在后者身上,这一切男性的魅力都已被文明的力量所吞噬。他写道:"与带着强劲而美丽的孤寂、半荒废的矿野景色相呼应的,与远远地踏着泥水走来的矿工和赛狗相呼应的"那种"潜在的野性和未经驯化的精神",在新一代矿工身上消失了。他们屈从于他们的母亲,变得"节制、谨慎而一本正经,……被弄得循规蹈矩,温良恭俭让。"[②]与消失了野性的男人同时出现的,是家庭、婚姻关系的变化。瓦尔特·毛莱尔一家的状况,即可以看作劳伦斯关于危机中的现代家庭观念的缩影,体现出他对现代婚姻关系的独特思考。在劳伦斯看来,崇尚文明的妻子对丈夫"野性"的拒绝,表明了婚姻关系的失败。得不到满足的妻子把爱转向儿子,她们对儿子的教育不以丈夫为蓝本,而是按照自己的理想模式去塑造他们的性格,结果便是粗犷、有力的阳刚之美在子辈身上的荡然无存,他们成了纤细,敏感、驯服,无力承担男性职责与义务的"半男人";这就构成了一个"男人毁了女人,女人又毁了儿子们;而儿子们被母亲所软化,重又毁了自己的女人"的恶性循环。[③]《儿子与情人》中,失败的婚姻使母亲把对丈

[①] 弗兰克·克默德:《劳伦斯》,三联书店1986年中文版,第19页。
[②] 同上,第3页。
[③] 同上,第9页。

夫的爱转而给予了儿子们，由于"母爱"的垄断，父亲被剥夺了培育孩子的权力。瓦尔特给小威廉理发的情节显然具有某种象征意义。葛楚德怒火中烧地将儿子从丈夫怀抱中夺回，正表明了她要把对儿子的培育完全置于母性控制之下的强烈欲望，而这种行为的巨大危害，我们在保罗身上尤其看得一清二楚。

如果我们对劳伦斯笔下的两性关系能够在一个较为广阔的背景上去认识，也许有助于加深对密里安这一形象的理解。在《性与可爱》一文中劳伦斯说："'性'与'美'是无法分开的。就像生活与意识一般。……我们现今文明的最大灾难，乃是对'性'的病态式的憎恶。"①密里安一类"纯洁"的女性，的确对'性'表现出一种病态式的憎恶，而这同葛楚德与瓦尔特的冲突一样，本质上是文明价值观与自然价值观的对立。因此，劳伦斯对密里安们的挞伐也就一直没有停息。在《儿子与情人》中，这种谴责还比较含蓄，到了劳伦斯最后一部重要小说《恰特里夫人的情人》中，就已变成深恶痛绝地抨击了。

《儿子与情人》仅仅是初步地展示了劳伦斯思想的某些方面，但我们仍然可以看出，他对西方现代工业化社会中恋爱、婚姻、家庭、人际关系的思考，对在特定环境和关系下的人的心理状态的揭示，确有独到之处。正是在对这些问题的思索和展示过程中，劳伦斯提出了文明与人的冲突这一根本的创作主题。

二

在《儿子与情人》中，我们已经看到的劳伦斯对两性关系的极

---

① D. H. 劳伦斯：《性与可爱》，见《劳伦斯散文选》，台湾志文出版社，1978年中文版，第17页。

大关注，在他创作的第二个时期里，这一问题已经成为他思考的中心。由于《虹》（The Rainbow，1915）对男女两性关系的深刻展示，它曾被誉为"二十世纪英国第一部伟大的小说。"《虹》在劳伦斯的十部长篇小说中的确是最辉煌的作品，它与《恋爱中的女人》一道，代表了作家创作的最高成就。

早在1913年，《虹》的初稿尚在写作过程中时，劳伦斯就满怀信心地向挚友爱德华·嘉奈特写信，称自己手头正写的东西是"如此的新鲜，它比任何人所做过的一切都深了一个层次。"①事实证明劳伦斯所言非虚，它不仅是作家一生中的一部里程碑式的作品，而且在整个英国文学史上有其独特的贡献和意义。首先，作为一部家世小说，《虹》不同于同时期其他英国小说家如本涅特、高尔斯华绥等人的同类作品。后者的创作以传统的现实主义方法，描绘了一个家族一代人或几代人在社会变革中荣辱浮沉的完整历史，像本涅特的《克莱汉格三部曲》，高尔斯华绥的《福尔赛世家》就都是如此，而《虹》却正如劳伦斯所说，是要考察"男人与女人的关系"。从这一独特角度出发，劳伦斯笔下出现的不是一个家族的全景描绘，而是人们企图超越有限的现实，寻求向无限的自由境界奋力拼搏时的心灵轨迹。其次，小说以巨大的象征力量，展示出一个"失乐园"的原型主题，劳伦斯因此而成为20世纪西方现代文学史上有意识地以神话模式表达灵智主义思考的最早的作家之一。

《虹》创作之时，正值劳伦斯对人类未来所持的乐观主义达到顶峰，自己的精神状态最为高昂的时期，因此，他以炽热的激情渴望着人类的新生，但劳伦斯本人对追求目标的不确定性，决定了整部小说的开放性结构，在传达出更为深沉、丰富的意蕴的同时，又

---

① *The Collected Letters of D. H. Lawrence*, ed. by Harry T. Moore, p. 193. Viking Press, 1962.

使小说多少带有了一层虚幻的色彩。

《虹》所描述的，是布兰文一家三代精神发展的历史。这一过程是通过汤姆与丽蒂娅、安娜与威尔、厄秀拉与斯克列本斯基的婚恋及不同的精神体验完成的。他们的探索从整体上反映了人类在工业文明中的困惑、苦闷、挣扎和憧憬，表达了人们渴望打碎枷锁，实现新生的强烈愿望。布兰文家族的每一代人，都试图突破周围的狭隘生活，以求将自己的存在投入更广阔、更自由的生存环境之中；每一代人的努力，都把这种探索向前推进了一个阶段。劳伦斯在此提出了一个深刻的悖论：三代人在不同意义和层次上的奋斗，表明了人们寻求自我完善的绵延无尽的活力，然而人类这种固有的生存力量，却又与文明的发展相对立，当工业文明以极端的形式发展为畸形时，它就显示出与人相冲突的性质，抑制、甚至摧残人的创造本能。显然，这一无法解决的矛盾及其所蕴含的巨大悲剧性，正是20世纪以来西方现代文学所彰显的一个核心问题。

小说的开篇，劳伦斯描绘了一幅颇有深意的布兰文家族早年生活的图景。那时，他们与大自然保持着和谐的关系，"知道天空与大地之间的交流。"年复一年，布兰文家族的先人们伴随着春华秋实，夏雨冬雪生长消亡，像人类的始祖亚当和夏娃一样，深深陶醉于自己的"伊甸乐园"——马施农场那简朴但却生机盎然的生活中。但工业文明悄悄逼近了，插进田园之中的一个个矿井架，划开大地胸膛的人造运河，打破了乡间宁静的火车刺耳的尖叫……这一切都在暗示着另一个世界的出现。工业文明的影响默默地、但却粗暴地冲击着这片古老的土地和生活于其上的人们，于是布兰文家族的新一代渐渐发生了变化。他们仍然虔诚地在土地上劳作着，然而当他们从土地上凝神远眺时，眼睛里却闪烁着无限期待的目光。这种强大的冲击力量在布兰文家族新一代女性身上的作用更加强烈，如同不满足于伊甸乐园的夏娃一样，她们以难以言喻的激动心情，憧憬着远方那个广阔而又神秘的世界,而不满足于固有的生存环境。

《虹》的最初几页文字,隐含着一个"失乐园"的神话原型,它为整部小说情节的发展定下了基调:当人与自然分离的自我意识觉醒,不满足有限的生存环境时,也就预示了他与自然的和谐状态将被打破。

汤姆·布兰文就出生在这样一个转变时期,他所继承的世界并存着两种价值观念,它们都影响着他的生活态度。他进过学校,为雪莱《西风颂》那美丽的诗句深深打动。他努力想要领悟智慧的营养,然而天平却总是倾向血肉的信仰。小汤姆鄙视周围的孩子,因为他们都带着一种"机械式的愚蠢"。"机械的"(Mechanical)这个词汇,在劳伦斯的作品中具有特定的象征意义,它与人相联系时,表明的是人的内在创造力的枯竭。汤姆与丽蒂娅的婚姻关系突出地表现出了新旧两种价值观念的影响,同时也反映出劳伦斯婚姻观的某些重要思想。随着性意识的成熟,汤姆在朦胧的精神状态下寻求着异性,在他找到合适的配偶之前,他的人格发展是不完全的,因此,丽蒂娅的出现似乎就成了命运的安排。她是波兰大农场主的女儿,前夫是狂热的爱国主义者。丽蒂娅被他的激情所吸引,背离了自己的家庭,两人流亡巴黎。后来前夫客死异乡,丽蒂娅则带着幼女安娜,辗转漂流来到英国。汤姆觉得,丽蒂娅身上有一种既神秘又浪漫的气质,他对丽蒂娅的渴望,不只是出于异性的吸引,而且还因为她来自文明世界,完全不同于周围的任何一个乡村女性。她给原有的生活注入了新的因素,带来另一个遥远的世界的气息。她的生活虽然平静得近于自我封闭,但她的存在本身就对那些观念古老,思想狭隘的乡民们产生了微妙的影响。劳伦斯强调丽蒂娅的波兰血统是大有深意的:与英国社会不同的文化传统背景,决定了她与汤姆之间存在着永远无法彻底消除的距离,这种距离正是神秘感的来源,它保证了双方自我意识的独立存在。

汤姆与丽蒂娅的婚恋,经历了吸引——结合——对抗——和谐的四个发展过程。在汤姆决定向丽蒂娅求婚时,他的心中似乎有一种强大的、超过他意志之上的冲动,坚决地把他推向丽蒂娅;而丽蒂娅尽管起初对汤姆的逼近本能地感到恐惧,企图抗拒,最终还是身不由己地投入他的怀抱。劳伦斯意在表明,他们的结合,并非建立于外在的经济、地位等社会因素的基础上,而是内心深处的自然力量的必然要求。婚后第一年内,夫妻两人的精神状态都很紧张,这是两颗灵魂在相互认同过程中必然要经受的煎熬。直到第二年,在激烈,反复的冲突之后,两人才终于达到了和谐的境界,"最后,他们携起了手,房子建成了,上帝与他们同住在一起。"

在劳伦斯看来,婚姻是人类特有的一种自然的,本质力量的结合,它的前提是双方必须具有并保持独立的、充满生机的自我存在。一个激烈的精神冲突过程对于建立完美、和谐的两性关系是必不可少的。劳伦斯笔下的每一对恋人几乎毫无例外地都要在这种冲突中经受考验,许多人无法顺利通过这一阶段,或者两人就此分道扬镳,或者维持一种不平衡的夫妻关系。作家特别强调这一阶段中彼此"发现"的重要意义,因为它的重要性不只在于两人相互适应,更在于夫妻双方通过对方去认识人类构成的另一半神秘世界,这是两颗灵魂得以充分发展、完善的需要。汤姆与丽蒂娅的关系就是如此,正像小说中写的那样:

他们跨过了门槛,进入了一个更广阔的空间。那个空间里有那么多的活动,它包括纽带、束缚、辛劳,还有自由的空气。她是他的门槛;他也是她的门槛。他们终于互相为对方撞开了门,站在门槛上相互凝视着对方,这时他们的脸上都像涨潮似地泛出光彩。这是脱胎换骨,是凯旋,是认可。

作家认为，在这种关系中，没有一方对另一方的绝对占有，没有一方的自我向另一方自我的臣服。完美的结合不是同一，而是对对方他者性的认可，宛若一把琴上两根不同的琴弦奏出的和谐乐曲。汤姆与丽蒂娅经过冲突的洗礼，得到的是各自心灵的平衡和新生的喜悦。

尽管劳伦斯赞赏汤姆与丽蒂娅的婚姻关系，但他却不能不看到，随着工业文明影响的深入，这种符合自己理想的两性关系已是明日黄花了。事实上，汤姆时代的马施农场的生活，完全是对英国19世纪维多利亚时期乡村风景的理想化描绘，小说中的汤姆之死因此就带有了一种特殊的象征意义。在一个狂风暴雨的夜晚，已做了祖父的老汤姆被滚滚而来的洪水吞没了，这情景令人想起了"诺亚方舟"神话中的一重含义——洪水过后，人类将开始一个新的纪元，汤姆之死代表着一个田园牧歌式的旧时代的死亡。

如果说我们从劳伦斯对布兰文家族第一代人的婚姻状况的描写中，可以看出作家的肯定态度的话，那么这一家族第二代的代表安娜与威尔的婚姻，则反映出劳伦斯对现代畸形家庭中夫妻关系的恐惧。威尔与安娜的婚后生活一直是不协调的，他们之间的激烈冲突，性质与结果都与父辈完全不同，这是一个互相企图征服对方的过程，最后带来的则是机械、麻木的两性关系。两颗心灵从未真正地相互理解，当然也就更谈不上共同的新生了。

在布兰文家族的三代人中，安娜占有着特殊的地位。她仿佛一位堕落的女神，如果把她看作是小说中最富悲剧色彩的人物，并非毫无道理。她是丽蒂娅与前夫所生的孩子，纯粹的波兰血统，又在英格兰的乡间长大，先天和后天两个方面都在她身上留下了深深的烙印。或许是父母气质的遗传，或许是出于对陌生环境的恐惧和憎恨，安娜幼年时就表现孤傲与倔强的性格，露出了日后将成为她性格主导特征的占有欲和统治欲的端倪。许多年后，安娜已由一个任性的小姑娘成长为亭亭玉立的少女，当汤姆表示不同意她与威尔的婚事时，她竟大叫："你不是我的父亲，我的父亲早死了！"令老汤姆伤透了心。的确，对安娜来说，她只能是统治者，别人只能顺应她的意志，而不是相反。旺盛的精力，强烈的征服欲，孤傲而自信的性格，构成了我们对她少女时代的总体印象，它们似乎都预示着她未来不寻常的经历。但安娜却是在英国乡村长大的，乡村生活的狭隘性显然限制了她的视野，也限制了她生命力的扩张，特别是她选择了威尔为自己的终身伴侣，这就决定了她只能在一种庸碌的生活中了此一生。与布兰文家族的其他人一样，少女时代的安娜充满了幻想和希望，憧憬着另一个朦胧的世界，但这一切很快就在婚后消失了，特别是在孩子们相继出世后，她沉浸在极大的满足之中，完全改变了从前的想法。"她心满意足地放弃了向未知世界的探险，因为她生养着自己的孩子们。"安娜抛弃了象征希望的彩虹，也就意味着她向有限的现实环境的妥协。

安娜这一人物的重要性在于，她执意要突破前辈那种古典式的，和谐的生活状态。她的身上显然并存着耽溺于现实和对现实的超越两种对立的精神趋向，而这一分裂的性格特征，无疑给我们带来了更多的现代气息。或许我们在她从一个自认有别于一般人的少女到自甘做一个普通的家庭主妇的过程中，能够领悟到一个更富悲剧意味的启示：人在面对既定现实时尴尬的两难处境，与环境的最终妥协，正是根源于人自身无法消除的局限性。

安娜在婚后表现出的强烈统治欲和占有欲，固然是酿成家庭悲剧的一个重要因素，但性格软弱的威尔对此显然也负有不可推卸的责任。威尔的形象既反映出劳伦斯对现代生活中男性"退化"的忧虑和谴责，又揭示出这一状况所带来的灾难性后果。

威尔与安娜的关系从根本上来说是不平等的。在安娜强悍、有力的精神力量面前，他的自我变得破碎不堪。安娜嘲笑他的虔诚，揶揄他的生活原则，而他的信念也就彻底崩溃了，虽然崩溃的过程充满了精神痛苦。劳伦斯认为，威尔一类的现代青年是工业化社会所造就的典型畸形儿，因为他们所谓的"男性尊严"不是显示在完整的男性气质和蓬勃、旺盛的个性力量上，而是只表现在"自我中心"的心态上。在作家看来，工业文明的罪恶之一，是在使人与自然分离的同时，也使人与自己的同类相离异，人作为一个整体的概念已不复存在，个人利益成为衡量一切的价值标准，这正是"自我中心"这一概念的基本内涵。它不仅表现为行为上的极端利己主义，也表现为人在认识、判断现实存在时以这种扭曲的"自我"为出发点的一种狭隘性。它与劳伦斯所提倡的那种未被异化、充满创造和自然活力的"自我"是完全不同的，而在后者基础上形成的"自我意识"，才是保证人的个性和独立价值的前提。威尔既缺乏实际生活的能力，也没有妻子那种蓬勃的精神活力，但出于自我满足的需要，却企图将安娜的生活纳入自己意志的轨道。在这种阴沉、疯狂的欲望下面，却是他对充满生机的真正的生活的恐惧。劳伦斯在《儿子与情人》中已经流露了这样的思想：随着工业文明对人类社会生活影响的深入，人们也日益丧失了身心全面、健康发展的可能，"半男人"的出现即是明证。他们不但无法担负起一个真正的男子对家庭负有的责任，反而具有了一种寄生的性质，寻求家庭的荫庇。威尔的情形就正是如此。他既想主宰安娜，同时又依赖于她，只有依靠她的精神力量，他虚弱的内心世界才能够平衡。

在《托马斯·哈代研究》中，劳伦斯曾指出："女人的重要性并不在于她能生养后代，而在于她自己的生命。这正是女人崇高而充满危险的命运。"①同样，劳伦斯也认为，"男人的生存价值也不在于

---

① *Phoenix, The Posthumous Papers of D. H. Lawrence*, p. 441, ed. by Edward McDonald, Viking Press, 1936.

他是新生命的创造者,而在于他健康的,富于创造性的生命力的付出,真正完美的两性关系,则是男人与女人在上述情况下的结合。"①威尔与安娜之间并不具有这种"完美的"关系。威尔软弱、寄生的性格,是促使安娜"平庸"的重要原因,她只能在充当家庭主妇的生活中找到自己的归宿。威尔也从未能超越自己原来的世界,只能通过在教堂管风琴上孤独地弹奏超凡入圣的弥撒音乐来慰藉备受压抑的情怀。夫妻之间的"理解"最终只剩下肉欲的内容,寻求性的满足成了两人的共同目标,而在精神生活中,两人则各有天地,互不关心。"胜利者"安娜成了家庭的主宰,威尔则以沉默地服从宣告了自己的妥协。

劳伦斯的目的当然并不仅仅在于写出一个家庭的悲剧,安娜与威尔的婚姻关系至少揭示出作家所思考和担心的三个重要问题:文明发展过程中,人的强悍有力的自然属性的退化;衰弱的个性给两性关系带来的灾难性后果;畸形的婚姻对人的创造力的戕害。

在布兰文家族的三代人中,第三代的代表秀拉厄是最重要的一个。我们从对小说的背景研究中不难看出,她是三代人中唯一进入20世纪的人物。在这个时代里,西方社会开始走向普遍工业化,而在本世纪初的英国,与这一过程相伴随的,则是新旧思想的激烈冲撞。厄秀拉这一人物所具有的丰富内涵,正是在这一时代背景上展开的。作为劳伦斯的"新生"理想最集中的体现者,厄秀拉的探索过程不仅充满了与外在环境的剧烈冲突,而且经历着灵魂的自我煎熬和一次又一次的痛苦抉择。

厄秀拉与斯克里本斯基的关系,构成了整部小说中最富启示性的部分。劳伦斯在此表现的不仅是对现代婚姻状况的剖析,而且是自己的理想与现实的冲突。厄秀拉的精神境界远远超过了父辈和祖

---

① 参阅克默德:《劳伦斯》,第50—51页。

辈，这是一个完全独立，不能容忍任何压抑和束缚的灵魂。不屈不挠地寻求个性的自由发展，渴望"新生"的实现成为厄秀拉生命存在的基本形式。同样，斯克里本斯基也不同于威尔既软弱又平庸的性格，他在这个世界中是强壮有力的。贵族的血统，青年军官的身份，潇洒富于魅力的谈吐举止，无一不表明他是这个社会的"精英"。因此，对于充满浪漫情感的厄秀拉来说，起初他竟成了一个完美的幻象，她甚至恍惚觉得他就是《圣经》上说的"上帝之子"，自己则成了"人间的女儿"，他们之间的结合将是"上帝之子娶人间女子为妻"。①

然而，在劳伦斯的笔下，这却是一对注定要分手的情人——因为两人各自持守的精神价值是如此的不同！厄秀拉的生命与自然精神共存，她听命于自己生命本体的声音，并在此基础上形成了自己的价值的标准。斯克里本斯基的生命却与腐败、堕落的社会联系在一起，虽然表面富丽堂皇，内在的活力却早已丧失。最令厄秀拉深恶痛绝的是，他心甘情愿地放弃了独立的自我意识，服从所谓"国家的利益"，去为大英帝国的侵略政策效力。厄秀拉的生活原则是要超越现实，而斯克里本斯基本人却是构成现实社会生活基础的一部分。他们之间真正的了解，是通过劳伦斯式的血与肉的拼搏来完成的。厄秀拉与斯克里本斯在海滨沙丘上做爱的场景，当年曾被批评者认为是"淫秽情节"，实际上它却是整部小说中最精彩的段落之一。面对苍茫起伏的大海，沐浴着银色如梦的月华，厄秀拉此时完全成了自然的女儿，她像是自然精神铸就的精灵，以整个身心渴望着融化进那神圣而伟大的造化之中。性爱在她这里不单纯是肉体的欢娱，还是伴随着生命本身对宇宙灵魂的体验。而此时的斯克里本斯基却被动、恐惧、虚弱，无法与厄秀拉一道达到激情的高潮。一

---

① 参阅《创世记》6：1—4。

场狂乱之后，他们都明白两人必须分手了，在这次失败的性爱中，他们都最深切地理解了对方的异己本质。

厄秀拉无疑带有劳伦斯本人的色彩，她既是西方社会几个世纪以来所形成的传统观念的叛逆者，又是现代西方工业社会的否定者。她没有满足于丽蒂娅那种古典式的婚姻，也没有走安娜所代表的大部分女性的必由之路，让母爱和琐碎的家务熄灭了内心的激情，而是有意识地要从狭小的个人生活天地中挣脱出来，寻求生存价值最大限度的实现。她这样思索着："自我与无限是一体的，因此，闪耀着无限荣耀的自我是至高无上的"。我们看看她走过的道路就会明白，这种追求历程完全是以对既成社会规范的否定为前提的。为了抗议机械、冷酷的教学方法，她与英国教育制度发生激烈的冲突；为了维护自我的独立和尊严，她蔑视传统的婚姻观念；为了寻求自由、理想的生存环境，她又与整个工业化的社会生活为敌。

在《虹》的结尾，大病初愈的厄秀拉以无比欣喜的心情迎接象征希望和新生的彩虹。劳伦斯这样写道：

> 彩虹矗立在大地之上，她知道，那些冷漠、四散地蠕动在这个世界腐朽表层的肮脏人们仍旧生机未泯。彩虹弯弯扎根在他们的血液里，并将在他们的精神里抖动着恢复生命，她知道，他们会抛掉覆盖在身上的硬壳，崭新、干净的赤裸身体便会脱颖而出，经历新的萌生，新的成长，而迎接天上降临的阳光、和风和纯净的雨水。她在这道彩虹中看到了大地上的新建筑，看见旧的、腐朽不堪的房子和工厂被一扫而光，看见世界将建筑在生气勃勃的真理结构之上，与笼罩大地的苍穹相应。

这是厄秀拉的憧憬，但又何尝不是劳伦斯的愿望呢？《虹》出版后，人们问及它要表达的意义，劳伦斯沉思着回答说：

> "我自己也不知道它到底是什么。我只知道那个陈旧的世界依然存在，压迫在我们的头上，只知道男人指望女人来获得自身的拯救，或女人通过感官的满足来寻求她们自我的完善都是毫无用处的，一定要有一个新的世界。"①

这段话其实对《虹》作了简洁而清楚的解释。在布兰文家族的三代人中，汤姆与丽蒂娅的生活只是作家对理想中的昔日"快乐英格兰"带有感伤色彩的美好追忆；威尔与安娜之间充满肉欲但缺乏精神追求的畸形两性关系才是对西方社会中人的生存状况的揭示；而厄秀拉对未来的不倦探索，则代表了劳伦斯对人类实现"新生"的愿望。这种探索具有无限丰富的可能性，厄秀拉因此而在劳伦斯笔下成为了"女先知"式的人物，她不属于过去和现在，只属于未来，正像她本人骄傲地宣称的那样：

> 我没有父亲，没有母亲，也没有情人，在这个充满了物质的世界上没有我的存身之处。我既不属于贝尔多弗也不属于这个世界，它们根本就不存在。虽然我深陷其中难以脱身，但它们却都是不真实的东西。我必须冲破这种束缚，就像核仁去掉那层虚假的硬壳一样。

劳伦斯是将对两性关系的考察与对理想生存环境的探索结合在一起的。那么，他心目中的"新世界"又是什么样子的呢？在

---

① *The Cllected Letters of D. H. Lawrence*, edited by Harry T. Moore, p. 442. Viking Press, 1962.

《虹》的创作与出版过程中,劳伦斯正在考虑把心中的理想变为人间的现实,他与牟利①、柯提梁斯基②等几个朋友一道筹划着建立一个独立于现实社会之外的乐园"拉那尼姆"(Rananim),它的位置将被选定在一个无人居住的海岛或是在美洲大陆。1915年2月1日,劳伦斯写信给莫莱尔女士③,用他那种特有的激动人心的笔触,描绘了自己心中"拉那尼姆"的图景:

> 新社会将使我们开始一种崭新的生活——在这种生活中唯一的财富是性格的完善。每个人都可以实现他的天性和灵魂深处的渴望,但其中最极致的满足和快乐存在我们全体一致的完美之中。让我们一起来做善良的人们,而不仅仅过一种隐居的生活,让我们明白自己内在的部分最好的部分,是可以信赖、热情洋溢、仁慈慷慨的部分……新社会就将以我们之中这种人所共知的永恒的善的部分作为基础。因为它是我们创造的产物,这个考虑中的社会将存在着无数发明设计,来保护我们不被自己或邻人当中卑鄙、自私的欲望拉向堕落……它没有善意的粉饰和拙劣的修补,每一个强健的灵魂都必须放弃他与外在社会的联系,与它的功名,特别是它的恐惧感断绝关系。他要与伙伴们坦诚相见,没有武器,不要铠甲,丢掉长矛和盾牌,只有赤裸的双手和坦诚的眼睛。不需要自我牺牲而只有自我的完成,灵魂与肉体不会对立而只有二者的和谐。每个人都会知

---

① J.M.牟利,劳伦斯早年挚友,后成为劳伦斯的文敌。
② S.柯提梁斯基,劳伦斯友人,曾与劳伦斯合作翻译作品。
③ O.莫莱尔女士,英国社会活动家,曾支持劳伦斯的乌托邦社会理想,并给予他物质上的帮助。

道,他是一个伟大的机体的一部分。①

这个"拉那尼姆"乐园看来是如此的诱人,因此还吸引了不少信徒。但这些富于抒情性和思辨性的语言要想成为不折不扣的现实,这中间的路途遥远得恐怕是这位小说家兼诗人难以想象的。第一次世界大战隆隆的炮声已经震响,又到哪里去寻觅这样一块净土呢?对我们来说,小说本身有时候似乎总是比小说家本人更为"可靠"些,因此,劳伦斯对《虹》的态度显然也比他对"拉那尼姆"的醉心更加令人信服。在致友人的信中劳伦斯说:

"它是向着真正永恒和未知大陆的探索航行,我们背离欧洲,像哥伦布一样,直到抵达新的世界。"②

我们倒宁愿承认,这个比喻对《虹》来说更为恰当。

三

《恋爱中的女人》(Women in Love, 1920)在基调上与它的姊妹篇《虹》完全不同。《虹》的结尾,劳伦斯把象征着新生和希望的彩虹升上了天空,表现出昂扬的乐观主义精神,但《恋爱中的女人》却流露出对人类文明及人类本身的强烈绝望感。此外,《恋爱中的女人》所关注的中心问题也从对两性关系的探索转为对现代西方社会的剖析,当然这种剖析同样是从作家特有的观察角度——两性关系——来进行的。劳伦斯的思想变化和发展,与他的这一时期的经

---

① *The Collected Letters of D. H. Lawrence*, ed. by Harry T. Moore, pp. 311 – 312, Viking Press 1962.

② *The Letters of D. H. Lawrence*, ed. by Aldous Huxley, p. 263, Viking Press, 1932.

历是密切相关的。第一次世界大战对劳伦斯是一场极为严峻的考验，无论就其个人遭遇还是就其恪守的信念来说都是如此。战争爆发之初，劳伦斯曾乐观地估计这场人类的灾难只需几个月就会结束，因为在他看来这只是人的头脑一时疯狂，而在人们内心深处和潜意识中，善良的冲动和健康的本能仍然活跃着。但劳伦斯的预言却一再落空，战火整整烧了四年。四年中他困居英伦，陷入一生中最悲惨的时期。他先是与多年的好友牟利闹翻，不久又与刚结识一年的英国大哲学家罗素反目，与妻子弗丽达的关系也变得时好时坏。1916年10月，弗丽达因其德国血统被怀疑是德国间谍，劳伦斯夫妇竟被驱逐出战时所住的康沃尔。一系列的打击使劳伦斯悲愤已极，但最令他痛心的，是他的朋友们先后放弃了"拉那尼姆"的理想，盛怒之下的劳伦斯把他们斥为叛徒。战争结束后，劳伦斯永远离开了祖国，除了几次回国作短暂停留外，再也未在英国重新定居。战争的残酷性和现实与理想的冲突促使劳伦斯更多地对工业文明本身及西方社会生活深入思考，因此，对现实的猛烈抨击就成为《恋爱中的女人》最鲜明的特色。

《恋爱中的女人》带有强烈的时代色彩：这是一个机器和钢铁的时代，隆隆的机器之声把人们几个世纪以来的自负和骄傲击得粉碎。人类的灵性遁匿得无影无踪，"所有的事情都不能实现，每件事都在含苞未放时就枯萎了。"

这就是《恋爱中的女人》开篇时，布兰文家的姐妹二人厄秀拉与古德伦对生活发出的感慨。她们极力想突破这沉重、窒息的精神重负，于是便考虑是否通过把自己的命运与一个男人的命运结合起来达到目的。这是典型的劳伦斯的哲学：从男人与女人的关系更新中去寻求突破生存困境的途径。年轻、英俊的煤矿主杰拉尔德·克立克和劳伦斯式的"超人"、学校督察鲁伯特·伯金上场了。几经周折，两对男女做出了各自的选择：伯金娶厄秀拉为妻，古德伦则成了杰拉尔德的情人，不同的结合当然也给他们带来了不同的命运。

20世纪初那些自诩具有"先锋意识"的艺术家们，曾尽情描绘着科学技术的迅猛发展给人类社会带来的崭新面貌，但在劳伦斯笔下，工业化的时代却标志着人类陷入了灭顶之灾。在作家看来，英国是最先进入工业化的国家，也就必然最先闯入死亡的墓地。杰拉尔德是劳伦斯小说中正面出现的第一个工业巨子的形象，又是"死亡之河"的集中代表。高度机械化的社会生活导致了人的本性的异化，使人类日益走向精神枯竭的绝境，而杰拉尔德就正是人格化了的机器之神。他坚信，在人类意志和大自然之间需要一套尽善尽美的机械装置，以保证人类征服自然的欲望不可抗拒地实现。为此，杰拉尔德用现代化的大机器生产代替了父亲老托马斯·克立克原有的生产方式，把"机械原则"渗透到了每个角落，人的因素则被彻底清除。在他大刀阔斧的改革之下，整个矿山变成了一架高速运转的庞大机器。克立克父子两代不同的经营方式，反映了工业文明发展过程中伦理观念和价值观念的改变。托马斯·克立克身上具有许多英国维多利亚时期工业家的特点：既谋取利润、财富，又关心自己灵魂的得救（这一点我们在狄更斯的创作中可以看得十分清楚）。他还未丧失所谓"基督仁爱"之心，时常以某些"善行义举"来维持物质欲望与精神安宁之间的平衡，所以在罢工浪潮波及他的煤矿时，他能用大笔的钞票来赈济困顿的矿工。劳伦斯并非阶级论者，他在此着力要表现的是这样一个问题：不论是老托马斯的同情心，还是罢工者为利益平等而爆发的游行和骚乱，都说明人的感情欲望尚未枯竭，人还未成被彻底异化的"机器"。工人们的"平等"要求，是在传统价值观的基础上提出的，因为大家都是"上帝的子孙"，它表明老托马斯时代的人际关系还未偏离以上帝为中心的伦理价值规范（至少在人们的观念中是如此）。而到了杰拉尔德一代的本世纪初，情况则发生了根本的变化。新的"机器之神"代替了旧神上帝，杰拉尔德直言不讳地说："人类纯粹是工具，人们大肆宣扬人道主义，侈谈什么痛苦和感情简直可笑之极。个人的痛苦和感情是毫不足道的"。工具性代替了天性，必然导致人际关系的根本变化，在杰拉尔德的煤矿中，人与人之间是齿轮与齿轮、主要齿轮和次要齿轮的关系。老克立克时代矿工们在煤层夹缝中残存的最后一点自我感觉和自我意识消失殆尽："机械的原则取代有机的原则；有机的意志、有机的统一遭到毁灭，每一个有机体都成了伟大的机械意志的附庸"。

劳伦斯并不仅仅是从杰拉尔德作为一个工业巨子的社会存在断面上来考察他的意义的，他还以一种鲜明的历史意识，力图确定他所代表的生活方式在文明发展长河中的地位和价值。他认为，在这个发展过程中，个人与整体的意志是一致的，因为杰拉尔德所推行的新原则正是人类文明在今天必然结出的果实。杰拉尔德的确应该属于工业化社会中最优秀的代表行列，他杰出的才能，顽强的意志，一往无前的气魄和过人的胆识，正是当时工业高度发达的大英帝国人格化的表现。但劳伦斯在创作《虹》的时期已经坚定不移地站在了工业文明的对立面，因此，在他看来，杰拉尔德们推行"机械原则"的过程，也就是自掘坟墓的过程，他们引以为豪的种种努力，将使人类日益远离生养自己的自然母亲，成为情感枯竭、麻木不仁的畸形种类。

克立克一家的命运充分反映了劳伦斯的上述思考。死亡的阴影始终笼罩在克立克一家之上：杰拉尔德童年时开枪误杀了他的弟弟，邻人们为此常常把他与《圣经》中杀死兄弟的该隐相联系；他的妹妹黛安娜在游湖晚会上溺死，并将下水救她的一个年轻医生拖入水底；老托马斯几经挣扎，痛苦病死；最后则是高傲的杰拉尔德本人冻死在阿尔卑斯山的雪谷。这一个个看似偶然的非正常死亡，整体上构成了一个巨大的病态意象，暗示出作为工业文明推动者的克立克一家的腐败程度。

　　病态的生活必然要带来病态的两性关系，杰拉尔德甚至将死亡的阴影投注到了爱情这神圣的领域。当他使矿山按照"机械原则"尽善尽美地运转起来后，自己却落入极度的空虚和失落感中，以至于他不敢辨认镜子里自己那副冰冷、木然的嘴脸，觉得那仅仅是个假面具。他这时才明白，"生活的意义将全然失去，他那天赐的理智也将一去不返"。于是他乞求于古德伦，像濒死之人抓住一根救命稻草一样，想在古德伦身上得到滋润自己干涸心灵的感情雨露。对他来说古德伦其实扮演了情人和母亲的双重角色，作为权威和秩序的化身，杰拉尔德在对古德伦的征服中充分感到了自己男性的力量，但作为一个既丧失健康的感性能力，又无法从根本上斩断自己与自然联系的"人"，他又如同婴儿寻求母爱的庇护那样，在古德伦的怀抱里寻求安全感和自信感。老托马斯·克立克之死的情节正好反衬出这个工业巨子的虚弱本质。父亲临终前强烈的求生愿望震撼了他的灵魂——对死亡的恐惧乃是人类最深刻的感性存在之一，而他的"钢铁意志"对此却无能为力。杰拉尔德的意志刹那间崩溃了，在半无意识的迷乱之中，他深夜溜进情人的卧室，在古德伦的身上渲泄着自己对死亡的恐惧。显然，这是"机械原则"对"自然原则"的真正失败。但是，如果我们把杰拉尔德同《恰特里夫人的情人》中的克利福德男爵做个比较就会发现，虽然这两个形象有相似之处，但劳伦斯对他们的态度却并不完全相同。《恰特里夫人的情人》具有一种寓言性质，克利福德的形象只是工业文明罪恶的象征，但杰拉尔德却并不单纯如此。杰拉尔德死后，在伯金对他的哀悼中，也流露着作家的几分伤感。劳伦斯也许认为，尽管这个矿业巨头冻僵了的尸体象征着"机械原则"的死亡命运，但他却毕竟是现代工业化的英国社会的代表，劳伦斯为自己的祖国航行在一条死亡之河上而悲哀，就像他通过伯金之口所说的那样，他爱英格兰，"但这是一种很别扭的爱，就如同是对患有不治之症、受尽病魔煎熬的老父或老母的爱一样"。在劳伦斯对杰拉尔德的矛盾态度背后，是对人性日趋毁灭的祖国所感到的痛切失望。

古德伦是《恋爱中的女人》里又一位与死亡主题密切相连的重要人物，而她对杰拉尔德从接受到背叛的过程又说明这是一个悲剧形象。无论是作为一个雕刻艺术家还是作为一个普通女性，古德伦违反自然精神的艺术观和生活态度都表明了她是"黑森森的冥河"培育出来的艳丽花朵。古德伦所以能够成为杰拉尔德的情人，说明他们之间存在着一种内在的认同。从表面上看，杰拉尔德对古德伦的吸引，似乎仅仅是性的魅力使然，其实，他们之间有着远比性的吸引更深刻、复杂的联系。小说第九章《煤尘》，曾描述古德伦和厄秀拉目击杰拉尔德在呼啸而过的火车前，残暴地制服受惊的坐骑时的情景。厄秀拉对杰拉尔德的野蛮和疯狂怒不可遏，但古德伦对这血腥的一幕却心醉神迷。古德伦被杰拉尔德强悍的男性魅力所征服，但这种魅力却是他作为"机器之神"的骄傲、冷酷的外在表现。虽然古德伦并不像杰拉尔德那样本身就是"机械原则"的建立者和集中代表，但她那种对自然、对现实生活的冷漠，性格中潜在的残忍性，却是与杰尔伦德的"机械原则"息息相通的。正像劳伦斯说的那样："他们俩之间存在着一种联盟，一种对双方来说都十分可怕的联盟。在这可怕的奥秘中他们互相牵连，唇齿相依。"

古德伦与杰拉尔德的关系是一种带有破坏性的关系，它表现在两人都企图通过毁灭对方来寻求对自我的拯救，即使在他们做爱之时，古德伦都觉得自己像是一只盛满"死亡苦水"的容器。古德伦是杰拉尔德心灵平衡的支柱，只有征服她，杰拉尔德才能维持自己的生存。然而，古德伦身上虽然具有顺从的一面，但也具有与杰拉尔德一样的征服欲望。她被杰拉尔德的男性力量刺激得热血沸腾，想要像奴隶那样"拜倒在他的脚下，让他毁灭自己"，同时，强烈的自我意识又使她不断希望摧毁杰拉尔德的意志。因此，他们的关系最后竟发展到誓不两立，只有血肉的冲撞，却听不到一声和谐的音响。

古德伦的悲剧性在于，她是统治整个社会生活的"机械原则"的牺牲品，但并不是这一原则的积极维护者。同厄秀拉一样，从根本上说她憎恶窒息人性的工业化社会，但她却无力摆脱在腐朽、死亡的河水中沉浮的命运。古德伦最终抛弃了杰拉尔德，转向德国雕塑家卢厄克的举动，表明她试图通过对艺术世界的追求，超越精神死亡的现实社会，但劳伦斯认为，在一个高度工业化的生活环境中，艺术本身如同艺术家一样，难逃异化的命运。卢厄克的形象在小说中被与"阴沟里的耗子"、"细小干瘪的蛇"相联系，他认为艺术与生活之间毫无关系。这遭到厄秀拉的激烈反对，厄秀拉强调艺术不能背离生活的原则，但古德伦却是卢厄克理论的支持者，她甚至更加明确地说，艺术与生活"是水火不相容的两件事，永远不能混为一谈。"劳伦斯意在表明，卢厄克和古德伦的艺术观由于割断了与自然的联系，乃是一种病态的理论，这种否定现实生命力的艺术论所带来的艺术世界，只能是一个阴暗无比、趋于死亡的世界。因此，古德伦所追求的艺术之路是毫无前途的，通过这条道路获得自我的拯救，更是不折不扣的幻想。

我们曾经谈到，劳伦斯写作《恋爱中的女人》时，正值他人生旅途中极其潦倒、困顿的时期，无论就其个人经历而言还是就其理想的幻灭和精神的痛苦来看都是如此。因此，他宣称世界末日即将来临，预言人类将在这末日中毁灭，但同时他又以一颗挚爱人类的火热之心，以一个小说家兼诗人的自负和勇气，潜心研究人类的"复活"问题，力图给陷入绝境的芸芸众生指出一条新生的道路。许多西方研究者都注意到，从第一次世界大战期间开始，劳伦斯作为一个预言家的特征日益明显，这甚至改变了他的文体。英国评论家金克德—威克斯指出，劳伦斯"将启示录式的语言与通俗口语纳入一个奇特的相持状态……这使得《恋爱中的女人》与《虹》大相径庭。"①劳伦斯所以采用《圣经》"启示录"那种富于象征性和暗示性的语言，是与他要表达的那种深刻的精神体验息息相关的。小说中作家的代言人鲁伯特·伯金就正是以这种语言，将极端的绝望和乌托邦的幻想传达给了我们。

伯金俨然一个谴责人类罪恶，谕示人类将要灭亡的先知。在他看来，人类进化到现代，徒具堂皇的外表，内心灵性的消逝，已使大自然中这个不可一世的物种变成了行尸走肉，完全丧失了存在的意义。人类智性活动制造出的现代工业文明，无非是标志着自己趋向死亡的一堆堆冰冷的物质，一个个空洞无物的概念。他公开宣称："人类是棵死树，上面结满了一个个光辉灿烂的苦果似的人。"由于在小说中作家是把伯金作为与杰拉尔德对立的形象来塑造的，因此，劳伦斯无疑认为伯金激愤的言词具有坚实的现实基础，因为杰拉尔德的功利主义理论和"机械原则"，正在使人类毁灭的悲剧逐渐成为现实，这并非只是一个危言耸听的神话。

当然，劳伦斯不会满足于仅仅宣布人类的厄运即将降临，他通过伯金与厄秀拉的关系，向人们进一步阐述了自己关于通过更新两性关系，实现自我和社会新生的思想。在此，它是《虹》的主题的发展和延续。《虹》在结尾时，厄秀拉对理想两性关系的探索仍然毫无实际的结果，但在《恋爱中的女人》中，劳伦斯则把一个思想上的"超人"伯金推到了她的面前，与杰拉尔德和古德伦那种彼此充满敌意的破坏性关系不同，伯金与厄秀拉获得了劳伦斯式的幸福结局。

---

① 转引自克默德：《劳伦斯》，第74页。

厄秀拉在《恋爱中的女人》里是一个全新的艺术形象，与《虹》中的厄秀拉并不相同。在《虹》中，厄秀拉孤傲、超俗，是劳伦斯理想精神的人格化，在很大程度上游离于她所生长的社会现实，而在《恋爱中的女人》里，由于伯金成为劳伦斯思想的表述者，厄秀拉的形象反而具有了更加坚实的生活基础。她不仅是在与古德伦，也是在与小说中另一个重要女性赫米奥的对比中塑造的。赫米奥是劳伦斯在许多作品中猛烈抨击的"自我中心主义者"，她无法感受人的生命冲动，理解不了一切富于自然精神的事物，连穿的衣服"都浸透了思维的色彩"，显然，这又是一个心灵扭曲的现代工业文明的受害者。厄秀拉生机勃勃，迥异于病态的赫米奥，她在现实环境中寻求通往理想的道路，又不同于在艺术世界中求得自我拯救的妹妹古德伦。伯金与厄秀拉结合的必然性在于他们都彻底否定死亡意识肆虐的机械生活，奋力挣扎着试图实现对死亡之河的超越。《虹》中布兰文一家三代的婚恋过程，曾较为清晰地表明了劳伦斯关于婚姻问题的某些基本看法：婚姻关系的基础不应是人的外在的种种社会属性（如地位、金钱、血统出身等），而应是他们内在健康的感性欲望的相互认同；两性结合的内容应包括灵与肉的统一，单纯执着于任何一个方面，这种结合就是畸形和不完美的；双方在婚姻中应保持自我意识的独立，不应体现出一方对另一方的征服；理想的婚姻应表现为男女两性的旧我的扬弃和新我的诞生。伯金与厄秀拉的关系在《恋爱中的女人》中，仍然反映了上述思想，但它与《虹》不尽相同之处在于，劳伦斯在此更加集中地讨论了"自我"在两性关系中的重要意义。这一方面固然是由于作家痛切地感受到了工业化社会对人的个性的摧残，另一方面也是因为劳伦斯认为人类的新生是由一系列个体的新生来构成的，因而他在此将这个问题强调到了近乎绝对的程度。伯金对厄秀拉多次指出：

"爱不是根，它只是个分枝。根远远不是爱，而是一种赤裸裸的孤独，一种孤独的自我。这些孤独的自我不会相遇，不会混合，永远也不能。"

"在你心中，在我心中，都有一块鞭长莫及的地方。这块地方超过了爱的势力范围，就像某些星星超越了视线范围一样。"

"只有一个最终的赤裸裸的自我，既不具人格又没有责任感。同样也有一个最终的你。我希望在那里与你接触——不是在感情，在爱的水平上——而是在这个范围以外，在没有语言、没有协定关系的地方……一个人只需凭冲动，碰到什么就取什么，不用负任何责任，不接受任何要求，不给予任何东西，只需根据原始的欲望获取。"

透过"先知"伯金这朦胧、晦涩的宣言，我们可以看到，劳伦斯的"自我"事实上是一个含义并不十分明确的概念。至少它有这么两重内涵，第一，"自我"是指人的自身存在，劳伦斯经常提到的"自我的实现"、"自我的完善"都是在这个意义上使用的。第二，"自我"等同于未被工业文明遮蔽的人的自然本性。伯金在此所说的"赤裸裸的自我"，就是指的这第二重含义。男人和女人只有在这个领域中才能建立起永恒的"联盟"，立下永久的"誓言"。某些抨击劳伦斯的批评家认为，这恰恰暴露了劳伦斯在两性和婚姻观上的一个矛盾：他把自然本性作为两性关系扎根的土壤，而且要"根据原始的欲望获取"，那么，所谓的"完美的"两性关系除了肉欲横流之外还能剩下什么呢？在这种婚姻中，双方的"新生"又从何谈起呢？其实，这个顾虑是不必要的。劳伦斯的这个"自然域"并非邪恶丛生的渊薮。劳伦斯事实上是人性本善的坚定信仰者。在他看来，这个"赤裸裸的自我"真诚、无私，充满了创造的热情，是最为珍贵、最可信赖的，而包裹在它外面的那层厚厚的"理性外壳"，由于文明的异化，则麻木不仁，毫无活力。无论是劳伦斯还是小说中的伯金，都不是性本能的拥趸，①小说中的伯金对性与婚姻的关系是这样思考的：

> 伯金希望性爱回复到与其他欲望相等的地位，把他看作是人体功能的一个过程，而不是一种要实现的目标。他信奉婚姻必须要有性爱，但是除此之外，他还要求更深一步的结合。在这种结合基础上，男子有自己的个性，女子也有自己的个性，两个完整的个性各自构成对方的自由，相互保持平衡，犹如一种力的两个极，犹如两个天使或是两个恶魔。

显然，在双方强大的自我意识独立的基础上，去追求灵与肉的和谐，两性因而在相互建构中得以超越自身的不完善，这就是劳伦斯所希望的"联盟"。

如果完整地探讨劳伦斯有关人类新生的设想，就不能回避他笔下的"同性之爱"的问题。在《恋爱中的女人》中，它显然被作家放在了一个重要的位置上。一些劳伦斯研究者们不仅在他作品中发现了这种倾向，而且力图考证出劳伦斯本人生活中的这种情结，如有人就曾怀疑过他与文学批评家密窦顿·牟利的友谊中是否存在着同性恋的因素。然而，劳伦斯本人和同他一起度过十六个春秋的妻子弗丽达都始终没有承认过他在生活中曾有过这种经历或欲望，因此，对劳伦斯本人的怀疑是可以排除的。但从他的小说来看，某些段落却的确难以不让人产生这种疑惑。在《恋爱中的女人》第十六

---

① 在发表于1929年的《色情与淫秽》一文中，劳伦斯曾激烈谴责那些性生活不严肃，追求"波西米亚式生活"的年轻人。参阅《劳伦斯散文选》，第99—100页。

章《男人之间》里,伯金"突然觉得自己面临着另一个问题——两个男人之间的友爱和永久的盟谊。毋庸置疑,完全彻底地去爱另一个男人是必要的。在伯金心中,这种友爱是一种必不可少的感情。毫无疑问,他始终不渝地爱着杰拉尔德,然而又一直否认有这种感情。"在小说结尾的一段话中,伯金更明确地表达了劳伦斯的这一意图,他对厄秀拉说,自己只拥有一个厄秀拉是"不够"的,还必须拥有杰拉尔德,"那是另一种爱珍",他必须"两者兼得"。一个值得注意的情况是,并非只在《恋爱中的女人》里才出现了所谓男性之间的爱的描写,在它之前的《白孔雀》和它之后的《亚伦的藤杖》里,都有类似的场面,而且都是身心较为柔弱的男性向另一个刚健、粗犷的男人表示倾慕,就伯金与杰拉尔德来看,两人这种外在个性上的反差也一样是明显的。那么为什么劳伦斯会产生这种思想和认识?原因或许是多方面的,例如,一个确凿无疑的事实是,在劳伦斯人格形成过程中曾受到畸形的家庭、特别是非正常母爱的深刻影响,这是被大量有关劳伦斯的传记资料所证明无误的。这种影响的结果之一,是导致了他人格发展的不平衡。保罗·莫莱尔对男性阳刚之气的追求,在某种意义上也就是劳伦斯本人的追求。但是,一个更为根本的原因,在于劳伦斯曾受到过犹太神秘主义思想"喀巴拉"的深刻影响。①劳伦斯主张,不但两性之间的关系需要在彼此"自我"的独立基础上相互建构,而且,理想的个体,应该是阳性中包含有部分阴性的要素,阴性中包含有部分阳性的要素,这正是我们男女生命个体在原初的生命状态。真正和谐的人与宇宙的关系,恰恰是在此前提下的对立、互补和转化、生成。任何一个个体,如若在自身的生命气质中阴阳两性的要素缺失或任一方面不

---

① 关于劳伦斯与"喀巴拉"神秘主义的关系,限于篇幅不在这里展开,在下一篇论文中,我们有专门论述。

足，都无力真正完成自身以及伴侣的生命超越，进而言之，也无法最终拯救这个机械时代的社会堕落和文明之弊！说到底，这种认识的出发点，仍然出自作家抨击戕害人的自然本性的工业化时代，力图以自己的思想去拯救这个时代的目的。因此，严格说来，某些研究者用 homosexual（男性同性恋）一词说明劳伦斯笔下的这种男性间的特殊关系并不合适。①

在《恋爱中的女人》里，劳伦斯可谓做了多种思想上的探索，但是或许是因为作家本人的思考仍在进行中，劳伦斯给自己的小说注入了一种自我怀疑的因素，它主要表现在厄秀拉与伯金的思想冲突上。厄秀拉不仅将伯金想要与杰拉尔德建立同性之爱的想法斥为"虚妄"和"病态"，而且从未达到在"无意识领域内"与伯金立下永久誓言的"高度"，她一直是在以自己丰富的人性来爱着伯金。这实在是耐人寻味的，或许它正反映了"先知"劳伦斯的一种自我困惑。

四

1928 年，劳伦斯发表了最后一部长篇小说《恰特里夫人的情人》（Lady Chatterly's Lover），这也是他晚年最重要的作品。尽管因为其中的大量性描写，它在西方被查禁达二十余年之久，但却无论如何不能将其视为淫秽之作。诚如西方评论家理查德·霍加特所言："《恰特里夫人的情人》不是一本脏书。它干净、严肃并富于美感。如果我们坚持认为它是淫秽的东西，这就正说明我们自己的肮脏，我们正在做着肮脏的事情，不是对劳伦斯（他知道所期待的是什

---

① 如 Davitch 在 *D. H. Lawreace and the New World* 一书中，即以"homosexual"一词来说明伯金与杰拉尔德的关系。

么),而是对我们自己。"①在相当的意义上,这部作品是劳伦斯创作的总结。劳伦斯一生持续不断地进行着思想上的探索,也与那一时代多种学说、思潮发生过或深或浅的联系,这在他的小说、诗歌、散文、随笔以及文学批评和书信中都有着反映。但是千回百转,晚年的作家仿佛"返璞归真"般地用美丽、抒情的文笔写下了一部寓言式的小说,它集中表现了劳伦斯贯彻始终的创作主题:揭示现代工业文明与人的悲剧性冲突,呼吁人的自然本性的复归。女主人公康妮背叛丈夫克利福德与猎场看守人梅勒斯相爱的过程,最清楚不过地表明,只有也必须打破"文明社会"加诸于人的禁忌,听凭那来自独立、高贵和本真的"自我"的至高律令,才能在个体解放的基础上实现对时代和人自身的救赎。

克利福德的形象无疑具有一种象征意义。作为煤矿老板,他与现代工业文明之间有着血肉联系,而使他致残,丧失男性机能的战争,又正是这种文明的必然产物。作家着意表明,工业文明的发展,决定了人类某些欲望的恶性膨胀和某些自然要求的必然丧失。与之形成鲜明对照的,则是他的仆人梅勒斯。这个矿工的儿子无论在肉体上还是在精神上都是强悍有力的。他受过一定程度的教育,做过小职员,并曾服役于英国陆军,当过下级军官,还到过海外殖民地,因而对现实社会和工业文明与人为敌的异己本质有着更深刻的了解。如果说克利福德象征着窒息人性的工业文明,梅勒斯则代表着充满活力的自然精神。事实上,他所表达的许多思想,完全可视作劳伦斯本人的观点和认识。在作家看来,康妮与克利福德的决裂,是人性力量对畸形两性关系和非人道野蛮束缚的胜利。而她与梅勒斯结合的基础,则恰恰在于他们对工业文明的共同否定和对真正人的生活的共同追求。他们的关系体现着人类所特有的真诚、信

---

① *Introduction to Lady Chatterley's Lover*, Penguin Books Ltd, 1961, p.1.

任和力量。他们和谐的性爱，由于"自我中心主义"的扬弃，在真与善的交融中，升华到了一种完美的境界，奏出了一曲生命的赞歌。他们由理解而接近，由接近而相爱，由相爱而走向最终的结合——建立起一种新型的两性和家庭关系，双方都因对方的存在而成为精神与肉体相平衡的完整的人。作家认为，这种两性关系是真正合理而道德的，它不仅是对克利福德们死死抓住的畸形两性关系——建筑在资本主义工业文明基础上的，以牺牲人的感性欲望为特征的爱情、婚姻、家庭观的否定，而且是对在理想两性关系基础上建立的理想人际关系、对充满自然精神、符合人的本性、摒弃了异化现象的理想社会形态的追求，这正是劳伦斯理想的本质所在。《恰特里夫人的情人》中隐含了一个宛若"睡美人"般的原型结构，克利福德及其所代表的强大的"文明社会力量"，被作家视作了禁锢康妮的消极存在，而"自然之子"般的梅勒斯将康妮从毫无生机的麻木生活中"拯救"出来，则仿佛是用纯洁的一吻唤醒了沉睡中的小公主的高贵王子。

劳伦斯的创作向读者表明，他的确是一个理想主义者，但这绝不意味着他是一个分不清现实与理想，仅仅生活在白日梦中的作家。恰恰相反，正是因为他对现实"残酷性"的认识，才催生了他笔下的理想世界。在《恰特里夫人的情人》中，借梅勒斯之口，劳伦斯表达了自己对现代工业文明的强烈憎恶与绝望："我真想把这些机器从地球表面一扫而光，彻底结束这个工业的时代，它只是一个糟糕透顶的错误。"那么我们如何解释这种热烈的理想追求与深刻的幻灭感同时出现于作品中的现象呢？作家在卷首的开场白中提供了答案：

我们的时代本就是一个悲剧的时代，但我们却要拒绝以悲剧的态度对待它。灾变已经发生，我们都处于这场毁灭之中。

我们开始建立起一些新的避难之所，拥有一些新的，微不足道的希望。这是相当艰难的工作，没有平坦的道路通向未来。然而我们仍要四处探寻，或是攀越这些障碍，不论有多少重天已经坍塌，我们还是必须生活下去。

正是出于"必须生活下去"的愿望，劳伦斯对工业文明感到绝望后，提出了以更新人的个体生命状态、重建阴阳平衡的两性关系、摒弃文明的异化，进而恢复人类与自然和谐存在的理想图景。在小说结尾，劳伦斯通过梅勒斯写给康妮的信说，工业人口只有摒弃对金钱的需要，才有希望摆脱悲惨的处境，"他们应该学会坦率、慷慨，做弥撒时唱歌，跳古老的集体舞，雕刻坐凳，绣刺自己纹章的图案，这时他们就再不会需要金钱，那是解决工业问题的唯一出路……他们本应生机勃勃，了解伟大的潘神。①对于这些人，它将永远是唯一的神灵。"劳伦斯的理所当然是一个乌托邦，正像他笔下的理想人物只能或者宣布自己在现实世界上"没有存身之处"（《虹》中的厄秀拉），或者是在一片远离尘嚣、与社会相隔绝的密林中去幽会自己的情人（《恰特里夫人的情人》中的康妮），毕竟无法走出作家为他们设计的那个艺术世界。也正像劳伦斯曾经努力实践，但却终究未能建成的"拉那尼姆"一样，这不过是一个美好的愿望而已。然而，我们必须指出的是，人类社会需要理想，需要乌托邦的精神，因为这是让我们认识到自己的不完善，不断超越现实的有限性，去追求更美好的未来的动力。

---

① 潘神（Pan），希腊神话中人身羊足头上长角的畜牧神，代表自然力。

D. H. 劳伦斯与犹太神秘主义[①]

乔治·奥威尔在《鲸鱼之腹》中曾经说过，D. H. 劳伦斯的作品中"只包含神秘的事物，如：性、大地、火、水、血液"[②]。的确，劳伦斯的创作具有神秘色彩，其中蕴含着玄奥思辨以及启示性的神秘论观点，这不但令读者印象深刻，也引发了论者莫衷一是的解读。尽管曾有学者指出"二元论"思想是贯穿其一生思想的红线，[③]但却未能仔细探究其更深层次的神秘主义根源。事实上，劳伦斯深受犹太神秘主义、特别是其中的喀巴拉派的影响，他不仅从中大量汲取了其神学观点和神秘象征符号，使之成为自己作品中主题和意象的源泉，还以犹太神秘主义象征体系为依托，仿拟其体式格局构建起了一套独特的玄学体系。因此，探究犹太神秘主义与劳伦斯的关联，辨析犹太神秘主义在劳伦斯作品中的表现形式，从而以一种新的角度来重新审视劳伦斯的文学创作，是颇有学术价值的课题。

一、神秘渊源：劳伦斯与喀巴拉

作为犹太文化传统之一，犹太神秘主义深受犹太神学的滋润濡

[①] 本文原载《南开学报》2014 年第 3 期。（王立新、祝昊合作）
[②] Geroge Orwell, "Inside The Whale", in *Collected Essays*, London: Secker and Warburg, 1946, p.135.
[③] 参见漆以凯：《论戴·赫·劳伦斯的二元论》，《外国文学研究》1995 年第 4 期。

染,并与之相辅相成、相伴相生地弥散在犹太人的宗教生活和世俗生活之中,其独特的观念和价值认同皆来自于对耶和华神的统一性及其在《妥拉》①之中所启示的神圣律法的信仰。在两千余年的发展历程中,犹太神秘主义流派纷呈,无论是肇端于第二圣殿时期的默卡巴神秘主义②,抑或是中世纪时虔守律法的哈西德运动③,都对犹太文化有着或淡或浓、或隐或显的影响。然而,其中影响最为邃邈深远的当数喀巴拉神秘主义。

喀巴拉的希伯来文写作קַבָּלָה,英译为 Kabbalah、Cabbalah 等,字面涵义作"接收"或"接受"解。喀巴拉本是犹太教口传心授的内学,在诺斯替等神秘主义思想的影响下,渲染《圣经》秘义,注重仪式法力,不仅逐渐建构起了其独有的哲学体系,还发展出了自己的灵修实践。公元 12 世纪,喀巴拉勃兴于法国的普罗旺斯以及西班牙的加泰罗尼亚等地,以经典的米德拉西④形式编纂而成的《光明之书》是这一时期的重要典籍。作为最早的喀巴拉著作,《光明之书》第一次将完整的神秘主义象征体系融入喀巴拉派和整个犹太教,书中不仅引入了生命之树等神秘概念,还初步建立起象征神能流溢的灵性谱系,并对其中所蕴含的女性因素以及恶的因素进行了详尽阐述,为喀巴拉的发展奠定了理论基础。而成书于 13 世纪晚期的《光辉之书》更是一部可堪与《妥拉》、《塔木德》相提并论的"圣书",诸多喀巴拉的神秘概念皆源于此。在对《妥拉》、《雅

---

① 妥拉(Torah),本意为教导、训诲,指《希伯来圣经》中的《摩西五经》。
② 默卡巴(Merkabah),犹太神秘主义的早期阶段,其本质在于感知王座上帝的显现。
③ 哈西德(Hasid),意为虔敬者。此派崇尚古典神秘主义,忠于犹太传统。
④ 米德拉西(Midrash),意思是解释、阐释,即对《希伯来圣经》的注释和诠释。

歌》、《耶利米哀歌》等经卷的神秘主义阐释中,"塞菲洛"①、"原人亚当"②等神秘概念得到了突出和强调。"塞菲洛"一词最早出现于前喀巴拉文献《创世之书》,原是造物主的十种表征之一,其含义在喀巴拉文献中逐渐衍变,并日益与希伯来字母和数字紧密相连。在《光辉之书》中,塞菲洛被视为神创世的基石,神藉之以彰显自身,并通过连绵的流溢创造出物质领域以及形而上学领域;而"原人亚当"的神秘象征则来源于对塞菲洛的拟人化描绘,十个塞菲洛分别被构拟为头颅、躯干和生殖器官,进而组合形成人体的形态,藉以象征着神最初按照自己的形象所创造的人。15世纪末,西班牙驱逐之难成为喀巴拉发展史上的转折点,自此作为内传体系的喀巴拉开始向世俗敞开。之后的以撒·卢里亚③及其学派的努力则将喀巴拉的发展带入了全新的阶段,他们不仅将十个塞菲洛和二十二个希伯来字母的神秘意义在生命之树中补充完全,还提出了诸如神光退隐(Tzimtzum)、容器破裂(Shevirah)以及宇宙修复(Tikkun)等新概念。卢里亚的宇宙修复理论将历史看作是人的救赎和宇宙秩序恢复的一种过程,试图通过弥赛亚来改造世界,使得万物回归于神,灵性的人通过 Tikkun 而结束放逐。这一理论不仅将犹太人的个体行为和犹太民族的最终救赎紧密地联结起来,还将犹太教升华为宇宙秩序得以恢复和谐的中介,对后世影响极为深远。卢里亚之后,喀

---

① 塞菲洛(Sephiroth),本意为计数,中文又译作"源质"。塞菲洛意蕴丰富,与希伯来字母、数字联系密切,并对应着创世之音、十诫、圣名等,是喀巴拉的重要概念。
② 原人亚当,又称亚当·卡德蒙(קַדְמוֹן אָדָם, Adam Kadmon),意为"最初的人",是喀巴拉思想中人类的真正完全状态。
③ 以撒·卢里亚(Isaac Luria,1534—1572),喀巴拉历史上的杰出代表人物,其一生著作较少,主要思想为哈伊姆·维塔尔(Hayyim Vital,1543—1620)等弟子所辑录,形成的卢里亚学派影响深远。

巴拉在17世纪的萨巴提安弥赛亚运动①和18世纪的新哈西德主义②中得以继续发展，并日渐与现代生活相融合，成为一种追求人和自然和谐相处，最终达到世界完美的宗教理论。

作为植根于犹太教传统的神秘主义体系，喀巴拉曾具有一种强烈的排他性的男性特质，比如在历史上长期拒绝女性的参与，在形而上学的层面将神人格化地描绘为男性的形象等等。在喀巴拉中女性因素往往与恶的因素相关联，并据之表现为严厉的审判。这一点无疑对毕生致力于男女关系思考，甚至一度因"厌女症"而为人所訾议的劳伦斯而言，有着莫大的吸引力。事实上，除却喀巴拉自身的特质以外，以勃拉瓦茨基夫人、阿莱斯特·克劳利等神秘学者为代表的现代神秘主义思潮，以斯宾塞、布莱克等作家为代表的英国文学传统等诸多因素都促成了劳伦斯对喀巴拉在思想上的接受以及在文学上的呈现。

劳伦斯对喀巴拉传统的接受最早可以追溯至其创作生涯的初期。据埃米尔·德拉弗内在《D. H. 劳伦斯与爱德华·卡朋特》一书中的考证，早在1908年劳伦斯致力于《白孔雀》的创作之时，他"在思想上便有着追寻犹太秘教传统的倾向"③，彼得·惠伦等研究者也都对这一观点持赞同态度。至于劳伦斯从何处接触到喀巴拉神

---

① 17世纪中叶以犹太人萨巴泰. 茨维（Sabbatai Zevi 1626—1676）为核心兴起的一场波及东西方犹太人世界的救世运动。茨维宣称自己就是犹太人世代企盼的弥赛亚，将带领犹太人获得拯救，迎接一个新的世界。茨维一度拥有大批的信徒和追随者，但他本人却在被奥斯曼苏丹囚禁、逼迫后改宗了伊斯兰教。这场运动在犹太神秘主义的历史上曾产生了重要影响。

② 新哈希德主义：18世纪兴起与波兰、乌克兰等地，由深受卢里亚喀巴拉影响的美名大师以色列·本·以利撒（Israel ben Eliezer Baal Shem Tov, 1700—1760）创立，后经多夫·贝尔（Dov Baer of Mezhirech, 1710—1772）等人发扬光大，逐渐成为一场有组织的运动。哈希德主义轻视礼仪律法，旨在借助祈祷同上帝建立活的联系。

③ Emile Delavenay, *D. H. Lawrence and Edward Carpenter: A Study in Edwardian Transition*. London: Heinemann, 1971, p. 171.

秘主义，则主要有两方面的来源。劳伦斯的传记作家哈利·T.摩尔在《爱的祭司》中曾指出，劳伦斯"对贝赞特夫人、勃拉瓦茨基夫人、普赖斯及其他一些人感兴趣……他对东方憧憬已久"①。劳伦斯对喀巴拉传统的接受首先便来自于勃拉瓦茨基夫人等通神论者。所谓的通神论(Theosophy)，指的是勃拉瓦茨基夫人等人所创立的将犹太喀巴拉象征体系、印度教神秘主义等诸多异教秘术杂糅为一体的神秘学说，勃拉瓦茨基夫人所著的《揭去面纱的伊西斯》和《秘密的教义》等书使得这一学说风靡一时。劳伦斯曾细致地阅读过勃拉瓦茨基夫人的著作，并在与朋友的书信往来中对之进行了深入的探讨。1917年8月，在致戴维·埃德尔的信中，劳伦斯就曾问询对方是否读过《秘密的教义》，并声称："虽然在某些方面比较乏味且缺乏真实性，但令人不可思议的是，却能从中(指喀巴拉传统)获得很多知识，并极大地扩展了自己的认知。"②1923年6月，在致弗雷德里克·卡特的信中，劳伦斯则向之表达了对喀巴拉宇宙论的理解与感悟："微妙的是宏观世界与微观世界的关系。掌握了那种关系——黄道带上的人与我的关系——你就掌握了通往天启的直接线索——古人的思想寓于形象之中。"③但是除此以外，涵濡于英国文学传统之中的喀巴拉神秘主义对劳伦斯的影响也同样不容忽视。早在文艺复兴时期，神秘的喀巴拉便与人文主义相辅相成地进入英国文学中，斯宾塞、莎士比亚以及后来的布莱克、叶芝等诸多名家都不同程度地受到喀巴拉的影响并将之在作品中呈现。例如，斯宾塞的

---

① 哈利·T.摩尔:《爱的祭司——劳伦斯传》，王立新、杨阳、赵元彭译，花山文艺出版社，1993年，第439页。

② D. H. Lawrence, *The Letters of D. H. Lawrence*, Volume III. [M]. Cambridge: Cambridge University Press, 1984, p.149.

③ 哈利·T.摩尔:《爱的祭司——劳伦斯传》，王立新、杨阳、赵元彭译，花山文艺出版社，1993年，第492页。

《仙后》就通过对喀巴拉神秘数字的使用,建构起了和谐完美的宇宙图式,体现了典型的喀巴拉—新柏拉图主义[①]。长期浸润于这一伟大传统之中,劳伦斯自然对喀巴拉也是熟悉的,并且效法前贤,将之应用于自己的创作实践当中。

然而,传承千载的喀巴拉毕竟是一套繁芜的思想体系,劳伦斯无论是从中汲取神学观点、哲学思想还是神秘概念,将之应用在文学层面的时候,也难免呈现出繁复杂糅的特点。他或是将喀巴拉的数秘论引入小说,如在《羽蛇》中使用根码提亚释义法来建构小说的宏观框架,藉之以与四字神名相互呼应[②];或是在《牧师的女儿》、《上尉的玩偶》等小说中描绘"出神"、"降神"等魔法符咒及其带来的迷狂体验,藉以揭示人类精神的神秘本质;或是引用"原人亚当"、"生命之树"等神秘的概念并加以改造,进而创立自己从"宇宙玫瑰"到"玫瑰之王"的宇宙树模型,使之暗合于自己的救世理想;但是其中最为重要的是,劳伦斯以喀巴拉,尤其是《光辉之书》中的神秘主义象征体系为根基,有所损益地构建起一套独特的玄学体系,使之成为自身展开文学艺术批评与社会批评的理论基础。

二、皇冠:二元论与和谐美学

在《托马斯·哈代研究》中,劳伦斯宣称:"所有的小说都必须

---

① Frances A. Yates, *The Occult Philosophy in the Elizabethan Age*. [M]. London: Routledge & Kegan Paul, 2001, p.112.

② 根码替亚(גימטריה, Gematria),即计算希伯来词语的数值并寻找它与等值词之间的联系;《羽蛇》共27章,即26+1:其中26在数值上等同于四字神名YHVH(希伯来文写作יהוה,分别代表数值10、5、6、5,相加等于26),另外一个1则象征着"人与自然的神圣统一"。

以某种关乎存在的玄学体系为根柢,而抽象的哲理也必须服务于作者的艺术意图,否则小说便会沦为说教。"①然而由于一生思想迤逦多变,加之偏爱隐晦艰涩的象征语言,劳伦斯所构建的玄学体系并不十分严谨规整、清晰明了,但是总体而言,还是有章可循、有据可依的,其中最显著、最核心的内容和特征便是以二元论为核心,对均衡与和谐的追求。

二元论的思想是劳伦斯玄学体系的主线,他不厌其烦地阐释着这种"二位一体"(Two in One)的思想。早在被誉为"全部思想的萌芽"的《意大利的黄昏》中,劳伦斯便初步构建起了诸如"圣父与圣子、光明与黑暗、感觉与心灵、灵魂与精神、自我与非我、雄鹰与鸽子、猛虎与羔羊"②等多组二元对立的概念;在之后的《安宁的现实》、《两个原则》中,他将这一原则推而广之,认为二元性贯穿一切事物,甚至贯穿任何生命体的灵魂、自我或存在;在《无意识幻想曲》中,劳伦斯又将二元性原则与宇宙的本源联系起来,认为太阳本源代表着无限的正极,月亮本源代表了无限的负极,而一切的存在就发生在这两个无限之间;直到晚期的《伊特鲁斯坎游记》中,劳伦斯依然秉承着一以贯之的思想,坚称世界自诞生伊始便具有双重性,无论是动植物等物质实体,抑或是性别、磁场等抽象概念,万事万物都具有双重性的特征。这一思想渗入劳伦斯的各种原则之中,一旦投射进小说文本,便形成了多种形式的二元对立,例如在《儿子与情人》中是典雅的母亲与粗鄙的父亲之间的阶级对立;在《迷途的姑娘》中是阴郁的英格兰和明媚的西西里之间的地域对立;在《羽蛇》中是欧化的墨西哥和土著墨西哥之间的文明对

---

① D. H. Lawrence, *Study of Thomas Hardy and other essays*. [M]. Cambridge: Cambridge University Press, 1985, p.72.

② D. H. Lawrence, *Twilight in Italy and Other Essays*. [M]. London: Heinemann, 1977, p.46.

立；在《逃跑的公鸡》中，则是复活的耶稣基督和伊西斯的女祭司之间的宗教对立。

然而，有别于赫拉克利特式的二元对立思维，劳伦斯的二元论有着鲜明的喀巴拉特质，与喀巴拉神秘主义之间有着千丝万缕的联系。因此，在分析劳伦斯是如何借用喀巴拉传统来建构自己的玄学体系之前，有必要先对喀巴拉中的神秘主义象征体系，尤其是塞菲洛的流溢作一了解。为了区别创世与启示中所出现的神，喀巴拉神秘主义者将神视为具有不可知的、不具位格性的、隐匿的本质存在，其属性为"恩·索夫"（אין סוף, Ein Sof），希伯来文字面意为"无终"，它既是神的特质，亦是塞菲洛的源泉，因此塞菲洛的流溢既是一个创世的过程，又是一个隐匿之神在造物中彰显自身的过程。在《光辉之书》中，十个塞菲洛自"恩·索夫"之中流溢而出，在纵向上构成左中右三柱，在横向上则被分为七个层次，而这七个层次又自上而下被划分为四个世界，以象征四字神名①。详情如下所示：②

(1) 至尊冠冕（כתר, Kether）　　(2) 慧（חכמה, Hokhmah）

(3) 智（בינה, Binah）　　(4) 爱（חסד, Chesed）

(5) 法（גבורה, Gevurah③）　　(6) 美（תפארת, Tiferet④）

(7) 恒在（נצח, Netzah）　　(8) 威（הוד, Hod⑤）

---

① 四世界是指：由源质(1)(2)(3)构成的圣光之界（אֲצִילוּת, Atziluth）、由源质(4)(5)(6)构成的创造之界（בְּרִיאָה, Beriah）、由源质(7)(8)(9)构成的形成之界（יְצִירָה, Yetzirah）、由源质(10)构成的行动之界（עֲשִׂיָּה, Asiyah），四个世界依次表征着 Yod, Heh, Vau, Heh 的力量，呼应 YHVH。

② 参阅 Michael Laitman, *The Zohar: Annotations to the Ashlag commentary*. Toronto: Laitman Kabbalah Publishers, 2009, pp. 65–68.

③ 原意为"力量"。

④ 原意为"壮丽"。

⑤ 原意为"荣耀"。

(9) 根本(יסוד, *Yesod*①)　　　(10) 王权(מלכות, *Malkuth*)

在上表所示体系中，左侧三个塞菲洛构成为严厉之柱(Pillar of Severity)，属阴性；右侧三个塞菲洛构成仁慈之柱(Pillar of Mercy)，属阳性；中间四个塞菲洛则构成温和之柱(Pillar of Mildness)，阴阳同体。当然，这里的阳性/阴性并非单一地指代男性/女性性向，喀巴拉学者从性别视角出发，认为男性是生命种子的给予者而女性则是纯粹的容纳者，从而将主动/被动、扩张/收束、给予/获取等象征性的特质赋予其中。随着塞菲洛从"至尊冠冕"到"王权"流溢过程中阴阳两性的渐次更迭，阴阳两性在温和之柱上达到了一种动态的平衡，此时男性会体现出严厉之柱的特质，女性亦会体现出仁慈之柱的特质，从而显现出一种和谐完美的状态。因此，一旦遭遇失衡或极端的情况，就意味着出现灾厄，例如在"容器破裂"的例子中，容器对于神光的单向接受其实就是一种失衡。即便在世俗的生活领域中，解决危机的关键也在于找到失衡之处，使之恢复到均衡和谐的状态。

劳伦斯将这一神秘体系奉为圭臬，依照其体式格局，引用其概念内涵，构筑和完善自己的玄学体系，在二元对立之中追求均衡和谐的美学。早在1913年，在《〈儿子与情人〉自序》中，劳伦斯就尝试引入"法"与"爱"的对立，藉之修正基督教的三位一体模式。他先是反驳《约翰福音》中的说法，认为圣父乃是肉身，圣子以肉身道出"字词"，故而应当是"肉身成道"，声称"道成肉身"之说实属无稽之言：

> 宠徒约翰说："道成肉身。"他为什么颠倒是非呢？女人干脆孕育出喋喋不休的儿子们来，以此反驳他："是肉身成道。"

---

① 原意为"根基"。

……那耶稣基督是什么呢？他是道（字词），或者说，他是变成道的……他是道（字词），而圣父是肉身。即使他的精神是圣灵所孕育，肉身也只能生自肉身。①

于是先有圣父——应该称之为圣母，然后是道出道者圣子，然后才是道（言词）。圣父上帝，不可知，不可测的圣父上帝，我们通过肉体懂他，这肉体是女人。女人是我们进出的门户。是在她里面我们回归圣父，但是像目睹基督在山上改变容颜一样，我们盲目而没有意识。②

不难看出，劳伦斯开始有意地依照喀巴拉的模式将法与女性原则相关联，爱与男性原则相关联，并关注到圣灵调和的功用，正如克默德后来所言："圣父（这里被转化为圣母）作为法和肉体，圣子作为逻各斯和'爱'或'仁爱'，圣灵作为调停者这样一个格式深深地使劳伦斯着迷，并且及大地影响到他后来的小说创作。"③

之后的玄学散文《皇冠》更是对《光辉之书》中体例的因袭，篇名"皇冠"便来自于希伯来文 Kether 一词的英文转译。在《皇冠》中，代表着光明、积极的男性原则的雄狮和代表着黑暗、被动的女性原则的独角兽身处下方为争夺皇冠而战，而皇冠则悬置于雄狮和独角兽之上，平衡着二者的力量、象征胜利与圆满，是如 Kether 一般的至高存在。劳伦斯对这种以二元对立为核心，以均衡和谐为旨归的模式眷睐有加，并以种种方式将之展现。无论是在《虹》中

---

① D.H.劳伦斯著：《书之孽：劳伦斯读书随笔》，黑马译，北京：金城出版社，2011年，第253页。

② D.H.劳伦斯著：《书之孽：劳伦斯读书随笔》，黑马译，北京：金城出版社，2011年，第257页。

③ ［英］弗兰克·克默德：《劳伦斯》，胡缨译，上海：三联出版社，1986年，第44页。

联结了神国和人界的彩虹；抑或是《羽蛇》中象征着天空与大地交融的羽蛇；再或者是《查泰莱夫人的情人》中超然于野蛮和文明的守林人；直至劳伦斯一生的图腾——于死亡的灰烬里浴火重生的凤凰，种种意象都体现出了劳伦斯对于和谐美学的刻意追求。而在写于 1920 年代的《精神分析和无意识》和《无意识幻想曲》里，劳伦斯赓续了这一体系，他不仅循例将人类的无意识中枢在横向上分为七个层次，以最高等的无意识中枢为尊，统摄着其下的六组二元对立的无意识中枢；还以怜悯和意志为纵轴，以高级和低级为横轴，将之划分为四个区域，藉以与四个世界相互呼应。而在遗作《启示录》中，劳伦斯则重新阐释了圣约翰的《启示录》，他明确地指出《启示录》本源于犹太教神秘主义，七层封印代表着人的七个意识区域，象征着觉醒的七个层次；而四匹马则代表了四种体液，同时也代表了人的身体的堕落。除此以外，他还将他的玄学体系上升到宇宙论的层面，提出了原始宇宙三重说，即在太阳本源和月亮本源这两种绝对的能动本源之外，作为调和者而出现的启明星将会使宇宙臻于和谐完美。

尽管劳伦斯在使用喀巴拉传统来构筑自己的玄学体系时是有所增删损益的，但是在终极旨归上，却与之保持一致，即对均衡和谐的追寻。正如其在《为〈查泰莱夫人的情人〉辩护》一文中所言："我始终坚持我书中的观点：只有当精神和肉体取得和谐，自然而然地彼此平衡，自然而然地彼此尊重，生活才会不是受罪。"①与此同时，还渴望着将这种均衡和谐扩大到宇宙的层面，祈唤着宇宙秩序的复归，而这也正是劳伦斯在《启示录》中所反复伸张的宗旨："人最想得到的是生命的和谐，而不是对其'灵魂'的孤独的自我拯

---

① ［英］D. H. 劳伦斯：《劳伦斯读书随笔》，陈庆勋译，上海：三联书店，1999 年，第 224 页。

救……我们想要破坏的是我们虚假的、缺乏活力的联系，尤其是那些与金钱有关的联系，重新建立起与宇宙、地球、人类、国家以及家庭的富有活力的有机联系。"①然而归根结底，劳伦斯还是一位文学家，他更青睐于将喀巴拉丰富的象征体系转化为意象、原型、主题等，以文学的语言来表达自己的理念与诉求，从而将玄奥思辨与诗情灵性浑然天成地融为一体。

三、原人亚当：雌雄同体与神人交融

对于喀巴拉神秘主义者而言，《创世记》（1∶27）中所说的"神就照着自己的形象造人，乃是照着他的形象造男造女"不仅意味着神性在人的生命中显现，还意味着透过人的形象，亦可窥探造物主的世界，因此人的躯体成为某种灵性存在的象征。在《光辉之书》中，这种灵性存在则具象化为"原人亚当"的形象。与生命之树相同，原人亚当也是由塞菲洛所构成的有机体，神藉以显现自身的流溢层结构内化于其身体之中：前九个塞菲洛组成了原人亚当的躯体，而第十个塞菲洛"王权"则使之呈现出了造物主的阴性状态。因此，这个"原初的人"本质上是一种"雌雄同体"（Androgyne）的构造，象征着人类的真正完全状态。而在卢里亚喀巴拉中，原人亚当的含义有所演变，已不再完全作为塞菲洛的象征出现。它位居"恩·索夫"与塞菲洛所构成的四世界之间，居中调和——既是从"恩·索夫"中流溢而出的第一个有形体，彰显了神性的层面；又是与人类领域相关联的四世界之上的第五个世界，彰显了人性的层面，从而成为联结二者的纽带，凸显出一种神人交融的状态。因此，原人亚当成为了喀巴拉神秘主义者希冀达到的至高境界，劳伦

---

① D. H. Lawrence, *Apocalypse*. [M]. New York: Penguin Books, 1995, p.200.

斯也将这一神秘概念引入作品之中,不仅将雌雄同体誉为"圣灵的法则",还以神人交融来表征旺盛的生命力。例如,在《虹》的开篇,劳伦斯就将喀巴拉的视角引入基督教神话,以家史传奇的方式含蓄隐晦地描写了从原人亚当到堕落前的亚当夏娃再到堕落后的亚当夏娃的序列,藉以隐喻人类生命力的流失。

与喀巴拉神秘主义者相同,"劳伦斯认为圣经故事本质上是对人类心理与精神事件的隐喻性表达,而伊甸园的意象则象征着人类与内在的神之间持续而又神秘的交融。"①在《虹》首章的开场,劳伦斯以拟《创世记》的笔触勾勒出一幅田园牧歌的景象,将玛斯农庄描绘得宛如伊甸园一般丰盈完美。生活在其中的布朗温家族有着与宇宙律动相谐一致的生活节奏:"春天,他们会感到生命活力的冲动,其浪潮一往直前,年年抛撒出生命的种子,落地生根。留下年轻的生命。他们知道天与地的交融:大地把阳光收进自己的五脏六腑之中,吸饱雨露,又在秋风里变得赤裸无余,连鸟兽都无处藏身。"②然而,《虹》并非只是对《创世记》进行简单仿拟,劳伦斯在叙事进程中,通过施事主语的转换,巧妙地将原人亚当的形象暗寓其中并展现了人类与神性日渐疏离的堕落过程,这个隐含着的"失乐园"的神话原型,为整部小说的情节发展奠定了基调。从小说开篇直至第五段,劳伦斯都笼统地以布朗温一家(The Brangwens)为叙事中心,用整体的笔触加以描写:"布朗温一家祖祖辈辈都居住在玛斯农庄"、"布朗温一家人在田间劳作时,随时抬头都能望见伊开斯顿的教堂"、"这精神饱满的一家人,金发碧眼,言谈慢条斯理,清晰明了。"③无论是劳作、言谈等行为,还是面貌、气质等特征,劳

---

① Charles Burack, *D. H. Lawrence's Language of Sacred Experience: The Transfiguration of the Reader*. [M]. New York: Palgrave MacMillan, 2005, p. 57.

② D. H. Lawrence, *The Rainbow*. London: Wordsworth Editions Ltd., 1995, p. 3.

③ D. H. Lawrence, *The Rainbow*. London: Wordsworth Editions Ltd., 1995, p. 3.

伦斯都聚焦在整个家族之上，以一种不分男女，混同于一的笔调加以处理，试图以这种隐晦的方式来表达布朗温家族雌雄同体的特征，将之视为原初的人类，就如同雌雄同体的原人亚当一样。此外，劳伦斯在第五段末突然引入了男人们（men）一词："他们捧起奶牛的乳房挤奶，鼓胀的奶头冲撞着男人们的手掌，牛乳上血管的脉搏冲撞着人手的脉搏。"①施事主语从布朗温一家变为男人们，然而这并不是对施事主语的性别区分，而是暗示着与原人亚当一样，布朗温一家既是雌雄同体的，同时又有着男性的气质②。

自第六段始，劳伦斯开始对施事主语加以明确的性别区分，由布朗温一家转变为男人们（The Men）和女人们（The Women），原人亚当的原型象征也相应地转变为亚当和夏娃。区分了性别之后，男人们和女人们的生活已不再如布朗温一家那般与神性紧密相连，能够抚摸土地的脉搏，能够感知天地的交融，如今男人们"往火炉边上一坐，头脑都变得迟钝了，过去生机勃勃的日子里所积累下的一切使血液都流得慢悠悠的"，女人们"想的则是哺乳的牛群和欢跑着的母鸡和小鹅"③，他们与自然日渐疏远，更多地参与到诸如家庭生活、驯养动物等与人类文明密切相关的活动中来。然而与堕落之前夏娃受到禁果的诱惑一样，当男人们还在惦念着天地万物丰富的生命的时候，女人们却已开始"伫立眺望着那个有城市和政权的世界，那里，人们有发挥才能的机会。那儿对她来说是很有魔力的，在那儿，神秘的东西都揭开了谜底，人们的欲望得到满足"④。实际上，劳伦斯在此处将人类对文明的渴望女性化了，并认为这种渴望来源于女性对于神圣的自然的不满。劳伦斯逐渐采取了《圣经》与

---

① D. H. Lawrence, *The Rainbow*. London：Wordsworth Editions Ltd., 1995, p.4.
② 希伯来语中的"亚当"（אדם）既是一个中性名词，又是一个阳性名词。
③ D. H. Lawrence, *The Rainbow*. London：Wordsworth Editions Ltd., 1995, p.4.
④ D. H. Lawrence, *The Rainbow*. London：Wordsworth Editions Ltd., 1995, p.5.

喀巴拉的立场，将女性因素与恶的因素相关联，将人类的堕落归咎于女性的愆过。

一俟性别之间的差异得以确立，施事主语就由复数转化为单数，由群体具体到个体：她（She）成为叙事的中心所在，女性因素占据主导地位，男性因素则以"她的丈夫"这种从属关系出现。在劳伦斯的笔下，"她的丈夫"和她是堕落后的亚当与夏娃：她像夏娃一样"渴望得到知识，也想成为一名斗士"①，痴迷于知识和文明的力量。在她看来，瘦弱的牧师能够降服体格健壮的丈夫，主宰他人灵魂，超越芸芸众生不是因为金钱和权力，而是因为知识的魔力；她的孩子低人一等，缺乏灵性也不是因为地位和阶层，而是缺乏教育和经验的缘故。她和"她的丈夫"渴望过上与远祖截然不同的生活，从而失去与自然、宇宙以及神之间富有活力的有机联系，彻底堕入文明的深渊之中。不难看出，劳伦斯以从布朗温一家到男人们和女人们再到她和"她的丈夫"为明线，以从原人亚当到亚当夏娃再到堕落后的亚当夏娃为隐含参照系，描述了人类自我意识觉醒之后逐渐疏离自然、趋近文明的历程，仿拟了一个失乐园的神话。而在这个神话中，原人亚当被置于与神最为接近的起点一极，寓托了劳伦斯的最高理想。

在《虹》的主体部分，劳伦斯通过莉迪亚与汤姆、安娜与威尔、厄秀拉和安东三代人的婚恋故事，探讨了两性关系的理想模式，然而他们或是沉沦于理性支配，或是痴迷于床笫之欢，始终无法达到融为一体的和谐。那么堕落后的人类如何才能复归乐园，回到原人亚当的理想状态？劳伦斯在《虹》的姊妹篇《恋爱中的女人》里给出了答案。《恋爱中的女人》继续发展了探索理想两性关系的主题，先知式的人物伯金成为厄秀拉的情侣，他们的结合被喻为

---

① D. H. Lawrence, *The Rainbow*. London: Wordsworth Editions Ltd., 1995, p.5.

"人的女儿"回到"神之子"的怀抱。劳伦斯对伯金着墨颇多,反复渲染他的中性特质,并强调他是"神始初的儿子。他不是男人,不同于男人,或者不止是男人"①。在劳伦斯看来,"每个男人包含有男女两性,女人也同样包含有女性和男性……男人与女人,大致来说,是爱与法的体现。他们是互补的两个成分……我们需要的是二者完美的结合。这种结合是圣灵的法则,是完美无缺的法则"②。借伯金之口,劳伦斯反复宣告若想达成"圣灵的法则",男女之间应以保持一种"星式均衡"的关系为前提,男人尊重女人男子气的独立,同时女人欣赏男人女性般的温柔敏感。只有如此,男女之间才能告别"无爱婚姻"、"吞噬自我的融合"等畸形的关系,进而通过两性的伟大联合,调和法与爱的对立,重建与宇宙的血肉联系。毫无疑问,劳伦斯以文学的手法达成了一种雌雄同体的诗性隐喻,在伯金这个原人亚当式的人物身上寄托了渴望回归原初和谐整体的理想。

四、舍金纳:流放女神和神圣婚姻

著名现代喀巴拉学者G.G.索伦在其《犹太教神秘主义主流》中曾言:"喀巴拉倾向于揭示神自身中性的奥秘。在其他方面拒绝禁欲主义,认为婚姻并非对肉体软弱性的让步,而是最神圣的奥秘之一。每次真正的婚姻都象征性地实现了神与神的显现的联合。"③诚

---

① D. H. Lawrence, *Selected Works of D. H. Lawrence*. London: Wordsworth Editions Ltd., 2005, p.576.

② D. H. Lawrence, *Study of Thomas Hardy and other essays*. Cambridge: Cambridge University Press, 1985, p.93.

③ G. G. Scholem, *Major Trends in Jewish Mysticism*. [M]. New York: Schooken Books, 1960, p.235.

如其所言，性的奥秘对喀巴拉信徒有着甚为重要的意义，人类存在繁衍的奥秘对其而言无非是受赞美的主和他的显现之爱的象征。在《光辉之书》的象征世界中，性的比喻以多种变形被一再使用，如塞菲洛的流溢被喻作神秘的分娩，第九个塞菲洛"根本"被喻为原人亚当的阳具等等。然而其中最为重要的则是与流放女神舍金纳（Shekhinah）的神秘结合。舍金纳一词源出塔木德文献，本用以指代圣名象征神的临在，在《光辉之书》中，舍金纳则位于生命之树的底端，等同于第十个塞菲洛"王权"。由于受到灵知主义中索菲亚观念或基督教圣母崇拜的影响，喀巴拉传统中的舍金纳凸显出一种阴性维度，表征了耶和华所显现的女性姿态。它伴随着亚当和夏娃从伊甸园中流放，并伴随着以色列人的流放，直到弥赛亚的降临。在《塔木德》中，就通常以公主、王后被父亲、丈夫驱逐的形式，或者恶的力量对舍金纳的征服等形式来表现舍金纳的流放。因此，与舍金纳的结合，不仅意味着流放女神重新回到代表阳性力量的父亲、丈夫身边，从流放中获得救赎，还标志着人类再次与神性的领域获得联结，回到原初均衡和谐的状态，用喀巴拉的术语来讲就是Tikkun的恢复与重新结合。

与将原人亚当的神秘概念纳入小说之中，藉以解释神自身中性的奥秘一样，劳伦斯在小说中也引入了舍金纳的神秘概念，并仿拟了流亡女神回归父亲、丈夫身边的神圣婚姻的模式。虽然劳伦斯屡因性爱书写而遭人诟病，但是实际上他的性爱观相当严肃，在《为〈查泰莱夫人的情人〉辩护》中，劳伦斯将婚姻视为"一种神圣之物，一种在性的交流中将男女联成一体，除非死亡，永不分离的神圣之物。而且即使由于死亡而分离，也仍然没有脱离婚姻的约束。就个人而言，婚姻是永恒的。婚姻使得两个不完整的个体结合成一个完整的整体，使男子的灵魂与女子的灵魂终身都在一起得到和谐的发展，婚姻是神圣不可侵犯的"①。在劳伦斯的笔下，有着众多流放女神的形象：例如《虹》中从波兰流落至英格兰的莉蒂亚、《羽蛇》中从欧陆辗转而至北美荒原的凯特、《太阳》中穿越大西洋的浩渺烟波远赴西西里岛的朱丽叶等等，她们都以各自的方式与阳性的力量相结合，告别旧我获得新生，通过个体的行为来完成 Tikkun 的过程，从而结束放逐、达成"圣灵的法则"，实现非弥赛亚的个人方式的赎罪或拯救。

在《虹》中，莉蒂亚处于一种放逐的状态，她先是丧父而后丧夫，从波兰辗转流落至英格兰，但是隐秘的神始终与她同在，"她对寄托自己生命的神的感觉是异常强烈的。英国的教义从没有对她起什么作用，因为这种语言太陌生了。她凭感觉知道掌握生命的伟大的神浑身闪耀着光芒，近在咫尺。不管怎么说，伟大的神就在身边"②。在莉蒂亚的丈夫故去之后，劳伦斯反复使用浑浑噩噩、麻木不仁、被过去和未来夹得粉碎等词汇或语句来描述她的生命状态，直到和汤姆的神圣婚姻才使得她获得新生。劳伦斯引用了《约翰福音》(10：9)里"门"的隐喻，将莉蒂亚与汤姆的结合描写的颇具仪式感："他们穿过门洞进入更为广阔的天地，这里变幻更大，有禁区，有抑制和劳苦，但还完全是自由的。她是他的门洞，他也是她的门洞，最后他们都各自向对方敞开了自己的大门，面面相对地站在门洞里，此刻光明从背后流泻到他们脸上，这是美好、赞美和称许之光。"莉蒂亚和汤姆面面相对，宛如面对面朝着施恩座的基路伯，隐秘的神在其中得以显现，而最终"神对站在一起的布朗温和莉迪亚·布朗温宣布，在他们最终握手言欢之时，这所住宅完工

---

① [英]D. H. 劳伦斯：《劳伦斯读书随笔》，陈庆勋译，上海：三联书店，1999年，第236页。
② D. H. Lawrence, *The Rainbow*. London：Wordsworth Editions Ltd., 1995, p. 85.

了,主上占据了自己的位置,于是皆大欢喜了"①,就如同喀巴拉语境中舍金纳和"美"(即第六个塞菲洛)在耶路撒冷圣殿中的神圣结合一般。在完成了神圣婚姻之后,劳伦斯继续使用喀巴拉的隐喻,将汤姆和莉蒂亚比作火柱和云柱,而安娜则扮演了以色列人的角色,在火柱与云柱之间自在逍遥。"她的左右两侧都让她安心定神,不再被唤去用尽一个孩子的力气去支撑这个拱门的断裂的一头了,因为他的父母在空中接头了。而她,一个孩子,则在他们的拱门下的空间里自由自在地玩耍着。"②从而,父亲、母亲和女儿三者构成了前文所述及的三位一体的模式,形成了劳伦斯心目中的神圣家庭。

在《羽蛇》中,凯特同样被设定为孀妇的身份,离开代表着现代文明的欧洲大陆来到原始蛮荒的墨西哥,她"并非作为一个女性的肉体而存在,而是作为一个遥不可及的存在,这个存在是为了一个神秘的任务,即完善一个男性的肉身"③。凯特成为流放女神舍金纳的化身,她与西比阿诺的神圣婚姻不仅强调了救赎的灵性本质,而且还侧重于历史和政治的层面,她追求新生的过程实质上是与墨西哥人的民族复兴紧密相连的。劳伦斯将内在生命的再生加之于作为政治实体的民族的再生之上,试图通过结束凯特的放逐,借助新娘这种"中介"的形象,清除玷污,恢复和谐,进而拯救所有的人,从而将内在的灵魂与外在的历史、救赎与拯救的内在体验与外在体验有机地联结在一起。在小说的第二十章《神定婚配》里,劳伦斯依然使用仪式化的笔触来描写凯特和西比阿诺的神圣婚姻,二人在黄昏暮色初起之时,赤足站在肥沃的土壤中冒着滂沱的大雨向

---

① D. H. Lawrence, *The Rainbow*. London: Wordsworth Editions Ltd., 1995, p. 79.

② D. H. Lawrence, *The Rainbow*. London: Wordsworth Editions Ltd., 1995, p. 79.

③ D. H. Lawrence, *The Plumed Serpent*. London: Wordsworth Editions Ltd., 1995, p. 290.

代表着圣灵的启明星祈灵,期望男人和女人能够在象征着调和融洽的启明星之下相遇,并完美地融为一体。劳伦斯将男人比作降自天国的甘霖,将女人喻为坚实的沃土,男女之间的神圣婚姻则意味着天神与地母之间的神圣交媾,从而赋予了两性结合以宇宙性的向度,使之具有了深层次的回归宇宙本体的神秘色彩。

同样在《太阳》这篇短篇小说中,劳伦斯也使用了流放女神和神圣婚姻的救赎模式,但是与之前的作品不同的是,《太阳》中的阳性的力量并非象征意义上的父亲或者丈夫,而是抽象的太阳的阳性力量,它代表着劳伦斯一直以来倍加推崇的生命力。小说的女主人公朱丽叶是一位年轻的美国妇女,嫁给了比她年长十几岁的丈夫莫利斯。然而由于备受现代文明这种"恶的力量"的侵袭,朱丽叶日渐变得和她丈夫一样"苍白、沉默",因此她离开大都市远赴阳光明媚的西西里岛接受裸体日光浴,希望通过温暖的阳光复苏生机。劳伦斯在小说中往往以指示代词"他"而不是"它"来指代太阳,暗示着女主人公在潜意识中将太阳拟代为一位充满生命力的男人,并以日光浴这种方式来与之达成神圣婚姻。此后朱丽叶的生活进入了一种只与太阳发生关系的程序,每天她将自己裸露在太阳下,接受它的爱抚直至日精渗入它体内的每一个细胞。如同太阳神和大地母亲的结合带来万物复苏,和阳性力量的联结也使得朱丽叶被现代文明所压制的性意识逐渐苏醒,"隐藏在她体内最隐秘的深处那朵花苞渐渐地绽开了,那曲曲弯弯的花梗也渐渐挺直起来,黑色的顶端绽开后,露出的是光灿灿的玫瑰。她的子宫在狂喜中绽放着,宛如一朵粉红的莲花。"① 然而,在《太阳》中,"恶的力量"持续侵袭,莫利斯的到来宣告了 Tikkun 进程的终止,朱丽叶再次丧失了生殖力与

---

① D. H. Lawrence, *The Princess and Other Stories*. New York: Penguin Books, 1971, pp. 128–129.

生命力，只得告别了充满阳光的伊甸园重新陷入到现代文明的桎梏之中。

诚如弗雷德里克·卡特所言："戴维·赫伯特·劳伦斯作品中独特的洞察力皆来自于神秘主义。"①深邃玄奥的犹太神秘主义不仅为劳伦斯的文学创作提供了丰富的象征，还成为其建构个人玄学体系的理论根基。劳伦斯以之为出发点，在一生中不断地加以阐释与修正，用以解读人与人之间的关系，剖析文化的衰亡和复兴，进而以艺术的方式祈唤着人与人、人与自然、人与宇宙之间重新确立充满生命力的血肉联系，通过宇宙和谐秩序的复归，使得人类告别法与爱的冲突，进入圣灵的时代，从此诗意地栖居在大地之上。

---

① Frederick. Carter, *D. H. Lawrence and the Body Mystical*. [M]. London: Dennis Archer, 1932, p.7.

序言选编

一个人文主义者笔下的"圣书"①

——房龙著《圣经的故事》译者前言

《圣经》在西方被称作"书中之书",是全世界发行量最大的书籍,也是从古至今对西方世界影响最大的作品之一。我们可以毫不夸张地说,如果对《圣经》缺乏了解,也就根本谈不到对古代犹太文明和西方文明的深入认识和理解。

《圣经》由《旧约》和《新约》两部分构成。尽管两部分都是基督教的经典,但我们必须知道的是,其中的《旧约》部分,原本是犹太教的经典(希伯来语称为《塔纳赫》,也即《希伯来圣经》),只有《新约》部分,才是基督教自己创作的作品,《旧约》是基督教兴起后,从犹太教中继承和接受下来的经典。这两部分成为我们今天所见到的"正典"的时代也不一样,《塔纳赫》(《旧约》)各卷最后被汇编成正典是在公元100年左右,②《新约》各卷最后被确定为正典的时间则迟至公元382年。③它们共同成为了基督教的经典《新旧约全书》,也即通常所说的《圣经》。

---

① 本文原为《圣经的故事》译者前言,人民文学出版社,2006年。
② 根据犹太教拉比文献,约在公元100年左右,犹太教人士在距以色列雅法城十二英里的雅姆尼亚(Jamnia)举行宗教会议,讨论如何保存和继承本民族宗教文化的传统。学术界传统上认为,《塔纳赫》中哪些经卷被最后认定,予以正典化,应该就是在这个时候。
③ 基督教会史载,公元382年,教皇达玛苏斯(Damasus)宣布确认亚塔纳修(Athanasius)于公元367年提出的《新约》二十七卷经卷为正典。

毋庸讳言，《圣经》以我们所见到的面目流传至今的原因，在于它与犹太教和基督教的密切关系。但是，作为一部宗教性质典籍的《圣经》，却并不仅仅包含宗教的信息。

按照基督教的传统，《旧约》三十九卷分为四个大的部分：

第一部分是开头五卷的"律法书"，也称"摩西五经"（《创世记》、《出埃及记》、《利未记》、《民数记》和《申命记》），为古代以色列人的法律总汇。事实上，这其中既有希伯来人游牧、半游牧时期氏族部落时代的法律，也有以色列人在古代迦南地定居、建立民族国家时期所颁行的法律，还包括犹大王国的遗民们在波斯时期自巴比伦回归后，以耶路撒冷为中心建立自己半自治的神权民族共同体时期，由祭司统治集团所颁布的法律。同时，这五卷文本中还记载了希伯来人的神话传说以及民族祖先的传奇经历。

第二部分是"历史书"（《约书亚记》、《士师记》、《路得记》、《撒母耳记》上下、《列王记》上下、《历代志》上下、《以斯拉记》、《尼希米记》和《以斯帖记》），记录了以色列人从公元前13世纪末、直到公元前4世纪在迦南活动的历史，包括如何占领迦南，经历士师秉政时期，建立统一的以色列王国，其后又分裂为南北两国，北国以色列和南国犹大分别在公元前722年和公元前586年为亚述帝国和新巴比伦王国所灭，以及半个世纪后的波斯时期，被掳到两河流域的犹大遗民们回归故土家园的完整过程。

第三部分被称作"智慧书"，为各个历史时代中所产生的文学色彩浓郁的作品，包括《约伯记》、《诗篇》、《箴言》、《传道书》和《雅歌》。它们以诗体的形式，或是表达诚挚的宗教信仰，对"神义论"予以深刻的哲学思考；或是总结人生经验的智慧；或是以男女之爱象征神人之爱，为我们了解和认识这个民族的精神生活提供了直接的镜鉴。

第四部分为"先知书"，包括《以赛亚书》、《耶利米书》、《以西结书》、《但以理书》这四卷"大先知书"和其他十二卷"小先知书"（此外，《耶利米哀歌》随《耶利米书》也被归到这一类别中，但它由五首诗歌构成，其实并不具有先知书卷的特质），属于典型的宗教性书卷。这些先知大体上从公元前8世纪前期到公元前5世纪中叶先后涌现，只有先知约珥、约拿和"第二撒迦利亚"的活动迟至希腊化时期。以色列历史上的先知是以宗教预言的形式，发布对国家、民族未来命运的看法，他们既具有耶和华代言人的身份，其话语又对当下的时局有着极强的针对性，因此，这些书卷同样从一个重要的角度，反映了古代以色列和稍后的犹太社会生活的诸多方面。

《新约》凡二十七卷，按内容则可以分为记载基督教创始人耶稣行迹和语录的四卷福音书，展现基督教初期使徒传道经历的一卷《使徒行传》，关于初期基督教神学教义讨论的二十一卷书信，以及一卷异象纷呈、充满预言式图景的《启示录》。

根据现代学者的考证，耶稣实际上约诞生在公元前7至公元前4年之间的某一年，受难约在公元30年左右，其时，巴勒斯坦地区正处于罗马人的统治下。此后的30年，是福音的口传时期。《新约》中的绝大部分书卷均完成于公元1世纪之内，只有《彼得后书》写于公元2世纪前期。因此，《新约》各卷所反映的历史跨度，约在从奥古斯都屋大维当政到安敦尼皇帝统治之间的罗马帝国时期。

对于《圣经》的解读，在国外具有悠久的历史。无论是犹太教在本民族文化传统基础上对《塔纳赫》（也即《旧约》）的解读、诠释，还是基督教在自己立场上对《旧约》和《新约》的理解和阐释，从古至今都没有停止过。但是，除了基于宗教立场的解读之外，近代自18世纪启蒙运动以来，以科学、实证的精神，逐步摆脱宗教神学影响的《圣经》研究，开始在西方世界兴起。特别是进入19世纪后，西方的历史学、考古学、宗教学、文化人类学、古文字学等学科都有了巨大的发展,这为多角度认识《圣经》这部伟大的百科全书式的著作,提供了从理论方法到知识背景的广阔空间。如今,在神学家们的研究之外,不只是宗教学者们可以从中探讨古代以色列宗教的发生、发展和成熟过程及其特点,并考察从犹太教到基督教的转化以及两者之间的联系与区别,历史学家们则通过《圣经》可以了解到古代以色列民族的历史以及初期基督教的历史,文学研究者从中发现了与源自古希腊文学的西方各种文体形式不同的、具有浓郁民族特色的审美特征,法学研究者可在《圣经》中找到古代西亚法律传统与犹太法律传统之间的密切关系,研究西方思想史的学者们则可以发现《圣经》对整个西方文化处处可见的深刻影响。但是,在我看来,一切对于《圣经》的研究和探讨,都必须以对《圣经》时代的历史了解为前提,因为脱离了《旧约》和《新约》各卷作品生成的历史文化语境,我们将无法把握其中的人物、事件、思想与观念。房龙的这部《圣经的故事》,就正是这样一部力图从历史的角度,以文学的笔法,深入浅出地让人们了解《圣经》的作品。

亨德里克·威勒姆·房龙(Hendrik Willem Van Loon, 1882—1944),美国20世纪上半叶著名作家,其作品曾在广大读者中产生过广泛的影响。房龙出生于荷兰的鹿特丹,在荷兰接受了小学和中学教育。1902年,房龙来到美国,入康奈尔大学,1903年曾转往哈佛大学学习一年,1905年在康奈尔大学获得学士学位,毕业后曾作为记者为美联社工作。1911年,房龙在慕尼黑大学获得博士学位,1913年出版了自己的第一部著作《荷兰共和国的覆亡》,两年后,他又出版了该书的姊妹篇《荷兰王国的兴起》。在自己的第一部著作中,房龙就显示出自己日后对待人类历史的思考特点:历史细节的精确性问题不是他关注的重点,而是如他在康奈尔大学的指导教授乔治·林肯·布尔所言,"仿佛是以欣赏历史的方式写作历史"。

1919年，房龙获得美国国籍。1915至1917年间，房龙曾以历史学讲师的身份执教于康奈尔大学，他的课程以激情洋溢、富有启发性见长，深得学生的好评，但却因不符合正统学术规范而无法使他的学生们顺利通过考试。1921至1922年，他还担任过俄亥俄州安条克学院社会学系主任。事实上，房龙的兴趣并不在专门的学术研究上。这从他其后出版的一系列著作中可以看得十分清楚。他生前发表的主要作品包括《发现简史》（1917）、《古代的人》（1920）、《人类的故事》（1921）、《圣经的故事》（1923）、《宽容》（1925）、《美洲的故事》（1927）、《制造奇迹的人》（1928）、《伦勃朗的生平与时代》（1930）、《房龙地理》（1932）、《艺术》（1937）、《太平洋的故事》（1940）、《约翰·塞巴斯蒂安·巴赫的生平与时代》（1940）、《托马斯·杰弗逊》（1943）、《西蒙·玻利瓦尔的生平与时代》（1943）等近二十种。这其中，《人类的故事》是他的成名作，该书于1922年获得首次颁发的美国纽伯利奖章，这一奖项旨在奖励年度最佳美国儿童图书的创作成就。它与《圣经的故事》和《宽容》一起成为房龙最有影响的三部作品。

从房龙的整个创作来看，他的思想是一贯的，源自西方近代以来的人文主义史学观是贯穿始终的一条主线。他的重要作品多是对人类历史上的各个重要阶段的考察和评述，并对影响人类进程和精神生活某一方面的重要历史人物表现出浓厚的兴趣。在他的作品中，房龙拨开了笼罩在古代典籍上的厚重迷雾，力图用人类理性和常识去烛照人类的先辈因时代的局限而产生的混沌认识，以现代人的智慧，去"还原"历史的"本来面目"。他要告诉他的读者，始终占据着历史舞台的主角是人自身，而不是神；推动人类文明不断走向进步和光明的动力是人的意志，而不是神的意志。正如他本人所说的那样："我要努力表明，人是宇宙的中心。"房龙的这一信念，在《圣经的故事》中得到了最为鲜明的体现。

作为宗教经典的《圣经》，无疑传达着这样明确的信息，即万物的创造来自于神；人类社会的进程掌控在神的手中；人类生活的根本价值，在于克服自身的软弱，涤除自身的罪恶，接受救赎的恩典，达到与神同在的光明的彼岸。因此，它所反映的历史观，是典型的神意决定论的历史观。在这种历史观之下的历史叙述，必然呈现出神是历史舞台上的主角，而人是被动的从属者的特征。房龙则通过自己的叙述，将历史中的一个个具体的人放在了中心的位置，将"圣言"转变为了"人言"。他没有如一般历史学家那样，运用烦琐的考证，也没有像某些著名的思想家那样，去指斥文献记载的虚妄。他与历史上的那些人物——《圣经》各卷书的作者，还有活动于《圣经》时代，特别是《圣经》中的那些人们——建立起心灵与心灵之间的对话，去努力体会他们在彼时彼地的思想和情感；他巧妙地吸收了自己时代历史学、考古学、文化人类学的研究成果，充分运用自己掌握的有关古代西亚、北非地区和希腊、罗马文明的广博知识；他自信地将上古时代人们的思想、行为与当代人的思想和行为进行比较和相互参照。于是。公元前三千年，文明曙光初露时美索不达米亚平原上的底格里斯河、幼发拉底河的波涛，与尼罗河、约旦河的波涛汇合在了一起；古希伯来先知们与古希腊和希腊化时代的哲人们展开了思想的对话；罗马的皇帝和将军们与犹太教的大祭司和上层贵族彼此心照不宣……房龙用简洁、流畅的"房龙式"语言，娓娓地向读者们讲述着他所理解和认为应该如此的《圣经》的故事。在他的笔下，神迹的灵光渐渐消退了，一个个具体的人的面庞渐渐清晰起来。《圣经》时代的历史人物和历史事件变得如此鲜活而生动，这一古老的经典不再是只属于少数人才能解读的神秘之作，而是一部充满了民族悲伤和喜悦、苦难与盼望的记录，一部让读者更深刻地理解其庄严意义的伟大的"书中之书"。

正如房龙同时代的学院派学者对他诟病的那样，由于作品中强烈的主观色彩和对历史细节准确性的忽视，他并不能被称作一个严谨的历史学家。正如当代读者从他的作品中所感受到的那样，他也不能被认为是一个具有独特思想体系的思想家。但是，无法否认的是，房龙的作品曾经影响了不止一个时代的读者，在国内外曾受到广泛的欢迎。他用讲故事般的亲切语调，通俗易懂地向人们讲述着关于人类历史的进程，揭示出各个时代人类新的、进步思想的伟大意义，捍卫人性的尊严和权利，挞伐不义、褊狭和愚昧，呼唤理性和宽容精神。这一切，正是房龙作品在今天仍不失其价值的原因所在。

2005 年 12 月 23 日

神奇与现实[①]

——《耶路撒冷三千年:石与灵》译后

将《耶路撒冷三千年:石与灵》译为中文,是一个充满了愉悦的过程。赏读那一幅幅精美的图片和一页页饶有兴味的文字,我的思绪仿佛又回到了曾在耶路撒冷生活的日日夜夜。1994 至 1995 年间,我作为中国教育部派往以色列的留学师资,在耶路撒冷希伯来大学研习。在紧张的学习和研究之余,我饱览了这个有着深厚历史传统又处处充满生机的国家。至今我仍然清晰地记得,当我乘车驶出耶路撒冷,经过犹大山地的时候,那种壮丽的景观带给我心灵的震撼。我所工作的南开大学,处于中国最著名的高校之列,对希伯来文学与文化的研究多年来一直是这里最具特色的研究方向之一。应该说,1994 年前,我已接触到以《塔纳赫》为代表的古代以色列文学与文化,并已对其有了初步的了解,这在已故的中国著名希伯来文学与文化学者、也是我的老师朱维之教授安排我到南京金陵协和神学院,向如今已近 80 高龄的圣经希伯来语专家许鼎新教授学习古希伯来文和有关知识之后就更是如此了。在希伯来大学的那段日子,对我此后的研究方法以及深入理解希伯来文化与文学都具有极为重要的意义。今天的以色列国当然已不是《塔纳赫》时代的以色列统一王国或南北分国时期的犹大和以色列,但是古老的传统作为

[①] 本文原载《华侨大学学报》2004 年第 1 期。

一个民族深层的血脉依然流淌在其中。当我置身于这个国度的时候，当我和希伯来大学的学者和学生们交谈的时候，间接的书本知识变得鲜活生动起来。

耶路撒冷庄严而又美丽，在以色列的所有城市中独具特色。以色列人常常将她与特拉维夫相比，以突出二者间的不同。如果就最一般的意义上来说，我以为耶路撒冷的神圣、静穆与特拉维夫的世俗和喧闹可以代表二者之间最鲜明的不同。与后者主要是一座现代化的繁华的工商城市不同，耶路撒冷主要是一座政治上具有象征意义、文化上代表着古老悠久的犹太精神以及具有多种文化传统烙印的城市。耶路撒冷是现代以色列国家宣布的"首都"，国家议会、最高法院、国家银行以及一些政府部门等都设在耶路撒冷。不过，之所以说耶路撒冷是具有象征意义的"首都"，在于实际上以色列国的许多重要行政机构都在特拉维夫办公，各国的使馆也都建在特拉维夫。根据联合国1947年11月29日通过的"关于在巴勒斯坦地区实行分治"的决议，耶路撒冷的地位未决，尽管1967年6月的"六日战争"中以色列军队占领了约旦控制的东耶路撒冷后，将整个耶路撒冷视为以色列"完整的、不可分割的首都"，但并没有得到联合国和世界各国的承认。从文化角度看，耶路撒冷不仅是全世界犹太人心目中的圣城，是他们精神家园的象征，也是基督教、伊斯兰教的圣城，许多神圣的传统都源自这里。特拉维夫是在地中海边的一座海滨城市，而耶路撒冷却是一座山城。有半年的时间里，我每天清晨都要乘巴士从所居住的格瓦特拉姆（Givat-Ram）到人文学院所在的哈尔哈簇费姆（Har-Hatsufeim），巴士沿着山路盘旋，蔚蓝的天空辽阔无垠，空气仿佛都是透明的。夜晚，站在格瓦特拉姆山上，繁星满天，整个耶路撒冷城参差错落的万家灯火尽收眼底。每当这个时候，都让我生发出宇宙、自然的永恒和人自身的有限、渺小之感。我常常想，在久远的古代，生活在这里的人们面对万古如斯的大自然，产生特有的宗教意识是一件再自然不过的事情。

漫步耶路撒冷街头，你会发现全市的建筑无论是公用建筑物还是百姓的居民楼大多都是用石头建成的。耶路撒冷市政府为了保持这座历史文化名城的传统特色，特意立法：耶路撒冷的一切建筑必须使用石头，而不能使用其他的建筑材料。因此，《耶路撒冷：三千年的历史与艺术》一书的副标题"石与灵"，确实是高度概括了这座城市的外表与精神特征。耶路撒冷分为西区和东区两大部分，西区主要是犹太人居住，而东区中除了犹太居民外，拥有以色列国籍和公民权的巴勒斯坦人大都居住于此。耶路撒冷老城就位于东区，城中按居住的主要人口分布情况被分为四个居民区：犹太居民区、基督徒居民区、穆斯林居民区和亚美尼亚人居民区。这种状况是历史上形成的。犹太教和世界三大宗教中的基督教、伊斯兰教都和这里有着不解之缘。历史上的以色列民族占领迦南地区是在公元前13世纪，到公元前10世纪所罗门王统治时代，在耶路撒冷的圣殿山上建起了"第一圣殿"，也称"所罗门圣殿"。公元前586年，犹大王国为新巴比伦国王尼布甲尼撒灭亡时，第一圣殿被毁。到犹大遗民自巴比伦回归的波斯时期，在回归领袖所罗巴伯的领导下，又建起了"第二圣殿"，也叫"所罗巴伯圣殿"。在罗马人统治巴勒斯坦时期，傀儡王大希律（公元前37—前4年在位）曾重修过被罗马将军庞培征服巴勒斯坦时毁坏的圣殿，因此后世亦有希律王修建"第三圣殿"的说法。公元70年，圣殿在罗马军队镇压第一次犹太战争的硝烟中再次成为一片废墟。现今的耶路撒冷"哭墙"（也叫"西墙"），即是圣殿留下的一段残垣，供犹太人祷告和凭吊。哭墙所在的圣殿山，对于犹太人来说，不仅联系着本民族古老的历史，在犹太教中也具有特殊的神圣意义。按照希伯来文化的传统，民族祖先亚伯拉罕捆绑儿子以撒献祭的地方，就在圣殿山上。公元7世纪，伊斯兰教在阿拉伯半岛兴起，势力迅速波及包括巴勒斯坦在内的西亚、北非等广大地区。在伊斯兰教的传统中，耶路撒冷是先知穆罕默德骑白马"登宵"之地，而犹太教圣殿建立之上的那块基石也就是穆圣"升宵"所踏的那块岩石。因此，公元688年，倭马亚王朝的哈里发阿卜杜勒·马利克在犹太圣殿原址上开始兴建著名的岩石圆顶清真寺，三年后完工。他的儿子韦里德（705—715在位）统治期间，又在距此不远的地方修建了阿克萨清真寺。这就是今天我们看到犹太人的"哭墙"与清真寺仅一墙之隔的原因。"哭墙"如今不只是犹太人祷告的场所，也成为旅游者观光的必至之地。走下坡形地，"哭墙"前是一个长方形的广场。按照犹太教的古老传统，广场分为男女两个区域（犹太会堂中也作如此区分），每天都可以看到一些一身黑衣、戴着黑色圆形礼帽的犹太正统派教徒，手捧经书，面对"哭墙"读经，身体随着读经的节奏前后摇动。

在整个耶路撒冷，凡是较大的犹太人居住区，都建有犹太会堂。犹太会堂的起源或许可以追溯到犹大国民被掳至巴比伦时期。那时耶路撒冷圣殿被毁，在异国他乡的犹大人居住在一个个聚居地，可能就开始有了聚会的场所。罗马人镇压了犹太人起义后，犹太人开始世界范围内的大流散，他们走到哪里，就在哪里建起会堂。现代以色列国家建立后，犹太会堂更是遍及以色列全地。每逢周五太阳落山到周六太阳落山这一天的安息日里，人们就会来到会堂祷告诵经。犹太教严格禁止一切偶像崇拜，因此会堂的正前方悬挂的是"摩西十戒"，正下方一般则是内置经卷的经柜。会堂聚会由拉比主持，但拉比不是教士，而是精通律法和传统文化的教师。

我们在有关以色列的电视报道中，经常能看到黑衣黑帽黑皮鞋、留着胡须的人，他们就是犹太教正统派教徒。普通的以色列人称他们的生活方式为dati，希伯来文意思是"虔敬的"。他们恪守律法，严格按照犹太教的传统生活。犹太正统教派的人数在以色列约有十多万人，大多集中在耶路撒冷生活。因此，耶路撒冷的宗教意味也远比其他城市要重。每到安息日开始的周五傍晚，号角声响彻天宇，告诉人们安息日开始了，在希伯来大学的哈尔哈簇费姆就可以听得非常真切。于是商店、银行关门，公共汽车停驶，人们步履匆匆地奔向各自的家，沿途不忘买一束漂亮的鲜花，喧闹的街市很快就变得空荡静寂下来。每当这个时候，我经常喜欢到附近的山上和街道上散步，感受那份庄严与静谧。按犹太教律法，安息日人们不能工作，恪守教规的犹太人在这一天不动火做饭，甚至不接电话。

公元1世纪，基督教在巴勒斯坦兴起，拿撒勒人耶稣以"神的国近了！你们当悔改"①为口号，传播天国福音。耶路撒冷老城内外，留下了耶稣的处处足迹。后来，基督徒们在这里修建了许多所教堂，形成了耶路撒冷如今教堂林立的情景。有些教堂在伊斯兰教势力统治期间遭到了破坏，但也有许多古老的教堂经历代基督徒的不断修饬一直保留到了今天。在耶路撒冷的所有基督教堂中，最著名的莫过于圣墓大教堂。这座教堂在公元前335年由罗马皇帝君士坦丁所建，是一个很大的大殿，耶稣基督的空墓就在其中的"复活堂"里。空墓是一个小小的墓室，长2.07公尺，宽1.93公尺，里面横置一块大理石，据说是当年停放耶稣遗体之处。朝圣者或游人须低头弯腰才能进入，墓室一次只能容纳一至二人。由于复杂的历代政教问题，如今的圣墓大教堂同属于三个不同仪礼的基督教会，即天主教拉丁仪礼教会、东正教希腊仪礼教会和施行东方仪礼的亚美尼亚教会；此外，属于东方教会系统的科普特教会、叙利亚教会和阿比西尼亚教会也可以在圣墓大教堂中举行自己的崇拜仪礼。所以，如果你有充足的时间在礼拜日里驻足此地，可以看到风格不同、多姿多彩的祭礼仪式。与耶稣被钉十字架相关的圣迹，还有位

---

① 《马可福音》1：15。

于"安东尼城堡"北面遗址上的三座教堂,分别为"鞭笞堂"、"茨冠堂"和"瞧!这个人"大殿。分别纪念耶稣被罗马总督比拉多审判时被鞭挞、戴上荆棘冠和比拉多将头戴茨冠、身着紫袍的耶稣带出审判厅时,对犹太人所说的"瞧!这个人"时的情景。①从比拉多的总督府到耶稣被钉十字架之地,约有四百公尺的一条小路,被称作"苦路",共有十四站,以纪念当年耶稣身背十字架一路走到各各他骷髅地的艰难历程。在距相传为犹太大祭司该亚法审问耶稣的犹太公会遗址附近,则有一座造型美丽的"鸡鸣堂",是为福音书上记载的耶稣的大弟子彼得在耶稣被捕当晚三次不认主和痛悔流泪的事迹而建的。②此外,纪念"最后的晚餐"③的晚餐大厅、纪念耶稣被捕前在客什马尼园祷告④的客什马尼大厅(园内有四颗两千多年的老橄榄树,基督徒们认为,它们见证了耶稣祷告的一幕)以及纪念耶稣复活后向门徒们显现四十天后从橄榄山升天的"升天堂"都在耶路撒冷市老城附近不远的地方。

耶路撒冷作为三教圣地真是名不虚传。

往事越千年,后来者只能根据遗迹和有关史料去想象当年在这里发生的一幕幕情景了,但是历史总会延续到现在,传统总是在今天人们的意识中存活着,并影响着现实的进程。以巴矛盾的形成就既有不同文化传统冲突的原因,更是现实复杂的政治、经济原因纠葛在一起的结果。笔者在耶路撒冷的时候,一方面深刻感受到以色列和巴勒斯坦人民对于和平的强烈渴望,另一方面也深深认识到要让和平真正降临到这片土地上是多么艰难的事情。长期的冲突使得

---

① 参《约翰福音》19:1—7。

② 参《路加福音》22:54—62。

③ 参《马太福音》26:20—30,《马可福音》14:17—26,《路加福音》22:14—23,《约翰福音》13:18—30。

④ 参《马太福音》26:36—46,《马可福音》14:32—42。

以巴之间难以建立相互的信任,一个小例子就能说明问题:在耶路撒冷事实上存在着两套公交系统,犹太人几乎不乘巴勒斯坦人经营的巴士,而巴勒斯坦人也很少搭乘以色列公交公司的巴士。无论在巴勒斯坦内部,还是在以色列人内部,都存在着宗教极端主义。我还清楚地记得那个晚上,以色列国家电视台正常的节目突然中断,插入的是一个令所有人惊骇不已的消息——推动中东和平进程的拉宾总理被刺身亡,当时他正在特拉维夫一个广场的万人和平集会上,而致命的子弹不是来自巴勒斯坦恐怖分子,而是来自他同胞中的犹太极端分子,一个在校的大学生。我也经历了 1995 至 1996 年间哈马斯在以色列从南到北的各个城市制造连串人体汽车爆炸事件的那一段血腥的时光。记得那天早晨八点多钟,我从格瓦特拉姆乘 24 路巴士到哈尔哈簌费姆,以色列的交通状况良好,很少有塞车的时候,但快到耶路撒冷中心车站时,巴士突然被拦住停车,全车的人都不知发生了什么事情。司机打开车上的收音机,原来就在不到十分钟前,一辆巴士在中心车站爆炸。接下来的两周时间里,包括耶路撒冷在内的以色列的各个城市不断发生类似的事件。希伯来大学的学生中,也有罹难者。那一段时间,学校停课,哈尔哈簌费姆的教学大楼一楼大厅里,摆放着死亡学生的遗像,前面是蜡烛和鲜花,整个校园都被悲伤的情绪所笼罩。当时的连串汽车爆炸事件世界各大媒体均有报导,校方为此有几天还向外国留学生提供免费电话服务,让他们向各自国内的家里报平安。中国学者和学生中没有发生意外者,但大家也都互通电话,互相叮咛,尽量不去人多的地方。在当时的那种环境里,我真正感到了和平、安全地生活,是多么幸福的事情。

> 耶路撒冷啊!如果我要忘记你,
> 情愿我的右手忘记技巧。

> 我若不纪念你，若不看耶路撒冷过于我所最喜乐的，情愿我的舌头贴于上膛。①

对于犹太人来说，耶路撒冷的确是民族感情凝聚的焦点，但是在漫漫的历史长河中，她的身上背负了太多的文化重负；在当代的国际政治中，她又扮演了一个太过敏感的角色。在古代迦南乌加里特文献里，"耶路撒冷"的意思是"沙洛姆神之城"，而在希伯来文中，"耶路撒冷"的意思则是"和平之城"。一个地区抑或一个民族的现在和未来，总是与其久远的历史相联系的。《耶路撒冷：三千年的历史与艺术》一书，就既准确、全面，又形象、生动地反映了这座历史文化名城完整的历史。当我们追踪耶路撒冷从古至今发展的轨迹时，我相信读者们会抚今追昔，和笔者一样为她的和平早日到来而祈祷。

---

① 《诗篇》137：5—6。

浪漫主义时期苏格兰小说研究的独特思考①

——《婚姻与联盟：浪漫主义时期的苏格兰小说》序言

石梅芳的博士学位论文《婚姻与联盟：浪漫主义时期的苏格兰小说》即将付梓，嘱我写几个字作为序言。作为老师，没有什么比看到自己的学生在学术上取得新的成果更高兴的事情，我首先要对她表示祝贺。

这部著作以苏格兰浪漫主义时期的小说为研究对象，尤其难能可贵，也值得学界同仁期待。因为，相比英格兰和美国文学研究、译介的繁荣局面，对苏格兰文学予以较为全面、深入探讨的国内学者很少，厚重的成果自然更是寥寥。除了诗人罗伯特·彭斯、小说家沃尔特·司各特，很多文学史上重要的苏格兰作家及其作品鲜有学者关注，对中国读者来说也相当陌生。外国文学是需要研究基础上的译介才能被广大读者所知的，学术界的关注度不够高，司各特之外其他苏格兰作家作品的译作不多也就是必然的。

造成上述结果的原因可能有多方面，但究其根本原因，恐怕与学界对"苏格兰文学"的概念尚有疑虑最为有关。1919年，诗人T. S. 艾略特就曾经质疑是否真有一个所谓的"苏格兰文学"，他下结论说即便曾经有过，如今也是没有的。的确，历史上的苏格兰早已成

---

① 石梅芳：《婚姻与联盟：浪漫主义时期的苏格兰小说》，南开大学出版社，2014年。

为了联合王国的一部分,但是她自身的文学与文化传统真的就被泯灭了吗?时至今日,文学史中不但有了"苏格兰文学",还有了"威尔士文学",不但有了"黑人文学",还有了"印第安文学"。这种状况,与当代世界更加崇尚多元文化价值的大潮相契合,更与现当代文学批评和研究中更加注重对地域、族裔、文化身份、殖民与后殖民等问题的揭示直接相关。苏格兰作为一个曾独立存在的王国,在宗教、政治、法律、文化等方面均有自己独特的传统,文学上也有漫长的历史。显然,过去西方学界中屡屡提及的"英国文学的伟大传统"有意无意地遮蔽了这一传统在内涵上丰富的多样性和差异性,更多地彰显了英格兰伟大作家们的杰出贡献。这种认识已经发生了重要的改变,近几十年来,一些苏格兰学者不吝笔墨与时间,专注于发掘和复兴民族文学与文化,已使"苏格兰文学"成为"英国文学史"中熠熠生辉的特殊篇章。纵览西方编纂的英国文学史,越来越多曾被忽视的苏格兰作家开始受到重视。以著名的《牛津英国文学简史》为例,在国内学界几乎从未被提及的詹姆斯·霍格、苏珊·法里尔等作家均得到了或多或少的笔墨。爱丁堡大学出版社更是不遗余力地推出了一批又一批重要的著作,对弘扬苏格兰文学与文化起到了重要的作用。

在中国,也在发生着类似的可喜变化。从王佐良先生负责主编的五卷本《英国文学史》对苏格兰文学的关注,到日渐增多的相关研究论文,都表明了苏格兰文学研究逐渐升温的态势,尽管目前被关注最多的,仍然是司各特的创作。

梅芳接触和探究苏格兰文学已有较长的时间。早在2003年攻读硕士学位时,她就选定司各特作为研究的对象。当时对于这样一个选题,我们之间还曾有过反复的考量。司各特研究的一波高潮集中在上世纪八、九十年代,到了21世纪初,司各特曾一度被认为是一个过于传统的研究对象,已经很难推陈出新。但是,文学研究需要从扎实的文本做起,而不是盲目套用某些理论,至少从国内来看,司各特研究还存在诸多空白点。因此,我鼓励她至少做一个学术研究的尝试,一边细读作品文本,一边积累和阅读相关的资料,这其中也包括历史、文化的资料。梅芳是一个勤奋的学生,她不但充分利用了南开大学和其他高校、研究机构图书馆、资料室的资源,还非常善于利用网络从国外获取大量原始材料。梅芳也是一个头脑敏锐的学生,在对作品文本和相关资料的阅读、思考、分析中,她的思路逐渐清晰起来,并且眼光独到地发现了存在于司各特小说创作中人物婚姻关系上的一个特殊模式——最终缔结婚姻的双方通常是苏格兰女子与英格兰男子。尽管对这一问题的阐述只占了她硕士论文的一部分,却为她后来的博士论文提供了重要的研究方向。恋爱、婚姻、家庭本是小说书写的常见内容,在18、19世纪的英国长篇小说创作中更是屡见不鲜。但是,如若在历史上英格兰与苏格兰特殊而复杂的民族文化关系语境中,形成了上述文学创作中一种具有普遍性的特定模式,那就形成了一个值得深入思考、具有别样意味和价值的学术问题。2006年她完成了硕士阶段的学习,继续攻读博士学位,在确定博士学位论文的选题时,我即与她商定,就从这一角度出发,将对个案作家的讨论扩大到那一时期苏格兰作家群体的研究中。她不负所望,很快就在前期较多积累的基础上形成了初步的论文构架。正是凭借着对论题比较扎实的准备和思考,梅芳申请到了教育部公派联合培养博士生的奖学金,于2008年9月至2010年1月,远赴北美著名的苏格兰文学研究中心之一美国加利福尼亚大学伯克利分校英语系留学。在美期间,她不遗余力地搜集、整理了大量苏格兰小说研究的资料,并选修了相关的课程,为完成学位论文进一步夯实了基础。

呈现在读者面前的这部学术专著,就是她在博士论文基础上修改后的成果,我以为鲜明的问题意识、比较宽广的学术视野和扎实、翔实的资料支撑是本书三个最明显的特点。在书中她提出了一系列的问题：文学史上是否有"苏格兰文学"这样的概念？是否有一个"历史小说之父"司各特辐射下的苏格兰作家群体？如果有这样的群体，是否其作品均表现出了类似的民族文化身份焦虑问题？其他作家是否也像司各特一样，在作品中叙述英格兰与苏格兰关系时表现出了基于婚姻结合的政治隐喻？从书中的论述来看，梅芳相当明确地回答了这些问题。她以婚姻与联盟的关系为切入点，在不列颠帝国的文化政治背景中来研究苏格兰小说家及其作品，考察了苏格兰作家对待不列颠联合王国的态度及他们在作品中对苏格兰民族身份的复原和重构，从而揭示出了苏格兰小说的民族性特征。她以深入、具体的分析，指出司各特在作品中大量使用了婚姻的政治隐喻，致力于构建不列颠联合王国之中英格兰与苏格兰的稳定关系，同时力求保证苏格兰的民族性。但是，霍格等其他作家却有不同的理解，这个作家群体在受益于司各特影响的同时，又试图挑战其权威，建构一种不同的苏格兰民族史。就所涉及的作家数量而言，这篇论文选择和讨论了18世纪末至19世纪上半叶苏格兰文化文学盛期近十位小说家和他们的作品，是目前国内少有的涵盖面广的苏格兰文学研究成果。而特别值得称道的是，全书的论证和观点、结论，不是套自某些普泛的理论模式的空洞议论，而是在在显示出了持论有据的严谨和精细。她不但对司各特用工尤勤，而且通读了在国内相对还比较陌生的霍格、高尔特、法里尔、约翰斯通等作家的所有重要作品，在文本细读、历史文化的考察和作品分析几个方面能够融会贯通。正如在论文答辩时，答辩委员会主席、北京大学英语系刘意青教授所评价的那样：论文的研究方式采用了国际上新历史主义详细探究文本与历史现实的关系的做法。

这篇博士论文的学术价值是有目共睹的，对学界相对薄弱的苏格兰文学研究必将起到积极的推动作用。当然，论文亦有进一步探讨的空间。作者是在一个民族性的框架中展开自己的文学研究的，因此，对18、19世纪不列颠帝国广大的政治、历史、文化语境的论述还应进一步深入，对18世纪苏格兰启蒙运动的起源、发展脉络、思想内涵和特征等方面也应从理论思考上加强。我希望，这样一些问题会引导着作者去思考接下来的有关苏格兰文学研究的课题。

梅芳本科毕业于南开大学英语系，后进入文学院跟随我攻读硕士和博士学位，师生相识至今已十年有余。在读书期间，她先后参与了我的两项研究与翻译项目，其扎实的英语功底、较为全面的英美文学素养、特别是对学术研究的热忱都让我印象深刻。如今，她已成长为其所在高校外国语学院中的青年骨干教师，发表的一些论文也日渐在学界中引起了相关学者的关注。我期待并相信梅芳能在未来的学术研究中，不断有更多高质量的成果问世。

2014年2月19日于南开大学

诗学与诗[①]

——欧洲现代主义诗歌运动一瞥
（从19世纪中期到20世纪中期）

如果将19世纪中叶视作欧洲现代诗歌的发端期，现代诗歌运动已经走过了一百余年的历程。一个多世纪以来，欧洲的社会生活和人文精神发生了前所未有的巨大变化，作为"文学中最纯粹的"表现形式（克罗齐语），现代诗歌对这一加速发展的历史进程予以了深刻的反映。毋庸置疑，栉风沐雨的现代诗人们将自己对时代精神的体验熔铸于笔端，在作品中或鲜明或隐晦地折射出时代风云的变换，展现出各自的理想和信念，揭示了人类精神生活中的种种矛盾和困惑，更重要的是，现代诗歌以颠覆传统美学、建构新诗学的不懈努力，赋予了诗坛以崭新的面貌，给诗歌创作注入了蓬勃的生命力。了解这一过程，对于理解现代诗歌具有不言而喻的意义。这里我们并不想对这一时期欧洲诗歌的各种现象作面面俱到的评介，而是要揭示和描述现代诗歌及其诗学发展的逻辑。

欧洲现代诗歌运动肇始于法国象征诗派，它以对古典诗学传统、尤其是当时的实证主义、自然主义美学的反叛姿态登上诗坛。从理论根源上看，美国诗人、小说家爱伦·坡（1809—1849）给象征诗派以直接的影响。爱伦·坡宣称，诗的本质与美国著名思想家、

[①] 本文原为《千树中最娇——欧洲现代主义诗歌精选与评析》序言，南开大学出版社，2005年。

作家爱默生(1903—1882)提出的充满道德意义的超验主义传统毫无关系;诗人应该是"超凡"之美的反应者,而这种"超凡"之美是通过对各种经验到的感觉的组合而获得的,种种感觉绝非经验对事物的镜像式观照,而是诗人经验的象征性变形;诗的语言是对语言具有的各种功能"提纯"的产物,它通过对语音的配置而达到一种类似于音乐的状态,从而将诗人所有经验的精华组织而为艺术创作。因此,精粹的诗歌本身就代表了一种终极目的,并不掺杂道德、社会及其他说教的因素。

爱伦·坡在大洋彼岸的法兰西找到了知音。法国象征诗派的开创者波德莱尔(1821—1867)进一步指出,诗人应通过融合各种感觉将其经验转化为超越现实的象征,人的各种感官所经验到的不同感受是可以相互"契合"的;象征是对理念世界的具体的模仿,它们作为超越感觉世界之外的意象而获得自身的存在;而是诗人通过将诗歌创作的技巧与音乐、绘画等其他艺术技巧相结合,就能够在综合的审美把握中以有限而传达无限。兰波(1854—1891)以更为激进的言词表达了他对诗人的看法:诗人乃是一个先知式的人物。兰波认为,当诗人处于迷狂状态的巅峰时,就可以将自身所有可能的经验、特别是那些存在于无意识梦境中的经验聚合起来,在这个充满喧嚣与骚动的过程中,诗人借助于特有的方式对来自意识与无意识领域的种种感觉予以审美综合,从而成为先知式的另一类人。这个过程既不受制于所谓心理学的规律,也不决定于逻辑的或戏剧化的要求,而是诗歌自身意象、色彩和声音与诗人超验能力相遇后的审美综合的实现。魏尔伦(1844—1896)以及比利时诗人威尔哈伦(1855—1816)则对消解诗歌的逻辑性表现出极大的热情,并将诗歌的音乐性作为实现这一目的的最总要的手段。他们否认诗歌语言的语义逻辑具有传达艺术观念的功能,而将其视为诗人实现艺术理念的障碍。传统诗歌、特别是浪漫主义诗歌中的悖论手法,也被取消了其内在的逻辑基础,转而被看作通过不期而遇的矛盾来破坏诗歌逻辑的非逻辑形式。马拉美(1842—1892)则认为,诗的象征越是严格摒除了自然的真实和感情,越是能最大限度地接近艺术的理念。我们将会看到,法国象征主义的这些原则,怎样深刻地影响了其后欧洲诗坛的走向。

英国19世纪后半期的诗歌理论与实践也对欧洲现代诗歌的发展做出了重要的贡献。所不同的是,由于英国有着深厚的经验主义哲学传统,其诗学理论在向现代主义嬗变的过程中,始终带有经验论美学的特点。约翰·罗斯金(1819—1900)和威廉·莫里斯(1834—1896)开始将想象力而不是诗人对现实富于想象力的反映作为诗歌创作的源泉,并将想象力当作诗歌达到超验领域的手段,但与此同时,他们坚持在这一领域内,合乎道德的真与审美形式是同一的。"前拉斐尔派"的D. G. 罗塞蒂(1828—1882)与C. 罗塞蒂(1830—1894)兄妹,在创作中追求用清晰的意象对客观事物作准确细致的刻画,同时又力图结合并表现神秘、超验和异象中的宗教意识,这便与追求造型之美、带有自然主义美学色彩的法国帕纳斯诗派和法国象征诗派分别发生了精神联系。诗人、批评家史文朋(1837—1909)将帕纳斯诗派的唯美主张与象征诗派的诗学观念明确结合起来,在追求"纯艺术"的同时,指斥道德说教是诗歌创作中的"异端"。文艺批评家沃尔特·帕特(1839—1894)将诗的审美功能与诗所引发的快感相统一,使唯美主义理论进一步系统化。到了英国唯美主义最重要的代表奥斯卡·王尔德(1856—1900)那里,艺术则被视为一种天然的模式,而美则"因为它并不表现任何道德观念"而成为最高真实的象征。

在19世纪行将结束之际,由法、英诗坛揭橥的这股唯美倾向渗透到了欧洲的大部分地区。在俄国,以勃留索夫(1873—1924)、索洛古勃(1863—1927)、巴尔蒙特(1867—1942)、吉皮乌斯(1869—

1945)等人为代表的俄国象征诗派开始形成。勃留索夫声称诗的目的不是"客观的描述"现实,而是一种"暗示",诗人要传达的是一系列的意象,它们犹如一条不可见之路上的路标,指示、开启着读者的想象世界,象征主义诗歌就是"暗喻的诗歌"。这与法国象征诗派、特别是马拉美诗学理论的联系显而易见。波兰、保加利亚、罗马尼亚、捷克等国也于此时出现了象征主义诗歌团体。在西班牙,受惠于法国帕纳斯诗派和象征诗派,以西班牙语创作的尼加拉瓜诗人 N. R. 达里奥(1867—1916)开启了现代主义诗风。曼努埃尔·马查多(1874—1947)、安东尼奥·马查多(1875—1939)兄弟和著名诗人希梅内斯(1881—1958)的早期创作,均受到象征主义的影响。在意大利,加布里埃·邓南遮(1863—1938)是主张主观、无意识灵感及唯美形式的诗学代表。奥地利的霍夫曼斯塔尔(1874—1929)是深受唯美主义与象征主义影响的重要诗人。象征诗派的诗人里尔克(1875—1926)不但发展了波德莱尔、魏尔伦等人有关诗歌音乐性、绘画性的观点,而且将诗人所经验到的现象定义为具有自身生命的具体的抽象;诗人通过捕捉种种意象而在诗歌中重构艺术世界。这是对象征主义艺术的进一步精炼化表达。在德国,以斯提芬·乔治·格奥尔格(1868—1933)为代表的唯美诗派将法国象征主义、英国"前拉斐尔派"以及德国哲学家尼采(1844—1900)的美学理论熔为一炉,把诗看作是与现实世界相分离,表现更高真实的非现实预言。

进入 20 世纪,欧洲诗坛呈现出复杂多元的面貌,各种诗派旋伏旋起,不同诗学理论争奇斗妍。这既是 20 世纪前半期欧洲社会动荡、变化在诗坛引起的回响,也是上世纪欧洲诗歌精神内在传承、分化、重组和转变的必然结果。

法国象征主义诗歌在 20 世纪初期的辉煌体现在它重要的继承者克洛岱尔(1868—1955)和瓦雷里(1871—1945)身上。克洛岱尔师承兰波，并笃信天主教，诗风具有宗教仪式般的品质。瓦雷里则受到马拉美的影响，其诗歌表现出理性化神秘主义的倾向。此外，阿波利奈尔（1880—1918）后期的某些诗作也明显带有象征主义的诗风。

"达达"与超现实主义运动于20世纪初期的崛起，是法国文坛意义重大的事件。以特里斯丹·查拉（1896—1963）为首的达达主义者宣称要破坏和扫荡现存的一切，从社会政治体制、宗教传统到人类理性、文学艺术传统乃至语言逻辑和规范。尽管"达达"强烈的叛逆姿态代表了一种不破不立的激情，但彻底的文化虚无主义却决定了它不可能在诗坛留下多少真正有价值的作品。到了20年代，"达达"就耗尽了精力，为布勒东（1896—1966）等人发起的超现实主义所取代。超现实主义者并不像"达达"们那样否定一切，他们以布莱克（1757—1827）、洛特雷亚蒙（1846—1870）、兰波等人为精神先驱，提出"超现实"是由"梦幻与现实"转化生成的"绝对现实"，是现实与非现实两种要素的统一体。他们认为人的精神领域从未被真正予以探索和开掘，因此主张对人的意识、特别是潜意识加以系统的观察和探究。梦境和人的非理性状态成为他们关注的焦点，"自动写作法"也应运而生。超现实主义在诗歌语言上的革新与实验，于句法、修辞、韵律上均有所表现。梦幻般的结构逻辑、语词的奇异搭配和各种暗示性的意象的组合成为其诗歌创作的一般性特征，弗洛伊德理论和象征主义的烙印清晰可见。超现实主义之风在法国诗坛劲吹二十余年，取得了极为可观的成就，不但布勒东、阿拉贡（1897—1982）、艾吕亚（1895—1952）、德斯诺斯（1900—1945）等健将大放异彩，像苏佩维埃尔（1884—1968）、圣—琼.佩斯（1887—1975）、勒维迪（1889—1960）、夏尔（1907—1988）等许多那一时期的诗人，都曾在创作中借鉴了超现实主义的技巧与方法。

第二次世界大战爆发，法国沦陷，带来诗风的重大转折。使人们从深奥难解的抽象观念和新奇怪异的风格中解脱而出，转而以简洁明朗的诗风表现个人、民族与生存环境的现实主题。蓬热(1899—1988)、普列维尔(1900—1977)、圣—琼·佩斯和夏尔成为诗坛领袖。尽管超现实主义的余韵犹存,但超现实主义曾激烈反对过的词语逻辑、韵律协调以及诗的有机统一重新为人们所重视。这一趋势在战后相当长的一段时间内得到进一步增强,阿兰·巴斯奎特(1919—1998)、马利赛尔、奥斯特等新一代诗人的创作,代表了多种倾向与风格,但他们均对传统诗学表现出了更理性的理解。值得注意的是,阿拉贡在60年代的创作,又重现了超现实主义的特征,但是作为一场运动,超现实主义已经凋零。

英国在20世纪初第一个具有重要意义的诗派是"意象派",它是由英美两国诗人发起的一场带有唯美主义色彩的诗歌运动,成员主要包括英国诗人、文学理论家、哲学家T. E. 休姆(1883—1917)、美国诗人埃兹拉.庞德(1885—1973)、H. D.(即希尔达.杜丽特尔,1886—1961),英国诗人理查德·奥尔丁顿(1892—1962)、F. S. 弗林特(1885—1960)、D. H. 劳伦斯(1885—1930)等人。意象派主张创作"纯意象"的诗歌作品,庞德就明确指出:"一个意象是理智与情感在瞬间形成的复合体的表现,它带来了突如其来的自由感,带来了脱离时空有限性的感觉,带来了突然成长飞升的感觉,而这一切正是我们在最伟大的艺术作品的表现中所经验到的东西。"为此,他提出了著名的诗歌创作三原则:直接处理主客观事物;绝对不用无助于诗歌表现的任何词语;按照音乐乐句的顺序方式而非机械、单调的语言格律方式处理诗歌的韵律。中国古典诗歌、日本古代俳句和法国象征诗派的诗歌均给意象派以启发。意象派在第一次世界大战爆发后解体,但对战后一代英国诗人产生了重要影响。

在20世纪英国诗歌史上,T. S艾略特的诗论与创作实践有着极为重要的地位。艾略特诗歌的批评思想无疑受到多方面的启发,但以约翰·堂恩(1572—1631)为代表的17世纪英国玄学派诗人的美学观和他曾一度参加的意象诗派的诗歌理论则是两个重要的渊源。与那些激进的要彻底摈弃传统的诗人不同,艾略特强调作为个体的诗人必然从属于某一文化传统,诗人的作品只有置于传统中方能显示出其完整的意义和价值,诗人既受益于这一传统,又以自己的才能去丰富和超越这一传统。他反对18世纪后英国诗坛、特别是浪漫主义诗歌思想与情感、理念与意象相脱离的"感受的分化"的倾向,而主张诗人应有能力在创作中使思想感性化,使诗歌形式的各种要素与要表达的观念具有有机统一性。因此,艾略特提出,诗人应该以具体事物的有机组合构成富有象征性的"客观对应物"来达到这样的目的,所谓"客观对应物",就是通过"一组物件、一个场景、一连串事件"来表现情感的诗歌创作手法。缘于此,由于诗并非诗人生活中某一特定境遇中经验的直接情感回应,诗歌作品就具有了"非个人化"的特征。

爱尔兰的著名诗人W. B. 叶芝(1865—1939)于20世纪二、三十年代创作出了自己最优秀的一批作品。叶芝几乎一生都对神秘主义和唯灵论抱有浓厚的兴趣,作品以丰富的想象力、富有神秘主义气息的哲理和细腻的抒情性,显示出鲜明的个人风格和对历史发展与爱尔兰民族传统和人类精神的思考,被誉为20世纪前期最重要的象征主义诗人之一。

20世纪20年代末,一个新的诗派——牛津诗派在英国产生,其代表人物是奥登(1907—1973)、C. D. 刘易斯(1904—1972)、路易斯·麦克尼斯(1907—1963)、衣修伍德(1904—1986)和斯蒂芬·斯彭德(1909—1995)等。他们政治上持左翼立场,强调诗歌对促进社会凝聚力的作用,认为诗歌不但应该提供对现代人生存状况的诊断,而且应该找到解决现代人精神疾病的途径。牛津派诗人将马克思主义与精神分析学说相混合,试图疗救现代社会中人的孤独与绝望,重构社会秩序与准则。因此,他们反对T. S. 艾略特政治上和宗教上的保守主义。在艺术上，他们向诗歌语言的"陈词滥调"和浪漫主义的"含混不清"开战，常常使用来自自然科学和都市生活的隐喻和意象，甚至以大量的口语入诗，表现出冷峻而不失诙谐的诗风。二战的浩劫终结了这个曾生机勃勃的诗派，诗人们的创作向着不同方向发展。与牛津诗派几乎同时出现的，是在剑桥大学两位教授 I. A. 瑞查兹（1893—1979）和 F. R. 理维斯（1895—1978）影响下出现的剑桥诗人，包括主要以理论家著称的威廉·燕卜逊（1906—1984）、J. 莱赫曼（1907—）、诗人 J. 贝尔（1908—）以及 C. 马基（1912—）等青年诗人。瑞查兹侧重于从语义学和心理学对诗歌的语言和结构予以分析，理维斯的文学批评则在重视对包括诗歌在内的文学文本结构细读的同时，带有鲜明的道德和社会文化分析的特征，燕卜逊曾写出过《含混的七种类型》这样有影响的论著。剑桥诗人的创作，推崇玄学派诗人、霍普金斯直到 T. S. 艾略特的传统，讲究句法、结构，也喜用隐喻，但内容上多表现个人化的情绪，就实际影响而言，逊色于牛津诗人。

20 世纪 30 年代中期，以狄兰·托马斯（1914—1953）、乔治·巴克尔（1913—1991）、大卫·盖斯科因（1916—）为代表的新一代诗人受到诗坛的瞩目。他们反对艾略特以来英国诗歌的新古典主义传统，托马斯和巴克尔在创作上均具有新浪漫主义的特点，主张创作"纯诗"，而盖斯科因则受到法国超现实主义的影响，对表现无法以理性解释的人的内在精神予以极大关注，而一反诗坛的重玄学思辨之风。二战后，英国诗坛涌现出许多风格不同的新秀，其中菲利普·拉金（1922—1985）、泰特·休斯（1930—）的创作占有重要地位。

德国 20 世纪初的许多诗人都与唯美主义的"格奥尔格"派有直接或间接的联系。著名诗人、小说家黑塞（1877—1962）创作了大量优美动人的抒情诗歌，有"浪漫派的最后一位骑士"之称，从其诗作中仍能看到明显的唯美主义痕迹。进入 20 年代后，德、奥两国兴起表现主义文学运动，在诗歌领域成绩斐然，奥地利的特拉克尔（1887—1914）、韦尔弗（1890—1945），德国的海姆（1887—1912）、贝恩（1886—1956）以及早期的贝歇尔（1891—1958）均被卷入这一运动。表现主义诗歌形式上自由狂放、不受句法限制，追求音调的铿锵效果，表达诗人强烈的主观情绪，内容上则对都市文明的罪恶多有暴露。这一运动还波及北欧，瑞典文坛领袖拉格尔克维斯特（1891—1974）的诗歌就深受表现主义的影响。

贝内蒂特·克罗齐（1866—1952）是 20 世纪早期意大利最有影响的哲学家、美学家。在对上一个世纪欧洲实证哲学以及意大利哲学家维柯理论的批判中，与黑格尔学派颇有渊源的克罗齐坚持认为，求美的艺术是与人类其他精神活动相区别的精神活动。他将艺术定义为"直觉的表现"，将诗歌视作"文学中 最纯粹的"表现形式，认为语言的运用及由此体现出的诗的风格不能与语言所表现的个性化经验相分离。这些主张具有明显的唯美倾向。20 世纪 20 年代至 30 年代盛行于意大利的"隐逸派"诗歌与克罗齐的理论无疑具有内在精神 联系。该派在墨索里尼法西斯统治的年代里集中了许多优秀诗人，他们亦把"纯诗"当作创作的极致，将直觉通过主观的、象征性的、暗示性的语言纳入精巧圆熟的诗歌形式，表现诗人的精神理想，以对"美"的追求逃避琐屑、平凡、压抑的现实，流露出孤独、伤感的情绪。翁加雷蒂（1888—1970）、夸齐莫多（1901—1968）、蒙塔莱（1896—1981）和萨巴（1883—1957）是最著名的代表。同一时期前后，意大利还出现了以马里内蒂（1876—1944）为首的"未来派"运动，但未留下太多值得称道的佳作。

进入 20 世纪后，西班牙诗坛群星闪耀，希梅内斯（1881—1958）、迪埃戈（1898—1987）、洛尔迦（1898—1936）、阿尔维蒂（1902—1999）、萨利纳斯（1891—1951）等人的创作大放异彩。其中除希梅内斯外,其他诗人均属"二七年一代"。希梅内斯是位内心孤独、极为敏感的诗人,毕生以追求"纯诗"为己任。其诗作多以安达卢西亚地区自然风光为背景,散发着淡淡的忧郁气息,工于意象,长于抒情,由他开创的诗风一直存在于西班牙诗歌的发展过程中。"二七年一代"是一个致力于将欧洲现代主义文艺思潮,特别是超现实主义与本国诗歌传统相结合的诗派,注重对西班牙历史和现实的反映,但每位诗人的创作又表现出风格的多样性。阿尔维蒂的早期诗歌超现实主义色彩极浓,后期诗作中现实主义因素则大为增强。萨利纳斯则在细腻、优美的抒情风格中融入讽刺因素,继承了希梅内斯的传统。洛尔迦是这一群体中出类拔萃的诗人。他从西班牙古典文化与民间歌谣中汲取大量营养,又借鉴了包括超现实主义、表现主义、象征主义在内的多种现代主义诗歌技巧,饱含激情地吟颂人民的理想,反映人民的忧伤和苦难。其诗作意象鲜明,注重色彩和音律和谐,想象奇特丰富,至今仍启迪着西班牙诗人的灵感。

20世纪20年代前在俄国诗坛居于统治地位的象征主义诗派其实隐含着两种趋向。以勃留索夫(1873—1924)、巴尔蒙特(1867—1942)为代表的一方与国外象征主义运动联系密切,更注重诗歌形式技巧的革新,力图使象征主义美学原则适应俄罗斯语言的特殊要求,形式主义倾向明显。以勃洛克(1880—1921)、A. 别雷(1880—1934)和 V. I. 伊万诺夫(1866—1949)为代表的另一方诗风具有玄学思辨和宗教冥想的特点,更倾向于与俄罗斯民族文化传统的融合。1910年前后,俄国象征派内部进一步分化,勃洛克认为象征主义已经成为过去,反对它对生活的冷漠态度和对神秘主义的沉醉;伊万诺夫也开始提倡"现实主义的"象征主义。他们的创作随之向表现现实生活的方向发展。

1910年,由 N. 古米寥夫(1886—1921)和 S. M. 戈罗杰茨基

(1884—1917)两位青年诗人发起的"阿克梅"（意为"顶峰"）派登上诗坛。该派诗人反对象征主义诗学，认为诗人不应充当神秘的预言家，而应对生活现实充满热情，主张清晰明朗、强健有力的诗风。安娜·阿赫玛托娃(1889—1966)和曼德尔施塔姆(1891—1938)是"阿克梅"派的两位著名诗人，其创作事实上已超越了该派的理论主张，在俄国诗坛产生了重要影响。

1912年，另一个与象征派对立的诗派"俄国未来派"兴起，其中包括名称各异的好几个小团体，但以D.布尔留克(1882—1967)和马雅可夫斯基(1893—1930)为首的"立体未来派"最有影响，帕斯捷尔纳克(1890—1960)在早期也属这一诗派。俄国未来派与意大利未来派在原则上不同，他们不像后者那样拥护军国主义，歌颂"暴力之美"，而是批判资产阶级，持反战立场。他们更注重对语言的实验，宣称要给词语"消肿"，将其从繁冗的意义奴役下解放出来，以达到对词语的"直接感受"。马雅可夫斯基热心于从语音、语义、韵律及语言形态上革新俄罗斯传统诗歌语言，但他的作品始终与俄国社会的发展、特别是俄国革命的进程联系在一起。

"十月革命"后，苏联文坛将带有现代主义色彩的各种流派统称为"先锋派"，以马雅可夫斯基为领袖的"未来派"和以诗人叶赛宁(1895—1925)为代表的"意象派"均在其列。但随着他们两人的辞世，这两个诗派也不复存在。"社会主义现实主义"的创作方法后来成为苏联文学的根本创作原则，诗歌的发展也进入了一个新的阶段，但是，在某些重要诗人的创作中，依然可以看到现代主义诗学理论的潜在影响。

劳伦斯：一位真诚而迷失的"预言家"[①]

——《爱的祭司：劳伦斯传》中译本前言

作为20世界最富争议性的作家之一，劳伦斯如今早已获得了与其地位相称的声誉。不过，对于45岁就英年早逝的劳伦斯来说，身后的种种褒奖都来得太晚了。像所有思想和艺术风格超越了自己时代的艺术家一样，这位一代奇才生前茕茕独立，忍受着各种误解与孤独。尽管在坎坷不平的人生际遇中他似乎从不缺乏追随者和崇拜者，但透过他的一部部作品，我们依然能够感受到他的落落寡合，感受到他那凄凉苦涩的心境。难能可贵的是，屡遭挫折的劳伦斯从来不曾放弃过自己的信念和追求，就在行将告别人世的前几个月，病榻上的作家还写下了他关于死亡的名篇《巴伐利亚的龙胆》，诗中云：

给我一朵龙胆，赐我一支火炬，
让我用那喷吐蓝色火舌的花朵开路，
走下益发昏暗的阶梯，蓝色愈加浓郁。
冥后刚刚离去，她从霜冻的九月举步，
赶赴那黑暗领地，在那长夜当昼之域，
只闻其声，不见其形，

[①] 本文原为《爱的祭司——劳伦斯传》译者序言，花山文艺出版社，1993年。

> 她甚或只是一团看不见的幽影，
> 埋在冥王黝黑的怀抱，渗透了极为阴暗的情欲。
> 黑暗之炬普照，将黑夜洒向那迷失的新娘及其情侣。

这位已病入膏肓的天才，这位曾无情地诅咒过同胞而又深深挚爱着人类的诗人，此时此刻所祈求的仍然是一个严冬过后万物复苏的世界！

劳伦斯是位真正用炽热的心灵去抒写澎湃激情的作家，他的灵感如翻滚的涌泉，从未有过枯竭的时候。在不到 20 年的笔墨生涯中，他除以 10 部长篇、40 余部中短篇小说向世人昭示了一个小说家的杰出才能之外，还留有近千首诗歌、数种剧本、大量的散文、文学批评论文，以及 200 余幅画作。它们筑起了一座熊熊燃烧的祭坛，发射出谲异奇丽的光芒，震撼了 20 世纪初叶的文坛。如果我们追溯一下劳伦斯的历史命运就可看到，他在同代人那里蒙受诟骂，却在后代读者中找到了知音。这并不奇怪。劳伦斯的创作揭示了西方现代文明与人类生活的悲剧性冲突，他痛恨那个窒息、扼杀人的本性的工业化社会，绝望之余，便想用激活人的自然本能，重建健康的两性关系的办法，来使潘神精神重莅人间，使一个个麻木、扭曲了的灵魂得到新生。显然，在维多利亚道德传统仍支配着人们思想、行为的本世纪初叶，这无疑是离经叛道的异端表现。而随着战争、核恐怖、异化劳动等一系列社会问题的尖锐化，随着旧有价值观念的动摇和衰落，劳伦斯敲响的警钟对新一代西方人来说就再也不是什么危言耸听的神话，而变成活生生的现实了。今天，劳伦斯被称为"先知"、"预言家"，被称为"爱的祭司"，就正说明了这一点。然而，这位一生漂泊流浪的先知在不断向世界发布预言时，自己也成了祭坛上的牺牲品——如同许多真正富有独创性的大师们一样，在他对人类文明、对西方社会的执著探索中，不可避免地带有偏执的一面,他那用诗的语言表达出的人生理想,就像他亲手升上天空的那道弯弯的彩虹,那么绚丽,那么壮观,却又那么遥远和虚幻。

劳伦斯的经历充满了传奇色彩。童年、少年时代畸形的家庭生活,成年后婚恋上的感情纠葛,与友人和文敌之间的恩恩怨怨,同病魔抗争时的超人勇气和毅力,为维护尊严向当局提出的一次次挑战……他风风雨雨地走完了短暂的一生,也给我们留下了一个谜一样复杂难解的性格。1954 年 7 月,当代英国评论家罗伯特·利德尔谈到女作家凯瑟琳·曼斯菲尔德对劳伦斯的评价时说:"曼斯菲尔德曾说过有三个劳伦斯:有她憎恶的黑色魔鬼劳伦斯,有她怀疑的先知劳伦斯,还有她热爱并尊重的男子汉兼艺术家劳伦斯。现在他去世已二十四年,我们能否摆脱那个魔鬼和先知——那样的劳伦斯是没有前途的——而去发现那个不朽的男子汉兼艺术家呢?"利德尔的话其实只说对了一半,因为离开了作为"魔鬼"和"先知"的劳伦斯,也就不可能真正发现那个"男子汉兼艺术家"的劳伦斯了。的确,他是母亲循规蹈矩的儿子,又是攻击母爱的逆子;他是激情洋溢的情人,又是冷若冰霜的负心汉;他是宽宏大量的朋友,又是最不讲情面的暴君;他是多愁善感的软弱孩子,又是坚强刚正的男子汉;他是狂热的殉道者,又是清醒的思想家;他是绝望的悲观主义者,又是满怀憧憬的乐观主义者;他纯净坦荡如一泓泉水,又幽邃神秘似深不可测的大海……这就是劳伦斯的风采!

劳伦斯的创作有很强的自传性,他的许多作品都直接取材于自己的亲身经历。了解他的身世背景对于深刻理解他的思想和艺术无疑是极有裨益的,这也是我们翻译这部《劳伦斯传》的初衷。本书作者哈利·T.摩尔先生是国际劳伦斯研究界公认的权威之一,生前曾任北美劳伦斯研究会主席,美国南伊利诺斯州立大学、哥伦比亚大学教授,著述甚丰,为美国当代有影响的文学批评家。此书曾多次再版，在西方劳学界享有盛誉。它的一个特点是体现了摩尔教授一贯的治学思想：大量的一手资料，严密的分析、考证和客观、求实的评价。书中对劳伦斯各时期生活与创作的关系、作品素材的来源、小说人物与生活原型间的异同等问题，都有精辟的论述。仅就资料的丰富来讲，就是其他一些劳伦斯传记所不能比拟的。它的另一个特点是完全用文学语言写成，而无艰深呆板的学院气，可读性较强。对于一般喜爱劳伦斯作品、希望了解一下他的身世经历的朋友们，也不失为一部较好的传记文学作品。鉴于此，我们特意从数种劳伦斯传记中选译了这一部。限于译者的水平，书中错误之处在所难免，恳请同行和广大读者不吝批评指正。

基督教文化诗学与福克纳小说创作研究的新论[①]

——《文化诗学视域下的福克纳小说人学观》序

  王钢的博士论文即将面世,请我为之作序。作为他攻读博士学位时的导师,我责无旁贷,也为他感到由衷的高兴。王钢是一个勤奋、认真、聪慧的学生,更重要的是,他对学术研究有一种强烈的热情和锲而不舍的精神。我清楚地记得,确定那一届我招收的博士生最终录取名单时,自己正在美国进行学术交流。学院来信征询我的意见,我毫不迟疑地说出了王钢的名字,原因就是看中了他身上的这种可贵的品质。入学以后,他果然没有让我失望,孜孜以求地刻苦攻读,还参与了我主持的科研项目,毕业时拿出了一篇厚重而出色的学位论文。

  这部《基督教文化诗学视阈下的福克纳小说研究》,便是王钢在其博士论文的基础上精心修改而成的,也是他近五年来潜心研究福克纳小说与基督教关系的结晶之作。

  关于福克纳小说的探讨,国内外学术界已取得了丰硕的成果,但王钢的研究却有其独特乃至重要的突破之处。所以能够如此,在于他集中、系统并且比较深入地论述了福克纳的创作与基督教文化的联系,而且,他对这种联系的思考不是表面的,而是力求深入到从福克纳的整体思想发展到具体作品文本的肌理之中。

[①] 王钢:《文化诗学视域下的福克纳小说人学观》,南开大学出版社,2013年。

影响美国和美国南方文学的文化要素是多方面的，基督教无疑是其中的本质因素之一。美国南方素有"圣经地带"之称，反映在文学创作上，基督教文化更从不同的层面上，以或隐或显的方式渗透于诸多南方作家的文学文本的思想观念、内容意蕴和艺术形式中，成为美国南方文学经典最重要的标志之一，威廉·福克纳的作品也同样受到这种深刻的影响。作为一个获得过诺贝尔文学奖的文学大家，福克纳的创作当然是复杂和多面的，正是这种复杂性决定了我们应该从不同角度，以不同的方法对其加以研究和阐释。就目前国内相关的研究状况看，尽管论文和专著的数量在逐年上升，但出于各种原因，福克纳小说的宗教文化阐释仍然处于边缘状态，这不仅表现在此类研究成果的数量相对较少，还表现在已有的同类研究在系统化和探讨深度上仍然是远远不够的。王钢的这部著作恰恰在这一领域做出了自己的努力，这项成果对于更加全面地理解福克纳的创作，进而更深入、准确地揭示福克纳小说文本的思想与审美特质均具有重要的价值，值得予以特别的重视。我以为，这部学术专著最主要的特色体现在三个方面。

首先是研究理念和方法的创新。从基督教文化的角度对文学予以观照和研究到底应该如何进行？文学研究的根本任务在于成功揭示出作品内容的丰富意蕴和文本的艺术价值，宗教批评视域下的文学阐释也同样如此。但是，如果仅仅是比附式地从《圣经》中寻找某些"原型"、叙述模式、经典语句，或是简单地援引某些基督教的教义、概念套用在文学文本的分析上，这还只是一种表层、简单的研究思路和方法。更重要的是，研究者能够从一个作家的创作实际出发，将基督教文化的丰富内涵与文学文本本身和文学批评的方法有机结合，建立起透视和分析文学文本的深度模式，只有如此，才可能发现一个作家创作中的观念、思想与叙述形式、文学修辞策略之间相互交融的深层结构，进而通过对文本的解读，有效揭示出作家创作的特质，同时保证这种研究的文学属性，而非将文学作品当成基督教文化观念或《圣经》叙事学的注脚。这样的研究理念，我在从硕士生到博士生的课堂上曾反复强调。王钢的这部专著很好地贯彻了这样的理念，并在论文章节的写作过程中成功地予以了具体化。对此，他有着清醒的自觉意识。在绪论中，他明确表示，其研究的目标之一就在于揭示福克纳小说与基督教文化之间的内在诗学联系以及这种联系的审美中介机制。为此他广泛收集美国南方的各种历史文献资料，梳理复杂的南方宗教文化传统，在结合文化批评与形式批评所展开的关于福克纳小说文本的分析中，有着条理明晰的逻辑线索和坚实的学理基础。因此，他对福克纳小说的阐释不但能够在许多具体问题上显示出新意——如他对"阿特柔斯房屋的倒塌主题"的理解和分析，也能以对美国南方文化的认识和把握为前提，在建构南方基督教文化、特别是加尔文宗思想传统与福克纳创作的内在联系这样的宏观问题时，提出自己的理解和看法，如他从新的视角对福克纳小说中的"罪恶"主题的认识和解读。

其次是具有立足学术前沿的问题意识。学术探讨总是在已有研究的基础上不断创新的，这是检验一项成果价值的重要指标。但是，创新的观点不是无根之木，也非刻意地为创新而创新，因此，处理好传统与创新的辩证关系是新的研究展开的必然要求。王钢对此同样有着明确的认识。他在思考和论述中能够将对某些关键问题的前沿性思考与传统认识辩证统一在一起，并进一步深入挖掘和拓展，给人耳目一新的感受。这在结合基督教神学美学理论对福克纳小说时空观的研究中体现得最为明显。时间和空间作为文学文本构成的核心要素，是当前学界探讨的前沿问题之一。他将基督教文化传统与现代西方批评理论关于时空观念的理论资源汇通融合，着重分析了福克纳小说中的"永恒"时间向度与伊甸园空间结构的呈现方式及其意义，从而引发我们对福克纳小说审美意蕴的新的思考。

第三是扎实的资料基础和对资料有效、合理的运用。从宗教文化视域分析阐释福克纳小说是一个重要的研究视角,也为福克纳小说研究开拓了新的园地,但要想将这类研究做好却并非易事。它不但需要研究者具备对基督教神学、美学和福克纳文学创作两方面的了解,更重要的是,不能从一般的概念、理论及其与文学文本之间表面的联系中去解读文本,而应通过翔实的资料、特别是一手资料,有理有据地去展开自己的思考和论述。王钢在这方面表现得极为精细、耐心。他不仅阅读了几乎所有能找到的相关中文资料,也阅读了英文版的福克纳全部作品,还通过各种途径,搜集、阅读了大量英文资料和评论著作,包括《园中之狮:福克纳采访记》、《福克纳在长崎》、《福克纳在西点》、《福克纳—考利档案》、《福克纳在大学》等多部在汉语知识界不易获得的资料文献。同时,他还以同样勤奋、刻苦的精神阅读了很多有关基督教思想史、基督教神学、美学和相关的哲学著作。正是因为有了这些扎实、细致的基础工作,他思考的触角才能进入到作家的创作世界以及与之相应的社会历史文化语境中,使得他在研究中能够合理地建立起福克纳小说文本与宗教思想之间具体而非抽象的审美联系,能够将对文学文本的细读和分析与基督教话语的丰富内涵聚合为统一的文化诗学意义上的论述,也使得自己的研究具有了相当的理论深度。

王钢的博士学位论文在外审和答辩时曾受到评审专家和答辩委员会委员们的一致好评。答辩委员会主席、北京大学英语系刘意青教授给出了这样的评语:"论文选题很有分量,从基督教文化传统对福克纳的深刻影响入手分析他多部小说在核心思想、框架结构、话语方式等方面潜在的基督教—清教性质。论文牵涉了美国的清教历史传统、意识形态、犹太教—基督教的神学观念、生态神学等宗教理论,还研讨了基督教的 U 形叙事结构在福克纳小说中的体现。这样全方位并较深入地谈福克纳小说的基督教文化性质的博士学位论文在国内尚属首例，很有新意，为福克纳研究开启了新的维度。……论文作者参看了大量批评资料，对《圣经》和基督教做了细致研究，总体把握比较准确。……我认为这篇论文立意很好，值得大力肯定，包含内容的广度、宽度和分量也达到了优秀标准。"尽管我认为王钢的博士学位论文以及在此基础上形成的这部厚重的学术专著确实是一部高质量的优秀之作，但身为他的导师，我希望王钢能将答辩时各位先生的肯定看作是前辈学者对后辈学人的鼓励和提携，因为无论是圣经学、基督教文化，还是美国文学的传统以及对经典作家的阐释，都是博大精深的研究领域，需要在长期学习和积累的基础上不断深化自己的认识并运用于未来文学研究的实践之中。

  作为一个年轻教师和学者，王钢今后的学术之路还很漫长，这部有着重要学术价值的著作只体现着他在一个阶段上的研究实力。我相信并期待着王钢能不断超越自己，向学界奉献出更多出色的研究成果。

2013 年 7 月 28 日写于香港道风山

奇幻小说研究的重要成果[①]

——《符号的魅影:20世纪英国奇幻小说的文化逻辑》序

郭星的博士学位论文《英国奇幻小说研究》即将出版,要我为她这第一部学术专著写篇序言。在对她表示祝贺的同时,我也倍感欣慰。郭星在南开大学度过了整整6年,硕士、博士学位都是在我的指导下攻读的。博士毕业后,她追随自己的先生到西安的高校去工作,在那里踏踏实实地教书,认认真真地研究,深得同事和学生们的好评。可以说,我是看着她从一个稚嫩的小女生成长为今天这样一个成熟的青年教师和学者。这几年来,每当听到她在教学、科研上取得新的进步的消息,我都感到由衷的高兴。

对于英国奇幻小说的研究,郭星有过比较长期的思考和积累。早在硕士生阶段,她就已经涉足其中。在硕士学位论文成功地对个案作家研究的基础上,她在攻读博士学位阶段,将研究的视野又扩展到更广大的领域。我曾一度有过担心,但同时也充满了期待。所担心的是,奇幻小说并非学术界研究的热门,在国内尤其研究基础薄弱。尽管这一类的作品日益受到人们的喜爱和学术界的关注,但真正以严肃的学术态度去思考奇幻文学,在严谨的学术规范下做出的有价值的成果寥寥无几。选择这样的论题,无论从资料搜集还是

[①] 郭星:《符号的魅影:20世纪英国奇幻小说的文化逻辑》,南开大学出版社,2013年。

从对研究对象的整体把握、对具体文本的解读上看，可资借鉴的资源有限，研究起来有相当的难度，论文做好不易。所期待的是，奇幻文学、特别是奇幻小说的创作已成为世界文坛上的热潮，在研究上是一座越来越引起学界注意的富矿，此其一。我相信郭星的实力，也深知她对学术研究锲而不舍的态度。她不但对英美文学与文化的传统有较好的了解，而且有文本细读的严格训练和对文本敏锐、细腻的感受能力，特别值得称道的是，她具有不少女生身上不多见的理论思辨的深度，此其二。因此，我鼓励她坚定信念，尽力将这篇富有开拓性价值的学位论文做好。郭星为此付出了艰苦的努力，不但通过各种渠道从国内外搜求文献资料，还利用到境外短期学习的机会交流、切磋与论文内容相关的问题。在论文开题的环节和论文写作的过程中，我们之间更是进行过多次讨论。尤其令我感动的是，她的师妹告诉我，在论文写作最紧要的日子里，她颈椎病突发，一阵阵头晕目眩，竟然仰卧着坚持在电脑上敲击文字。工夫不负有心人，答辩前她终于完成了一部沉甸甸的学位论文。

英国奇幻小说的研究至今在国内学界似乎仍处于相对"边缘"的状态，但事实上奇幻小说是近些年英国文学中备受关注的一个小说类型，并呈现出与科幻小说、侦探小说等类型的并立之势。奇幻小说往往以神奇的幻想为内容，多模仿民间故事、童话、神话等传统文类样式，但又是在借用传统题材基础上作家的新的创造。学界对作为一个类型的奇幻小说总体上的认识仍处在不断深化的过程中，尚未从学理层面形成系统深入的共识。郭星的这部专著正是在这一研究过程中做出的重要成果，她创造性地引入了法国学者让·鲍德里亚的理论来考察和分析英国奇幻小说这一文学类型和文化现象，在一系列问题上提出了自己独立思考后的观点和结论。因此，这部著作在本领域研究中无疑具有开拓性的学术价值。

许多人仅仅简单地将奇幻小说视为当代通俗文学，将奇幻小说广受欢迎的事实看做一种流行现象，因而认为其不具有严肃、深刻的思想内涵和独立的审美品格与价值，这其实是认识上的一个误区。奇幻文学不但有其悠久的渊源和发展、形成逻辑，而且在当代学术语境下来看，其经久不衰的流行热潮更是一种具有深刻社会历史内涵的文化症候，需要进行认真的探讨和深入的研究。郭星在大量阅读相关文学作品和有关文献的过程中认识到，必须在具有奇幻因素的众多叙事文本中首先厘清奇幻小说的边界，也即要将这一文类与相关文类通过学理上的考察和论述令人信服地区别开来，然后才能梳理和建构起一个独属于奇幻小说的分析框架。在此基础上，这项研究将对那些被学术界通常视为作家们"游戏之作"的作品提供全新的阐释视角，进而发掘出那些被文学史所忽略的优秀作品。可以说，对上述问题的思考正是本书作者展开研究的逻辑起点。由此出发，作者主要提出并论证了如下几方面的重要观点和内容：

首先，作者明确提出奇幻小说是一个现代的文类，其核心要素是其"不可能性"，对"不可能"性的判定反映了启蒙以来人对于世界真实性的认知。同时，本书借用了托多罗夫所提出的"奇幻性"概念。托多罗夫认为，一部文学作品是否属于奇幻作品，就要看其是否具有奇幻性。奇幻性是一种由叙事、人物和读者三者相互作用产生的奇异效果。基于这一概念，并结合叙事学相关理论，作者对于奇幻小说文化内涵的分析一直与文本本身的结构内容分析紧密联系，这一原则贯穿于全书始终。

其次，作者揭示了奇幻小说所具有的两大鲜明特征——文学返祖和抽离现实，同时，又指出了这两种特征之下所存在的明显悖论。一方面，对奇幻小说复制文学传统这一倾向所进行的研究表明，奇幻小说的返祖现象即对神话传说的回归仅仅是表面性的，人类社会无法从根本上回到神话的时代，也就无法从根本上恢复神话等文学传统所在的文化语境及其运行机制，因而这类小说也就不可能再现神话所蕴含的内在价值。另一方面，尽管奇幻小说曾一度因其"脱离现实"被学院派批评家所排斥，但英国奇幻小说的主流作品事实上却总是与时代的发展紧密相连，呈现出与现实之间更为复杂的关系。正是立足于这样的认识，作者提出了本书始终围绕并着力解决的核心问题——英国奇幻小说回归神话、"脱离现实"表象下的文化逻辑究竟为何？

最后，作者总结了英国奇幻小说的文化内涵，认为它主要表现为三个向度的价值追求上：一是弥合精神与物质、主体与客体断裂的超越现实的取向；二是颠覆主流意识的反抗现实的取向；三是融入消费文化，营造新幻象的取代现实的取向。

在对上述论点的展开过程中，作者以较为开阔的学术视野，将对英国奇幻小说的研究纳入到文学史乃至文化史的背景下，同时选取了 20 世纪不同时段的代表作家及其代表作品进行了具体而细致的分析，其中充盈着独特的阐释和新颖的见解。全书以文化诗学的研究路径与方法，将宏观的文化考察与微观的诗学阐发聚合在一起，努力揭开奇幻小说这一文学现象背后的深层文学与文化机制，从而层层深入地将诗学领域中的真实与虚构问题转换为哲学意义上的真实与虚无问题。这可谓是抓住了奇幻小说既是一种文学书写，又体现为一种文化症候式现象的关键。

本书在理论资源的运用上主要借鉴了鲍德里亚关于象征秩序与符号秩序的学说。从表面上看，这似乎有理论先行之嫌，其实这恰恰是作者在奇幻小说研究中有意为之的一大创新与亮点。鲍德里亚理论体系建构的一个重要思想来源，是在社会学家马塞尔·莫斯基于原始社会礼物交换研究中所形成的象征交换理论基础上，再由哲学家乔治·巴塔耶进一步发展而成的对现代社会实用主义和功利主义的批判哲学理念，因此，鲍氏学说本身就内在着一种反现代性的文化返祖倾向，这也正是这一理论与奇幻小说文化内涵上的根本契合点。借助鲍氏理论的启发，可以更清楚地看明当前语境下回归神话、创造神话的虚幻与徒劳，也看清其背后基本的文化逻辑。在拟像横行的时代，真正的想象力是不存在的，只有基于模型的复制。奇幻小说似乎带着我们回到了过去，但它只是遵循着拟真的文化逻辑，经由符号增值所构造的一个个幻象。尽管以一位理论家的观点统摄全书论述客观上会带来对其他理论视角的限制，但应该承认的是，对于本书的研究对象而言，作者对鲍氏学说的引入和运用是恰适的。

郭星的著作是奇幻小说研究中的一项颇有分量的成果，虽然个别节段的论述上仍有可进一步深化之处，但我相信它在本研究领域中的重要学术价值和启发性将会被同行和读者所认识。

作为一个青年教师和学者，博士论文的出版只是学术道路上迈出的重要的一步，我期待着郭星在未来的日子里不断取得新的、更大的学术成就。

2013年7月29日写于香港道风山

后　记

　　选入本书中的十七篇论文,曾发表于各种学术期刊,围绕着自己始终关注的两个学术领域:希伯来文学与文化、西方文学与文化。至于书中为编辑方便所单独辟出的"序言选编"中的七篇文章,所涉及的对象和内容,事实上也是属于上述两个方面。整体而言,这些论文和序文大部分是近些年来所写,但也有几篇是更早年间的文字,之所以收入集中既是为了表明对某个作家或问题的持续关注,也是因为翻检之下觉得其中的某些观点和看法仍未失其价值。需要特别说明的是,"希伯来文学与文化"一编中的十篇论文,大多原本是自己承担的教育部人文社会科学项目的部分中期成果,项目完成时,即是在此以及其他一些中期论文的基础上经过修改、扩充,以专著的形式结题的。上述论文此次选入集中,仍保持了当初发表于各学术刊物上时的原貌(包括有的篇什在文献引用上直接使用了古希伯来文,有的篇什则以拉丁化字母的拼写方式引用《希伯来圣经》中的文献),只个别论文做了适当的删减。"西方文学与文化"一编的七篇论文,编入时也基本遵循同样的原则,大部分论文未做改动,个别篇什的内容做了微调处理。全书中有三篇论文,是本人作为第一作者与他人合作撰写的,均已在文前标明。在此谨向曾刊发这些论文的各家学术刊物致以谢忱。也要感谢曾出版自己译作、著作和我的学生博士论文的人民文学出版社、南开大学出版社、花山文艺出版社的允许，使"序言选编"中的几篇小文得以列入集中。

当然，最要感谢的是本套丛书的主编王向远教授。他不仅辛苦地策划了这一出版项目，而且慷慨地与中央编译出版社共同资助了丛书中的每一本论文集，嘉惠学林的风范令人感佩。

王立新

2014 年 4 月 10 日于南开大学

图书在版编目(CIP)数据

探赜索幽 / 王立新著. —北京：中央编译出版社，2014.7
（比较文学与世界文学名家讲堂 / 王向远主编）
ISBN 978-7-5117-2239-3

Ⅰ.①探… Ⅱ.①王… Ⅲ.①犹太文学-文学研究-文集 ②外国文学-文学研究-文集 Ⅳ.①I106-53

中国版本图书馆 CIP 数据核字（2014）第 159167 号

探赜索幽

出 版 人：刘明清
责任编辑：邓　彤
责任印制：尹　珺
出版发行：中央编译出版社
地　　址：北京西城区车公庄大街乙 5 号鸿儒大厦 B 座（100044）
电　　话：（010）52612345（总编室）　　（010）52612352（编辑室）
　　　　　（010）52612316（发行部）　　（010）52612315（网络销售）
　　　　　（010）52612346（馆配部）　　（010）66509618（读者服务部）
传　　真：（010）66515838
经　　销：全国新华书店
印　　刷：北京时捷印刷有限公司
开　　本：787 毫米×1092 毫米　1/16
字　　数：320 千字
印　　张：25
版　　次：2014 年 7 月第 1 版第 1 次印刷
定　　价：68.00 元

网　　址：www.cctphome.com　　邮　　箱：cctp@cctphome.com
新浪微博：@中央编译出版社　　　微　　信：中央编译出版社（ID：cctphome）

本社常年法律顾问：北京市吴栾赵阎律师事务所律师　　闫军　梁勤
凡有印装质量问题，本社负责调换。电话：010-66509618